LE CODE REBECCA

Le romancier anglais Ken Follett est né en 1949 à Cardiff, dans le Pays de Galles, où son père était inspecteur des Contributions. Après ses études à Londres (licence de philosophie), il devient reporter au South Wales Echo *et, plus tard, au* London Evening News.

En 1974, il entre dans une maison éditrice de livres de poche – Everest Books *– dont il est devenu directeur général adjoint quand, en 1977, il la quitte pour se consacrer au roman : dès 1973, il a en effet écrit son premier livre, neuf autres ont suivi, parus souvent sous des pseudonymes – des œuvres « sur commande ». Son premier ouvrage personnel et qui l'a lancé, c'est* L'Arme à l'œil (Eye of the Neddle), *dont le succès a été immédiat et mondial.*

Depuis, Ken Follett a publié Triangle, Le Code Rebecca (The Key to Rebecca) *et* L'Homme de Saint-Pétersbourg. *Il s'est installé pour travailler dans le sud-est de la France, près de Grasse.*

Le Caire, 1942. Rommel a pris Tobrouk et l'Égypte est sur le point de tomber aux mains des nazis. Le ciel de la ville est noirci par les cendres des documents secrets que les Anglais brûlent fiévreusement.

Les Allemands disposent d'un atout précieux : ils ont sur place un espion, Alex Wolff. Après avoir traversé la moitié du Sahara, il arrive au Caire avec, dans sa valise, un émetteur radio et un exemplaire de *Rebecca* de Daphné du Maurier, qui contient la clef du code qu'il utilise pour ses messages. À l'abri chez sa maîtresse, une voluptueuse danseuse égyptienne, il transmet chaque jour des renseignements à Rommel.

Un major des services secrets britanniques, qui cherche à oublier un grand amour disparu, s'est juré de le trouver. Aidé d'Elene, une jeune juive égyptienne prête à utiliser sa beauté pour combattre les nazis, il doit se livrer à une véritable course contre la montre.

Dans le grouillement du Caire où le destin vacille encore, c'est une lutte à mort qui s'engage entre les deux hommes.

KEN FOLLETT

Le Code Rebecca

ROMAN TRADUIT DE L'ANGLAIS PAR JEAN ROSENTHAL

ROBERT LAFFONT

Titre original :

THE KEY TO REBECCA

À Robin McGibbon

PREMIÈRE PARTIE

TOBROUK

1

Le dernier chameau s'effondra à midi.

C'était le mâle de couleur blanche, une bête de cinq ans qu'il avait achetée à Jialo, le plus jeune et le plus fort des trois, et celui qui avait le moins mauvais caractère : il aimait l'animal autant qu'un homme pouvait aimer un chameau, c'est-à-dire qu'il ne le détestait qu'un petit peu.

Ils gravirent une petite colline, l'homme et le chameau plantant de gros pieds maladroits dans le sable sans consistance et, au sommet, ils s'arrêtèrent. Ils regardèrent devant eux, sans rien voir qu'une autre dune à escalader, et mille autres encore après cela, et on aurait cru que le chameau, à cette idée, était frappé de désespoir. Ses pattes de devant fléchirent, puis ses pattes arrière s'affaissèrent et il s'affala en haut de la butte comme un monument, contemplant l'immensité du désert avec l'indifférence des mourants.

L'homme tira sur la corde attachée au museau de la bête. La tête du chameau s'avança et son cou se tendit, mais l'animal refusait de se lever. L'homme passa derrière lui et, à trois ou quatre reprises, lui botta l'arrière-train aussi fort qu'il put. Il finit par dégainer un poignard bédouin incurvé, affûté comme un rasoir, à la pointe étroite, qu'il enfonça dans ledit arrière-train. Du sang se mit à couler de la blessure, mais le chameau ne regarda même pas.

L'homme comprit ce qui se passait. Les tissus mêmes du corps de l'animal, privés de toute nourriture, avaient simplement cessé de fonctionner, comme une machine qui a épuisé son carburant. Il avait vu des chameaux s'effondrer ainsi à la lisière d'une oasis, entourés du feuillage sauveur qu'ils ignoraient, n'ayant même plus l'énergie de manger.

Il y avait encore deux moyens qu'il aurait pu tenter. L'un était de lui verser de l'eau dans les naseaux jusqu'au moment où l'animal aurait commencé à se noyer ; l'autre d'allumer un feu sous sa croupe. Il n'avait pas assez d'eau pour la première méthode ni assez de bois pour l'autre, et d'ailleurs aucune des deux n'avait de grandes chances de réussir. De toute façon, c'était l'heure de faire halte. Le soleil était haut dans le ciel et brûlant. Le long été saharien commençait et, vers midi, la température dépasserait quarante degrés à l'ombre.

Sans décharger le chameau, l'homme ouvrit un de ses sacs et en sortit sa tente. Une fois de plus, il regarda autour de lui, machinalement : pas d'ombre ni d'abri en vue : cet endroit-là n'était pas plus mal qu'un autre. Il dressa sa tente auprès du chameau mourant, en haut de la dune.

Il s'assit en tailleur à l'entrée de la tente pour préparer son thé. Il aplanit un petit carré de sable, disposa quelques précieuses brindilles sèches en pyramide et alluma le feu. Lorsque l'eau se mit à frémir dans la bouilloire, il prépara le thé à la manière nomade, en le versant dans la tasse, en ajoutant du sucre, puis en le reversant dans la bouilloire pour le faire infuser encore, répétant plusieurs fois l'opération. Le breuvage qui en résultait, très fort et un peu épais, était la boisson la plus revivifiante du monde.

Il rongea quelques dattes et regarda le chameau mourir tout en attendant que le soleil passe au zénith. Son calme était le fruit d'une longue expérience. Il avait fait un long chemin dans ce désert, plus de seize cents kilomètres. Deux mois plus tôt, il avait quitté El-Agela, sur la côte méditerranéenne de Libye pour s'enfoncer plein sud sur quelque huit cents kilomètres, par Jialo et Koufra, dans le cœur désertique du Sahara. Là, il avait mis le cap à l'est et franchi la frontière pour pénétrer en Égypte, sans être observé par ni homme ni bête. Il avait traversé la rocaille du désert occidental et tourné au nord à la hauteur de Kharga ; et maintenant il n'était pas loin de sa destination. Il connaissait le désert, mais il en avait peur – comme tous les gens intelligents, même les nomades qui passaient toute leur vie ici. Mais jamais il ne laissait cette peur s'emparer de lui, l'affoler, user son énergie nerveuse. Il y avait toujours des catastrophes : des erreurs de navigation qui vous faisaient manquer un puits de deux ou trois kilomètres ; des gourdes d'eau qui fuyaient ou qui éclataient ; des chameaux en apparence sains qui tombaient malades au bout de deux jours. La seule réaction était de dire *Inch Allah* : c'est la volonté de Dieu.

Le soleil finit par plonger vers l'ouest. L'homme regarda le chargement du chameau, se demandant ce qu'il allait pouvoir porter. Il y avait trois petites valises, deux lourdes et une légère, toutes importantes. Il y avait aussi un petit sac de vêtements, un sextant, les cartes, les vivres et la réserve d'eau. C'était déjà trop : il allait devoir abandonner la tente, le nécessaire à thé, la casserole, l'almanach et la selle.

Il entassa les trois valises les unes sur les autres et attacha tout en haut les vêtements, les provisions et le sextant, fixant le tout avec une bande de tissu. Il pouvait passer ses bras dans cette sangle improvisée et porter la charge comme un sac à dos. Il passa autour de son cou la cordelette de l'outre en peau de chèvre qu'il laissa pendre devant lui.

C'était un lourd chargement.

Trois mois plus tôt, il aurait pu le porter toute la journée et jouer ensuite au tennis le soir, car il était un homme fort ; mais le désert l'avait affaibli. Ses entrailles n'étaient plus que de l'eau, sa peau une plaie et il avait perdu dix ou douze kilos. Sans le chameau, il ne pouvait pas aller loin.

Sa boussole à la main, il se mit en marche.

Il suivit l'aiguille là où elle le menait, résistant à la tentation de contourner les dunes, car il naviguait à l'estime et une erreur minime pouvait signifier un écart fatal de quelques centaines de mètres. Il adopta un pas lent, à longues enjambées. L'esprit vidé de tout espoir et de toute crainte, il était tout entier concentré sur la boussole et sur le sable. Il parvenait à oublier les souffrances de son corps malmené et posait un pied devant l'autre machinalement sans penser, donc sans effort.

Le soir apporta quelque fraîcheur. L'outre devint plus légère autour de son cou tandis qu'il en avalait le contenu. Il se refusait à penser combien il lui restait d'eau. Il buvait près de trois litres et demi par jour, avait-il calculé, et il savait qu'il n'en avait pas assez pour un jour de plus. Un vol d'oiseaux passa au-dessus de lui, dans un sifflement bruyant. Il leva la tête, se protégeant les yeux de sa main et reconnut des gangas des sables, des oiseaux du désert semblables à des pigeons marron qui, chaque matin et chaque soir, s'envolaient vers un point d'eau. Ils suivaient la même direction que lui, ce qui voulait dire qu'il était sur la bonne piste, mais il savait qu'ils pouvaient parcourir quatre-vingts kilomètres pour aller boire, ce qui n'était guère encourageant.

Des nuages s'amassèrent à l'horizon tandis que la température fraîchissait. Derrière lui, le soleil descendit plus bas et devint un gros ballon jaune. Un peu plus tard, une lune blafarde apparut dans un ciel pourpre.

Il songea à s'arrêter. Personne ne pouvait marcher toute la nuit. Mais il n'avait pas de tente, pas de couverture, pas de riz ni de thé. Et il était sûr de ne pas être loin du puits : d'après ses estimations, il aurait dû déjà y être.

Il continua sa marche. Maintenant, son calme l'abandonnait. Il avait confronté sa force et son expérience au désert impitoyable, et on pouvait commencer à croire que c'était le désert qui allait l'emporter. Il repensa au chameau qu'il avait laissé derrière lui, assis sur la dune, avec la tranquillité de l'épuisement, attendant la mort. Lui n'attendrait pas la mort, se dit-il : lorsqu'elle deviendrait inévitable, il se précipiterait à sa rencontre. Ce ne serait pas, pour lui, les heures d'agonie et de folie qui peu à peu le gagneraient : cela manquerait de dignité. Il avait son poignard.

Cette pensée le plongea dans le désespoir et il ne parvenait plus à réprimer la peur. La lune se coucha, mais les étoiles suffisaient à éclairer le paysage. Il aperçut sa mère au loin qui lui parlait : «Ne dis pas que je ne t'ai pas prévenu !» Il entendit un train qui soufflait au rythme de son pouls, lentement. Des cailloux roulaient sous ses pas comme des rats qui s'enfuient. Il sentait une odeur d'agneau rôti. Il gravit une pente et vit, tout près, la lueur rougeoyante du feu sur lequel on avait rôti la viande et, à côté, un petit garçon qui rongeait les os. Il y avait des tentes autour du feu, les chameaux entravés broutaient les rares buissons d'épines et buvaient à la source un peu plus loin. Il entra dans cette hallucination. Les gens dans son rêve levèrent les yeux vers lui, stupéfaits. Un homme de grande taille se leva et lui adressa la parole. Le voyageur tira sur son burnous, écartant un peu le tissu pour révéler son visage.

Le grand gaillard fit un pas en avant, bouleversé, et dit : « Mon cousin ! »

Le voyageur comprit que ce n'était pas, après tout, une illusion ; il eut un pâle sourire et s'écroula.

Lorsqu'il s'éveilla, il crut un instant qu'il était de nouveau petit garçon et que sa vie adulte n'avait été qu'un rêve.

Quelqu'un lui touchait l'épaule en disant : « Réveille-toi, Achmed », dans la langue du désert. Personne ne l'appelait Achmed depuis des années. Il se rendit compte qu'il était enroulé dans une couverture rugueuse et couché sur le sable froid, sa tête enveloppée dans les plis d'un burnous. Il ouvrit les yeux pour voir le somptueux lever de soleil, comme un arc-en-ciel horizontal sur le fond noir et plat de l'horizon. La bise glacée du matin lui soufflait au visage. Il retrouva aussitôt tout le désarroi de l'angoisse de sa quinzième année. Il s'était senti complètement perdu, cette première fois où il s'était éveillé dans le désert. Il avait pensé *mon père est mort*, et puis *j'ai un nouveau père*. Des bribes des surates du Coran lui avaient traversé la tête, mêlées à des fragments du Credo que sa mère continuait à lui enseigner secrètement, en allemand. Il se rappelait la douleur aiguë et si récente de sa circoncision d'adolescent, suivie des acclamations et des coups de fusil des hommes qui le félicitaient d'être enfin devenu l'un d'eux, un homme véritable. Puis il y avait eu le long voyage en train, durant lequel il s'était demandé à quoi ressembleraient ses cousins du désert et s'ils mépriseraient son corps pâle et ses façons de la ville. Il était sorti d'un pas vif de la gare pour voir les deux Arabes, assis auprès de leur chameau dans la poussière de la cour, drapés dans leurs robes traditionnelles qui les enveloppaient de la tête aux pieds, sauf la fente dans le tissu qui ne révélait que leurs yeux sombres et impénétrables. Ils l'avaient emmené jusqu'au puits. Ç'avait été terrifiant : personne ne lui avait parlé, sauf par gestes. Le soir il avait compris que ces gens n'avaient pas de toilettes et il en avait été désespérément gêné. Au bout du compte, il avait été obligé de demander. Il y avait eu un moment de silence, et puis ils avaient tous éclaté de rire. Il finit par comprendre qu'ils étaient persuadés qu'il ne savait pas parler leur langue, ce qui expliquait pourquoi tout le monde avait essayé de communiquer avec lui par signes ; et aussi qu'il avait utilisé un mot de bébé pour demander où se trouvaient les toilettes, ce qui avait rendu la chose encore plus drôle. Quelqu'un lui avait conseillé de marcher un peu au-delà du cercle des tentes et de s'accroupir dans le sable, et après cela il n'avait plus été aussi effrayé car, si c'étaient des hommes rudes, ils n'étaient pas sans bonté. Toutes ces pensées lui traversaient l'esprit tandis qu'il regardait sa première aurore dans le désert, et elle lui revenait vingt ans plus tard, aussi nette et aussi pénible que les mauvais souvenirs de la veille, avec les mots : «Réveille-toi, Achmed.»

Il s'assit brusquement, les pensées d'autrefois se dissipant aussi vite que les nuages du matin. Il avait traversé le désert pour une mission d'une importance vitale. Il avait trouvé le puits, et ce n'était pas une hallucination : ces cousins étaient ici, comme toujours à cette époque de l'année. Il s'était écroulé d'épuisement et on l'avait enveloppé dans des couvertures puis laissé dormir auprès du feu. Il éprouva un soudain affolement en songeant à son précieux bagage – le portait-il toujours lorsqu'il était arrivé ? – puis il l'aperçut, entassé avec soin à ses pieds.

Ishmael était accroupi auprès de lui. Ç'avait toujours été ainsi : durant l'année que les deux garçons avaient passée ensemble dans le désert, Ishmael n'avait jamais manqué de s'éveiller le premier le matin. Maintenant il disait : «Que de soucis, cousin.»

Achmed hocha la tête. «Il y a une guerre.»

Ishmael lui tendit une petite jatte contenant de l'eau. Achmed y trempa les doigts et se lava les yeux. Ishmael s'éloigna. Achmed se leva. Une des femmes, silencieuse et soumise, lui apporta du thé. Il le prit sans la remercier et le but à grands traits. Il mangea du riz bouilli froid cependant que l'activité sans hâte du camp se poursuivait autour de lui. Il semblait que cette branche de la famille était encore riche : il y avait plusieurs serviteurs, beaucoup d'enfants et plus de vingt chameaux. Près des tentes, les moutons n'étaient qu'une partie du troupeau : le reste devait paître à quelques kilomètres de là. Il devait y avoir aussi plus de chameaux. Ils erraient la nuit en quête de feuillages à brouter et, bien qu'ils fussent entravés, ils s'éloignaient parfois hors de vue. Les jeunes garçons devaient être en train de les rassembler maintenant, comme Ishmael et lui le faisaient autrefois. Les bêtes n'avaient pas de nom, mais Ishmael connaissait chacune d'elle et son histoire. Il disait : «Voici le mâle que mon père a donné à son frère Abdel l'année où beaucoup de femmes sont mortes, et le mâle s'est estropié, alors mon père en a donné un autre à Abdel et a repris celui-ci, et, tu vois, il boite toujours.» Achmed en était arrivé à bien connaître les chameaux, mais il n'avait jamais tout à fait adopté l'attitude des nomades envers eux : il n'avait pas, il s'en souvenait, allumé un feu sous sa monture mourante hier. Ishmael l'aurait fait.

Achmed termina son petit déjeuner et revint à ses bagages. Les valises n'étaient pas fermées à clef. Il ouvrit celle du haut, une petite valise en cuir ; et en regardant les manettes et les cadrans du poste de radio qui s'emboîtait parfaitement dedans, un souvenir lui revint soudain, précis comme un film : le flot de la circulation dans Berlin ; une rue bordée d'arbres qui s'appelait la Tirpitzufer ; un immeuble en pierre de taille de quatre étages ; un labyrinthe de couloirs et d'escaliers ; un bureau de réception avec deux secrétaires ; un cabinet de travail n'abritant qu'un bureau, un canapé, un classeur, un petit lit et, au mur, une peinture japonaise représentant un démon grimaçant, et une photo dédicacée de Franco ; plus loin, sur un balcon dominant le canal de la Landwehr, un couple de teckels et un amiral aux cheveux prématurément blanchis qui disait : « Rommel veut que j'installe un agent au Caire. »

La valise contenait aussi un livre, un roman en anglais. Le regard d'Achmed en parcourut la première ligne : « La nuit dernière j'ai rêvé que je retournais à Manderley. » Une feuille de papier pliée tomba d'entre les pages du livre. Achmed la ramassa soigneusement et la remit en place. Il referma le livre et le remit dans la valise dont il baissa le couvercle.

Ishmael était debout près de lui. Il demanda : « C'était un long voyage ? »

Achmed acquiesça. « Je suis venu d'El-Agela, en Libye. (Les noms ne disaient rien à son cousin.) Je suis venu de la mer.

— De la mer !

— Oui.

— Tout seul ?

— J'avais quelques chameaux quand je suis parti. »

Ishmael était impressionné : même les nomades ne faisaient pas d'aussi longs voyages, et ils n'avaient jamais vu la mer. Il reprit : « Mais pourquoi ?

— Cela a un rapport avec cette guerre.

— Une bande d'Européens qui se battent avec une autre pour savoir qui doit occuper Le Caire : en quoi cela concerne-t-il les fils du désert ?

— Les compatriotes de ma mère sont dans la guerre, dit Achmed.

— C'est son père qu'un homme devrait suivre.

— S'il a deux pères ? »

Ishmael haussa les épaules. Il n'aimait pas les dilemmes.

Achmed prit la valise fermée. « Veux-tu garder cela pour moi ?

— Oui, fit Ishmael en la prenant. Qui est en train de gagner la guerre ?

— Les compatriotes de ma mère. Ils sont comme les nomades : ils sont fiers, cruels et forts. Ils vont gouverner le monde. »

Ishmael sourit. « Achmed, tu as toujours cru au lion du désert. »

Achmed se souvenait : il avait appris à l'école qu'il y avait jadis eu des lions dans le désert et qu'il n'était pas exclu qu'il en demeurât quelques-uns, cachés dans les montagnes, vivant de chevreuils, de renards du désert et de moutons sauvages. Ishmael avait refusé de le croire. En ce temps-là, la discussion leur avait paru terriblement importante et ils s'étaient presque querellés à ce propos. Achmed sourit. «Je crois toujours au lion du désert», dit-il.

Les deux cousins se regardèrent. Cela faisait cinq ans qu'ils s'étaient vus pour la dernière fois. Le monde avait changé. Achmed pensa à ce qu'il pouvait raconter : la rencontre cruciale à Beyrouth en 1938, son voyage à Berlin, son grand coup à Istanbul... rien de tout cela ne voudrait rien dire pour son cousin – et Ishmael en pensait sans doute autant des événements des cinq dernières années qu'il avait vécues, lui. Depuis qu'ils étaient allés ensemble, étant jeunes, au pèlerinage de La Mecque, ils étaient liés par une affection farouche, mais ils n'avaient jamais rien à se dire.

Au bout d'un moment, Ishmael tourna les talons et emporta la valise dans sa tente. Achmed alla chercher un peu d'eau dans une écuelle. Il ouvrit un autre sac et y prit un petit morceau de savon, un blaireau, un miroir et un rasoir. Il planta le miroir dans le sable, en ajusta l'angle et se mit à dérouler les plis du chèche autour de sa tête.

La vue de son propre visage dans la glace fut un choc pour lui. Son front robuste et à la peau normalement claire était couvert de plaies. Il avait les yeux alourdis de souffrance et plissés dans les coins. Sur ses joues à l'ossature régulière, sa barbe sombre s'étalait en touffes hirsutes et la peau de son grand nez aquilin était rouge et fendillée. Il écarta ses lèvres craquelées et vit que ses belles dents régulières étaient sales et tachées.

Il se savonna le visage et commença à se raser.

Peu à peu, son visage d'autrefois émergeait. Il était fort plutôt que beau et arborait en général une expression dont il convenait, dans ses moments d'abandon, qu'elle avait quelque chose d'un peu dissolu ; mais maintenant elle était tout simplement ravagée. Il avait emporté à travers des centaines de kilomètres de désert un petit flacon de lotion parfumée pour cet instant, mais il n'osa pas s'en appliquer sur la peau car il savait que cela lui provoquerait d'intolérables brûlures. Il en fit cadeau à une fillette qui le regardait et elle s'enfuit en courant, ravie de son butin.

Il porta son sac dans la tente d'Ishmael et en chassa les femmes. Il ôta ses robes du désert et passa une chemise blanche britannique, une cravate à rayures, des chaussettes grises et un costume marron à carreaux. Lorsqu'il essaya d'enfiler ses chaussures, il constata que ses pieds avaient enflé : c'était un supplice que de tenter de les introduire dans le cuir neuf et raide. Il ne pouvait pourtant pas porter son complet européen avec les sandales du désert qu'il s'était confectionnées avec des bouts de pneu. Il finit par fendre les chaussures avec son poignard et par les porter bâillantes.

Il voulait autre chose encore : un bain chaud, une coupe de cheveux, une crème rafraîchissante et apaisante pour ses plaies, une chemise de soie, un bracelet d'or, une bouteille de champagne bien frappé et la douce tiédeur d'une femme. Mais pour cela, il lui faudrait attendre.

Lorsqu'il sortit de la tente, les nomades le regardèrent comme si c'était un étranger. Il prit son chapeau et souleva les deux valises qui restaient : l'une lourde, l'autre légère. Ishmael s'approcha, portant une outre en peau de chèvre. Les deux cousins s'étreignirent.

Achmed prit un portefeuille dans la poche de sa veste pour vérifier ses papiers. Regardant la carte d'identité, il s'aperçut une fois de plus qu'il était Alexander Wolff, âgé de trente-quatre ans, habitant la villa *Les Oliviers*, à Garden City, au Caire, profession : homme d'affaires, race : européenne.

Il coiffa son chapeau, prit ses valises et s'en alla dans la fraîcheur de l'aube pour parcourir les quelques derniers kilomètres de désert jusqu'à la ville.

La grande et antique route des caravanes, que Wolff avait suivie d'oasis en oasis à travers l'immensité du désert, franchissait un col dans la chaîne de montagnes pour venir se confondre enfin avec une route moderne ordinaire. Elle était comme un trait tracé sur la carte par Dieu, car d'un côté se dressaient les collines jaunes, poussiéreuses et nues, et de l'autre de riches champs de coton encadrés de fossés d'irrigation. Les paysans, penchés sur leurs récoltes, portaient des galabiyas, sortes de longues chemises de coton à rayures, au lieu des robes encombrantes qui protégeaient les nomades. Marchant vers le nord sur la route, humant la brise fraîche et humide qui venait du Nil voisin, observant les signes de plus en plus fréquents de la civilisation urbaine, Wolff commençait à se sentir de nouveau humain. Les paysans qui parsemaient les champs alentour avaient moins l'air d'une foule anonyme. Il finit par entendre un moteur de voiture et sut qu'il était sauvé.

Le véhicule arrivait d'Assiout, de la ville. Lorsqu'il déboucha d'un virage, l'homme s'aperçut que c'était une jeep militaire. Comme elle approchait, il reconnut les uniformes de l'armée britannique des hommes qui l'occupaient et se rendit compte qu'il n'avait laissé derrière lui un danger que pour en affronter un autre.

Il se força à rester calme. J'ai tous les droits d'être ici, se dit-il. Je suis né à Alexandrie. Je suis de nationalité égyptienne. Je possède une maison au Caire. Mes papiers sont authentiques. Je suis un homme riche, un Européen et un espion allemand derrière les lignes ennemies... La jeep s'immobilisa dans un crissement de pneus et un nuage de poussière. Un des hommes sauta à terre. Il avait trois galons sur chaque épaule de sa chemise d'uniforme : un capitaine. Il paraissait terriblement jeune et marchait en boitillant.

« D'où diable arrivez-vous ? » fit le capitaine.

Wolff reposa ses valises et pointa un pouce par-dessus son épaule. « Ma voiture est tombée en panne sur la route du désert. »

Le capitaine hocha la tête, acceptant aussitôt l'explication : l'idée ne lui serait jamais venue, à lui ni à personne, qu'un Européen eût pu venir à pied jusqu'ici depuis la Libye. Il dit : « S'il vous plaît, j'aimerais voir vos papiers. »

Wolff les lui tendit. Le capitaine les examina, puis leva les yeux. Wolff songea : il y a eu une fuite à Berlin, et tous les officiers d'Egypte me recherchent ; ou bien on a changé les papiers depuis la dernière fois que j'étais ici et les miens sont périmés ; ou encore… «Vous m'avez l'air épuisé, monsieur Wolff, dit le capitaine. Depuis combien de temps marchez-vous ?»

Wolff comprit que son aspect ravagé pourrait lui valoir l'utile compassion d'un autre Européen. «Depuis hier après-midi, dit-il avec une lassitude qui n'était pas entièrement feinte. Je me suis un peu perdu.

– Vous avez été dehors toute la nuit ? fit le capitaine en regardant de plus près le visage de Wolff. Seigneur, on dirait bien que oui. Vous feriez mieux de monter en voiture avec nous. (Il se tourna vers la jeep.) Caporal, prenez les valises de ce monsieur. »

Wolff ouvrit la bouche pour protester, puis la referma aussitôt. Un homme qui avait marché toute la nuit ne serait que trop content de laisser quelqu'un porter ses bagages. Elever une objection, non seulement discréditerait son récit, mais attirerait l'attention sur ses valises. Tandis que le caporal les soulevait pour les déposer à l'arrière de la jeep, Wolff se rappela, le cœur serré, qu'il n'avait même pas pris la peine de les fermer à clef. Comment ai-je pu être aussi stupide ? se dit-il. Il connaissait la réponse. Il vivait encore au rythme du désert, où l'on avait de la chance de voir des gens une fois par semaine, et où la dernière chose qu'ils avaient envie de voler était un émetteur radio qu'il fallait brancher sur une prise de courant. Il avait les sens en alerte mais pour tout ce qu'il ne fallait pas. Il suivait le mouvement du soleil, il humait l'air pour flairer l'eau, mesurait les distances qu'il parcourait et scrutait l'horizon comme pour chercher un arbre isolé à l'ombre duquel il pourrait se reposer durant la grosse chaleur de la journée. Il fallait oublier tout cela maintenant et penser plutôt policiers, papiers, serrures et mensonges.

Il résolut de faire plus attention et monta dans la jeep.

Le capitaine s'installa auprès de lui et dit au chauffeur : «Nous rentrons en ville. »

Wolff décida de donner un peu plus de consistance à son histoire. Comme la jeep faisait demi-tour sur la route poussiéreuse, il demanda :

«Vous avez de l'eau?

– Bien sûr.» Le capitaine passa la main sous son siège et en tira une gourde métallique recouverte de feutre, comme une grande flasque à whisky. Il déboucha le bouchon et la tendit à Wolff.

Wolff but longuement, avalant au moins un demi-litre. «Merci, dit-il en la rendant.

– Eh bien, vous aviez soif. Pas étonnant. Oh! au fait… je suis le capitaine Newman.» Il tendit la main.

Wolff lui serra la main et regarda l'homme avec plus d'attention. Il était jeune – une vingtaine d'années, estimat-il – un teint frais, une mèche juvénile qui lui pendait sur le front et un sourire avenant; mais il y avait dans son attitude cette maturité un peu lasse qui vient tôt aux hommes qui se battent. Wolff dit : «Vous avez vu un peu d'action?

– Un peu. (Le capitaine Newman se palpa la genou.) J'ai été touché à la jambe en Cyrénaïque, c'est pour ça qu'on m'a envoyé dans ce bled. (Il sourit.) En toute franchise, je ne peux pas dire que je brûle d'envie de retourner dans le désert, mais j'aimerais faire quelque chose d'un peu plus positif qu'ici, où je tiens la boutique à des centaines de kilomètres de la guerre. Les seuls combats que nous voyons jamais, c'est entre chrétiens et musulmans dans la ville. D'où vient votre accent?»

La brusque question, sans rapport avec ce qui venait de se dire, prit Wolff au dépourvu. C'était sûrement voulu, songeat-il : le capitaine Newman était un jeune homme à l'esprit vif. Par bonheur, Wolff avait une réponse toute prête. «Mes parents étaient des Boers qui sont venus d'Afrique du Sud en Egypte. J'ai grandi en parlant l'afrikaans et l'arabe. (Il hésita, nerveux à l'idée d'en faire trop, en semblant trop prêt à prodiguer les explications.) Le nom de Wolff est d'origine hollandaise; et on m'a baptisé Alex d'après la ville où je suis né.»

Newman manifesta un intérêt poli. «Qu'est-ce qui vous amène ici?»

Wolff s'était préparé à celle-là aussi.

«J'ai des intérêts dans plusieurs villes de haute Égypte. (Il sourit.) J'aime bien faire des visites surprises.»

Ils entraient dans Assiout. Pour l'Egypte, c'était une ville importante, avec des usines, des hôpitaux, une université musulmane, un couvent célèbre et quelque soixante mille habitants. Wolff allait demander à se faire déposer à la gare quand Newman lui épargna cette erreur. «Il vous faut un garage, dit le capitaine. Nous allons vous conduire chez Nasif : il a un camion-remorque.»

Wolff se contraignit à dire : «Je vous remercie.» Non sans peine, il avala sa salive. Il ne pensait pas encore assez fort ni assez vite. Il faut que je me reprenne, songea-t-il; c'est ce fichu désert, ça m'a ralenti. Il regarda sa montre. Il avait le temps de faire son numéro au garage et d'attraper quand même le seul train de la journée pour le Caire. Il réfléchit à ce qu'il allait faire. Il serait obligé d'entrer dans le garage, car Newman le surveillerait. Et puis les soldats s'en iraient. Wolff devrait poser quelques questions à propos de pièces détachées ou quelque chose comme ça, puis prendre congé et gagner la gare à pied.

Avec un peu de chance, Nasif et Newman n'échangeraient sans doute jamais leurs impressions à propos d'Alex Wolff.

La jeep roulait dans les rues étroites et encombrées. Le spectacle familier d'une ville égyptienne faisait plaisir à Wolff : les cotonnades aux couleurs vives, les femmes portant des fardeaux sur leur tête, les policemen zélés, les élégants à lunettes de soleil, les minuscules échoppes qui s'étalaient jusque dans les rues creusées d'ornières, les éventaires, les voitures délabrées et les ânes surchargés. Ils s'arrêtèrent devant une rangée de bâtiments bas en brique de boue séchée. La route était à moitié bloquée par un camion vétuste et par le reste d'une Fiat dont on avait pillé les accessoires. Un petit garçon s'affairait sur un bloc-moteur avec une clef à molette, assis par terre devant l'entrée.

«Il va malheureusement falloir que je vous laisse ici, dit Newman; le devoir m'appelle. (Wolff lui serra la main.)

– Vous avez été extrêmement aimable.

– Ça m'ennuie de vous abandonner comme ça, poursuivit Newman. Vous venez de passer de sales moments. (Il avait l'air soucieux, puis son visage s'éclaira.) Tenez... je vais vous laisser le caporal Cox pour s'occuper de vous.

– C'est très aimable, dit Wolff, mais vraiment... »

Newman ne l'écoutait pas. «Prenez les bagages, Cox, et ayez l'œil. Je veux que vous preniez soin de lui – et ne laissez rien aux bicots, compris?

– Bien, mon capitaine!» fit Cox.

Wolff réprima un grognement agacé. Maintenant, il allait perdre un peu plus de temps à se débarrasser du caporal. L'obligeance du capitaine Newman devenait encombrante: se pouvait-il qu'elle fût intentionnelle? Wolff et Cox descendirent et la jeep s'éloigna. Wolff entra dans l'atelier de Nasif et Cox lui emboîta le pas, portant les valises.

Nasif était un jeune homme souriant vêtu d'une galabiya crasseuse et qui s'affairait sur une batterie de voiture à la lueur d'une lampe à huile. Il s'adressa à eux en anglais. «Vous voulez louer une belle automobile? Mon frère a une Bentley...»

Wolff l'interrompit dans un arabe égyptien rapide. «Ma voiture est tombée en panne. Il paraît que vous avez une dépanneuse.

– Oui. Nous pouvons partir tout de suite. Où est la voiture?

– Sur la route du désert, à soixante-dix ou quatre-vingts kilomètres. C'est une Ford. Mais nous n'allons pas vous accompagner. (Il prit son portefeuille et donna à Nasif un billet d'une livre anglaise.) Quand vous reviendrez, vous me trouverez au Grand Hôtel, auprès de la gare.» Nasif empocha l'argent avec joie. «Très bien! Je pars tout de suite!»

Wolff acquiesça d'un petit signe de tête et tourna les talons. Tout en quittant l'atelier, suivi de Cox, il envisagea les implications de son bref entretien avec Nasif. Le mécanicien allait partir dans le désert avec sa remorqueuse et chercher la voiture sur la route. Il finirait par revenir au Grand Hôtel pour faire part de son échec. Il apprendrait que Wolff était parti. Il estimerait qu'il avait été raisonnablement payé pour sa journée perdue, mais cela ne l'empêcherait pas de raconter à qui voudrait l'entendre la disparition de la Ford et de son conducteur. Selon toute probabilité, cette histoire reviendrait tôt ou tard aux oreilles du capitaine Newman qui pourrait ne pas trop savoir qu'en faire, mais aurait certainement le sentiment qu'il y avait là un mystère à éclaircir.

Wolff se sentait d'humeur de plus en plus sombre en se rendant compte que son projet de se glisser inaperçu en Egypte risquait fort d'échouer.

Il allait devoir se débrouiller. Il regarda sa montre. Il avait encore le temps de prendre le train. Il réussirait à se débarrasser de Cox dans le hall de l'hôtel, puis à manger quelque chose en attendant, s'il faisait vite.

Cox était un homme petit et brun, avec un accent de la campagne anglaise que Wolff n'arrivait pas à situer. Il paraissait à peu près du même âge que Wolff, et, comme il était toujours caporal, sans doute n'était-il pas très intelligent. Tout en suivant Wolff sur le Midan El-Mahatta, il dit : «Vous connaissez cette ville, monsieur ?

– Je suis déjà venu», répondit Wolff.

Ils arrivèrent au Grand Hôtel. Avec vingt-six chambres, c'était le premier des deux hôtels de la ville. Wolff se tourna vers Cox. «Je vous remercie, caporal. Je pense que vous pouvez maintenant retourner à votre travail.

– Ça n'est pas pressé, monsieur, dit Cox avec entrain.

Je vais porter vos bagages dans votre chambre.

– Je suis certain qu'il y a des porteurs ici…

– Si j'étais vous, monsieur, je ne leur ferais pas confiance.»

La situation prenait de plus en plus la tournure d'un cauchemar ou d'une farce, à cause de gens bien intentionnés qui le poussaient à un comportement de plus en plus absurde dû à un unique petit mensonge. Il se demanda de nouveau si c'était tout à fait accidentel, et l'idée lui traversa l'esprit avec une terrifiante absurdité que, peut-être, ils savaient tout et jouaient tout simplement avec lui.

Il chassa cette pensée et dit à Cox, avec toute l'amabilité qu'il pouvait rassembler : «Oh! je vous remercie.»

Il se dirigea vers la réception et demanda une chambre. Il consulta sa montre : il lui restait un quart d'heure. Il remplit rapidement sa fiche, donnant une adresse inventée au Caire : il y avait des chances pour que le capitaine Newman oubliât la véritable adresse figurant sur ses papiers d'identité, et Wolff n'avait pas envie de laisser de quoi lui rafraîchir la mémoire.

Un garçon d'étage nubien les conduisit jusqu'à la chambre

au premier. Wolff lui donna un pourboire avant d'entrer dans la chambre. Cox posa les valises sur le lit.

Wolff prit son portefeuille. Peut-être Cox s'attendait-il aussi à un pourboire. «Eh bien, caporal, commença-t-il, vous m'avez été d'un grand secours…

— Laissez-moi déballer vos affaires, monsieur, fit Cox. Le capitaine a dit de ne rien laisser faire aux bicots.

— Non, merci, dit Wolff d'un ton ferme. Pour l'instant, j'ai envie de m'étendre un peu.

— Allez-y, étendez-vous, insista Cox avec générosité. Ça ne va pas me prendre…

— Ne touchez pas à ça!»

Cox était en train d'ouvrir la valise. Wolff plongea la main dans sa veste en se disant *l'imbécile* et *maintenant je suis grillé* et *j'aurais dû la fermer à clef* et *est-ce que je peux faire ça discrètement*? Le petit caporal contemplait les liasses bien rangées de livres anglaises toutes neuves qui emplissaient la petite valise. Il dit : «Bon sang, vous êtes bourré!» Au moment même où il faisait un pas en avant, l'idée traversa l'esprit de Wolff que Cox n'avait jamais vu autant d'argent de sa vie. Cox se retourna en disant : «Qu'est-ce que vous voulez faire avec tout ce…» Wolff dégaina le redoutable poignard bédouin incurvé dont la lame étincelait dans sa main tandis que son regard croisait celui de Cox et que le caporal tressaillait et ouvrait la bouche pour crier; et puis l'acier affûté comme un rasoir s'enfonça dans la chair tendre de sa gorge; son cri de terreur devint un gargouillis inaudible et il mourut. Wolff n'éprouva rien, qu'un grand désappointement.

2

On était en mai et le Kahamsîn soufflait, vent brûlant et chargé de poussière venant du sud. Sous sa douche, William Vandam avait la déprimante impression que ce serait la seule fois de toute la journée où il se sentirait frais. Il arrêta l'eau et se sécha rapidement. Il était moulu. Il avait joué au cricket la veille, pour la première fois depuis des années. Le Service de renseignements de l'état-major général avait constitué une équipe pour rencontrer les médecins de l'hôpital de campagne – les espions contre les rebouteux, avait-il appelé cela – et Vandam, chargé de rattraper la balle et de la relancer sur la ligne de démarcation, avait dû courir à perdre haleine sous les assauts des toubibs. Il devait reconnaître maintenant qu'il n'était pas en très bonne forme. Le gin avait sapé ses forces et les cigarettes lui avaient raccourci le souffle, et il avait trop de soucis pour accorder au jeu la concentration acharnée qu'il exigeait.

Il alluma une cigarette, toussa et commença à se raser. Il fumait toujours en se rasant : c'était la seule façon qu'il connaissait de tromper l'ennui et l'inévitable corvée quotidienne. Quinze ans plus tôt, il avait juré de se laisser pousser la barbe dès qu'il quitterait l'armée, mais il y était toujours.

Il mit son uniforme de tous les jours : grosses sandales, chaussettes, saharienne et short kaki avec les rabats qu'on pouvait libérer et boutonner au-dessous du genou pour se protéger des moustiques. Personne ne s'en servait jamais et d'habitude les jeunes officiers les coupaient tant ils paraissaient ridicules.

Il y avait une bouteille de gin vide sur le sol auprès du lit. Vandam la regarda avec une impression de dégoût : c'était la première fois qu'il emportait la bouteille au lit avec lui. Il la ramassa, revissa le bouchon et jeta la bouteille dans la corbeille à papier. Puis il descendit l'escalier.

Gaafar était dans la cuisine, à préparer le thé. Le serviteur de Vandam était un copte d'un certain âge au crâne chauve et à la démarche traînante, avec des prétentions à jouer les maîtres d'hôtel britanniques. Il n'y réussirait jamais, mais il avait une certaine dignité et était honnête ; Vandam avait trouvé que c'étaient là des qualités fort peu répandues parmi les domestiques égyptiens.

« Billy est levé ? demanda Vandam.

– Oui, monsieur, il descend tout de suite. »

Vandam acquiesça. Sur le fourneau, l'eau bouillait dans une petite casserole. Vandam y mit un œuf et retourna le sablier. Il se coupa deux tranches de pain de mie pour les faire griller. Il en beurra une et la découpa en lamelles, puis il sortit l'œuf de l'eau bouillante et le décapita. Billy entra dans la cuisine en disant : « Bonjour, papa. » Vandam sourit à son fils âgé de dix ans. « Bonjour. Le petit déjeuner est prêt. »

Le jeune garçon se mit à manger. Vandam s'assit en face de lui avec une tasse de thé, en l'observant. Depuis quelque temps Billy avait souvent l'air fatigué le matin. Autrefois, il était toujours frais comme une rose au petit déjeuner. Dormait-il mal ? Ou bien simplement son métabolisme devenait-il plus semblable à celui d'un adulte ? Peut-être était-ce qu'il veillait tard à lire des romans policiers sous ses draps à la lueur d'une lampe électrique.

Les gens disaient que Billy était le portrait de son père, mais Vandam n'arrivait pas à voir la ressemblance. En revanche, il retrouvait chez Billy des traits de sa mère : les yeux gris, la peau délicate et l'expression légèrement dédaigneuse qui se peignait sur son visage lorsque quelqu'un le contrariait.

C'était toujours Vandam qui préparait le petit déjeuner de son fils. Le domestique, bien sûr, était parfaitement capable de s'occuper de l'enfant et la plupart du temps le faisait ; mais Vandam aimait à garder pour lui ce petit rituel. C'était souvent la seule fois de toute la journée où il était avec Billy. Ils ne parlaient guère – Billy mangeait et Vandam fumait – mais peu importait : ce qui comptait, c'était qu'ils étaient ensemble un moment au début de chaque journée.

Après le petit déjeuner, Billy alla se brosser les dents pendant que Gaafar amenait la motocyclette de Vandam. Billy revint, coiffé de la casquette de son école et Vandam mit sa casquette d'uniforme. Comme ils le faisaient chaque jour, ils se saluèrent. Billy dit : « Bien, commandant… allons gagner la guerre. » Sur quoi ils sortirent.

Le bureau du major Vandam était à Gray Pillars, un

bâtiment faisant partie d'un groupe de constructions entourées d'une clôture en barbelé et qui constituaient le G. Q. G. du Moyen-Orient. Lorsqu'il arriva, il y avait un rapport sur son bureau signalant un incident. Il s'assit, alluma une cigarette et se mit à lire.

Le rapport était en provenance d'Assiout, à cinq cents kilomètres au sud, et tout d'abord Vandam ne comprit pas pourquoi on l'avait adressé au Service de renseignements. Une patrouille avait recueilli un Européen faisant de l'auto-stop, lequel avait par la suite assassiné un caporal avec un poignard. Le corps avait été découvert la nuit précédente, presque aussitôt que l'on eut remarqué l'absence du caporal, mais plusieurs heures après le décès. Un homme répondant au signalement de l'auto-stoppeur avait acheté un billet pour le Caire à la gare de chemin de fer, mais le temps qu'on eût trouvé le corps, le train était arrivé au Caire et le meurtrier s'était perdu dans la ville. Aucune indication de mobile.

La police égyptienne et la police militaire britannique enquêtaient déjà à Assiout et leurs collègues du Caire, comme Vandam, auraient dès ce matin les détails de leurs investigations. Quelles raisons y avait-il pour les Renseignements de s'en mêler ?

Vandam fronça les sourcils et se mit à réfléchir. On recueille un Européen dans le désert. Il raconte que sa voiture est tombée en panne. Il prend une chambre dans un hôtel. Quelques minutes plus tard, il part et prend un train. On ne trouve pas sa voiture. Ce soir-là, on découvre le corps d'un soldat dans la chambre d'hôtel.

Pourquoi ?

Vandam prit le téléphone et appela Assiout. Il fallut un moment au standard du camp militaire pour repérer le capitaine Newman, mais on finit par le trouver à l'arsenal et il vint au téléphone.

Vandam dit : « Ce meurtre au poignard me paraît le fait d'un homme dont la couverture a sauté.

– L'idée m'en est venue, mon commandant », dit Newman. (Il avait une voix jeune.) C'est pourquoi j'ai adressé le rapport aux Renseignements.

– Bien raisonné. Dites-moi, quelle impression cet homme vous a faite ?

– C'était un grand gaillard…

– J'ai votre signalement ici : un mètre quatre-vingts, soixante-seize ou soixante-dix-sept kilos, cheveux et yeux bruns… mais ça ne me dit pas de quoi il avait l'air.

– Je comprends, fit Newman. Eh bien, pour être franc, tout d'abord je ne me méfiais pas le moins du monde de lui. Il paraissait vanné, ce qui correspondait à son histoire de panne sur la route du désert, mais à part cela, il donnait l'impression d'être un honnête citoyen : un Blanc, convenablement habillé, qui s'exprimait fort bien avec un accent qu'il disait être hollandais ou plutôt afrikaans. Ses papiers étaient parfaitement en ordre : je suis tout à fait sûr qu'ils étaient authentiques.

– Mais ?…

– Il m'a dit qu'il venait inspecter les affaires qu'il avait en haute Egypte.

– C'est assez possible.

– En effet, mais il ne m'a pas paru être le genre d'homme qui passe sa vie à investir dans quelques boutiques, dans de petites usines et dans des plantations de coton. Il avait beaucoup plus le type cosmopolite : s'il avait de l'argent à placer, ce serait sans doute chez un agent de change de Londres ou dans une banque suisse. Il ne faisait pas du tout l'effet d'un petit homme d'affaires très moyen… c'est très vague, mon commandant, mais voyez-vous ce que je veux dire ?

– Parfaitement.» Newman avait l'air d'un garçon intelligent, se dit Vandam. Que faisait-il donc dans un patelin comme Assiout ?

Newman poursuivit : «Et puis l'idée m'est venue qu'il venait, en quelque sorte, de surgir du désert, et que je ne savais vraiment pas d'où il aurait pu venir… alors j'ai dit à ce pauvre vieux Cox de rester avec lui, sous prétexte de l'aider, pour m'assurer qu'il n'allait pas filer avant que nous ayons eu l'occasion de vérifier son histoire. J'aurais dû l'arrêter, bien sûr, mais très sincèrement, mon commandant, sur le moment, je n'avais que les soupçons les plus ténus…

« – Je crois que personne ne vous reproche rien, capitaine, dit Vandam. Vous avez bien fait de vous rappeler le nom et l'adresse qui figuraient sur les papiers. Alex Wolff, villa Les Oliviers, Garden City, c'est bien cela ?

– Oui, mon commandant.

– Très bien, tenez-moi au courant de tous les développements de votre côté, voulez-vous ?

– Certainement, mon commandant. »

Vandam raccrocha. Les soupçons de Newman concordaient avec sa réaction instinctive devant le meurtre. Il décida d'en parler à son supérieur immédiat. Il sortit de son bureau, le rapport à la main.

Le Service de renseignements du grand état-major était dirigé par un général de brigade ayant le titre de directeur des Renseignements militaires. Le D. R. M. avait deux adjoints : le D. A. R. M. (O) – pour Opérations – et le D. A. R. M. (R) – pour Renseignements. Les adjoints étaient des colonels. Le patron de Vandam, le lieutenant-colonel Bogge, était sous les ordres directs du D. A. R. M. (R). Bogge était responsable de la sécurité du personnel et passait le plus clair de son temps à administrer les services de censure. Vandam, lui, avait à s'occuper des fuites concernant la sécurité par d'autres canaux que par les lettres. Ses hommes et lui avaient plusieurs centaines d'agents au Caire et à Alexandrie ; dans la plupart des boîtes et des bars, il y avait un serveur à sa solde, il avait un informateur parmi le personnel des plus importants politiciens arabes, le valet de chambre du roi Farouk travaillait pour Vandam, ainsi que le plus riche voleur du Caire. Il s'intéressait à ceux qui parlaient trop et à ceux qui écoutaient ; et parmi ces derniers, les nationalistes arabes constituaient son gibier d'élection. Il semblait toutefois possible que l'homme mystérieux d'Assiout présentât une forme différente de menace.

Les états de service de Vandam pendant la guerre avaient jusque-là été marqués par une réussite spectaculaire et un échec de taille. L'échec avait eu lieu en Turquie. C'était de là que Raschid Ali avait fui en Irak. Les Allemands voulaient le faire sortir et l'utiliser pour leur propagande ; les Britanniques tenaient à le garder dans l'ombre ; et les Turcs, jaloux de leur neutralité, ne voulaient vexer personne. Vandam avait pour tâche de s'assurer qu'Ali restait à Istanbul, mais Ali avait échangé ses vêtements avec un agent allemand et quitté le pays sous le nez de Vandam. Quelques jours plus tard, il adressait des discours de propagande au Moyen-Orient sur les ondes de la radio nazie. Vandam s'était quelque peu racheté au Caire. Londres lui avait dit qu'on avait toutes raisons de croire qu'il y avait une importante fuite et, après trois mois de minutieuses enquêtes, Vandam avait découvert qu'un diplomate américain envoyait des rapports à Washington en utilisant un code peu sûr. Le code avait été changé, la fuite arrêtée et Vandam avait été promu au grade de major.

S'il avait été un civil, ou même un soldat en temps de paix, il aurait été fier de son triomphe et se serait résigné à son échec en disant : «Tantôt on gagne, tantôt on perd.» Mais en temps de guerre, les erreurs d'un officier faisaient tuer des gens. À la suite de l'affaire Raschid Ali, un agent avait été tué, une femme, et Vandam n'arrivait pas à se le pardonner.

Il frappa à la porte du lieutenant-colonel Bogge et entra. Reggie Bogge était un homme petit et trapu d'une cinquantaine d'années, avec un uniforme immaculé et des cheveux noirs luisants de brillantine. Il avait une façon nerveuse de toussoter pour s'éclaircir la voix, qu'il employait quand il ne savait pas très bien quoi dire, ce qui était fréquent. Il était assis derrière un grand bureau incurvé – plus grand que celui du D. R. M. – et examinait le courrier qui venait d'arriver. Toujours prêt à bavarder plutôt qu'à travailler, il désigna un siège à Vandam. Il prit une balle de cricket rouge vif et se mit à la lancer d'une main à l'autre. «Vous avez bien joué hier, dit-il.

– Vous ne vous en êtes pas mal tiré vous-même», répondit Vandam. C'était vrai : Bogge avait été le seul bon lanceur de l'équipe des Renseignements et avait marqué à lui tout seul quatre paniers. «Mais est-ce que nous gagnons la guerre ?

– Encore de sales nouvelles, malheureusement. (La conférence du matin n'avait pas encore eu lieu, mais Bogge apprenait toujours les nouvelles de vive voix avant tout le monde.) Nous comptions que Rommel irait attaquer la ligne de Gazala de front. Nous aurions dû nous méfier : ce type ne joue jamais franc-jeu. Il a contourné notre flanc sud, s'est emparé du Q. G. de la septième division blindée et a fait prisonnier le général Messervy.»

C'était un récit déprimant par son caractère répétitif et Vandam, soudain, se sentis las. «Quel gâchis, dit-il.

— Heureusement, il n'a pas réussi à percer jusqu'à la côte, si bien que les divisions sur la ligne de Gazala ne se trouvent pas isolées. Malgré cela…

— Malgré cela, quand allons-nous l'arrêter ?

— Il n'ira pas beaucoup plus loin.» C'était une remarque idiote : Bogge ne voulait tout simplement pas se laisser entraîner à critiquer des généraux. «Qu'est-ce que vous avez-là ?»

Vandam lui remit le rapport sur l'incident d'Assiout. «Je me propose de suivre cette affaire moi-même.»

Bogge lut le rapport et leva les yeux, le visage dénué d'expression. «Je n'en vois pas l'utilité.

— Ça m'a l'air d'une couverture qui a sauté.

— Ah ?

— Il n'y a pas de mobile pour le meurtre, alors nous en sommes réduits aux hypothèses, expliqua Vandam. Voici une possibilité : l'homme n'était pas ce qu'il a dit être, le caporal a découvert la vérité et l'homme l'a tué.

— Pas ce qu'il a dit qu'il était… Vous voulez dire que c'était un espion ? fit Bogge en riant. Comment imaginez-vous qu'il est arrivé à Assiout… en parachute ? Ou bien à pied ?»

C'était le hic quand il s'agissait d'expliquer quelque chose à Bogge, se dit Vandam : il se croyait obligé de tourner l'idée en ridicule, comme pour s'excuser de ne pas y avoir pensé lui-même. «Il n'est pas impossible à un petit avion de se faufiler jusque-là. Il n'est pas impossible non plus de traverser le désert.»

Bogge fit planer le rapport par-dessus la vaste étendue de son bureau. «À mon avis, dit-il, ça n'est pas très vraisemblable. Ne perdez pas de temps là-dessus.

— Très bien, mon colonel.» Vandam ramassa le rapport qui

avait atterri par terre, réprimant un sentiment de colère et de frustration qu'il ne connaissait que trop. Les conversations avec Bogge tournaient toujours à des affrontements où chacun voulait marquer des points, et la seule chose intelligente à faire, c'était de ne pas jouer. «Je vais demander à la police de nous tenir au courant des progrès de son enquête : de nous envoyer des doubles de mémos et tout cela, juste pour le dossier.

– Parfait.» Bogge ne protestait jamais quand on chargeait les gens de lui envoyer des doubles pour les dossiers. Cela lui permettait de mettre le nez dans des affaires sans prendre aucune responsabilité. «Dites-moi, si nous prenions des dispositions pour des séances d'entraînement au cricket? J'ai remarqué hier qu'ils avaient là-bas des filets et des poteaux. J'aimerais mettre notre équipe en forme et organiser d'autres matchs.

– Excellente idée.

– Voyez si vous pouvez mettre quelque chose sur pied, voulez-vous?

– Bien, mon colonel.» Vandam sortit.

En regagnant son bureau, il se demanda ce qui allait si mal dans l'administration de l'armée britannique pour qu'elle pût promouvoir au grade de lieutenant-colonel un homme à la tête aussi vide que Reggie Bogge. Le père de Vandam, qui avait été caporal pendant la Première Guerre mondiale, se plaisait à dire que les soldats britanniques étaient des «lions commandés par des ânes». Vandam pensait parfois que c'était toujours vrai. Mais Bogge n'était pas simplement bouché. Parfois, il prenait de mauvaises décisions parce qu'il n'était pas assez intelligent pour en prendre de bonnes; mais la plupart du temps, semblait-il à Vandam, Bogge faisait le mauvais choix parce qu'il jouait un autre jeu, qu'il s'efforçait de se faire paraître brillant, qu'il essayait d'avoir l'air supérieur ou Dieu sait quoi, Vandam ne savait pas très bien.

Une femme en blouse blanche d'hôpital le salua et il lui rendit son salut distraitement. La femme dit : «Major Vandam, n'est-ce pas?» Il s'arrêta et la regarda. Elle assistait au match de cricket, et maintenant il se souvenait de son nom.

«Docteur Abuthnot, dit-il. Bonjour.» C'était une grande femme à l'air un peu froid, qui avait à peu près son âge. Il se rappela qu'elle était chirurgien – ce qui était extrêmement inhabituel pour une femme, même en temps de guerre – et qu'elle avait le grade de capitaine.

«Vous vous êtes donné du mal hier, dit-elle.

– Et je le paie aujourd'hui, répondit Vandam en souriant. Mais je me suis bien amusé.

– Moi aussi. (Elle avait une voix basse et précise, parlait avec beaucoup d'assurance.) Est-ce que nous vous verrons vendredi?

– Où ça?

– À la réception de l'Union.

– Ah!» L'Union anglo-égyptienne, un club pour les Européens qui s'ennuyaient, se livrait à des tentatives occasionnelles pour justifier son nom en donnant une réception pour des invités égyptiens. «J'aimerais beaucoup. À quelle heure?

– À cinq heures, pour le thé.»

Vandam était intéressé sur le plan professionnel : c'était une occasion où les Egyptiens pouvaient recueillir des rumeurs traînant dans les services, et ce genre de rumeurs comprenaient parfois des renseignements utiles à l'ennemi. «Je viendrai, dit-il.

– Splendide. Je vous verrai là-bas.» Elle tourna les talons.

«J'en serai ravi», dit Vandam s'adressant déjà à son dos. Il la regarda s'éloigner, se demandant ce qu'elle portait sous la blouse d'hôpital. Elle était élégante, soignée et sûre d'elle : elle lui rappelait sa femme.

Il entra dans son bureau. Il n'avait aucune intention d'organiser des séances d'entraînement au cricket et aucune intention non plus de laisser tomber le meurtre d'Assiout. Bogge pouvait aller se faire voir. Vandam allait se mettre au travail.

Pour commencer, il eut une nouvelle conversation téléphonique avec le capitaine Newman et le pria de s'assurer que le signalement d'Alex Wolff ait la plus large diffusion possible.

Il appela ensuite la police égyptienne et obtint confirmation qu'elle allait contrôler le jour même les hôtels et pensions du Caire. Il contacta la Sécurité du territoire, une unité appartenant à la Force de défense du canal d'avant-guerre pour demander que les agents intensifient les contrôles d'identité pendant quelques jours.

Il dit au trésorier général britannique d'avoir tout particulièrement l'œil sur la fausse monnaie.

Il prévint le Service d'écoute radio d'être à l'affût d'un nouvel émetteur local et songea brièvement que ce serait utile si les savants parvenaient un jour à repérer une radio en écoutant ses émissions. Enfin il chargea un sergent de son état-major d'aller inspecter tous les magasins de radio de basse Égypte – il n'y en avait pas tellement – pour demander aux propriétaires de signaler toute vente de pièces détachées et de matériel susceptibles d'être utilisés pour construire ou réparer un poste émetteur.

Puis il se rendit à la villa *Les Oliviers*.

La maison tenait son nom d'un petit jardin public de l'autre côté de la rue où un bosquet d'oliviers était maintenant en fleur, répandant des pétales blancs comme la poussière sur l'herbe brune et sèche. La maison était entourée d'un haut mur interrompu par une lourde porte en bois sculpté. En prenant appui sur les motifs, Vandam escalada la porte et sauta de l'autre côté pour se trouver dans une vaste cour. Autour de lui, les murs passés à la chaux étaient sales et tachés, les fenêtres protégées par des volets clos dont la peinture s'écaillait. Il s'avança jusqu'au milieu de la cour et regarda la fontaine de pierre. Un lézard d'un vert vif traversa à toute allure le bassin desséché.

Cela faisait au moins un an que personne n'avait vécu là.

Vandam ouvrit un volet, cassa un carreau, passa la main pour ouvrir la fenêtre et, grimpant sur l'appui, pénétra dans la maison.

Elle ne ressemblait pas au domicile d'un Européen, se dit-il en traversant les pièces sombres et fraîches. Pas de gravures de chasse aux murs, pas de rangées bien alignées de romans d'Agatha Christie et de Dennis Wheatley, pas d'ensemble canapé fauteuils importés de chez Maples ou de chez Harrods. Au lieu de cela, le mobilier se composait surtout de grands coussins et de tables basses, de tapis faits à la main et de tapisseries pendues aux murs.

Au premier étage, il trouva une porte fermée à clef. Il lui fallut trois ou quatre minutes pour l'ouvrir d'un coup de pied. Derrière elle se trouvait un bureau.

La pièce était propre et bien rangée, avec quelques meubles plutôt luxueux : un large divan bas tendu de velours, une table basse sculptée à la main, trois lampes anciennes en cuivre, une carpette en peau d'ours, un bureau aux incrustations magnifiques et un fauteuil de cuir. Sur le bureau se trouvaient un téléphone, un buvard d'un blanc immaculé, une plume à manche d'ivoire et un encrier asséché. Dans le tiroir du bureau, Vandam trouva des rapports commerciaux provenant de Suisse, d'Allemagne et des États-Unis. Un service à café en cuivre martelé prenait la poussière sur la petite table. Sur une étagère derrière le bureau, des livres en plusieurs langues : des romans français du XIXe, l'édition abrégée du Dictionnaire d'Oxford, un volume de ce qui parut à Vandam être de la poésie arabe, avec des illustrations érotiques, et la Bible en allemand.

Pas de documents personnels. Pas une lettre.

Pas une seule photo dans la maison.

Vandam s'assit dans le fauteuil de cuir derrière le bureau et inspecta la pièce. C'était une pièce masculine, la résidence d'un intellectuel cosmopolite, d'un homme qui, d'une part, était soigneux, précis et méticuleux et d'autre part, sensible et sensuel.

Vandam était intrigué.

Un nom européen, une maison totalement arabe. Une brochure sur la façon d'investir dans les machines de bureau, un livre de poésie arabe. Une cafetière ancienne et un téléphone moderne. Toute une mine de renseignements sur un personnage, mais pas un seul indice susceptible d'aider à trouver l'homme.

La pièce avait été soigneusement rangée.

Il aurait dû y avoir des relevés de banque, des notes de commerçants, un acte de naissance et un testament, des lettres d'un acte de naissance et un testament, des lettres d'une maîtresse et des photographies de parents ou d'enfants. L'homme avait ramassé tout cela et l'avait rangé, sans laisser aucune trace de son identité, comme s'il savait qu'un jour quelqu'un viendrait à sa recherche.

Vandam dit tout haut : «Alex Wolff, qui êtes-vous ?»

Il se leva du fauteuil et inspecta le bureau. Il traversa la maison et la cour brûlante et poussiéreuse. Il escalada une nouvelle fois la porte et retomba dans la rue. De l'autre côté de la route, un Arabe en galabiya à rayures vertes était assis en tailleur sur le sol à l'ombre des oliviers, regardant Vandam sans curiosité. Vandam ne se sentit aucune obligation d'expliquer qu'il s'était introduit dans la maison en mission officielle : l'uniforme d'un major britannique conférait une autorité suffisante pour faire à peu près n'importe quoi dans cette ville. Il songea aux autres sources auprès desquelles il pourrait recueillir des renseignements sur le propriétaire de cette maison : les archives municipales telles qu'elles existaient ; les commerçants du quartier qui auraient pu faire des livraisons là quand la maison était occupée : même les voisins. Il allait charger deux de ses hommes de cela et raconter une histoire quelconque à Bogge pour couvrir leurs activités. Il enfourcha sa motocyclette et la mit en marche. Le moteur se mit à rugir et Vandam repartit.

3

Bouillant de rage et de désespoir, Wolff était assis en face de chez lui et regardait l'officier britannique s'éloigner sur sa moto. Il se souvenait de la maison telle qu'elle était quand il était enfant, résonnant de la rumeur des conversations, pleine de rires et de vie. Là, auprès de la grande porte sculptée il y avait toujours un garde, un géant à la peau noire venu du Sud, assis à même le sol, insensible à la chaleur. Tous les matins, un saint homme, vieux et presque aveugle, récitait dans la cour un chapitre du Coran. Dans la fraîcheur des arcades qui la bordaient sur trois côtés, les hommes de la famille, assis sur des divans bas, fumaient leur narguilé pendant que de jeunes serviteurs apportaient du café dans des cruches au long col. Un autre garde noir était en faction à la porte du harem, derrière laquelle les femmes s'ennuyaient et s'épaississaient. Les journées étaient longues et chaudes, la famille était riche et les enfants gâtés.

L'officier britannique, avec son short et sa motocyclette, son visage arrogant et ses yeux fureteurs dissimulés par la visière de sa casquette d'uniforme, s'était introduit dans la maison et avait violé l'enfance de Wolff. Wolff regrettait de n'avoir pas pu voir le visage de l'homme, car il aurait aimé le tuer un jour.

Tout au long de son voyage, il avait pensé à cet endroit. À Berlin, à Tripoli et à El-Agela, dans les souffrances et l'épuisement de la traversée du désert, dans la crainte et la précipitation de sa fuite d'Assiout, la villa avait représenté un havre, un endroit où se reposer, se laver et se remettre à la fin du voyage. Il avait attendu avec impatience le moment de s'allonger dans le bain, de boire à petites gorgées du café dans la cour et de ramener des femmes à la maison jusqu'au vaste lit. Maintenant, il allait devoir s'en aller pour ne pas revenir.

Il était resté dehors toute la matinée, tantôt arpentant la rue et tantôt assis à l'ombre des oliviers, au cas où le capitaine Newman se serait rappelé l'adresse et aurait envoyé quelqu'un perquisitionner la maison ; et il avait acheté avant cela une galabiya dans les souks, sachant que si quelqu'un venait, ce serait un Européen qu'on chercherait et pas un Arabe.

Ç'avait été une erreur de montrer ses vrais papiers. Il le comprenait avec le recul. L'ennui c'était qu'il se méfiait des faux de l'Abwehr. En rencontrant d'autres espions, en travaillant avec eux, il avait entendu d'horribles histoires sur de grossières erreurs commises sur les documents par les Renseignements allemands : impression ratée, papier de qualité inférieure, voire fautes d'orthographe sur des mots anglais courants. À l'école d'espionnage où on l'avait envoyé suivre des cours de radio, le bruit courait que chaque policeman d'Angleterre savait qu'une certaine série de chiffres sur une carte d'alimentation en identifiait le détenteur comme espion allemand.

Wolff avait pesé les alternatives et choisi celle qui lui semblait comporter le moins de risques. Il avait eu tort et maintenant il n'avait nulle part où aller.

Il se leva, prit ses valises et se mit à marcher.

Il songea à sa famille. Sa mère et son beau-père étaient morts, mais il avait au Caire trois beaux-frères et une belle-sœur. Ce serait difficile pour eux de le cacher. On les interrogerait dès que les Anglais auraient découvert l'identité du propriétaire de la villa, ce qui pouvait avoir lieu aujourd'hui même ; et s'ils allaient jusqu'à raconter des mensonges pour le sauver, leurs domestiques ne manqueraient pas de parler. En outre, il ne pouvait pas vraiment leur faire confiance, car, lorsque son beau-père était mort, Alex, en tant que fils aîné, avait hérité la maison ainsi qu'une part de la fortune, bien qu'il fût européen et qu'il fût un fils adopté. Cela avait causé quelque amertume et des discussions avec des hommes de loi ; Alex avait tenu bon et les autres ne lui avaient jamais vraiment pardonné.

Il envisagea de prendre une chambre à l'hôtel Shepheard's. Malheureusement, la police y penserait certainement aussi : le Shepheard devait avoir maintenant le signalement du meurtrier d'Assiout. Les autres grands hôtels ne tarderaient pas à l'avoir. Restaient les pensions de famille. Le fait qu'on les eût prévenues dépendait du soin que la police voulait apporter à cette enquête. Comme il s'agissait des Anglais, la police se sentirait peut-être obligée d'être méticuleuse. Quand même, les directeurs des petits hôtels étaient souvent trop occupés pour accorder beaucoup d'attention à des policiers curieux.

Il quitta Garden City et se dirigea vers le centre. Les rues étaient encore plus encombrées et plus bruyantes que lorsqu'il avait quitté Le Caire. On rencontrait d'innombrables uniformes : pas seulement britanniques mais australiens, néozélandais, polonais, yougoslaves, palestiniens, indiens et grecs. Les Égyptiennes, sveltes et effrontées dans leurs robes de cotonnade et leurs lourds bijoux, soutenaient sans mal la comparaison avec leurs contreparties européennes aux visages rouges et à l'air accablé de chaleur. Parmi les femmes plus âgées, Wolff eut l'impression qu'elles étaient moins nombreuses à porter la traditionnelle robe noire et le voile. Les hommes se saluaient toujours avec la même exubérance, agitant leur bras droit avant de joindre les mains dans un claquement bruyant, les poignées de mains durant au moins une minute ou deux pendant que la main gauche étreignait l'épaule de son interlocuteur tout en parlant avec animation. Mendiants et marchands ambulants étaient là en force, profitant de l'afflux d'Européens naïfs. Dans sa galabiya, Wolff était à l'abri, mais les étrangers étaient assiégés d'infirmes, de femmes portant des bébés couverts de mouches, de petits cireurs et d'hommes qui vendaient n'importe quoi depuis des lames de rasoir d'occasion jusqu'à des stylos géants garantis contenir assez d'encre pour tenir six mois.

La circulation était pire qu'avant. Les tramways lents et vermoulus étaient plus chargés que jamais, leurs passagers cramponnés dans un équilibre précaire à une barre de marchepied, entassés dans la cabine avec le conducteur et assis en tailleur sur le toit. Les bus et les taxis ne valaient pas mieux : il semblait y avoir pénurie de pièces détachées, car beaucoup de voitures avaient des vitres cassées, des pneus à plat et des moteurs en piteux état et il leur manquait des phares ou des essuie-glace. Wolff vit deux taxis – une Morris vieillissante et une Packard encore plus antique – qui avaient fini par cesser de rouler et qui étaient maintenant tirés par des ânes. Les seuls véhicules en bon état étaient les monstrueuses limousines américaines des riches pachas et les rares Austin britanniques d'avant-guerre. Participant avec les véhicules à moteur à cette redoutable compétition il y avait aussi les gharris tirés par des chevaux, les charrettes à mulets des paysans

et le bétail – chameaux, moutons et chèvres – à qui l'accès
du centre de la ville était interdit par l'arrêté municipal le plus
impossible à appliquer.

Et le bruit… Wolff avait oublié le bruit.

Les trams faisaient sans cesse tinter leur cloche. Dans les
encombrements, toutes les voitures klaxonnaient sans cesse
et, quand il n'y avait aucune raison de le faire, les automobilistes les utilisaient par principe. Pour ne pas être en reste,
les conducteurs de charrettes et les chameliers hurlaient à
pleins poumons. De nombreuses boutiques et tous les cafés
déversaient des torrents de musique arabe diffusée par des
postes de radio de pacotille fonctionnant à plein volume. Des
camelots ne cessaient d'interpeller des passants qui leur
disaient de s'en aller. Des chiens aboyaient et des cerfs-volants
tournoyaient au-dessus de la foule parmi les cris des enfants.
De temps en temps, tout ce vacarme était étouffé par le grondement d'un avion.

C'est ma ville, songea Wolff; ils ne peuvent pas me
prendre ici.

Il y avait une douzaine de pensions bien connues abritant
des touristes de différentes nationalités : Suisses, Autrichiens,
Allemands, Danois et Français. Il y pensa et les rejeta toutes
comme trop évidentes. Il finit par se rappeler un petit hôtel
minable tenu par des religieuses à Bulaq, dans le quartier du
port. Il hébergeait surtout les matelots qui descendaient le Nil
sur des remorqueurs et des felouques chargées de coton, de
charbon, de papier et de cailloux. Wolff pouvait être sûr qu'il
ne serait pas volé, contaminé ni assassiné et que personne ne
songerait à le chercher là.

Comme il se dirigeait vers le quartier de l'hôtel, les rues
étaient un peu moins encombrées, mais pas beaucoup. Il
n'apercevait pas le fleuve mais entrevoyait de temps en
temps, entre deux immeubles, la haute voile triangulaire d'une
felouque.

L'hôtel était un grand bâtiment délabré qui avait été jadis
la villa d'un pacha. Il y avait maintenant un crucifix de bronze
au-dessus de l'entrée. Une religieuse en robe noire arrosait
un petit parterre de fleurs devant l'immeuble. Par la porte

voûtée, Wolff aperçut un couloir frais et tranquille. Il avait fait plusieurs kilomètres à pied aujourd'hui avec ses lourdes valises : il avait hâte de se reposer.

Deux policiers égyptiens sortirent de l'hôtel.

Wolff vit aussitôt les larges ceinturons, les inévitables lunettes de soleil, les coupes de cheveux militaires, et son cœur se serra. Tournant le dos aux hommes, il s'adressa en français à la religieuse qui jardinait. «Bonjour, ma sœur.»

Elle se redressa et lui sourit. «Bonjour. (Elle était étonnamment jeune.) Vous voulez une chambre?

– Pas une chambre. Rien que votre bénédiction.»

Les deux policiers approchaient et Wolff se tendit, préparant ses réponses au cas où ils l'interrogeraient, étudiant quelle direction il devait prendre s'il lui fallait s'enfuir en courant; puis ils passèrent en discutant à propos d'une course de chevaux.

«Dieu vous bénisse», fit la religieuse.

Wolff la remercia et poursuivit sa marche. C'était pire qu'il ne l'avait imaginé. La police devait faire des contrôles absolument partout. Il avait mal aux pieds maintenant et les bras endoloris à force de trimbaler ses bagages. Il était déçu et aussi un peu indigné, car tout dans cette ville avait la réputation de s'en aller à vau-l'eau, et il semblait bien pourtant qu'on montait rien que pour lui une opération bien menée. Il revint sur ses pas, repartant vers le centre. Il commençait à avoir la même impression que dans le désert : celle de marcher depuis une éternité sans arriver nulle part.

Il aperçut au loin une haute silhouette familière : Hussein Fahmy, un vieux camarade d'école. Wolff fut un instant paralysé. Hussein l'abriterait sûrement et peut-être pouvait-on lui faire confiance; mais il avait une femme et trois enfants, et comment leur expliquer que l'oncle Achmed venait s'installer chez eux, mais que c'était un secret, qu'il ne fallait pas mentionner son nom à leurs amis… Comment d'ailleurs Wolff expliquerait-il tout cela à Hussein lui-même? Hussein regarda dans la direction de Wolff et celui-ci tourna rapidement les talons et traversa la rue, juste derrière un tram. Une fois sur le trottoir d'en face, il s'empressa de prendre une petite ruelle sans regarder derrière lui. Non, il ne pouvait pas chercher refuge auprès de vieux amis d'école. Il déboucha dans une autre rue et se rendit compte qu'il n'était pas loin de l'école allemande. Il se demanda si elle était encore ouverte : un grand nombre de ressortissants allemands au Caire avaient été internés. Il se dirigea vers l'école, puis vit, devant l'immeuble, une patrouille de Sécurité du territoire contrôlant les papiers. Il s'empressa de faire demi-tour et repartit dans la direction d'où il était venu.

Il ne fallait pas rester dans les rues.

Il avait l'impression d'être un rat dans un labyrinthe : chaque issue vers laquelle il se tournait était bloquée. Il aperçut un taxi, une grosse vieille Ford avec de la vapeur qui sortait en sifflant de sous le capot. Il le héla et sauta dans la voiture. Il donna une adresse au chauffeur et la voiture s'éloigna en troisième en cahotant, la seule vitesse apparemment qui fonctionnait. En chemin, ils s'arrêtèrent à deux reprises pour remettre de l'eau dans le radiateur en ébullition, pendant que Wolff, blotti sur la banquette arrière, essayait de dissimuler son visage.

Le taxi le conduisit dans le quartier copte, l'ancien ghetto chrétien. Il régla la course et descendit les marches jusqu'à l'entrée. Il donna quelques piastres à la vieille femme qui gardait la grande clef de bois et elle le laissa entrer.

C'était un îlot d'obscurité et de calme dans la mer agitée du Caire. Wolff emprunta les passages étroits, entendant les faibles échos des chants qui montaient des antiques églises. Il passa devant l'école, la synagogue et la cave où Marie était censée avoir amené l'Enfant Jésus. Puis il finit par entrer dans la plus petite des cinq églises.

Le service allait commencer. Wolff posa ses précieuses valises auprès d'une rangée de chaises. Il s'inclina devant les images des saints accrochées aux murs, puis s'approcha de l'autel, s'agenouilla et baisa la main du prêtre. Il regagna alors sa chaise et s'assit.

Le chœur entonna un passage des Écritures en arabe. Wolff se cala sur son siège. Il serait en sûreté jusqu'à la tombée de la nuit. À ce moment-là, il tenterait sa dernière chance.

Le Cha-Cha était une grande boîte de nuit en plein air installée dans un jardin au bord du fleuve. Comme toujours, l'établissement était bondé. Wolff prit place dans la file d'attente avec les officiers britanniques et leurs compagnes pendant que les safragis dressaient des tables supplémentaires sur des tréteaux partout où il restait un espace libre. Sur la scène, un comique disait : «Attendez que Rommel arrive au Shepheard's : c'est ça qui l'arrêtera.»

Wolff finit par avoir une table et une bouteille de champagne. La soirée était chaude et l'éclairage de scène n'arrangeait rien. Le public était houleux : les gens avaient soif et on ne servait que du champagne, aussi étaient-ils vite ivres. Ils se mirent à réclamer à grands cris la vedette du spectacle, Sonja El-Aram.

Il fallut d'abord écouter une Grecque obèse chanter *Je te verrai dans mes rêves* et *Je n'ai personne pour m'aimer* (ce qui fit rire le public). Puis on annonça Sonja. Toutefois, elle n'apparut pas tout de suite. Les spectateurs devinrent plus bruyants et plus impatients à mesure que les minutes s'écoulaient. Enfin, alors qu'ils semblaient être au bord de l'émeute, il y eut un roulement de tambour, l'éclairage de la scène s'éteignit et le silence descendit sur l'auditoire.

Quand le projecteur se ralluma, Sonja était immobile au milieu de l'estrade, les bras tendus vers le ciel. Elle portait un pantalon transparent et un corsage pailleté et tout son corps était poudré de blanc. La musique commença – des tambours et une flûte – et elle se mit à danser. Wolff dégustait son champagne et l'observait en souriant. Elle était toujours la meilleure.

Elle agitait les hanches avec lenteur, frappant la scène d'un pied, puis de l'autre. Ses bras se mirent à trembler, puis ses épaules ondulèrent et ses seins s'agitèrent; puis son ventre fameux se mit à rouler d'une façon qui vous hypnotisait. Le rythme s'accéléra. Elle ferma les yeux. Chaque partie de son corps semblait indépendante du reste. Wolff eut l'impression, comme toujours, comme chaque homme de l'assistance, qu'elle ne dansait que pour lui et que ça n'était pas un numéro, pas une exhibition de grande artiste du music-hall, mais qu'elle n'arrivait pas à maîtriser ses contorsions sensuelles, qu'elle faisait cela parce qu'elle ne pouvait pas s'en empêcher, qu'elle était poussée à une frénésie sexuelle par tout l'élan de son corps voluptueux. Le public était tendu, silencieux, fasciné. Elle allait de plus en plus vite et semblait transportée. La musique parvint à son paroxysme pour s'arrêter sur un coup de cymbales. Dans l'instant de silence qui suivit, Sonja poussa un petit cri bref : puis elle se renversa en arrière, les jambes pliées sous elle, les genoux écartés, jusqu'au moment où sa tête vint toucher les planches. Elle garda cette position un moment, puis les lumières s'éteignirent. Le public se leva dans un tonnerre d'applaudissements.

Les lumières revinrent ; elle avait disparu.

Sonja ne bissait jamais son numéro.

Wolff quitta sa place. Il donna une livre à un serveur – trois mois de salaire pour la plupart des Égyptiens – pour se faire conduire en coulisses. Le serveur lui montra la porte de la loge de Sonja, puis s'éloigna. Wolff frappa à la porte.

« Qui est là ? »

Wolff entra.

Elle était assise sur un tabouret, vêtue d'un peignoir de soie, en train de se démaquiller. Elle l'aperçut dans le miroir et se retourna pour lui faire face.

« Bonjour, Sonja », dit Wolff.

Elle le dévisagea. Au bout d'un long moment elle dit : « Espèce de salaud. »

Elle n'avait pas changé. C'était une belle femme. Elle avait les cheveux d'un noir étincelant, longs et drus ; deux grands yeux bruns légèrement protubérants avec de longs cils ; de hautes pommettes qui empêchaient son visage d'être trop rond et lui donnaient une forme ; un nez busqué d'une gracieuse arrogance, et une bouche pleine qui s'ouvrait sur des dents blanches et régulières. Son corps n'était que douces courbes, mais comme elle avait quelques centimètres de plus que la moyenne, elle ne paraissait pas dodue.

Ses yeux flamboyaient de colère. « Qu'est-ce que tu fais ici ? Où es-tu allé ? Qu'est-ce qui t'es arrivé au visage ? »

Wolff posa ses valises et s'assit sur le divan. Il leva la tête vers elle. Elle était plantée, les mains sur les hanches, le menton en avant, le contour de ses seins souligné par la soie verte. «Tu es belle, dit-il.

– Fiche le camp.»

Il l'examina avec attention. Il la connaissait trop bien pour la trouver sympathique ou antipathique : elle faisait partie de son passé, comme un vieux copain qui demeure un ami, malgré ses défauts, simplement parce qu'il a toujours été là. Wolff se demandait ce qui était arrivé à Sonja depuis qu'il avait quitté Le Caire. S'était-elle mariée, s'était-elle acheté une maison, était-elle tombée amoureuse, avait-elle changé d'impresario, avait-elle un bébé ? Cet après-midi, dans la pénombre fraîche de l'église, il avait beaucoup pensé à la façon dont il devrait l'aborder ; mais il n'était parvenu à aucune conclusion, car il ne savait pas très bien comment elle l'accueillerait. Il n'était toujours pas sûr. Elle semblait furieuse et méprisante, mais étaient-ce là ses vrais sentiments ? Devait-il se montrer charmant et plein d'humour, ou bien agressif et dominateur, ou bien désemparé et implorant ?

«J'ai besoin d'aide», dit-il d'un ton uni.

L'expression de Sonja ne changea pas.

«Les Anglais sont à mes trousses, poursuivit-il. Ils surveillent ma maison et tous les hôtels ont mon signalement. Je n'ai nulle part où dormir. Je voudrais m'installer avec toi.

– Va au diable, dit-elle.

– Laisse-moi t'expliquer pourquoi je suis parti.

– Au bout de deux ans, aucune excuse n'est assez bonne.

– Donne-moi une minute pour m'expliquer. Au nom de… tout ça.

– Je ne te dois rien.» Elle le foudroya encore un moment du regard, puis ouvrit la porte. Il crut qu'elle allait le jeter dehors. Il observa son visage tandis qu'elle le regardait, la porte ouverte. Puis elle passa la tête dans le couloir et cria : «Qu'on m'apporte un verre !»

Wolff se détendit un peu.

Sonja revint dans la loge et referma la porte. «Une minute, lui dit-elle.

– Tu vas rester plantée devant moi comme un gardien de prison ? Je ne suis pas dangereux, ajouta-t-il en souriant.

– Oh ! si, tu l'es », dit-elle, mais elle revint à son tabouret et reprit son démaquillage.

Il hésitait. L'autre problème qu'il avait ruminé durant ce long après-midi dans l'église copte, ç'avait été de lui expliquer pourquoi il était parti sans lui dire adieu et pourquoi il ne l'avait jamais contactée depuis. Seule la vérité semblait convaincante. Malgré toute la répugnance qu'il éprouvait à partager son secret, il devait le lui confier, car il était désespéré et elle était son seul espoir.

« Te souviens-tu, dit-il, que je suis allé à Beyrouth en 1938 ?

– Non.

– Je t'ai rapporté un bracelet de jade. »

Le regard de la femme croisa le sien dans le miroir. « Je ne l'ai plus. » Il savait qu'elle mentait. Il continua : « Je suis allé là-bas voir un officier de l'armée allemande du nom de Heinz. Il m'a demandé de travailler pour l'Allemagne dans la guerre qui allait venir. J'ai accepté. » Elle se détourna pour lui faire face et il vit alors dans ses yeux quelque chose comme de l'espoir.

« On m'a dit de rentrer au Caire et d'attendre d'avoir de leurs nouvelles. J'en ai eu voilà deux ans. On voulait que je me rende à Berlin. J'y suis allé. J'ai suivi un entraînement, puis j'ai travaillé dans les Balkans et au Moyen-Orient. Je suis retourné à Berlin en février où on m'a confié une nouvelle mission. On m'a envoyé ici…

– Qu'est-ce que tu me racontes ? fit-elle, incrédule. Tu es un espion ?

– Oui.

– Je ne te crois pas.

– Regarde. (Il prit une des valises et l'ouvrit.) C'est un émetteur radio, pour envoyer des messages à Rommel. (Il la referma et ouvrit l'autre.) Voici pour financer ma mission. »

Elle contempla les liasses de billets. « Mon Dieu ! fit-elle. Mais c'est une fortune ! »

On frappa à la porte. Wolff referma la valise. Un serveur entra avec une bouteille de champagne dans un seau de glace.

En voyant Wolff, il dit : «Faut-il que j'apporte une autre coupe?

— Non, répondit Sonja avec impatience. Allez.»

Le serveur repartit. Wolff ouvrit la bouteille, emplit la coupe, la tendit à Sonja, puis but une longue gorgée au goulot.

«Écoute, dit-il. Notre armée est en train de remporter la victoire dans le désert. Nous pouvons les aider. Ils ont besoin de connaître la force des Anglais – les effectifs, quelles divisions, les noms des commandants d'unité, la qualité des armes et de l'équipement et, si possible, les plans de bataille. Nous sommes ici, au Caire; nous pouvons découvrir ces choses-là. Alors, quand les Allemands auront gagné, nous serons des héros.

— Nous?

— Tu peux m'aider. Et la première chose que tu puisses faire, c'est de me donner un endroit où vivre. Tu détestes les Anglais, n'est-ce pas? Tu veux les voir jetés dehors?

— Je le ferais pour n'importe qui sauf pour toi.» Elle termina son champagne et remplit sa coupe.

Wolff la lui prit des mains et but à sa place. «Sonja. Si je t'avais envoyé une carte postale de Berlin, les Anglais t'auraient jetée en prison. Il ne faut pas m'en vouloir, maintenant que tu sais pourquoi j'ai agi ainsi. (Il baissa la voix.) Nous pouvons faire revivre le bon vieux temps. Nous aurons des mets de choix et le meilleur champagne, des toilettes neuves, de magnifiques soirées et une voiture américaine. Nous irons à Berlin, tu as toujours voulu danser à Berlin, tu seras une vedette là-bas. L'Allemagne est une nouvelle espèce de nation : nous allons gouverner le monde et tu peux être une princesse. Nous…» Il s'arrêta. Rien de tout cela ne la touchait. Le moment était venu de jouer sa dernière carte. «Comment va Fawzi?» Sonja baissa les yeux. «Elle est partie, la garce.»

Wolff reposa la coupe, puis posa les deux mains sur le cou de Sonja. Elle leva les yeux vers lui, sans bouger la tête. Les pouces sous son menton, il la contraignit à se lever. «Je nous trouverai une autre Fawzi», murmura-t-il. Il vit qu'elle avait soudain les yeux embués. Ses mains parcoururent le peignoir de soie, descendant le long de son corps, caressant ses flancs. «Je suis le seul qui comprenne ce qu'il te faut.» Il pencha sa bouche vers la sienne, prit les lèvres de Sonja entre ses dents et mordit jusqu'au moment où elle sentit le goût du sang. Sonja ferma les yeux. «Je te déteste», gémit-elle.

Dans la fraîcheur du soir, Wolff suivait le chemin de halage au bord du Nil en direction de la péniche. Les plaies sur son visage avaient cicatrisé et son système digestif recommençait à fonctionner normalement. Il arborait un costume blanc neuf et portait deux sacs pleins de ses mets favoris.

Le faubourg que constituait l'île de Zamalek était silencieux et paisible. On n'entendait qu'à peine à travers le large bras du fleuve la cacophonie qui montait du centre du Caire. Les eaux calmes et boueuses du Nil venaient battre doucement les bateaux alignés le long de la berge. De toutes les formes et de toutes les tailles, peints de couleurs gaies et luxueusement aménagés, ils paraissaient jolis dans le jour déclinant.

La péniche de Sonja était plus petite et plus richement meublée que la plupart des autres. Une planche menait du chemin de halage au pont supérieur, ouvert à la brise mais protégé du soleil par un dais à rayures vertes et blanches. Wolff monta à bord et descendit l'échelle qui menait à l'intérieur, encombré de mobilier : fauteuils, divans, tables et coffres pleins de tout un bric-à-brac. Il y avait à l'avant une minuscule cuisine. Des rideaux de velours rouge divisaient l'espace en deux, isolant la chambre à coucher. Derrière la chambre, à l'arrière, était installée une salle de bains.

Sonja était assise sur un coussin, occupée à se peindre les ongles des pieds. C'était extraordinaire, songea Wolff, combien elle pouvait avoir l'air peu soigné. Elle portait une robe de coton d'une propreté douteuse, elle avait les traits tirés et les cheveux mal peignés. Dans une demi-heure, lorsqu'elle partirait pour le Cha-Cha Club, elle aurait l'air d'un rêve.

Wolff posa ses sacs à provisions sur une table et se mit à déballer son butin. «Champagne français... confiture anglaise… charcuterie allemande… œufs de cailles… saumon d'Écosse…» Sonja leva les yeux, stupéfaite. «Personne ne peut trouver des choses comme ça : nous sommes en guerre.»

Wolff sourit. «Il y a un petit épicier grec à Qulali qui se souvient d'un bon client.

— Il est sûr ?

— Il ne sait pas où j'habite… et puis son magasin est le seul d'Afrique du Nord où on puisse trouver du caviar.»

Elle s'approcha et plongea la main dans un sac. «Du caviar !» Elle ôta le couvercle et se mit à manger avec ses doigts. «Je n'ai pas eu de caviar depuis…

— Depuis mon départ, termina Wolff pour elle. (Il mit une bouteille de champagne dans le réfrigérateur.) Si tu attends quelques minutes, tu pourras avoir du champagne frappé pour boire avec.

— Je ne peux pas attendre.

— Tu n'as jamais pu.» Il prit dans un des sacs un journal en anglais et le parcourut. C'était un quotidien pourri, plein de communiqués officiels, ses informations sur la guerre plus censurées encore que les émissions de la B. B. C. que tout le monde écoutait, ses articles sur les activités locales encore pires : il était illégal de publier des discours des hommes politiques de l'opposition égyptienne. «Toujours rien sur moi», dit Wolff. Il avait raconté à Sonja ce qui s'était passé à Assiout.

«Ils sont toujours en retard, dit-elle, la bouche pleine de caviar.

— Ce n'est pas ça. S'ils parlent du meurtre, ils sont obligés de dire quel en était le motif… ou sinon les gens devineront. Les Anglais n'ont pas envie que les gens se doutent que les Allemands ont des espions en Égypte. Ça fait mauvais effet.»

Elle passa dans la chambre pour se changer. Elle cria à travers le rideau : «Ça veut dire qu'on ne te recherche plus ?

— Pas du tout. J'ai vu Abdullah aux souks. Il m'a dit que la police égyptienne ne s'intéresse pas vraiment à moi, mais il y a un certain major Vandam qui maintient la pression.» Wolff reposa le journal, l'air soucieux. Il aurait aimé savoir si Vandam était l'officier qui s'était introduit à la villa *Les Oliviers*. Il regrettait de n'avoir pu regarder plus attentivement cet homme, mais du trottoir d'en face, le visage de l'officier, dissimulé par l'ombre de sa visière, n'était qu'une tache sombre.

« Comment Abdullah est-il au courant ? fit Sonja.

– Je ne sais pas, dit Wolff en haussant les épaules. C'est un voleur, il entend des choses. » Il alla jusqu'au réfrigérateur et y prit la bouteille. Elle n'était pas vraiment assez froide, mais il avait soif. Il emplit deux coupes. Sonja arriva, habillée maintenant. Comme il l'avait prévu, elle était transformée, sa coiffure impeccable, son visage légèrement maquillé mais avec soin, vêtue d'une robe cerise diaphane avec des chaussures assorties.

Deux minutes plus tard, on entendit des pas sur la planche qui les reliait à la berge et un coup frappé par le panneau d'écoutille. Le taxi de Sonja était arrivé. Elle vida son verre et partit. Ils ne se disaient ni bonjour ni au revoir.

Wolff s'approcha du buffet où il dissimulait l'émetteur radio. Il prit le roman anglais et la feuille de papier sur laquelle était inscrit le chiffre du code. Il l'étudia. On était aujourd'hui le 28 mai. Il fallait ajouter 42 – le chiffre de l'année – à 28 pour arriver au numéro de la page du roman qu'il devait utiliser pour coder son message. Mai était le cinquième mois de l'année, aussi allait-il supprimer une lettre sur cinq dans la page.

Il décida d'envoyer comme message SUIS ARRIVÉ. M'INSTALLE. ACCUSEZ RÉCEPTION. Commençant en haut de la page 70 du livre, il chercha la lettre S. En supprimant une lettre sur cinq, le S était le dixième caractère de la page. Dans son code, il serait donc représenté par la dixième lettre de l'alphabet, le J. Il lui fallait ensuite un U. Dans le livre, la troisième lettre après le S était un U. Le S de SUIS serait donc représenté par la troisième lettre de l'alphabet, le C. Il y avait des façons particulières pour représenter les lettres rares, comme le X, par exemple.

Ce type de code était une variation de la feuille unique de bloc, la seule forme de code indéchiffrable en théorie comme en pratique. Pour décoder le message, il fallait avoir tout à la fois le livre et la clef. Lorsqu'il eut codé son message, il regarda sa montre. Il devait émettre à minuit. Il disposait de deux heures avant de faire chauffer l'émetteur. Il se versa une nouvelle coupe de champagne et décida de terminer le caviar. Il trouva une cuillère et prit le pot de verre. Il était vide. Sonja avait tout mangé.

La piste d'atterrissage était un bout de désert sommairement débarrassé des buissons d'épines et des grosses pierres. Rommel regarda le sol qui venait à sa rencontre. Le Storch, un petit avion utilisé par les chefs allemands pour de brefs trajets sur le front, se posa comme une mouche, sur ses roues aux extrémités de longues pattes fuselées. L'avion s'arrêta et Rommel sauta à terre.

Ce fut la chaleur qui le frappa d'abord, puis la poussière. Là-haut, dans le ciel, il faisait relativement frais ; il avait l'impression maintenant qu'il venait de pénétrer dans une fournaise. Il se mit aussitôt à transpirer. Dès qu'il se mit à respirer l'air du terrain, une fine couche de sable lui recouvrit les lèvres et le bout de la langue. Une mouche vint se poser sur son grand nez et il la chassa de la main. Von Mellenthin, l'officier de renseignements de Rommel, accourut à sa rencontre sur le sable, ses bottes soulevant des nuages de poussière. Il semblait nerveux. «Kesselring est ici, annonça-t-il.

– *Auch das noch*, dit Rommel. Il ne manquait plus que cela.»

Kesselring, le souriant maréchal, représentait tout ce que Rommel détestait dans les forces armées allemandes. C'était un officier du grand état-major, et Rommel avait horreur du grand état-major ; c'était un des fondateurs de la Luftwaffe, qui avait si souvent laissé tomber Rommel dans la guerre du désert ; et – ce qui était pis que tout – c'était un snob. Un de ses commentaires acides était revenu aux oreilles de Rommel. Déplorant que Rommel se montrât grossier avec ses subordonnés, Kesselring avait dit : «Cela vaudrait peut-être la peine de lui en parler, s'il n'était pas ce qu'il est, un Wurtembergeois.» Le Wurtemberg était la province natale de Rommel, et cette remarque résumait les préjugés que Rommel avait combattus durant toute sa carrière. Il traversa le sable jusqu'au P.C., suivi de von Mellenthin. «Le général Cruewell a été fait prisonnier, annonça von Mellenthin. J'ai dû demander à Kesselring de me remplacer. Il a passé l'après-midi à chercher où vous étiez.

— Ça va de mal en pis», fit Rommel d'un ton amer.

Ils entrèrent à l'arrière du P.C. mobile, un grand camion. C'était agréable de trouver un peu d'ombre. Kesselring était penché sur une carte, chassant les mouches de sa main gauche tout en traçant un trait de sa main droite. Il leva les yeux et sourit. «Mon cher Rommel, Dieu merci, vous voilà de retour, dit-il d'un ton suave.

— Je livrais une bataille, grommela Rommel en ôtant sa casquette.

— C'est ce qu'on m'a dit. Que s'est-il passé?»

Rommel désigna la carte. «Voici la ligne de Gazala.» C'était un chapelet de casemates fortifiées reliées par des champs de mines qui s'étendaient de Gazala sur la côte, jusqu'à quatre-vingts kilomètres au sud, en plein désert. «Nous avons viré à angle droit à l'extrémité sud de la ligne pour les attaquer par-derrière.

— Bonne idée. Qu'est-ce qui a mal tourné?

— Nous sommes tombés à court d'essence et de munitions. (Rommel s'assit lourdement, soudain très fatigué.) Une fois de plus», ajouta-t-il.

Kesselring, en tant que commandant en chef du front sud, était responsable du ravitaillement de Rommel, mais le maréchal ne parut pas remarquer cette critique implicite.

Une ordonnance arriva avec des gobelets de thé sur un plateau. Rommel but une gorgée du sien. Il y avait du sable dedans.

Kesselring reprit sur le ton de la conversation: «J'ai eu cet après-midi l'expérience tout à fait insolite d'assumer le rôle d'un de vos subordonnés.»

Rommel poussa un grognement. Cela annonçait quelque sarcasme, il le devinait. Il n'avait pas envie de discuter avec Kesselring maintenant et voulait penser à la bataille.

Mais Kesselring poursuivit : «J'ai trouvé cela extrêmement difficile de me trouver ainsi lié à un P.C. qui ne donnait aucun ordre et qu'on ne pouvait pas joindre.

– J'étais en pleine bataille, en train de donner mes ordres sur le terrain.

– Quand même, vous auriez pu garder le contact.

– C'est comme ça que les Anglais se battent, riposta Rommel. Les généraux sont à des kilomètres derrière les lignes, à rester en contact. Mais moi, je gagne des batailles. Si j'avais eu mon approvisionnement, je serais au Caire maintenant.

– Vous n'allez pas au Caire, dit sèchement Kesselring. Vous allez à Tobrouk. Vous resterez là jusqu'à ce que j'aie pris Malte. Ce sont les ordres du Führer.

– Bien sûr.» Rommel n'allait pas rouvrir cette discussion ; pas encore. Tobrouk était l'objectif immédiat. Une fois ce port fortifié pris, les convois venant d'Europe – si insuffisants qu'ils fussent – pourraient arriver directement sur le front, évitant le long trajet à travers le désert qui coûtait tant d'essence. «Et pour atteindre Tobrouk, il faut enfoncer la ligne de Gazala.

– Quelle est votre prochaine étape ?

– Je vais me replier et me regrouper.» Rommel vit Kesselring hausser les sourcils : le maréchal savait combien Rommel avait horreur de battre en retraite.

«Et que va faire l'ennemi ? dit Kesselring, s'adressant à von Mellenthin qui, en tant qu'officier de renseignements, avait la responsabilité d'estimer quelle était la position de l'ennemi.

– Ils vont nous pourchasser, mais pas tout de suite, fit von Mellenthin. Ils sont toujours lents à profiter d'un avantage, heureusement. Mais tôt ou tard, ils tenteront une percée.

– La question est quand et où ? fit Rommel.

– En effet, reconnut von Mellenthin. (Il parut hésiter, puis dit :) il y a une petite chose dans les nouvelles d'aujourd'hui qui va vous intéresser. L'espion a pris contact.

– L'espion ? (Rommel fronça les sourcils.) Oh ! lui.» Maintenant, il se souvenait. Il était allé en avion jusqu'à l'oasis de Jialo, au cœur du désert de Libye, pour donner ses dernières instructions à l'agent avant que celui-ci n'entame un long marathon. Wolff, c'était son nom. Rommel avait été frappé par son courage, mais il restait pessimiste sur ses chances. «D'où appelait-il?

– Du Caire.

– Il est donc arrivé là-bas. S'il est capable de cela, il est capable de tout. Peut-être peut-il prévoir la prochaine percée.

– Mon Dieu, intervint Kesselring, vous n'allez pas compter sur des espions maintenant, non?

– Je ne compte sur personne! fit Rommel. Je suis celui sur qui tous les autres comptent.

– Bien. (Comme toujours, Kesselring demeurait impassible.) Comme vous le savez, les renseignements ne servent pas à grand-chose; et les renseignements provenant d'espions sont les pires.

– Je suis d'accord, fit Rommel d'un ton plus calme. Mais j'ai l'impression que celui-ci pourrait être différent.

– J'en doute», dit Kesselring.

4

Elene Fontana regarda son visage dans le miroir et se dit : j'ai vingt-trois ans, je dois vieillir.

Elle se pencha plus près de la glace et s'examina avec soin, guettant des signes de détérioration. Son teint était parfait. Ses yeux bruns et ronds étaient aussi clairs qu'un lac de montagne. Pas une ride. C'était un visage d'enfant, délicatement sculpté, avec une innocence d'elfe. On aurait dit un collectionneur étudiant sa plus belle pièce : elle pensait à son visage comme étant *à elle* et non pas *elle*. Elle sourit et le visage dans le miroir lui rendit son sourire. C'était un petit sourire complice, avec un rien d'espièglerie : elle savait qu'il pouvait donner des sueurs froides à un homme. Elle prit le billet et le relut.

Jeudi

Ma chère Elene,

Tout est malheureusement fini. Ma femme a découvert la vérité. Nous avons fini par nous raccommoder, mais j'ai dû promettre de ne jamais te revoir. Bien sûr, tu peux rester dans l'appartement, mais je ne peux plus payer le loyer. Je suis désolé que cela se soit passé de cette façon… mais je pense que nous savions tous les deux que ça ne pouvait pas durer toujours. Bonne chance…

Ton Claude.

Et voilà, se dit-elle.

Elle déchira la lettre et ses sentiments de pacotille. Claude était un homme d'affaires bedonnant, moitié français, moitié grec, propriétaire de trois restaurants au Caire et d'un à Alexandrie. Il était cultivé, amusant et gentil, mais quand la situation devenait critique, il se fichait pas mal d'Elene.

Il était le troisième en six ans.

Ç'avait commencé avec Charles, l'agent de change. Elle avait dix-sept ans, pas un sou, pas de travail et elle avait peur de rentrer chez elle. Charles l'avait installée dans l'appartement où il venait la voir tous les mardis soirs. Elle l'avait flanqué dehors lorsqu'il l'avait offerte à son frère comme si elle était un plateau de confiseries. Et puis il y avait eu Johnnie, le plus charmant des trois, qui voulait divorcer pour épouser Elene : elle avait refusé. Et voilà maintenant que Claude, à son tour, était parti.

Elle avait su depuis le début que c'était sans avenir.

C'était sa faute autant que la leur si ces liaisons ne duraient pas. Les raisons évidentes – le frère de Charles, la proposition de Johnnie, la femme de Claude – n'étaient que des prétextes, ou peut-être des catalyseurs. La véritable cause était toujours la même : Elene était malheureuse.

Elle envisagea la perspective d'une nouvelle aventure. Elle savait comment ce serait. Pendant quelque temps, elle vivrait sur le petit pécule qu'elle possédait à la Barclays Bank au Shari Kasr-el-Nil : elle parvenait toujours à faire des économies quand elle avait un homme. Puis elle verrait son compte diminuer lentement et se ferait engager dans une troupe de danseuses, levant la jambe et tortillant de la fesse dans un club pour quelques jours. Et puis… elle regarda le miroir et au-delà du miroir, ses yeux perdus dans le vague tandis qu'elle imaginait son quatrième amant. Peut-être serait-il italien, avec des yeux flamboyants, des cheveux gominés et des mains parfaitement soignées. Elle le rencontrerait peut-être au bar du Metropolitan Hotel, où venaient boire les reporters. Il lui adresserait la parole, puis lui offrirait un verre. Elle lui sourirait et il serait perdu. Ils prendraient rendez-vous pour dîner le lendemain. Elle serait éblouissante en entrant dans le restaurant à son bras. Toutes les têtes se tourneraient vers elle et il serait fier. Ils auraient d'autres rendez-vous. Il lui ferait des cadeaux. Il commencerait à lui faire la cour une fois, puis une autre : la troisième serait la bonne. Elle aimerait bien faire l'amour avec lui – l'intimité, les caresses, les tendresses murmurées – et elle lui donnerait l'impression d'être un roi. Il la quitterait à l'aube, mais il serait de retour le soir même. Ils cesseraient d'aller au restaurant ensemble – «trop risqué», dirait-il – mais il passerait de plus en plus de temps chez elle et commencerait à payer le loyer et les factures. Elene aurait alors tout ce qu'elle voudrait. Un foyer, de l'argent et de l'affection. Elle commencerait à se demander pourquoi elle était si malheureuse. Elle piquerait une colère s'il arrivait avec une demi-heure de retard. Elle bouderait s'il faisait même allusion à sa femme. Elle bouderait s'il faisait même allusion à sa femme. Elle se plaindrait qu'il ne lui fît plus de cadeaux, mais les accepterait avec nonchalance lorsqu'il en ferait. L'homme en serait irrité mais il n'arriverait pas à la quitter, car à ce moment-là il serait avide des baisers qu'elle lui accordait comme une faveur, gourmand de son corps parfait ; et elle continuerait à lui donner l'impression qu'au lit il était un roi. Elle trouverait sa conversation assommante ; elle exigerait de lui plus de passion qu'il n'était capable d'en donner ; il y aurait des scènes. La crise, enfin, éclaterait. Sa femme commencerait à avoir des soupçons, ou bien un enfant tomberait malade, ou alors il devrait partir pour six mois en voyage d'affaires, ou encore il se trouverait à court d'argent. Et Elene retomberait là où elle en était aujourd'hui : paumée, seule, avec une mauvaise réputation... et un an de plus.

Elle interrompit sa rêverie et revit son visage dans le miroir. C'était son visage qui était la cause de tout cela. C'était à cause de son visage qu'elle menait cette vie absurde. Si elle avait été laide, elle aurait toujours eu envie de vivre comme ça sans jamais découvrir à quel point c'était une existence vide. Tu m'as égarée, songea-t-elle ; tu m'as trompée, tu as prétendu que j'étais quelqu'un d'autre. Tu n'es pas mon visage, tu n'es qu'un masque. Tu devrais cesser d'essayer de régenter ma vie.

Je ne suis pas une belle héritière du Caire, je suis une fille des faubourgs d'Alexandrie.

Je ne suis pas une femme indépendante, je suis tout près d'être une putain.

Je ne suis pas égyptienne, je suis juive.

Je ne m'appelle pas Elene Fontana, mais Abigail Asnani.

Et j'ai envie de rentrer chez moi.

Le jeune homme assis derrière le bureau de l'Agence juive du Caire était coiffé d'une calotte. Quelques poils de barbe folle, il avait les joues lisses. Il lui demanda son nom et son adresse. Oubliant sa résolution, elle répondit Elene Fontana.

Le jeune homme parut déconcerté. Elle en avait l'habitude : la plupart des hommes perdaient un peu la tête lorsqu'elle leur souriait. Il dit : « Voudriez-vous... je veux dire, puis-je me permettre de vous demander pourquoi vous voulez aller en Palestine ?

— Je suis juive, dit-elle d'un ton brusque. (Elle ne pouvait pas raconter sa vie à ce garçon :) J'ai perdu toute ma famille. Je suis en train de gâcher ma vie. » La première partie n'était pas exacte, mais la seconde l'était.

« Quel travail voudriez-vous faire en Palestine ? »

Elle n'avait pas pensé à ça. « N'importe quoi.

— Il s'agit surtout d'emplois agricoles.

– C'est parfait. »

Il sourit. Il retrouvait son sang-froid. « Je ne veux pas vous vexer, mais vous n'avez pas l'air d'une fille de ferme.

– Si je n'avais pas envie de changer de vie, je ne voudrais pas aller en Palestine.

– Bien sûr. (Il se mit à jouer avec son stylo.) Quel travail faites-vous en ce moment ?

– Je chante, et quand je ne peux pas chanter, je danse, et quand je ne peux pas danser, je suis serveuse. » C'était plus ou moins vrai. Elle avait exercé ces trois activités à un moment ou à un autre, bien que la danse fût la seule qu'elle pratiquât avec quelque succès, et encore n'était-elle pas brillante. « Je vous ai dit, je gâche ma vie. Pourquoi toutes ces questions ? La Palestine n'accepte que les diplômés d'université maintenant ?

– Pas du tout, fit-il. Mais c'est très difficile d'entrer. Les Britanniques ont imposé un quota, et toutes les places sont prises par les réfugiés qui fuient les nazis.

– Pourquoi ne m'avez-vous pas dit ça plus tôt ? dit-elle, furieuse.

– Pour deux raisons. La première est que nous pouvons faire entrer des gens clandestinement. L'autre… l'autre est un peu plus longue à expliquer. Voudriez-vous attendre une minute ? Il faut que je téléphone à quelqu'un. »

Elle lui en voulait encore de l'avoir interrogée avant de lui annoncer qu'il n'y avait pas de place. « Je ne suis pas sûre que cela vaille la peine que j'attende.

– Mais si, je vous le promets. C'est très important. J'en ai pour une minute ou deux.

– Très bien. »

Il passa dans une pièce au fond pour téléphoner. Elene attendit avec impatience. Il commençait à faire chaud et le bureau était mal ventilé. Elle se sentait un peu stupide. Elle était venue ici sur un coup de tête, sans penser à cette question d'immigration. Elle prenait trop de décisions comme ça. Elle aurait pu se douter qu'on allait lui poser des questions ; elle aurait pu préparer ses réponses. Elle aurait pu venir dans une toilette un peu moins élégante.

Le jeune homme revint. «Il fait si chaud, fit-il. Si nous allions boire quelque chose de frais en face?»

C'était donc là qu'il voulait en venir, se dit-elle. Elle décida de le remettre à sa place. Elle le toisa de la tête aux pieds puis dit :

«Non. Vous êtes bien trop jeune pour moi.»

Il était extrêmement gêné. «Oh! je vous en prie, ne vous méprenez pas. Il y a quelqu'un que je voudrais vous faire rencontrer, voilà tout.» Elle se demanda si elle devait le croire. Elle n'avait rien à perdre et avait soif. «Bon.»

Il lui ouvrit la porte. Ils traversèrent la rue, esquivant les charrettes branlantes et les taxis délabrés, sentant la brusque chaleur du soleil. Ils baissèrent la tête pour pénétrer sous un vélum à rayures et entrèrent dans la fraîcheur d'un café. Le jeune homme commanda une citronnade; Elene, un *gin and tonic*.

«Vous pouvez faire entrer des gens clandestinement? fit-elle.

— Quelquefois. (Il but la moitié de son verre d'un trait.) Une des raisons pour laquelle nous le faisons, c'est si la personne est persécutée. C'est pourquoi je vous ai posé quelques questions.

— Je ne suis pas persécutée.

— Ou bien lorsque les gens ont fait d'une façon ou d'une autre beaucoup pour la cause.

— Vous voulez dire qu'il faut que je gagne le droit d'aller en Palestine?

— Écoutez, peut-être qu'un jour tous les juifs auront le droit d'aller vivre là-bas. Mais tant qu'il y a des quotas, il doit y avoir des critères.»

Elle fut tentée de demander : avec qui faut-il que je couche? Mais elle avait déjà fait là-dessus une erreur de jugement. Tout de même, elle pensait qu'il voulait l'utiliser d'une façon ou d'une autre. Elle dit : «Qu'est-ce qu'il faut que je fasse?»

Il secoua la tête. «Je ne peux pas faire un marché avec vous. Les juifs égyptiens ne peuvent pas entrer en Palestine, sauf dans des cas spéciaux, et vous n'êtes pas un cas spécial. Voilà tout.

— Alors, qu'est-ce que vous essayez de me dire ?

— Vous ne pouvez pas aller en Palestine, mais vous pouvez quand même lutter pour la cause.

— À quoi exactement songiez-vous ?

— La première chose que nous avons à faire, c'est de battre les nazis.

— Ma foi, fit-elle en riant, je ferai de mon mieux ! »

Il ne releva pas. « Nous n'aimons pas beaucoup les Anglais, mais tout ennemi de l'Allemagne est notre ami, aussi pour le moment – et à titre tout à fait provisoire – nous travaillons avec les services de renseignements britanniques. Je crois que vous pourriez les aider.

— Seigneur ! Comment ? »

Une ombre s'abattit sur la table et le jeune homme leva les yeux. « Ah ! » fit-il. Il tourna la tête vers Elene. « Je voudrais vous présenter mon ami, le major William Vandam. »

C'était un homme grand et fort : avec ces larges épaules et ces jambes puissantes il aurait pu jadis être un athlète mais maintenant, estima Elene, il ne devait pas avoir loin de quarante ans et commençait à s'envelopper un peu. Il avait un visage rond et ouvert couronné de cheveux bruns et drus qui donnaient l'impression d'être susceptibles de boucler si on les laissait pousser au-delà de la longueur réglementaire. Il lui serra la main, s'assit, croisa les jambes, alluma une cigarette et commanda un gin. Il avait un air sévère, comme s'il pensait que la vie était une affaire très sérieuse et qu'il ne voulait voir personne commencer à faire des bêtises.

Elene se dit que c'était le type même de l'Anglais : glacé.

Le jeune homme de l'agence juive lui demanda : « Quelles sont les nouvelles ?

— La ligne de Gazala tient, mais ça devient très dur là-bas. »

Vandam avait une voix qui la surprit. Les officiers anglais parlaient en général avec cet accent traînant de la haute bourgeoisie qui, pour le commun des Égyptiens, en était venu à être symbole d'arrogance. Vandam avait une diction précise mais un ton doux, avec des voyelles arrondies et des *r* un peu grasseyants : Elene avait l'impression que c'était là la trace d'un accent provincial, bien qu'elle ne pût pas se rappeler comment elle le savait.

Elle décida de lui poser la question : «D'où venez-vous, major?

– Du Dorset. Pourquoi me demandez-vous ça?

– Je me posais des questions à propos de votre accent.

– Sud-Ouest de l'Angleterre. Vous êtes observatrice. Je pensais n'avoir aucun accent.

– Juste un soupçon.»

Il alluma une autre cigarette. Elle observa ses mains. Elles étaient longues et fines, peu en rapport avec le reste de son corps; les ongles étaient soignés et la peau blanche sauf les taches d'un ambre marqué aux doigts qui tenaient sa cigarette.

Le jeune homme prit congé. «Je vais laisser le major Vandam vous expliquer tout. J'espère que vous voudrez bien travailler avec lui; je crois que c'est très important.»

Vandam lui serra la main, le remercia et le jeune homme partit.

Vandam dit à Elene : «Parlez-moi de vous.

– Non, fit-elle. Vous, parlez-moi de vous.»

Il haussa un sourcil, un peu surpris, un peu amusé, et tout d'un coup pas glacial du tout. «Très bien, dit-il au bout d'un moment. Le Caire est plein d'officiers et d'hommes qui connaissent des secrets. Ils connaissent nos points forts, nos points faibles et nos plans. L'ennemi veut connaître ces secrets-là. Nous pouvons être sûrs qu'à tout moment les Allemands ont des gens au Caire essayant d'obtenir des renseignements. C'est mon travail de les arrêter.

– C'est simple.»

Il réfléchit un instant. «C'est simple, mais ça n'est pas facile.»

Il prenait au sérieux tout ce qu'elle disait, remarqua-t-elle. Elle pensa que c'était parce qu'il n'avait pas d'humour, mais tout de même ça lui faisait plaisir : en général, les hommes traitaient sa conversation comme une musique de fond dans un bar, comme un bruit plutôt agréable mais dans l'ensemble sans intérêt.

Il attendait. «C'est votre tour», dit-il.

Tout d'un coup elle eut envie de lui dire la vérité. «Je suis une exécrable chanteuse et une médiocre danseuse, mais de temps en temps je trouve un homme riche pour payer mes factures.»

Il ne dit rien, mais il avait l'air interloqué.

«Choqué? fit Elene.

– Je ne devrais pas l'être?»

Elle détourna les yeux. Elle savait ce qu'il pensait. Jusqu'à maintenant il l'avait traitée poliment, comme si elle était une femme respectable, de la même classe que lui. Il se rendait compte maintenant qu'il s'était trompé. Sa réaction était tout à fait prévisible, mais malgré tout, elle en éprouva une certaine amertume. Elle reprit : «Ce n'est pas ce que font la plupart des femmes quand elles se marient : trouver un mari pour payer les factures ?

– Si», dit-il d'un ton grave.

Elle le regarda. Le démon de l'espièglerie s'empara d'elle. «Je les tourne simplement autour de mon petit doigt un peu plus vite que l'épouse moyenne.»

Vandam éclata de rire. Soudain on aurait dit un homme différent. Il renversa la tête en arrière, les bras et les jambes allongés, le corps parfaitement détendu. Lorsque son rire se calma, il resta ainsi décontracté, juste un instant. Ils échangèrent un sourire. Puis l'instant passa et il recroisa les jambes. Il y eut un silence. Elene se sentait comme une collégienne qui vient d'avoir un fou rire en classe. Vandam avait retrouvé son sérieux. «Mon problème, c'est l'information, dit-il. Personne ne dit rien à un Anglais. C'est ici que vous intervenez. Comme vous êtes égyptienne, vous entendez le genre de potins et de rumeurs qui ne parviennent jamais jusqu'à moi. Et comme vous êtes juive, vous me transmettrez tout ça. Je l'espère.

– Quel genre de potins ?

– Je m'intéresse à tous ceux qui éprouvent de la curiosité envers l'armée britannique. (Il marqua un temps. Il semblait se demander jusqu'où il pouvait aller.) «En particulier... en ce moment je recherche un homme du nom d'Alex Wolff. Il habitait Le Caire et est récemment rentré. Il cherche sans doute un endroit où habiter et il a probablement beaucoup d'argent. Il cherche certainement des renseignements sur les forces britanniques. »

Elene haussa les épaules. «Après tous ces préliminaires, je m'attendais à ce qu'on me demande de faire quelque chose de bien plus spectaculaire.

– Par exemple ?

– Je ne sais pas. Valser avec Rommel et lui faire les poches. »

Vandam rit de nouveau. Elene se dit : je pourrais m'attacher à ce rire-là.

«Eh bien, fit-il, si banal que ce soit, voulez-vous le faire ?

– Je ne sais pas. Mais si, je sais, se dit-elle ; j'essaie seulement de prolonger l'entrevue parce que je m'amuse bien. »

Vandam se pencha en avant. «J'ai besoin de gens comme vous, mademoiselle Fontana. (Son nom lui parut stupide lorsqu'elle l'entendit prononcé aussi poliment.) Vous êtes observatrice, vous avez une parfaite couverture et vous êtes de toute évidence intelligente ; pardonnez-moi, je vous prie, d'être aussi direct...

– Ne vous excusez pas, j'adore, fit-elle. Continuez à parler.

– La plupart de mes gens ne sont pas très fiables. Ils font ça pour de l'argent, alors que vous avez un meilleur motif...

– Attendez une minute, l'interrompit-elle. Je veux de l'argent aussi. Qu'est-ce que ça rapporte ?

– Ça dépend des renseignements que vous fournissez.

– Quel est le minimum ?

– Rien.

– C'est un peu moins que je n'espérais.

– Combien voulez-vous ?

– Vous pourriez être un gentleman et payer le loyer de mon appartement. »

Elle se mordit la lèvre : dit comme ça, ça faisait tellement putain.

«Combien ?

– Soixante-quinze livres par mois.»

Vandam haussa les sourcils. «Qu'est-ce que vous avez, un palais?

– Les prix ont monté. On ne vous a pas dit? Ce sont tous ces officiers anglais qui cherchent à tout prix à se loger.

– Touché. (Il se rembrunit.) Il faudrait que vous soyez fichtrement utile pour justifier soixante-quinze livres par mois.

– Pourquoi ne pas essayer? fit Elene en haussant les épaules.

– Vous êtes une bonne négociatrice, dit-il en souriant. D'accord, un mois à l'essai.»

Elene s'efforça de ne pas prendre un air triomphant. «Comment est-ce que je vous contacte?

– Vous me laissez un message. (Il prit un crayon et un bout de papier dans sa poche de chemise et se mit à écrire.) Je vais vous donner mon adresse et mon numéro de téléphone, au G.Q.G. et chez moi. Dès que j'ai de vos nouvelles je viendrai chez vous.

– Très bien.» Elle écrivit son adresse, en se demandant ce que le major penserait de son appartement. «Et si on vous voit?

– Qu'est-ce que ça fait?

– On pourrait me demander qui vous êtes.

– Eh bien, vous feriez mieux de ne pas dire la vérité.

– Je dirai, fit-elle en souriant, que vous êtes mon amant.»
Il détourna les yeux. «Comme vous voulez.

– Mais vous feriez mieux de jouer le rôle. (Elle le regarda d'un air très sérieux.) Il faudra m'apporter des brassées de fleurs et des boîtes de chocolats.

– Je ne sais pas…

– Les Anglais n'offrent pas de fleurs ni de chocolats à leurs maîtresses?»

Il la regarda sans sourciller. Elle remarqua qu'il avait les yeux gris.

«Je ne sais pas, dit-il d'un ton uni. Je n'ai jamais eu de maîtresse.»

Elene songea : me voilà remise à ma place. Elle dit : «Alors vous avez beaucoup à apprendre.

– J'en suis sûr. Vous voulez un autre verre ? »

Et maintenant on me congédie, se dit-elle. Vous en faites un peu trop, major Vandam : il y a chez vous un certain côté pharisien et vous aimez bien contrôler la situation : vous êtes si autoritaire. Je pourrais vous prendre en main, dégonfler votre vanité, faire quelques dégâts.

« Non, merci, dit-elle. Il faut que je m'en aille. »

Il se leva. « J'attendrai donc de vos nouvelles. »

Elle lui serra la main et s'éloigna. Sans savoir pourquoi, elle avait le sentiment qu'il ne la regardait pas s'en aller.

Vandam mit une tenue civile pour la réception à l'Union anglo-égyptienne. Il n'y serait jamais allé du vivant de sa femme : elle trouvait cela «peuple». Il lui disait de ne pas parler comme une snob. Elle répondait qu'elle l'était et que c'était comme cela.

En ce temps-là, Vandam l'aimait, et l'aimait encore.

Son beau-père était un homme avec une certaine fortune qui était devenu diplomate parce qu'il n'avait rien de mieux à faire. Il n'avait pas été ravi à l'idée de voir sa fille épouser le fils d'un postier. Il ne s'adoucit guère lorsqu'il apprit que Vandam avait fait ses études dans un petit collège (avec une bourse) puis à l'université de Londres, et qu'on le tenait pour un des éléments les plus prometteurs de sa génération de jeunes officiers. Mais sa fille s'était montrée inflexible à ce propos comme pour tout et, en fin de compte, le père avait accepté le mariage de bonne grâce. Chose étrange, l'unique fois où les pères s'étaient rencontrés, ils s'étaient plutôt bien entendus. Les mères, hélas, se détestaient et il n'y eut pas d'autre réunion familiale.

Cela n'importait guère à Vandam ; pas plus que sa femme eût mauvais caractère, des façons autoritaires et un cœur sans générosité. Angela était élégante, digne et belle. Pour lui elle était l'incarnation de la félicité et il estimait qu'il avait eu de la chance.

Le contraste avec Elene Fontana n'aurait pas pu être plus frappant.

Il se rendit à l'Union à motocyclette. La machine, une BSA

350, était très pratique au Caire. Il pouvait l'utiliser toute l'année, car le temps était presque toujours assez beau ; et il pouvait se faufiler dans les encombrements qui arrêtaient voitures et taxis. Mais c'était une machine assez rapide et il éprouvait un secret frisson ; il retrouvait son adolescence où il avait convoité de tels engins sans avoir pu s'en acheter un. Angela l'avait en horreur – comme l'Union, c'était peuple – mais pour une fois Vandam avait résolument bravé son opinion. Le jour fraîchissait lorsqu'il se gara devant l'Union. Passant devant le club, il regarda par une fenêtre et vit des gens en pleine partie de billard. Il résista à la tentation et poursuivit son chemin vers la pelouse.

Il accepta un verre de xérès de Chypre et se mêla à la foule, distribuant saluts et sourires, échangeant des plaisanteries avec les gens qu'il connaissait. Il y avait du thé pour les invités musulmans abstinents, mais peu de ces derniers étaient déjà arrivés. Vandam goûta le xérès et se demanda si l'on pouvait se fier au barman pour préparer un Martini.

Il regarda de l'autre côté de la pelouse le Club des officiers égyptiens voisin en regrettant de ne pas pouvoir surprendre les conversations là-bas. Quelqu'un prononça son nom et il se retourna pour voir la femme médecin. Une fois de plus, il dut faire un effort pour se rappeler son nom. « Docteur Abuthnot.

– Ici nous pourrions nous dispenser des formalités, dit-elle. Je m'appelle Joan.

– William. Votre mari est ici ?

– Je ne suis pas mariée.

– Pardonnez-moi. » Il la voyait maintenant sous un jour nouveau. Elle était célibataire et il était veuf, et ils s'étaient parlé en public trois fois en une semaine : la colonie anglaise du Caire avait dû, maintenant, pratiquement les fiancer. « Vous êtes chirurgien ? demanda-t-il.

– Tout ce que je fais ces jours-ci, répondit-elle en souriant, c'est de recoudre des gens et les rafistoler... mais oui, avant la guerre, j'étais chirurgien.

– Comment y êtes-vous arrivée ? Ça n'est pas facile pour une femme.

– Je me suis battue. (Elle souriait toujours, mais Vandam

perçut dans sa voix l'écho d'un ressentiment qu'elle n'avait pas oublié.) Vous n'êtes pas très conventionnel vous-même, m'a-t-on dit.»

Vandam s'estimait tout à fait conventionnel. «Comment ça? dit-il avec surprise.

— Vous élevez votre enfant vous-même.

— Je n'ai pas le choix. Si j'avais voulu le renvoyer en Angleterre, je n'aurais pas pu : on ne peut trouver de place que si on est invalide ou général.

— Mais vous n'en aviez pas envie.

— Non.

— C'est ce que je veux dire.

— C'est mon fils, dit Vandam. Je ne tiens pas à ce que quelqu'un d'autre l'élève… et lui non plus.

— Je comprends. C'est simplement que certains pères trouveraient cela… peu viril.»

Il la regarda en haussant les sourcils et à sa surprise, elle rougit.

«Vous avez raison, dit-il, je suppose. Je n'y avais jamais pensé.

— Je me fais honte, je me mêle de ce qui ne me regarde pas. Voudriez-vous un autre verre?»

Vandam regarda le sien. «Je crois qu'il va falloir que j'aille à l'intérieur trouver un vrai cocktail.

— Je vous souhaite bonne chance.» elle sourit et tourna les talons.

Vandam traversa la pelouse en direction du club. C'était une femme séduisante, courageuse et intelligente, et elle lui avait clairement laissé entendre qu'elle avait envie de mieux le connaître. Il songea : Pourquoi diable est-ce que je me sens si indifférent à son égard? Tous ces gens trouvent que nous allons si bien ensemble… et ils ont raison. Il entra et s'adressa au barman. «Gin. De la glace. Une olive et juste quelques gouttes de vermouth très sec.»

Le Martini était très bon, et il en prit deux autres. Il repensa à cette femme, Elene. Il y en avait un millier comme elle au Caire : grecques, juives, syriennes et palestiniennes aussi bien qu'égyptiennes. Elles étaient danseuses le temps qu'il fallait pour attirer l'œil de quelques riches débauchés. La plupart d'entre elles rêvaient sans doute de se faire épouser et de se retrouver dans une grande maison d'Alexandrie, de Paris ou du Surrey et elles étaient en général déçues. Elles avaient toutes un visage brun et délicat, un corps félin avec des jambes fines et des seins mutins, mais Vandam était tenté de croire qu'Elene était un peu à part. Son sourire était ravageur. L'idée qu'elle aille en Palestine pour travailler dans une ferme était au premier abord ridicule ; mais elle avait essayé, et quand cela avait échoué, elle avait accepté de travailler pour Vandam. D'un autre côté, revendre des potins et des rumeurs était de l'argent facilement gagné, un peu comme être une femme entretenue. Elle était probablement comme toutes les autres danseuses : Vandam ne s'intéressait pas à ce genre de femmes non plus.

Les Martinis commençaient à faire de l'effet et il craignait de ne pas être peut-être aussi poli qu'il le devrait envers les dames quand elles arriveraient ; aussi régla-t-il son addition, puis s'en alla.

Il passa au G. Q. G. pour avoir les dernières informations. La journée, semblait-il, s'était terminée dans l'indécision après les lourdes pertes dans les deux camps : plutôt davantage du côté anglais. C'était fichtrement démoralisant, se dit Vandam : nous avions une base sûre, un bon approvisionnement, nous étions supérieurs en armes et en effectifs, nous avons fait des plans soigneux et nous nous sommes battus avec acharnement, et nous n'avons pratiquement rien gagné. Il rentra chez lui.

Gaafar avait préparé de l'agneau et du riz. Vandam prit encore un verre avec son dîner. Billy lui parla tout en mangeant. La leçon de géographie de cet après-midi avait été sur la culture du blé au Canada. Vandam aurait aimé qu'à l'école on enseignât aux jeunes garçons quelque chose sur le pays où il vivait.

Lorsque Billy fut allé se coucher, Vandam resta seul dans le salon à fumer, à penser à Joan Abuthnot, à Alex Wolff et à Erwin Rommel. Chacun à sa façon le menaçait. Comme la nuit tombait dehors, il se sentit peu à peu enfermé dans la pièce. Vandam emplit son étui à cigarettes et sortit.

La ville était aussi animée qu'à n'importe quelle heure de la journée. Il y avait beaucoup de soldats dans les rues, dont certains extrêmement ivres. C'étaient des hommes durs qui s'étaient battus dans le désert, qui avaient supporté le sable, la chaleur, les bombes et les obus, et ils trouvaient souvent les indigènes moins reconnaissants qu'ils ne devraient l'être. Lorsqu'un boutiquier les grugeait en rendant la monnaie ou qu'un patron de restaurant leur présentait une addition trop salée, ou qu'un barman refusait de servir des hommes ivres, les soldats se souvenaient avoir vu leurs camarades sauter sur des mines pour défendre l'Egypte et ils déclenchaient des bagarres, brisant les vitres et cassant tout. Vandam comprenait pourquoi les Egyptiens ne manifestaient aucune reconnaissance : peu leur importait si les oppresseurs étaient les Anglais ou les Allemands ; mais il n'aimait guère les boutiquiers du Caire qui faisaient une fortune à la faveur de la guerre.

Il marchait d'un pas lent, sa cigarette à la main, savourant l'air frais de la nuit, regardant les petites échoppes avec leurs éventaires, refusant d'acheter une chemise de coton qu'on lui ferait sur mesure pendant qu'il attendrait, un sac à main en cuir pour madame ou un exemplaire d'occasion d'un magazine intitulé *Porno-Photos*. Il fut amusé de rencontrer un camelot qui avait des photos cochonnes dans la poche gauche de son blouson et des crucifix dans la poche droite. Il vit un groupe de soldats écroulés de rire à la vue de deux policemen égyptiens qui patrouillaient en se tenant par le petit doigt.

Il entra dans un bar. En dehors des clubs britanniques, la sagesse était d'éviter le gin, aussi commanda-t-il du zibib, la boisson anisée qui se troublait quand on versait de l'eau, comme le pastis. À dix heures, le bar ferma, suivant le consentement mutuel du gouvernement musulman et de ce rabat-joie de grand prévôt. Vandam avait la vue un peu brouillée lorsqu'il partit.

Il se dirigea vers la Vieille Ville. Passant devant un panneau qui annonçait ACCÈS INTERDIT AUX TROUPES, il pénétra dans le Birka. Dans les petites rues et les ruelles, les femmes étaient assises sur les marches ou penchées à leur fenêtre, fumant et attendant les clients, bavardant avec les soldats de la police militaire. Certaines d'entre elles s'adressèrent à Vandam, proposant leur corps en anglais, en français et en italien. Il s'engagea dans une petite venelle, traversa une cour déserte et franchit un portail ouvert.

Il monta l'escalier et frappa à une porte du premier étage. Une Egyptienne d'un certain âge lui ouvrit. Il lui donna cinq livres et entra. Dans une grande salle à l'éclairage tamisé et meublé avec un luxe fané, il s'assit sur un coussin et déboutonna son col de chemise. Une jeune femme en pantalon bouffant lui passa le narguilé. Il aspira quelques profondes bouffées de la fumée de haschisch. Une agréable sensation de léthargie ne tarda pas à l'envahir. Il se renversa sur les coudes et regarda autour de lui. Dans les ombres de la pièce il y avait quatre autres hommes. Deux étaient des pachas – de riches propriétaires terriens arabes – assis ensemble sur un divan et discutant à bâtons rompus. Un troisième, qui semblait presque endormi par le haschisch, avait l'air anglais et était sans doute un officier comme Vandam. Le quatrième était installé dans le coin et bavardait avec une des filles. Vandam entendit des bribes de conversation et crut comprendre que l'homme voulait emmener la fille et qu'ils débattaient du prix. L'homme semblait vaguement familier, mais Vandam, ivre et maintenant un peu hébété par la drogue, n'arrivait pas à mettre sa mémoire en marche pour se rappeler qui il était.

Une des filles s'approcha et prit la main de Vandam. Elle l'entraîna dans une alcôve et tira le rideau. Elle ôta son corsage. Elle avait de petits seins brunis. Vandam lui caressa la joue. À la lumière de la bougie, son visage changeait sans cesse, paraissant vieux, puis très jeune, puis rapace, puis tendre. À un moment, elle ressemblait à Joan Abuthnot. Mais finalement, lorsqu'il la pénétra, elle ressemblait à Elene.

5

Alex Wolff, vêtu d'une galabiya et d'un fez, était planté à trente mètres de l'entrée du G. Q. G. britannique à vendre des éventails en papier qui se cassaient après deux minutes d'usage.

L'agitation s'était un peu calmée. Cela faisait une semaine qu'il ne voyait plus d'Anglais effectuer de contrôle des papiers d'identité. Ce Vandam ne pouvait pas maintenir indéfiniment la pression.

Wolff était allé au G. Q. G. dès qu'il avait estimé raisonnable de le faire. S'introduire au Caire avait été un triomphe ; mais ce serait un triomphe inutile s'il ne pouvait pas exploiter la situation pour se procurer les renseignements dont Rommel avait besoin – et vite. Il se rappela sa brève entrevue avec Rommel à Jialo. Le Renard du Désert n'avait pas du tout l'air d'un renard. C'était un petit homme infatigable, avec le visage d'un paysan agressif : un gros nez, une bouche qui tirait vers le bas avec une fossette au menton, une cicatrice sur la joue gauche, et les cheveux coupés si court que pas un seul ne dépassait de sa casquette. Il avait dit : « Effectifs, noms des divisions, sur le terrain et en réserve, degré d'entraînement. Nombre de chars, sur le terrain et en réserve, état de marche. Réserves de munitions, de vivres et d'essence. Personnalité et attitude des commandants d'unité. Intentions stratégiques et tactiques. Ils disent que vous êtes fort, Wolff. J'espère qu'ils ne se trompent pas. »

C'était plus facile à dire qu'à faire.

Il y avait un certain nombre d'informations que Wolff pouvait recueillir rien qu'en déambulant dans la ville. Il pouvait observer les uniformes des soldats en permission et écouter leurs conversations, et cela lui indiquait quelles troupes étaient alliées sur quels fronts et quand elles allaient revenir. Parfois un sergent citait des nombres de tués et de blessés ou bien mentionnait l'effet dévastateur des canons de quatre-vingt-huit millimètres — conçus comme pièces anti-aériennes — que les Allemands avaient adaptés à leurs chars. Il avait entendu un mécanicien se plaindre que trente-neuf des cinquante chars arrivés la veille avaient besoin de réparations importantes avant d'être mis en service. Tout cela formait des renseignements précieux qu'on pouvait envoyer à Berlin, où des analystes du Service de renseignements les rassembleraient avec d'autres bribes d'informations afin d'avoir une vue d'ensemble. Mais ce n'était pas ce que voulait Rommel.

Quelque part à l'intérieur du G. Q. G. il y avait des papiers sur lesquels on trouvait des choses comme : « Après une période de repos et de regroupement, la division A, avec cent chars et tout son approvisionnement, quittera Le Caire demain pour faire sa jonction avec la division B à l'oasis C en vue de la contre-attaque à l'ouest de D samedi prochain à l'aube. »

C'étaient ces papiers-là que Wolff cherchait.

C'était pourquoi il vendait ces éventails devant le G. Q. G.

Pour leur quartier général, les Britanniques avaient réquisitionné un certain nombre des grandes maisons – la plupart d'entre elles appartenant à des pachas – du faubourg de Garden City. (Wolff s'estimait heureux que la villa *Les Oliviers* eût échappé à ce coup de filet.) Les maisons réquisitionnées étaient entourées de barbelés. Les gens en uniforme franchissaient rapidement l'entrée mais les civils étaient interpellés et longuement questionnés pendant que les sentinelles donnaient des coups de téléphone de vérification.

Il y avait d'autres quartiers généraux dans d'autres immeubles de la ville – l'hôtel Semiramis abritait, par exemple, quelque chose qu'on appelait Troupes britanniques en Égypte – mais c'était ici le G. Q. G. du Moyen-Orient, la grande centrale. Wolff avait passé beaucoup de temps, lorsqu'il était à l'école d'espionnage de l'Abwehr, à apprendre à reconnaître les uniformes, les écussons de régiments et les visages de centaines d'officiers supérieurs britanniques. De son poste d'observation, plusieurs matins de suite, il avait vu arriver les grosses voitures d'état-major et avait distingué par les vitres des colonels, des généraux, des amiraux, des commandants de groupe et le commandant en chef, Sir Claude Auchinleck lui-même. Ils lui semblaient tous un peu bizarres et il s'en étonna jusqu'au moment où il comprit que les images de ces gens, gravées dans sa mémoire en noir et blanc, il les voyait maintenant pour la première fois en couleurs.

Les membres du grand état-major se déplaçaient en voiture, mais leurs aides de camp à pied. Chaque matin, les capitaines et les commandants arrivaient à pied, leurs petits porte-documents à la main. Vers midi – après la conférence du matin, supposait Wolff, certains d'entre eux partaient, toujours avec leurs porte-documents.

Chaque jour, Wolff suivait un des aides de camp. La plupart d'entre eux travaillaient au G. Q. G. et leurs documents secrets devaient être enfermés à clef au bureau à la fin de la journée. Il y en avait quelques-uns qui venaient au G. Q. G. pour la conférence du matin mais qui avaient leurs bureaux dans d'autres quartiers de la ville ; ceux-là devaient transporter leurs papiers avec eux d'un bâtiment à l'autre. L'un d'eux allait au Semiramis. Deux autres aux casernes de Kasr-El-Nil. Un quatrième se rendait jusqu'à un immeuble anonyme de la Shari Soliman Pacha.

Wolff voulait mettre la main sur un de ces porte-documents.

Aujourd'hui, il allait faire une répétition.

Attendant sous le soleil de feu la sortie des aides de camp, il repensa à la nuit précédente, et un sourire retroussa les coins de sa bouche sous la moustache qu'il se laissait pousser depuis quelques jours. Il avait promis à Sonja de lui trouver une autre Fawzi. La nuit dernière il était allé au Birka et avait repéré une fille dans l'établissement de Mme Fahmy. Ce n'était pas une Fawzi – mais cette fille-là était une véritable enthousiaste – c'était un bon substitut provisoire. Ils avaient joui d'elle, chacun leur tour, puis ensemble ; puis ils avaient joué au jeu étrange et excitant de Sonja… ç'avait été une longue nuit.

Lorsque les aides de camp sortirent, Wolff emboîta le pas aux deux qui allaient jusqu'aux casernes.

Une minute plus tard, Abdullah sortit d'un café et vint marcher à côté de lui.

« Ces deux-là ? dit Abdullah.

– Ces deux-là. »

Abdullah était un gros homme avec une dent d'acier. Il était un des hommes les plus riches du Caire, mais contrairement à la plupart des Arabes fortunés, il ne singeait pas les Européens. Il portait des sandales, une robe crasseuse et un fez. Ses cheveux graisseux bouclaient autour de ses oreilles et il avait les ongles noirs. Sa fortune ne venait pas de la terre, comme celle des pachas, ni du commerce comme celle des Grecs. Elle venait du crime.

Abdullah était un voleur.

Wolff l'aimait bien. Il était rusé, fourbe, cruel, généreux et toujours gai : pour Wolff, il incarnait les vices et les vertus éternels du Moyen-Orient. Depuis trente ans, son armée d'enfants, de petits-enfants, de neveux, de nièces et de cousins cambriolaient les maisons et faisaient les poches au Caire. Il avait des tentacules partout : c'était un négociant en haschisch, il avait de l'influence auprès des politiciens et possédait la moitié des maisons de Birka, y compris celle de Mme Fahmy. Il habitait, avec ses quatre épouses, une grande baraque croulante de la vieille ville.

Ils suivirent les deux officiers dans le centre moderne de la ville. Abdullah dit : « Tu veux une serviette ou les deux ? »

Wolff réfléchit. Une serviette, c'était un vol comme un autre ; deux, ça sentait l'organisation. « Une, dit-il.

– Laquelle ?

– Peu importe. »

Wolff avait songé à demander son aide à Abdullah après avoir découvert que la villa *Les Oliviers* n'était plus sûre. Puis il avait décidé de n'en rien faire. Abdullah aurait certainement pu cacher Wolff quelque part – sans doute dans un bordel – pour une période plus ou moins indéfinie. Mais à peine aurait-il caché Wolff qu'il aurait entamé des négociations pour le vendre aux Anglais. Abdullah divisait le monde en deux : sa famille et les autres. Il était absolument loyal envers sa famille et faisait à ses membres une confiance totale ; mais il trompait tous les autres et n'en attendait pas moins d'eux. Toutes les affaires qu'il traitait se faisaient sur la base d'une méfiance mutuelle. Wolff trouvait que cela donnait de fort bons résultats. Ils arrivèrent à un carrefour animé. Les deux officiers traversèrent la rue au milieu du flot de la circulation. Wolff s'apprêtait à suivre quand Abdullah le retint en lui posant une main sur le bras.

« Nous allons faire ça ici », dit Abdullah.

Wolff regarda autour de lui, observant les immeubles, le trottoir, le carrefour et les camelots. Il eut un lent sourire et hocha la tête.

«C'est parfait», dit-il.

Ils le firent le lendemain.

C'était vrai qu'Abdullah avait choisi l'endroit parfait pour faire son coup. C'était à l'intersection d'une petite rue commerçante avec une grande artère. Au coin se trouvait un café avec des tables à la terrasse, ce qui réduisait de moitié la largeur du trottoir. Devant le café, du côté de la grande rue, il y avait un arrêt d'autobus. L'idée de faire la queue pour prendre le bus n'avait jamais vraiment pris au Caire, malgré soixante ans de domination britannique, aussi ceux qui attendaient se contentaient-ils de piétiner le trottoir déjà encombré. Dans la petite rue, il y avait moins de monde, car si le café avait une terrasse là aussi, il n'y avait pas d'arrêt d'autobus. Abdullah avait observé ce petit détail et l'avait mis à profit en dépêchant deux acrobates pour faire leur numéro dans la rue à cet endroit.

Wolff était assis à la table d'angle d'où il pouvait voir tout à la fois la grande avenue et la petite rue et il s'inquiétait à l'idée que ça ne marcherait peut-être pas.

Les officiers pourraient ne pas rentrer à la caserne aujourd'hui.

Ils pourraient prendre un autre itinéraire.

Ils pourraient ne pas avoir avec eux leurs porte-documents.

La police pourrait arriver trop tôt et arrêter tout le monde sur place.

Le garçon pourrait être appréhendé par les policiers et interrogé.

Wolff pourrait être aussi appréhendé par les policiers et interrogé.

Abdullah pourrait décider qu'il gagnerait son argent en se donnant moins de mal en contactant tout simplement le major Vandam pour lui annoncer qu'il pourrait arrêter Alex Wolff au café Nasif à midi ce jour-là.

Wolff avait peur d'aller en prison. C'était plus que de la

peur, c'était de la terreur. Cette seule idée lui donnait des sueurs froides sous le soleil de midi. Il pouvait vivre sans bonne chère, sans vin et sans femme, s'il avait la vaste étendue désolée du désert pour le consoler ; et il pouvait renoncer à la liberté du désert pour vivre dans une ville encombrée s'il y trouvait les luxes de la cité pour le réconforter ; mais il ne pouvait pas perdre les deux à la fois. Il n'avait jamais parlé de cela à personne : c'était son cauchemar secret. La perspective de vivre dans une petite cellule incolore, parmi la racaille de la terre (et tous des hommes), à manger une nourriture exécrable sans jamais voir le ciel bleu ni le Nil sans fin ni les plaines immenses… la panique l'effleurait s'il y songeait seulement. Il chassa cette idée de son esprit. Ça n'arriverait pas.

À 11 h 15 la silhouette malpropre d'Abdullah passa devant le café. Il avait l'air absent, mais ses petits yeux noirs dardaient autour de lui des regards aigus, il vérifiait son plan de bataille. Il traversa la rue et disparut.

À 12 h 05 Wolff repéra deux casquettes militaires parmi la masse des têtes au loin.

Il s'assit au bord de sa chaise.

Les officiers approchèrent. Ils avaient à la main leurs porte-documents.

De l'autre côté de la rue, une voiture en stationnement fit ronfler son moteur qui tournait au ralenti.

Un bus fit halte à l'arrêt et Wolff se dit : ce n'est pas possible qu'Abdullah ait arrangé ça : c'est un coup de chance, une prime.

Les officiers étaient à cinq mètres de Wolff.

La voiture stationnée en face démarra soudain. C'était une grosse Packard noire avec un moteur puissant et une suspension douce de voiture américaine. Elle traversa l'avenue comme un éléphant qui charge, le moteur rugissant en première, sans se soucier de la circulation, fonçant vers la petite rue en klaxonnant sans cesse. Au coin, à quelques mètres de l'endroit où Wolff était assis, elle vint emboutir l'avant d'un vieux taxi Fiat.

Les deux officiers s'arrêtèrent auprès de la table de Wolff pour regarder l'accident.

Le chauffeur de taxi, un jeune Arabe en chemise européenne et coiffé d'un fez, sauta hors de sa voiture.

Un jeune Grec en costume de mohair jaillit de la Packard.

L'Arabe dit que le Grec était un fils de porc.

Le Grec dit que l'Arabe était l'arrière-train d'un chameau malade.

L'Arabe gifla le Grec et le Grec envoya un coup de poing sur le nez de l'Arabe.

Les gens qui descendaient du bus et ceux qui s'apprêtaient à y monter s'approchèrent.

Au coin, l'acrobate, qui était debout sur la tête de son collègue, se retourna pour regarder la bagarre, parut perdre l'équilibre et tomba au milieu de son public.

Un petit garçon passa en courant devant la table de Wolff. Wolff se leva, braqua un doigt vers lui et cria à pleins poumons : « Arrêtez-le, au voleur ! »

Le jeune garçon courait toujours. Wolff se lança à sa poursuite et quatre personnes assises près de lui bondirent sur leurs pieds en essayant de l'attraper. L'enfant se précipita entre les deux officiers qui contemplaient la bagarre au milieu de la rue. Wolff, et les gens qui s'étaient précipités pour l'aider, arrivèrent comme des boulets de canon sur les officiers, les faisant tous les deux tomber par terre. Plusieurs personnes se mirent à crier : « Arrêtez-le, au voleur ! » même si la plupart d'entre eux n'avaient aucune idée de l'identité du prétendu voleur. Certains des nouveaux venus croyaient que ce devait être un des chauffeurs qui se battaient. La foule massée autour de l'arrêt d'autobus, le public des acrobates et la plupart des consommateurs du café se jetèrent sur la chaussée et se mirent à attaquer l'un ou l'autre des chauffeurs : les Arabes supposant que le Grec était le coupable et tous les autres se disant que c'était l'Arabe. Plusieurs hommes avec des cannes – la plupart des gens avaient des cannes – se mirent à bousculer la foule, frappant au hasard sur les têtes en s'efforçant d'interrompre le combat qui n'aboutissait à rien.

Quelqu'un prit une chaise à la terrasse du café et la lança dans la foule. Par chance, l'homme avait visé trop loin et la chaise passa à travers le pare-brise de la Packard. Cependant les serveurs, le personnel de la cuisine et le propriétaire du café sortirent à leur tour et se mirent à attaquer tous ceux qui trébuchaient, vacillaient ou s'asseyaient sur leur mobilier. Les gens s'interpellaient dans cinq langues. Des voitures s'arrêtaient pour regarder la mêlée, la circulation était bloquée dans trois directions et chaque voiture immobilisée klaxonnait. Un chien se libéra de sa laisse et, dans son excitation, se mit à mordre les jarrets des gens. Tous les voyageurs descendirent du bus. De seconde en seconde, la bagarre prenait de l'ampleur. Des conducteurs, qui s'étaient arrêtés pour regarder le spectacle, le regrettèrent bien, car lorsque la bataille s'étendit jusqu'à leurs voitures, ils se trouvèrent dans l'impossibilité de s'en aller (parce que tout le monde s'était arrêté) et ils durent fermer leurs portières à clef et remonter leurs vitres cependant qu'hommes, femmes et enfants, Arabes, Grecs, Syriens, juifs, Australiens et Écossais sautaient sur les toits des voitures, se battaient sur les capots, s'écroulaient sur les marchepieds et venaient saigner sur leur carrosserie. Quelqu'un passa à travers la vitre de l'échoppe du tailleur, voisine du café, et une chèvre affolée plongea dans la boutique de souvenirs qui flanquait le café de l'autre côté et se mit à renverser toutes les tables chargées de porcelaines, de poteries et de verrerie. Un babouin sortit d'on ne sait où – sans doute était-il à califourchon sur la chèvre, forme commune des spectacles des rues – et il se mit à courir sur les têtes des passants, d'un pas agile, pour disparaître en direction d'Alexandrie. Un cheval se libéra de ses harnais et fonça dans la rue entre les voitures. D'une fenêtre au-dessus du café, une femme vida un seau d'eau sale sur les gens qui se battaient. Personne ne s'en aperçut.

La police finit par arriver.

Lorsque les gens entendirent les sifflets, soudain les coups, les bousculades et les insultes qui avaient déclenché d'innombrables combats singuliers parurent beaucoup moins importants. Chacun se précipita pour filer avant que les arrestations ne commencent. La foule diminua rapidement. Wolff, qui était tombé par terre au début de la bagarre, se releva et traversa sans hâte la rue pour observer le dénouement. Le temps de passer les menottes à six personnes et tout était fini, il ne restait plus un combattant sauf une vieille femme en noir et un mendiant unijambiste qui se poussaient sans conviction dans le caniveau. Le propriétaire du café, le tailleur et le boutiquier vendeur de souvenirs se tordaient les mains et accablaient de reproches la police pour n'être pas venue plus tôt tout en doublant et en triplant dans leurs têtes le montant des dégâts qu'ils allaient réclamer à l'assurance.

Le chauffeur du bus s'était cassé le bras, mais il n'y avait à part cela que des coupures et des meurtrissures.

Il n'y eut qu'une victime : la chèvre avait été mordue par le chien et il fallut donc l'achever.

Lorsque la police essaya de faire bouger les deux voitures accidentées, on s'aperçut que durant la bagarre les gosses des rues avaient soulevé avec des crics l'arrière des deux véhicules pour en voler les pneus.

Toutes les ampoules électriques du bus avaient aussi disparu.

Tout comme un porte-documents de l'armée britannique.

Tout en marchant d'un pas vif dans les ruelles du vieux Caire, Alex Wolff était content de lui. Voilà une semaine, s'emparer des secrets du G. Q. G. paraissait une tâche presque impossible. Il semblait bien aujourd'hui qu'il y était parvenu. Ç'avait été une brillante idée que de charger Abdullah d'orchestrer un combat de rue. Il se demandait ce qu'il allait trouver dans le porte-documents.

La maison d'Abdullah ressemblait à tous les autres taudis qui s'entassaient dans ce quartier. Sa façade craquelée et dont la peinture s'écaillait était percée çà et là de petites fenêtres biscornues. On entrait par une arche basse et sans porte donnant sur un couloir obscur. Wolff baissa la tête, s'engagea dans le passage et grimpa un escalier de pierre en spirale. Arrivé en haut, il poussa un rideau et entra dans le salon d'Abdullah.

La pièce était comme son propriétaire : sale, confortable et luxueuse. Trois petits enfants et un chiot se poursuivaient au milieu des somptueux sofas et des tables incrustées. Dans une alcôve, auprès d'une fenêtre, une vieille femme travaillait sur une tapisserie. Une autre femme sortait de la pièce au moment où Wolff y pénétra : il n'y avait pas ici de stricte séparation musulmane des sexes, comme cela existait dans la maison où Wolff avait passé son enfance. Abdullah était assis au milieu du plancher, en tailleur sur un coussin brodé avec un bébé sur les genoux. Il leva les yeux vers Wolff avec un grand sourire.

« Mon ami, quel succès nous avons eu ! »

Wolff s'assit par terre en face de lui. « C'était merveilleux, dit-il. Tu es un magicien.

— Quelle bagarre ! Et le bus qui est arrivé juste au bon moment... et ce babouin qui s'est enfui... »

Wolff regarda plus attentivement ce que Abdullah était en train de faire. Sur le sol auprès de lui s'entassaient des portefeuilles, des sacs à main, des bourses et des montres. Tout en parlant, il prit un portefeuille en cuir joliment travaillé. Il s'empressa d'en extraire une liasse de billets de banque égyptiens, quelques timbres et un petit portemine en or puis il fourra le tout quelque part sous sa robe. Il reposa le portefeuille, prit un sac et se mit à en examiner le contenu. Wolff comprit d'où tout cela venait. « Vieille canaille, dit-il. Tu avais tes garçons dans la foule qui faisaient les poches des badauds. » Abdullah sourit, exhibant sa dent d'acier. « Se donner tout ce mal pour ne voler qu'un porte-documents...

— Mais tu l'as, au moins.

— Bien sûr. »

Wolff se détendit. Abdullah ne fit pas un geste pour lui montrer la serviette. Wolff dit : « Pourquoi ne me le donnes-tu pas ?

— Tout de suite », fit Abdullah. Mais il ne bougeait toujours pas. Au bout d'un moment il reprit : « Tu devais me verser encore cinquante livres à la livraison. »

Wolff compta les billets qui disparurent dans les plis de la robe crasseuse. Abdullah se pencha en avant, serra d'un bras le bébé contre sa poitrine pendant que l'autre main fouillait sous le coussin sur lequel il était assis et en retirait le porte-documents.

Wolff le prit et l'examina. Le fermoir était forcé. Il en

éprouva de l'agacement : il devrait quand même y avoir des limites à la duplicité. Il se força à parler avec calme : «Tu l'as déjà ouvert.»

Abdullah haussa les épaules. Il dit : *Maaleesh*. C'était un mot commodément ambigu qui voulait dire tout à la fois «désolé» et «et alors?» Wolff soupira. Il était resté trop longtemps en Europe ; il avait oublié comment les choses se passaient chez lui.

Il souleva le couvercle. À l'intérieur se trouvait une liasse, de dix à douze feuilles de papier dactylographiées en anglais. Comme il commençait à lire, quelqu'un posa auprès de lui une petite tasse de café. Il leva les yeux pour voir une ravissante jeune fille. Il dit à Abdullah : «C'est ta fille?

— Ma femme», fit Abdullah en riant.

Wolff la regarda de plus près. Elle paraissait avoir quatorze ans. Il reporta son attention aux documents.

Il lut la première page, puis avec une incrédulité croissante, feuilleta le reste.

Il les reposa. «Bonté divine», murmura-t-il. Et il se mit à rire.

Il avait volé un jeu complet de menus du mess de la caserne pour le mois de juin.

Vandam dit au colonel Bogge : «J'ai fait une note rappelant aux officiers que les documents du grand état-major ne doivent pas être transportés en ville sauf pour des circonstances exceptionnelles.»

Bogge était assis derrière son grand bureau incurvé, et frottait la balle de cricket rouge avec son mouchoir. «Bonne idée, dit-il. Il faut les rappeler à l'ordre, ces gaillards.» Vandam poursuivit : «Un de mes informateurs, cette nouvelle fille dont je vous ai parlé…

— La putain.

— Oui.» Vandam résista à l'envie de dire à Bogge que «putain» n'était pas le mot qui convenait à Elene. «Elle a entendu une rumeur d'après laquelle la bagarre avait été organisée par Abdullah…

— Qui est-ce?

– C'est une sorte de macky égyptien et il se trouve aussi être un indicateur, encore que me vendre des renseignements soit la moindre de ses nombreuses activités.

– Dans quel but cette bagarre a-t-elle été organisée, selon cette rumeur ?

– Un vol.

– Je vois, fit Bogge, l'air dubitatif.

– Beaucoup de choses ont été volées, mais nous devons envisager la possibilité que le principal objectif de l'exercice était le porte-documents.

– Une conspiration ! dit Bogge avec un scepticisme amusé. Mais que voudrait faire cet Abdullah de nos menus de mess, hein ? » Il éclata de rire.

« Il ne devait pas savoir ce que contenait le porte-documents. Il a pu simplement supposer que c'étaient des documents secrets.

– Je répète la question, dit Bogge de l'air d'un père qui fait patiemment la leçon à un enfant. Que voudrait-il faire de documents secrets ?

– On lui a peut-être demandé de les voler.

– Qui ça ?

– Alex Wolff.

– Qui ?

– L'homme au poignard d'Assiout.

– Oh ! vraiment, major, je pensais que nous en avions fini avec cette histoire. »

Le téléphone de Bogge se mit à sonner et le colonel décrocha. Vandam profita de l'occasion pour se calmer un peu. La vérité en ce qui concernait Bogge, songea Vandam, c'était sans doute qu'il n'avait aucune confiance en lui, qu'il ne se fiait pas à son propre jugement ; et faute d'avoir l'assurance suffisante pour prendre de vraies décisions, il jouait à prendre des airs supérieurs, marquant des points sur les gens en prenant des airs finauds pour se donner l'illusion qu'après tout il était vraiment intelligent. Bogge, bien sûr, ne savait absolument pas si le vol du porte-documents était significatif ou non. Il aurait pu écouter ce que Vandam avait à dire et puis se faire une idée ; mais il n'osait pas. Il ne pouvait pas se lancer dans une utile discussion avec un subordonné, car il dépensait toute son énergie intellectuelle à chercher des moyens de vous prendre en flagrant délit de contradiction, dénoncer une erreur que vous auriez commise ou d'exprimer son mépris pour vos idées ; et le temps qu'il eût terminé de se donner ainsi l'impression d'être supérieur, la décision avait été prise, pour le meilleur ou pour le pire et plus ou moins par accident, dans le feu de la conversation.

Bogge disait : « Mais bien sûr, mon général, je vais m'en occuper tout de suite. » Vandam se demanda comment il s'en tirait avec ses supérieurs. Le colonel raccrocha et dit : « Voyons, où en étions-nous ?

– Le meurtrier d'Assiout court toujours, dit Vandam. Il est peut-être significatif que peu après son arrivée au Caire un officier du grand état-major se soit fait voler son porte-documents.

– Contenant des menus du mess. »

Nous voilà repartis, songea Vandam. Avec toute la patience dont il était capable, il dit : « Dans les Renseignements, on ne croit pas aux coïncidences, n'est-ce-pas ?

– Ne me faites pas la leçon, mon garçon. Même si vous aviez raison – et je suis certain du contraire – que pourrions-nous y faire sinon rédiger la note que vous avez envoyée ?

– Eh bien, j'ai parlé à Abdullah. Il nie connaître Alex Wolff et je pense qu'il ment.

– S'il est un voleur, pourquoi ne lui jetez-vous pas la police égyptienne aux trousses ? »

Et ça rimerait à quoi ? se dit Vandam. Il reprit tout haut : « Ils le connaissent fort bien. Ils ne peuvent pas l'arrêter parce que trop d'officiers supérieurs de la police gagnent trop d'argent avec les pots-de-vin qu'il verse. Mais nous pourrions le convoquer, l'interroger, lui faire un peu peur. C'est un homme sans loyauté, prêt à changer de camp à la moindre occasion…

– Le Service de renseignements du grand état-major ne convoque pas les gens pour leur faire peur, major…

– La Sécurité du territoire le peut, ou même la police militaire.

« – Si j'allais trouver la Sécurité du territoire, fit Bogge en souriant, avec cette histoire d'un macky arabe qui vole des menus de mess, on me rirait au nez.

– Mais…

– Nous avons discuté cette affaire assez longtemps, major… trop longtemps, en fait.

– Mais, bon sang… »

Bogge haussa le ton. « Je ne crois pas que cette bagarre ait été organisée, je ne crois pas qu'Abdullah avait l'intention de voler le porte-documents et je ne crois pas que Wolff soit un espion nazi. Est-ce clair ?

– Écoutez, tout ce que je veux…

– Est-ce clair ?

– Oui, mon colonel.

– Bon. Vous pouvez disposer. »

Vandam sortit.

6

Je suis un petit garçon. Mon père m'a dit quel âge j'ai, mais j'ai oublié. Je le lui redemanderai la prochaine fois qu'il viendra. Mon père est un soldat. L'endroit où il va s'appelle le Soudan. C'est loin, loin, le Soudan.

Je vais à l'école. J'apprends le Coran. Le Coran est un livre saint. J'apprends aussi à lire et à écrire. Lire, c'est facile, mais c'est difficile d'écrire sans faire de saletés. Quelquefois, je fais la cueillette du coton ou j'emmène les bêtes boire.

Ce sont ma mère et ma grand-mère qui s'occupent de moi. Ma grand-mère est quelqu'un de connu. Presque tous les gens viennent la voir quand ils sont malades. Elle leur donne des médecines faites avec herbes.

Elle me donne de la mélasse. Je l'aime bien mélangée au lait caillé. Je m'allonge sur le dessus du four dans ma cuisine et elle me raconte des histoires. Mon histoire préférée, c'est la Ballade de Zahran, le héros de Denshway. Quand elle la raconte, elle dit toujours que Denshway est tout près. Elle doit vieillir et perdre la mémoire, parce que Denshway c'est très loin. Je suis allé à pied là-bas un jour avec Abdel, et ça nous a pris toute la matinée.

Denshway, c'est là où les Anglais tiraient aux pigeons quand une de leurs balles a mis le feu à une grange. Tous les hommes du village sont arrivés en courant pour voir qui avait allumé l'incendie. Un des soldats a eu peur en voyant tous les hommes forts du village se précipiter vers lui, alors il a tiré sur eux. Il y a eu une bataille entre les soldats et les gens du village. Personne n'a gagné, mais le soldat qui avait tiré sur la grange a été tué. Bientôt d'autres soldats sont arrivés et ont arrêté tous les hommes du village.

Les soldats ont élevé une construction en bois qu'on appelle un gibet. Je ne sais pas ce que c'est qu'un gibet, mais on s'en sert pour pendre les gens. Je ne sais pas ce qui arrive aux gens quand on les pend. Certains des villageois ont été pendus et les autres fouettés. Fouetté, je sais ce que c'est. C'est la pire chose au monde, c'est même pire que d'être pendu, à mon avis.

Zahran a été le premier à être pendu, car c'est lui qui avait combattu le plus dur contre les soldats. Il a marché jusqu'au gibet la tête droite, fier d'avoir tué l'homme qui avait mis le feu à la grange.

Je regrette de ne pas être Zahran.

Je n'ai jamais vu un soldat britannique, mais je sais que je les déteste.

Je m'appelle Anouar el-Sadat, et je serai un héros.

Sadat caressait sa moustache. Il en était assez satisfait. Il n'avait que vingt-deux ans et, dans son uniforme de capitaine, il avait un peu l'air d'un enfant soldat : la moustache le vieillissait un peu. Il avait besoin de toute l'autorité dont il pouvait faire preuve, car ce qu'il allait proposer était – comme d'habitude – légèrement ridicule. À ces petites réunions, il se donnait du mal pour parler et pour agir comme si la poignée de têtes brûlées rassemblées là allaient vraiment chasser les Anglais d'Égypte d'un jour à l'autre.

Il prit une voix délibérément un peu plus grave lorsqu'il commença à parler. «Nous avons tous espéré que Rommel allait vaincre les Anglais dans le désert et libérer ainsi notre pays.» Son regard parcourut la pièce : c'était un bon truc, dans les réunions grandes ou petites, car ça donnait à chacun l'impression que Sadat s'adressait à lui personnellement. «Nous avons maintenant de très mauvaises nouvelles. Hitler a accepté de céder l'Égypte aux Italiens.»

Sadat exagérait : ce n'était pas une information, c'était une rumeur. D'ailleurs, la plupart des assistants savaient que ce n'était qu'un bruit. Toutefois, le mélodrame était à l'ordre du jour et ils réagirent par des murmures de colère.

Sadat continua : «Je propose que le Mouvement des Officiers libres négocie un traité avec l'Allemagne, aux termes duquel nous organiserons un soulèvement contre les Britanniques au Caire et eux nous garantiraient l'indépendance et la souveraineté de l'Égypte après la défaite des Anglais.» À mesure qu'il parlait, le caractère risible de la situation le frappa de nouveau. Il était là, lui, un jeune paysan tout juste sorti de sa ferme, haranguant une demi-douzaine de subalternes mécontents pour leur parler de négociations avec le Reich allemand. Et pourtant, qui d'autre représenterait le peuple égyptien? Les Anglais étaient les conquérants, le Parlement n'était qu'une assemblée de marionnettes et le roi était un étranger.

Il y avait une autre raison derrière cette proposition, mais qu'on ne discuterait pas ici, que Sadat se refusait à avouer, sauf au cœur de la nuit quand il était tout seul : Abdel Nasser avait été affecté au Soudan avec son unité et son absence donnait à Sadat une chance de se gagner la position de chef du mouvement rebelle.

Il chassa cette pensée, car elle était indigne. Il fallait amener les autres à donner leur accord à la proposition, puis aux moyens de la mettre à exécution.

Ce fut Kemel qui parla le premier. «Mais les Allemands vont-ils nous prendre au sérieux?» demanda-t-il. Sadat hocha la tête, comme si lui aussi estimait que c'était une considération importante. En fait, Kemel et lui s'étaient mis d'accord avant la réunion pour que Kemel posât cette question, car cela les lancerait sur une fausse piste. La vraie question était de savoir si l'on pouvait se fier aux Allemands pour respecter un accord passé avec un groupe de rebelles sans statut officiel : Sadat ne voulait absolument pas qu'on abordât ce point maintenant. Selon toute probabilité, les Allemands ne respecteraient pas leur promesse ; mais si les Égyptiens se soulevaient contre les Anglais et s'ils étaient ensuite trahis par les Allemands, ils comprendraient que rien sauf l'indépendance n'était assez bon – et peut-être aussi chercheraient-ils comme chef l'homme qui aurait organisé le soulèvement. Ce genre de dure réalité politique ne convenait pas à des réunions comme celle-ci : c'était trop sophistiqué, trop machiavélique. Kemel était la seule personne avec qui Sadat pût discuter tactique. Kemel était un policier, un inspecteur de la police municipale du Caire, un homme habile et prudent : peut-être son travail dans la police l'avait-il rendu cynique.

Les autres commencèrent à se demander si cela marcherait. Sadat ne participa pas à la discussion. Qu'ils bavardent, songea-t-il ; c'est ce qu'ils aiment vraiment faire. Quand on en arrivait à l'action, en général, ils le laissaient tomber.

Pendant qu'ils péroraient, Sadat se rappela la révolution avortée de l'été précédent. Cela avait commencé avec le cheik Al-Azhar, qui avait proclamé : « Nous n'avons rien à voir dans la guerre. » Puis le Parlement égyptien, dans une rare manifestation d'indépendance, avait adopté la politique : « Épargner à l'Égypte le fléau de la guerre. » Jusqu'alors l'armée égyptienne avait combattu côte à côte avec l'armée britannique dans le désert, mais voilà maintenant que les Anglais ordonnaient aux Égyptiens de déposer leurs armes et de se retirer. Les Égyptiens étaient très heureux de ce fait, mais ils ne voulaient pas être désarmés. Sadat vit là une divine occasion de fomenter des troubles. Lui et de nombreux autres jeunes officiers refusèrent de rendre leurs armes et projetèrent de marcher sur Le Caire. Au grand désappointement de Sadat, les Anglais cédèrent aussitôt et les laissèrent conserver leurs armes. Sadat continua à essayer d'attiser l'étincelle de la rébellion jusqu'à faire jaillir la flamme de la révolution, mais les Anglais avaient désamorcé sa manœuvre en cédant. La marche sur Le Caire fut un fiasco : l'unité de Sadat arriva au point de rassemblement, mais personne d'autre ne vint. Ils lavèrent leurs véhicules, s'assirent, attendirent un moment, puis poursuivirent jusqu'à leur camp.

Six mois plus tard, Sadat avait essuyé un autre échec. Centré cette fois sur le roi d'Égypte, ce gros Turc licencieux. Les Anglais avaient envoyé un ultimatum au roi Farouk : ou bien il donnait l'ordre à son Premier ministre de constituer un nouveau gouvernement pro-britannique, ou bien il abdiquait. Sous la pression, le roi convoqua Mustapha el-Nahas Pacha et lui intima l'ordre de former un nouveau gouvernement. Sadat n'était pas royaliste, mais c'était un opportuniste : il annonça que c'était une violation de la souveraineté égyptienne et les jeunes officiers marchèrent sur le palais pour saluer le roi dans un geste de protestation. Une fois de plus, Sadat essaya de pousser plus loin la rébellion. Son plan était de cerner le palais sous prétexte de défendre le roi. Une fois de plus, il fut le seul à se présenter. Il avait été amèrement déçu ces deux fois-là. Il avait eu envie d'abandonner toute la cause rebelle : que les Égyptiens aillent au diable comme ils le veulent, avait-il songé dans ses moments de plus sombre désespoir. Mais ces moments-là passaient, car il savait que la cause était juste et aussi qu'il était assez intelligent pour bien la servir.

« Mais nous n'avons aucun moyen de contacter les Allemands. » C'était Imam qui parlait, un des pilotes. Sadat était ravi de voir qu'ils discutaient déjà *comment* s'y prendre plutôt que s'il fallait le faire ou non.

Kemel avait la réponse à cette question. « Nous pourrions envoyer le message par avion.

– Mais oui ! fit Imam, jeune et ardent. L'un de nous pourrait partir en patrouille de routine, puis modifier son plan de vol et se poser derrière les lignes allemandes. »

Un des pilotes plus âgés objecta : « À son retour, il devrait expliquer ce changement de route…

– Il pourrait ne pas revenir du tout», dit Imam, son expression exprimant l'abattement aussi vite qu'elle respirait tout à l'heure l'animation.

Sadat intervint tranquillement : «Il pourrait revenir avec Rommel.» Le regard d'Imam s'illumina de nouveau et Sadat comprit que le jeune pilote se voyait avec Rommel entrant au Caire à la tête d'une armée de libération. Sadat décida que ce serait Imam qui irait porter le message.

«Mettons-nous d'accord sur le texte du message», fit démocratiquement Sadat. Personne ne remarqua qu'on n'avait pas demandé une décision aussi nette sur la question de savoir s'il fallait ou non envoyer un message. «Je crois que nous devrions exposer quatre points. Un : nous sommes des Égyptiens sincères ayant une organisation au sein de l'armée. Deux : comme vous, nous combattons les Anglais. Trois : nous sommes en mesure de recruter une armée rebelle pour combattre à vos côtés. Quatre : nous organiserons un soulèvement contre les Britanniques au Caire si en retour vous nous garantissez l'indépendance et la souveraineté de l'Égypte après la défaite des Anglais. (Il marqua un temps et ajouta en fronçant les sourcils :) Je pense que nous devrions peut-être leur donner un gage de notre bonne foi.»

Il y eut un silence. Kemel avait la réponse à cette question aussi, mais cela ferait mieux si elle venait d'un des autres.

Imam se montra à la hauteur. «Nous pourrions, avec le message, envoyer quelques utiles renseignements militaires.»

Kemel, maintenant, fit semblant d'être opposé à cette suggestion. «Quel genre de renseignements pourrions-nous nous procurer, nous ? Je ne peux pas imaginer...

– Des photographies aériennes des positions britanniques.

– Comment est-ce possible ?

– Nous pouvons le faire au cours d'une patrouille de routine, avec un appareil photo ordinaire.»

Kemel eut un air dubitatif. «Et comment développerons-nous la pellicule ?

– Ça n'est pas nécessaire, fit Imam, tout excité. Nous pouvons nous contenter d'envoyer le film.

– Un seul rouleau ?

– Autant que nous voulons.

– Je crois qu'Imam a raison », dit Sadat. Une fois de plus, ils étaient en train de discuter les aspects pratiques d'une idée au lieu d'en peser les risques. Il n'y avait plus qu'un obstacle à franchir. Une amère expérience avait enseigné à Sadat que ces rebelles étaient terriblement braves jusqu'au moment où il leur fallait vraiment se mouiller. Il dit : « Il n'y a plus qu'à décider lequel d'entre nous va piloter l'avion. » Tout en parlant, il parcourut la pièce du regard, ses yeux finissant par se poser sur Imam. Après un moment d'hésitation, Imam se leva.

Les yeux de Sadat flamboyaient de triomphe.

Deux jours plus tard, Kemel parcourut les cinq kilomètres qui séparaient le centre du Caire de la banlieue où habitait Sadat. En tant qu'inspecteur de police, Kemel avait, quand il le voulait, la jouissance d'une voiture officielle mais, pour des raisons de sécurité, il en utilisait rarement une pour se rendre aux réunions des rebelles. Selon toute probabilité, ses collègues de la police seraient sympathisants du Mouvement des Officiers libres ; mais il n'était pas pressé de les mettre à l'épreuve.

Kemel avait quinze ans de plus que Sadat, et pourtant son attitude envers son cadet frisait l'adoration. Kemel partageait le cynisme de Sadat, sa compréhension réaliste de ce qu'étaient les leviers du pouvoir politique ; mais Sadat avait quelque chose de plus et c'était un idéalisme ardent où il puisait une énergie sans limite et un espoir sans borne.

Kemel se demandait comment lui annoncer la nouvelle.

Le message adressé à Rommel avait été dactylographié, signé par Sadat et par tous les principaux officiers libres – à l'exception de Nasser absent – et scellé dans une grosse enveloppe brune. On avait pris des photographies aériennes des positions britanniques. Imam avait décollé aux commandes de son Gladiator, suivi de Baghdadi dans un second appareil. Il s'était posé dans le désert pour prendre Kemel, qui avait remis l'enveloppe brune à Imam et était monté à bord de l'avion de Baghdadi. Le visage d'Imam brillait d'un idéalisme juvénile.

Kemel se disait : comment vais-je annoncer ça à Sadat ?

Pour Kemel, c'était son baptême de l'air. Le désert, si uniforme au niveau du sol, était une mosaïque sans fin : les plaques de gravier, petites bandes de végétation et collines volcaniques sculptées par le vent. Baghdadi disait : «Tu vas avoir froid», et Kemel croyait qu'il plaisantait – le désert était comme une fournaise – mais à mesure que le petit avion prenait de l'altitude, la température ne cessait de baisser et il ne tarda pas à frissonner dans sa mince chemise de coton. Au bout d'un moment, les deux appareils avaient mis le cap à l'est et Baghdadi avait allumé sa radio pour dire à la base qu'Imam s'était éloigné de la route prévue et ne répondait pas aux appels radio. Comme il fallait s'y attendre, la base avait ordonné à Baghdadi de suivre Imam. Cette petite comédie était nécessaire pour que Baghdadi, qui devait revenir, ne fût pas l'objet de soupçons. Ils survolèrent un camp militaire. Kemel vit des chars, des camions, de l'artillerie de campagne et des jeeps. Des soldats agitèrent les bras : ce doit être des Anglais, songea Kemel. Les deux avions montaient plus haut. Juste devant eux, ils aperçurent des indices de bataille : de grands nuages de poussière, des explosions et le grondement de l'artillerie. Ils virèrent pour passer au sud du champ de bataille.

Kemel s'était dit : nous avons survolé une base britannique, puis un champ de bataille ; nous devrions arriver ensuite à une base allemande. Devant, l'avion d'Imam perdait de l'altitude. Au lieu de le suivre, Baghdadi monta un peu plus haut – Kemel avait l'impression que le Gladiator était presque arrivé à son plafond – et décrocha vers le sud. En regardant à droite, Kemel vit ce que les pilotes avaient vu : un petit camp avec une bande de terrain dégagé qui faisait office de piste. En approchant de la maison de Sadat, Kemel se rappelait quelle joie il avait éprouvée, là-haut dans le ciel au-dessus du désert, lorsqu'il s'était rendu compte qu'ils étaient derrière les lignes allemandes et que le traité était presque dans les mains de Rommel.

Il frappa à la porte. Il ne savait toujours pas ce qu'il allait dire à Sadat.

C'était une maison ordinaire, plutôt plus pauvre que celle de Kemel. Au bout d'un moment, Sadat arriva, vêtu d'une galabiya et fumant une pipe. Il regarda le visage de Kemel et dit aussitôt : « Ça s'est mal passé.

– Oui. » Kemel entra. Ils se rendirent dans la petite pièce qui servait à Sadat de cabinet de travail. Il y avait un bureau, des rayonnages avec des livres et des coussins sur le sol nu. Sur le bureau, un pistolet militaire était posé sur une pile de papiers.

Ils s'assirent. Kemel dit : « Nous avons trouvé un camp allemand avec une piste. Imam a amorcé sa descente. Là-dessus, les Allemands ont commencé à tirer sur son avion. C'était un appareil anglais, tu comprends... nous n'avions jamais pensé à cela.

– Mais, dit Sadat, ils voyaient bien qu'il n'avait pas d'intention hostile – il n'a pas ouvert le feu, il n'a pas lâché de bombe...

– Il continuait à descendre, reprit Kemel. Il a agité ses ailerons et j'imagine qu'il a essayé de les contacter par radio ; en tout cas ils ont continué à tirer. La queue de l'appareil a été touchée.

– Oh ! mon Dieu.

– Il paraissait descendre très vite. Les Allemands ont cessé le feu. Il a réussi je ne sais comment à atterrir sur ses roues. L'avion semblait rebondir. Je pense qu'Imam ne pouvait plus le contrôler. Il ne pouvait sûrement pas ralentir. Il a dépassé la surface goudronnée et est arrivé jusqu'au sable ; l'aile gauche a heurté le sol et s'est brisée ; l'appareil a piqué du nez et s'est mis à labourer le sable ; puis le fuselage est retombé sur l'aile brisée. »

Sadat regardait Kemel, tout pâle et immobile, sentant sa pipe refroidir dans sa main. Kemel revoyait l'avion gisant en morceaux sur le sable, avec un camion-pompe allemand et une ambulance qui se précipitaient vers les lieux de l'accident, suivis de dix ou quinze soldats. Il n'oublierait jamais comment, pareil à une fleur ouvrant ses pétales, le ventre de l'appareil avait éclaté vers le ciel dans un déchaînement de flammes rouges et jaunes.

« Il a explosé, dit-il à Sadat.

— Et Imam ?

— Il ne pouvait pas survivre à un feu pareil.

— Il faudra essayer encore, dit Sadat. Nous devons trouver un autre moyen de faire passer un message. »

Kemel le dévisagea et se rendit compte que son ton vif sonnait faux. Sadat essaya de rallumer sa pipe, mais la main qui tenait l'allumette tremblait trop. Kemel scruta son visage et vit que Sadat avait les larmes aux yeux.

« Le pauvre garçon », murmura Sadat.

7

Wolff était revenu à son point de départ : il savait où se trouvaient les secrets, mais il ne pouvait pas mettre la main dessus.

Il aurait pu voler un autre porte-documents comme il s'était emparé du premier, mais cela commencerait, aux yeux des Britanniques, à avoir l'air d'une conspiration. Il aurait même pu concevoir une autre façon de voler une serviette, mais même cela pourrait provoquer un renforcement des mesures de sécurité. D'ailleurs, un porte-documents par hasard ne suffisait pas à ses besoins : il lui fallait un accès régulier et libre aux documents secrets.

C'était pourquoi il était en train de raser la toison pubienne de Sonja. Elle avait le poil noir et dru et qui poussait très vite. Comme elle le rasait régulièrement, elle pouvait porter ses pantalons transparents sans s'encombrer de l'habituel cache-sexe pailleté. Cette plus grande liberté physique — et la rumeur persistante et qui ne faisait que refléter la vérité qu'elle n'avait rien sous son pantalon — avait contribué à faire d'elle la première danseuse du ventre du moment.

Wolff trempa le blaireau dans le bol et se mit à la savonner.

Allongée sur le lit, le dos appuyé à une pile de coussins, elle l'observait avec méfiance. Elle ne tenait pas beaucoup à le voir faire ça, sa dernière perversion. Elle se disait qu'elle n'allait pas aimer ça. Wolff, lui, était d'un autre avis.

Il savait comment fonctionnait l'esprit de Sonja, il connaissait son corps mieux qu'elle et il voulait en obtenir quelque chose.

Il la caressa avec les poils souples du blaireau et dit : « J'ai trouvé un autre moyen d'avoir accès à ces porte-documents.

– Lequel ? »

Il ne lui répondit pas tout de suite. Il reposa le blaireau et prit le rasoir. Il en passa le tranchant affûté sur son pouce, puis la ragarda. Elle l'observait avec une fascination horrifiée. Il se pencha, lui écarta un peu plus les jambes, posa le rasoir contre sa peau et remonta vers le haut d'un geste léger et prudent.

« Je vais devenir ami d'un officier anglais », annonça-t-il.

Elle ne répondit pas ; elle ne l'écoutait qu'à moitié. Il essuya le rasoir sur une serviette. D'un doigt de sa main gauche, il toucha la région rasée, tirant la peau pour bien la tendre, puis il approcha le rasoir plus près.

« Ensuite, j'amènerai l'officier ici, dit-il.

– Oh ! non », fit Sonja.

Il la toucha du tranchant du rasoir et remonta avec douceur vers le haut. Le souffle de Sonja se fit plus rauque.

Il essuya le rasoir et recommença l'opération une, deux, trois fois. « D'une façon ou d'une autre, je m'arrangerai pour que l'officier ait son porte-documents avec lui. »

Il posa le doigt sur le point le plus sensible de son corps et promena le rasoir autour. Elle ferma les yeux.

Il versa l'eau très chaude d'une bouilloire dans un bol posé par terre auprès de lui. Il trempa une flanelle dans l'eau et l'essora avec soin.

« Ensuite, j'examinerai le contenu du porte-documents pendant que l'officier sera au lit avec toi. »

Il pressa la flanelle chaude contre sa peau rasée.

Elle poussa un petit cri comme une bête traquée : « Ahhh, mon Dieu ! » Wolff se débarrassa de son peignoir de bain et se dressa nu devant elle. Il prit un flacon de lait hydratant, en versa un peu dans la paume de sa main droite et s'agenouilla sur le lit auprès de Sonja ; puis il se mit à lui frictionner le pubis.

« Je ne veux pas », dit-elle tout en commençant à se tordre sur les draps. Il ajouta de la lotion, la massant dans tous les creux et les replis. De sa main gauche, il la tenait à la gorge en la bloquant. « Mais si. » Ses doigts experts s'enfoncèrent et serrèrent, moins doux soudain.

« Non, dit-elle.

— Si », fit-il.

Elle secouait la tête. Son corps s'agitait, prit dans les sursauts d'un plaisir intense. Elle se mit à frissonner, puis dit : « Oh ! Oh ! Oh ! Oh oh oh ! » Puis elle se détendit.

Wolff ne voulait pas la laisser s'arrêter. Il continua à caresser sa peau douce et épilée cependant que de sa main gauche il pinçait les boutons de ses seins bruns. Incapable de lui résister, elle recommença à remuer.

Elle ouvrit les yeux et vit que lui aussi était excité. « Espèce de salaud, dit-elle, mets-le moi. »

Il sourit. La sensation de puissance était comme une drogue. Il s'allongea au-dessus d'elle et hésita, en appui sur ses bras tendus.

« Vite ! dit-elle.

— Tu le feras ?

— Vite ! »

Il laissa son corps toucher celui de Sonja, puis s'arrêta de nouveau. « Tu le feras ?

— Oui ! Je t'en prie !

— Ah ! » gémit Wolff en descendant vers elle.

Après, bien sûr, elle essaya de revenir là-dessus.

« Ce genre de promesse ne compte pas », fit-elle.

Wolff sortit de la salle de bains, drapé dans une grande serviette. Il la regarda. Elle était allongée sur le lit, toujours nue, à croquer des chocolats. Il y avait des moments où il éprouvait presque de la tendresse pour elle.

« Une promesse est une promesse, dit-il.

– Tu as promis de nous trouver une autre Fawzi. » Elle boudait. Toujours après l'amour.

« J'ai amené cette fille de chez Mme Fahmy, dit Wolff.

– Ce n'était pas une autre Fawzi. Fawzi ne demandait pas dix livres à chaque fois et elle ne rentrait pas chez elle le matin.

– Très bien. Je continue à chercher.

– Tu n'as pas promis de *chercher*, tu as promis de *trouver*. »

Wolff passa dans l'autre pièce et prit dans le réfrigérateur une bouteille de champagne. Il revint dans la chambre avec deux coupes. « Tu en veux ?

– Non, dit-elle. Si. »

Il emplit une coupe et la lui tendit. Elle but une gorgée et prit un autre chocolat. Wolff dit : « À l'officier britannique inconnu qui va avoir la plus belle surprise de sa vie.

– Je ne veux pas coucher avec un Anglais, déclara Sonja. Ils sentent mauvais, ils ont la peau comme des limaces et je les déteste.

– C'est pourquoi tu le feras : parce que tu les détestes. Imagine simplement : pendant qu'il te saute en pensant quelle chance il a, je serai en train de lire ses documents secrets. »

Wolff commença à s'habiller. Il passa une chemise qu'on lui avait confectionnée dans une des minuscules échoppes de la vieille ville – une chemise d'uniforme britannique avec des galons de capitaine aux épaules. « Qu'est-ce que tu portes ? demanda Sonja.

– Un uniforme d'officier anglais. Ils n'adressent pas la parole aux étrangers, tu sais.

– Tu vas faire semblant d'être anglais ?

– Sud-africain, je crois.

– Mais si tu fais une erreur ? »

Il la regarda. « Je serai probablement fusillé comme espion. » Elle détourna les yeux.

Wolff reprit : « Si j'en trouve un qui fasse l'affaire, je l'amènerai au Cha-Cha. » Il plongea la main à l'intérieur de sa chemise et tira son couteau du fourreau qu'il portait sous l'aisselle. Il s'approcha d'elle et toucha de la pointe son épaule nue. «Si tu me laisses tomber, je te couperai les lèvres.»

Elle le dévisagea. Elle ne dit pas un mot, mais il y avait de la peur dans ses yeux. Wolff sortit.

Il y avait foule au Shepheard's. Comme toujours.

Wolff paya son taxi, se fraya un chemin à travers la meute des camelots et des interprètes, gravit les marches du perron et entra dans le hall bourré de monde : commerçants levantins en plein rendez-vous d'affaires bruyants, Européens utilisant le bureau de poste et les banques qui se trouvaient là, Égyptiennes en robes de mauvaise qualité et officiers britanniques : l'hôtel était interdit à la troupe. Wolff passa entre deux femmes de bronze plus grandes que nature qui tenaient des lampes et gagna le bar. Un petit orchestre jouait une musique inclassable tandis qu'une foule de consommateurs, pour la plupart européens cette fois, ne cessaient d'appeler les serveurs. Naviguant entre les divans et les tables à dessus de marbre, Wolff parvint jusqu'au long bar tout au bout de la salle.

Là, c'était un peu plus calme. Les femmes étaient exclues et on était là pour boire sérieusement. C'était à cet endroit que viendrait un officier esseulé.

Wolff s'installa au bar. Il allait commander du champagne, puis se rappela son déguisement et commanda un whisky à l'eau.

Il avait accordé une grande attention à sa tenue. Les chaussures marron étaient de celles que portaient les officiers et soigneusement cirées ; les chaussettes kaki montaient juste à la bonne hauteur ; le short brun et flottant était impeccablement repassé ; la saharienne avec les galons de capitaine flottait par-dessus le short au lieu d'être rentrée à la ceinture ; la casquette était un tout petit peu de guingois. Il était un peu inquiet de son accent. Il avait une histoire toute prête pour l'expliquer : le numéro qu'il avait fait au capitaine Newman à Assiout, en disant qu'il avait été élevé en Afrique du Sud – mais que se passerait-il si l'officier sur lequel il tombait était sud-africain ? Wolff n'était pas capable de distinguer assez bien les accents anglais pour reconnaître un Sud-Africain.

Il était plus inquiet de sa connaissance de l'armée. Il cherchait un officier du G. Q. G., aussi dirait-il qu'il appartenait au B. T. E. («British Troops in Egypt») qui était une unité séparée indépendante. Malheureusement il ne savait pas grand-chose d'autre à son sujet. Il avait des idées vagues sur ce que faisait le B. T. E. et sur son organisation mais était incapable de citer le nom d'un seul de ses officiers. Il imaginait une conversation :

«Comment va le vieux Buffy Jenkins ?

– Le vieux Buffy ? On ne le voit pas beaucoup dans mon service.

– Pas beaucoup ? C'est lui le patron ! Est-ce que nous parlons du même B. T. E. ?»

Ou encore :

«Et Simon Frobisher ?

– Oh ! Simon, vous savez, toujours le même.

– Attendez un peu… quelqu'un m'a dit qu'il était rentré au pays. Mais oui, j'en suis sûr… comment se fait-il que vous ne le sachiez pas ?»

Puis les accusations, l'arrivée de la police militaire, la bagarre et enfin la prison.

La prison était la seule chose qui faisait peur à Wolff. Il chassa cette idée de son esprit et commanda un autre whisky.

Un colonel en sueur arriva et s'installa au bar sur le tabouret voisin de celui de Wolff. Il dit au barman : *Ezma !* Cela voulait dire «écoute», mais tous les Anglais croyaient que ça voulait dire «garçon». Le colonel regarda Wolff.

Wolff salua poliment de la tête et dit : «Mon colonel.

– On enlève sa casquette au bar, capitaine, dit le colonel. À quoi pensez-vous ?»

Wolff ôta sa casquette, se maudissant pour cette erreur. Le colonel commanda une bière. Wolff détourna les yeux.

Il y avait quinze ou vingt officiers au bar, mais il n'en reconnut aucun. Il cherchait l'un des huit aides de camp qui quittaient le G. Q. G. chaque jour vers midi avec leurs porte-documents. Il avait enregistré le visage de chacun et les reconnaîtrait aussitôt. Il était déjà allé sans succès au Metropolitan Hotel et au Turf Club et, après une demi-heure passée au Shepheard's, il essaierait le club des officiers, le sporting club de Gezira et même l'Union anglo-égyptienne. S'il ne réussissait pas ce soir, il essaierait de nouveau demain : tôt ou tard, il était certain de tomber sur au moins l'un d'eux. Ensuite, tout dépendrait de son habileté.

Son plan n'était pas mauvais. L'uniforme faisait de lui l'un d'entre eux, un homme à qui on pouvait se fier et un camarade. Comme la plupart des soldats, ils étaient sans doute esseulés et affamés de sexe dans un pays étranger. Sonja était indéniablement une femme très désirable – à regarder, en tout cas – et l'officier britannique moyen n'était pas bien protégé devant les artifices d'une séductrice orientale.

Et d'ailleurs, s'il avait la malchance de tomber sur un aide de camp assez malin pour résister à la tentation, il n'aurait qu'à le laisser tomber pour en chercher un autre.

Il espérait bien que ça ne prendrait pas si longtemps.

En fait, cela lui prit cinq minutes.

Le major qui entra était un homme de petite taille, très maigre et de dix ans environ plus âgé que Wolff. Il avait sur les joues la couperose d'un solide buveur. Il avait des yeux bleus un peu exorbités et ses cheveux roux et clairsemés étaient gominés avec soin sur son crâne.

Chaque jour il quittait le G. Q. G. à midi pour se rendre dans un immeuble anonyme de la Shari Soliman Pacha avec son porte-documents.

Wolff sentit son cœur battre plus vite.

Le major vint jusqu'au bar, retira sa casquette et dit : «Ezma! Scotch. Sans glace. Et que ça saute. (Il se tourna vers Wolff.) Sale temps, dit-il pour engager la conversation.

– Est-ce que ça n'est pas toujours comme ça, mon commandant? fit Wolff.

– C'est bien vrai. Je suis Smith, du G. Q. G.

– Enchanté, mon commandant», dit Wolff. Il savait que, puisque Smith quittait chaque jour le G. Q. G. pour gagner un autre bureau, le major ne pouvait pas appartenir vraiment au quartier général; et il se demanda un instant pourquoi l'homme mentait à ce propos. Il chassa pour l'instant cette pensée et dit : «Je suis Slavenburg, du B. T. E.

« – Ravi de vous connaître. Vous en prenez un autre ? »

Il se révélait même plus facile que prévu d'engager la conversation avec un officier. « C'est très aimable à vous, mon commandant, dit Wolff.

– Laissez tomber les "mon commandant". Pas de chichi au bar, quoi ?

– Bien sûr. » Encore une erreur.

« Qu'est-ce que ce sera ?

– Un whisky à l'eau, s'il vous plaît.

– Je ne prendrais pas d'eau avec si j'étais vous. Il paraît qu'elle vient tout droit du Nil.

– Je dois y être habitué, fit Wolff en souriant.

– Pas de problèmes intestinaux ? Vous devez être le seul Blanc d'Egypte qui n'en ait pas.

– Je suis né en Afrique, dix ans au Caire. » Wolff adoptait tout naturellement le style télégraphique de Smith. J'aurais dû être comédien, songea-t-il.

« L'Afrique, hein ? fit Smith. Je trouvais que vous aviez un peu d'accent.

– Père hollandais, mère anglaise. Nous avions un élevage en Afrique du Sud. »

Smith prit un air plein de sollicitude. « C'est moche pour votre père, avec les Boches en Hollande. »

Wolff n'avait pas pensé à ça. « Il est mort quand j'étais enfant, dit-il.

– Triste, fit Smith en vidant son verre.

– La même chose ? proposa Wolff.

– Merci. »

Wolff commanda d'autres consommations. Smith lui offrit une cigarette : Wolff refusa.

Smith se plaignit de la piètre qualité de la nourriture, de la façon dont les bars ne cessaient d'être à court d'alcool, des loyers exorbitants et de la grossièreté des serveurs arabes. Wolff brûlait d'envie d'expliquer que la nourriture était mauvaise parce que Smith insistait pour manger des plats anglais plutôt qu'égyptiens, que l'alcool était rare à cause de la guerre en Europe, que les loyers étaient astronomiques à cause des milliers d'étrangers comme Smith qui avaient envahi la ville et que les serveurs étaient désagréables avec lui parce qu'il était trop paresseux ou trop arrogant pour apprendre quelques phrases de politesse dans leur langue. Au lieu de ces explications, il se mordit la langue et hocha la tête comme s'il compatissait.

Au milieu de cette énumération de doléances, Wolff aperçut par-dessus l'épaule de Smith six hommes de la police militaire qui entraient au bar.

Smith remarqua son changement d'expression et dit : «Qu'est-ce qu'il y a... vous avez vu un fantôme ?»

Il y avait un policier de l'armée, un policier de la marine en guêtres blanches, un Australien, un Néo-Zélandais, un Sud-Africain et un Gurkha enturbanné. Wolff avait une folle envie de s'enfuir à toutes jambes. Qu'allait-on lui demander ? Que dirait-il ?

Smith se retourna, vit les M. P. et dit : «C'est la patrouille de nuit habituelle... en quête d'officiers ivres et d'espions allemands. C'est un bar d'officiers ici, ils vont nous laisser tranquilles. Qu'est-ce qu'il y a... vous êtes en situation irrégulière ou quoi ?

– Non, pas du tout. (Wolff improvisa précipitamment :) Le type de la marine ressemble à un garçon que j'ai connu et qui a été tué à Halfaya.» Il continuait à observer la patrouille. Ces gaillards n'avaient pas l'air de plaisanter avec leurs casques et leurs pistolets dans leurs baudriers. Allaient-ils demander à voir ses papiers ?

Smith ne pensait déjà plus à eux. Il reprenait : «Quant aux domestiques... des canailles. Je suis certain que le mien met de l'eau dans mon gin. Mais je vais le démasquer. J'ai empli une bouteille de gin vide de zibib... vous savez, cette liqueur qui se trouble quand on ajoute de l'eau ? Attendez qu'il essaie de diluer ça. Il sera obligé d'acheter une bouteille neuve et faire comme si de rien n'était. Ah ! ah ! Bien fait pour lui.»

L'officier qui commandait la patrouille s'approcha du colonel qui avait dit à Wolff d'enlever sa casquette. «Tout est en ordre, mon colonel ? dit le M. P.

– Rien d'anormal, répondit le colonel.

– Et vous ? fit Smith à Wolff. Dites-moi, vous avez bien droit à ces galons, n'est-ce-pas ?

– Bien sûr », fit Wolff. Une goutte de transpiration lui coula dans l'œil et il l'essuya d'un geste trop rapide.

« Ça n'est pas pour vous vexer, dit Smith. Mais, vous savez, le Sheapheard's étant interdit à la troupe, on a déjà vu des officiers subalternes coudre quelques galons sur leur chemise rien que pour entrer ici. » Wolff se reprit. « Ecoutez, mon commandant, si vous voulez vérifier…

– Non, non, mais non, s'empressa de dire Smith.

– C'est cette ressemblance qui m'a secoué.

– Bien sûr, je comprends. Buvons encore un verre. *Ezma* ! »

Le M. P. qui avait parlé au colonel parcourait la salle du regard. Son brassard l'identifiait comme étant l'adjoint du chef de la prévôté militaire. Il regarda Wolff. Wolff se demanda si l'homme se souvenait du signalement du meurtrier d'Assiout. Sûrement pas. De toute façon, on ne rechercherait pas un officier britannique répondant à cette description. Et Wolff s'était laissé pousser la moustache pour brouiller plus encore les pistes. Il se força à soutenir le regard de l'officier, puis laissa ses yeux vagabonder ailleurs. Il prit son verre, certain que l'homme continuait à le dévisager.

Puis il y eut un claquement de bottes et la patrouille sortit. Wolff dut faire un effort pour s'empêcher de trembler de soulagement. Il leva son verre d'une main qui se voulait bien assurée et dit : *Cheers*.

Ils burent. Smith dit : « Vous connaissez la ville. Qu'est-ce qu'un type peut faire le soir sinon boire au bar du Shepheard's ? »

Wolff fit semblant de réfléchir au problème. « Avez-vous déjà vu des numéros de danse du ventre ? »

Smith eut un grognement écœuré. « Une fois. Une grosse bougnoule qui tortillait des hanches.

– Ah ! Alors vous devriez voir une vraie danse.

– Ah oui ?

– La vraie danse du ventre est le spectacle le plus érotique qu'on ait jamais vu. »

Une lueur bizarre s'alluma dans le regard Smith. « Vraiment ? »

Wolff se dit : « Major Smith, vous êtes exactement ce qu'il me faut. Il reprit : « Sonja est la meilleure. Vous devriez essayer de voir son numéro.

— Peut-être, acquiesça Smith.

— En fait, je me demandais si je n'allais pas passer moi-même au Cha Cha Club. Vous voulez m'accompagner ?

— Prenons encore un verre d'abord », dit Smith.

En regardant Smith engloutir l'alcool, Wolff se dit que le major était, du moins en apparence, un homme extrêmement corruptible. Il semblait miné par l'ennui, faible et alcoolique. À condition qu'il fût normalement hétérosexuel, Sonja n'aurait aucun mal à le séduire. (Bon sang, se dit-il, elle ferait mieux de ne pas louper son coup.) Il faudrait ensuite savoir s'il avait dans son porte-documents quelque chose de plus utile que des menus. Enfin, il faudrait trouver un moyen de lui arracher ses secrets. Il y avait trop de peut-être et trop peu de temps. Il ne pouvait procéder que par petites étapes et la première était de mettre Smith à sa merci. Ils terminèrent leurs verres et partirent pour le Cha-Cha. Faute de trouver un taxi, ils prirent un gharry, une carriole découverte. Le cocher fouettait sans pitié son cheval vieillissant.

« Ce type est un peu dur avec sa bête, dit Smith.

— En effet », fit Wolff en pensant : vous devriez voir ce que nous faisons aux chameaux.

Au club, il y avait de nouveau foule et il faisait chaud. Wolff dut glisser un billet à un serveur pour obtenir une table.

Le numéro de Sonja commença quelques instants après qu'ils se furent installés. Smith regardait Sonja pendant que Wolff regardait Smith. Au bout de quelques minutes, le major avait la bave aux lèvres.

« Elle est bonne, n'est-ce pas ? dit Wolff.

— Fantastique, répondit Smith sans se retourner.

— Vous savez, dit Wolff, je la connais un peu. Voulez-vous que je lui demande de nous rejoindre quand elle aura terminé ? »

Cette fois, Smith se retourna. « Bonté divine ! Vous feriez ça ? »

Le rythme s'accélérait. Sonja promenait son regard dans la salle bondée. Des centaines d'hommes fixaient leurs yeux avides sur son corps superbe. Elle ferma les yeux.

Les mouvements étaient machinaux : c'étaient les sensations qui l'emportaient. Dans son imagination, elle voyait encore la mer de visages rapaces tournés vers elle. Elle sentait ses seins s'agiter, son ventre rouler et ses hanches remuer, et c'était comme si quelqu'un d'autre lui faisait cela, comme si tous les hommes avides de l'assistance manipulaient son corps. Elle allait de plus en plus vite. Il n'y avait pas d'artifices dans sa danse, il n'y en avait plus : elle faisait ça pour elle. Elle ne suivait même pas la musique : c'était la musique qui suivait. Des vagues d'excitation la traversaient. Elle suivait l'excitation en dansant, jusqu'au moment où elle savait qu'elle était au bord de l'extase, qu'elle n'avait qu'à sauter et qu'elle s'envolerait. Elle hésitait au bord. Elle écarta les bras. La musique s'arrêta sur un coup de cymbales. Elle poussa un cri de déception et se renversa en arrière, les jambes pliées sous elle, les cuisses ouvertes vers le public, jusqu'au moment où sa tête toucha les planches. Alors les lumières s'éteignirent.

C'était toujours comme ça.

Dans la tempête d'applaudissements, elle se leva et traversa la scène obscure jusqu'aux coulisses. Elle gagna d'un pas vif sa loge, la tête basse, sans regarder personne. Elle ne voulait pas de leurs paroles ni de leurs sourires. Ils ne comprenaient pas. Personne ne savait comment c'était pour elle, personne ne savait par quoi elle passait chaque soir lorsqu'elle dansait.

Elle retira ses chaussures, son pantalon transparent, son corsage pailleté et passa un peignoir de soie. Elle s'assit devant son miroir pour se démaquiller. Elle le faisait toujours aussitôt, car le maquillage était mauvais pour la peau. Elle devait veiller sur son corps. Son visage et sa gorge avaient repris cet aspect un peu bouffi, observa-t-elle. Il faudrait qu'elle arrête de manger des chocolats. Elle avait déjà largement passé l'âge où les femmes commençaient à grossir. Son âge était un autre secret que le public ne devait jamais découvrir. Elle était presque aussi vieille que son père lorsqu'il était mort. Son père...

C'était un grand gaillard arrogant qui n'avait jamais réussi à la mesure de ses espoirs. Sonja et ses parents dormaient ensemble dans un lit étroit et dur d'un taudis du Caire. Jamais elle ne s'était sentie en sécurité, aussi au chaud que dans ce temps-là. Elle se pelotonnait contre le large dos de son père. Elle se souvenait de l'odeur familière qui émanait de lui. Puis, lorsqu'elle aurait dû être endormie, il y avait une autre odeur, quelque chose qui l'excitait de façon inexplicable. Sa mère et son père commençaient à remuer dans l'obscurité, allongés côte à côte ; et Sonja remuait avec eux. Certaines fois sa mère se rendait compte de ce qui se passait. Son père alors la battait. La troisième fois ils la firent dormir sur le plancher. Elle pouvait les entendre mais elle ne pouvait pas partager le plaisir : ça lui semblait cruel. Elle en voulait à sa mère. Son père était prêt à partager, elle en était certaine ; il avait toujours su ce qu'elle faisait. Couchée sur le sol, elle avait froid, elle se sentait exclue, elle tendait l'oreille, elle essayait de profiter de loin de leur plaisir, mais ça ne marchait pas. Rien n'avait marché depuis lors, jusqu'à l'arrivée d'Alex Wolff...

Elle n'avait jamais parlé à Wolff de ce lit étroit dans le taudis, mais il comprenait sûrement. Il avait un instinct pour deviner les besoins profonds que les gens n'avouaient jamais. Lui et cette fille, Fawzi, avaient recréé pour Sonja la scène de son enfance, et ça avait marché.

Il ne faisait pas ça par bonté, elle le savait. Il faisait ces choses-là de façon à pouvoir utiliser les gens. Maintenant, il voulait se servir d'elle pour espionner les Anglais. Elle ferait à peu près n'importe quoi pour nuire aux Anglais... n'importe quoi sauf coucher avec eux...

On frappa à la porte de sa loge. Elle cria : « Entrez ! »

Un des serveurs entra avec un message. D'un signe de tête elle congédia le garçon et déplia la feuille de papier. Elle lut simplement : « Table 41. Alex. »

Elle froissa le papier et le laissa tomber par terre. Ainsi il en avait trouvé un. Ça n'avait pas traîné. Son instinct pour repérer les faiblesses fonctionnait bien.

Elle le comprenait parce qu'elle était comme lui. Elle aussi se servait des gens – mais moins habilement que lui. Elle se servait même de lui. Il avait du style, du goût, des amis haut placés et de l'argent ; et un jour il l'emmènerait à Berlin. C'était une chose d'être une vedette en Egypte et c'en était une autre que de triompher en Europe. Elle voulait danser pour les vieux généraux aristocrates et pour les jeunes et beaux officiers des troupes d'assaut ; elle voulait séduire des hommes puissants et de belles filles blanches ; elle voulait être la reine du cabaret dans la ville la plus décadente du monde. Wolff serait son passeport. Oui, elle se servait de lui.

Ce devait être rare, songea-t-elle, de voir deux êtres si proches l'un de l'autre et qui pourtant s'aimaient si peu. C'était vrai qu'il lui couperait les lèvres.

Elle frissonna, chassa cette pensée et commença à s'habiller. Elle mit une robe blanche avec des manches larges et un décolleté profond qui révélait ses seins pendant que la jupe lui affinait les hanches. Elle chaussa des sandales blanches à talons hauts. Elle mit à chaque poignet un lourd bracelet d'or et autour de son cou elle accrocha une chaîne d'or avec en pendentif une larme de diamant qui se nichait entre ses seins. Ça plairait sûrement à l'Anglais : ces gens-là avaient un goût horrible.

Elle se regarda une dernière fois dans le miroir et partit vers la salle.

Une zone de silence l'accompagnait sur son passage. Les gens se taisaient lorsqu'elle approchait et puis se mettaient à parler d'elle lorsqu'elle était passée. Elle avait l'impression d'être une invitation au viol. Sur scène, c'était différent : elle était séparée d'eux par un mur invisible. Ici, ils pouvaient la toucher et en avaient tous envie. Ils ne le faisaient jamais, mais ce risque l'excitait. Elle arriva à la table 41 et les deux hommes se levèrent.

« Sonja, ma chère, dit Wolff, vous avez été magnifique, comme toujours. »

Elle accepta le compliment avec un petit salut de la tête.

« Permettez-moi de vous présenter le major Smith. »

Sonja lui serra la main. C'était un homme maigre et sans

menton, avec une moustache blonde et de vilaines mains osseuses. Il la regarda comme si elle était un dessert extravagant qu'on venait de déposer devant lui.

«Enchanté, fit Smith, absolument enchanté. (Ils se rassirent. Wolff servit du champagne et Smith reprit :) Votre danse était splendide, mademoiselle, vraiment splendide. Très... artistique.

– Je vous remercie.» Il tendit le bras à travers la table et lui caressa la main. «Vous êtes tout à fait ravissante.»

Et toi, se dit-elle, tu es un imbécile. Elle surprit un regard de Wolff qui était une mise en garde : il savait à quoi elle pensait. «Vous êtes très aimable, major», dit-elle.

Wolff était nerveux, elle le sentait. Il n'était pas sûr qu'elle allait faire ce qu'il voulait. À vrai dire, elle n'avait pas encore pris sa décision.

«Je connaissais le défunt père de Sonja», raconta Wolff à Smith. C'était un mensonge, et Sonja savait pourquoi il avait dit cela. Il voulait lui rappeler sa promesse.

Son père était voleur à l'occasion. Quand il y avait du travail, il travaillait, et quand il n'y en avait pas il volait. Un jour il avait essayé d'arracher le sac d'une Européenne dans le Shari el-Koubri. Le compagnon de la femme avait empoigné le père de Sonja et, dans la bagarre, la femme avait été renversée et s'était foulé le poignet. C'était quelqu'un d'important et le père de Sonja avait été fouetté pour ce délit. Il était mort durant la flagellation.

Bien sûr, le châtiment n'était pas censé le tuer. Il devait avoir un cœur faible ou quelque chose comme ça. Les Britanniques qui appliquaient la loi s'en moquaient. L'homme avait commis le crime, on lui avait infligé le châtiment mérité et celui-ci l'avait tué : un bougnoule de moins. Sonja, qui avait douze ans, en avait eu le cœur brisé. Depuis lors, elle détestait les Anglais de tout son être.

Hitler avait la bonne idée, mais s'était trompé de cible, estimait-elle. Ce n'était pas les juifs dont la faiblesse raciale contaminait le monde : c'étaient les Anglais. En Egypte, les juifs étaient plus ou moins comme tout le monde : les uns étaient riches, les autres pauvres, les uns étaient bons, les autres mauvais. Mais les Anglais étaient uniformément arrogants, avides et méchants. Elle avait eu un rire amer en apprenant de quelle noble façon les Anglais essayaient de défendre la Pologne de l'oppression allemande alors qu'eux-mêmes continuaient d'opprimer l'Égypte.

Pourtant, pour des raisons qui étaient les leurs, les Allemands combattaient les Anglais, et c'était suffisant pour rendre Sonja pro-allemande.

Elle voulait voir Hitler battre, humilier et ruiner l'Angleterre.

Elle ferait n'importe quoi en son pouvoir pour y contribuer.

Elle séduirait même un Anglais.

Elle se pencha en avant. «Major Smith, dit-elle, vous savez que vous êtes un homme très séduisant.»

Wolff se détendit visiblement.

Smith n'en revenait pas. Ses yeux semblaient prêts à jaillir de leurs orbites. «Bonté divine! dit-il. Vous trouvez?

– Mais oui, major.

– Oh! je préférerais que vous m'appeliez Sandy.»

Wolff se leva. «Il va malheureusement falloir que je vous quitte. Sonja, je peux vous raccompagner?

– Je crois, fit Smith, que vous pouvez me laisser ce soin, capitaine.

– Bien, mon commandant.

– Enfin, si Sonja…»

Sonja battit des cils. «Bien sûr, Sandy.

– Je ne voudrais pas, dit Wolff, interrompre la soirée, mais je dois me lever tôt demain.

– C'est très bien, lui dit Smith. Allez, allez.»

Comme Wolff s'en allait, un serveur apporta le dîner. C'était un repas européen – un steak et des pommes de terre – et Sonja se mit à picorer pendant que Smith lui parlait. Il lui raconta ses succès dans l'école de cricket du collège. Il ne semblait avoir rien fait de spectaculaire depuis lors. Il était très ennuyeux.

Sonja ne cessait de se rappeler la flagellation de son père.

Il ne cessa de boire durant tout le dîner. Lorsqu'ils

partirent, il zigzaguait un peu. Elle lui donna le bras, plus pour lui que pour elle. Ils marchèrent jusqu'à la péniche dans l'air frais de la nuit. Smith leva les yeux vers le ciel et dit : «Ces étoiles... que c'est beau.» Il avait la voix un peu pâteuse.

Ils s'arrêtèrent devant la péniche. «Ça a l'air joli, dit Smith.

– C'est très charmant, dit Sonja. Voudriez-vous voir l'intérieur ?

– Je pense bien.»

Elle le guida sur la planche d'embarquement, lui fit traverser le pont et descendre l'escalier.

Il regardait autour de lui en ouvrant des yeux ronds.

«Eh bien, c'est très luxueux.

– Voudriez-vous un verre ?

– Avec plaisir.

– Champagne, proposa-t-elle, ou quelque chose de plus fort ?

– Une goutte de whisky, ce serait parfait.

– Asseyez-vous.»

Elle lui apporta son verre et vint s'installer près de lui. Il lui toucha l'épaule, lui embrassa la joue et lui saisit brutalement le sein. Elle frissonna. Il prit cela pour un signe de passion et serra plus fort.

Elle l'attira sur elle. Il était très maladroit : il n'arrêtait pas d'enfoncer en elle ses coudes et ses genoux. Ses mains tâtonnaient sous sa robe.

«Oh ! Sandy, dit-elle, vous êtes si fort.»

Elle regarda par-dessus son épaule et aperçut le visage de Wolff. Il était sur le pont, agenouillé et regardait par le panneau d'écoutille ouvert, en riant sans bruit.

8

William Vandam commençait à désespérer de jamais retrouver Alex Wolff. Le meurtre d'Assiout remontait à près de trois semaines et Vandam n'était toujours pas plus près de son gibier. À mesure que le temps passait, la piste refroidissait. Il en venait presque à regretter qu'il n'y eût pas un autre vol de porte-documents pour savoir au moins où Wolff voulait en venir.

Il savait que sa préoccupation frisait l'obsession. Il s'éveillait en pleine nuit, vers trois heures du matin, lorsque l'effet de l'alcool s'était dissipé et il restait à ruminer ses pensées jusqu'au lever du jour. Ce qui le préoccupait, c'était le *style* de Wolff : la façon détournée dont il s'était introduit en Égypte, la soudaineté du meurtre du caporal Cox, la facilité avec laquelle Wolff s'était perdu dans la ville. Vandam remâchait tout cela inlassablement, sans cesser de se demander pourquoi il trouvait cette affaire si fascinante.

Il n'avait fait aucun réel progrès, mais il avait recueilli quelques renseignements et ces renseignements n'avaient fait que nourrir son obsession, non pas comme les aliments nourrissent un homme en lui donnant un sentiment de réplétion, mais comme un carburant alimente un feu en le faisant chauffer davantage.

La villa *Les Oliviers* appartenait à un nommé Achmed Rahmha. Les Rahmha étaient une riche famille cairote. Achmed avait hérité la maison de son père, Gamal Rahmha, un avocat. Un des lieutenants de Vandam avait déterré la trace à l'état civil d'un mariage entre Gamal Rahmha et une certaine Éva Wolff, veuve de Hans Wolff, tous deux ressortissants allemands ; puis des papiers d'adoption faisant d'Alex, le fils de Hans et d'Éva, l'enfant légitime de Gamal Rahmha…

Ce qui faisait d'Achmed Rahmha un Allemand et expliquait pourquoi il avait des papiers égyptiens en règle au nom d'Alex Wolff.

Dans les archives se trouvait aussi un testament qui léguait à Achmed, ou Alex, une part de la fortune de Gamal, plus la maison.

Des conversations avec tous les Rahmha survivants n'avaient rien donné. Achmed avait disparu voïlà deux ans et on n'avait pas de ses nouvelles depuis. L'enquêteur était revenu avec l'impression que le fils adopté par la famille n'était guère regretté.

Vandam était persuadé que quand Achmed avait disparu, il s'était rendu en Allemagne.

Il y avait une autre branche de la famille Rahmha, mais c'étaient des nomades, et personne ne savait où on pouvait les trouver. Sans aucun doute, se dit Vandam, ils avaient d'une façon ou d'une autre aidé Wolff à rentrer en Égypte.

Wolff n'aurait pas pu arriver par Alexandrie. Les mesures de sécurité au port étaient sévères : son débarquement aurait été enregistré, on aurait fait une enquête et tôt ou tard celle-ci aurait révélé ses antécédents allemands ; sur quoi il aurait été interné. En arrivant du sud, il avait espéré entrer sans se faire remarquer et reprendre son ancien statut de citoyen né et élevé en Égypte. Ç'avait été un coup de chance pour les Anglais que Wolff se fût attiré des histoires à Assiout.

Mais Vandam avait bien le sentiment que c'était le dernier coup de chance qu'ils avaient eu.

Assis dans son bureau, fumant une cigarette après l'autre, il pensait à Wolff.

L'homme n'était pas un petit collectionneur de potins et de rumeurs. Il ne se contentait pas, comme les autres agents, d'envoyer des rapports fondés sur le nombre de soldats qu'il avait croisés dans la rue et la pénurie des pièces détachées pour les véhicules. Le vol du porte-documents prouvait qu'il cherchait des renseignements de haute qualité et qu'il était capable de concevoir des moyens ingénieux pour se les procurer. S'il restait en liberté assez longtemps, tôt ou tard, il réussirait.

Vandam arpentait la pièce – du portemanteau au bureau, contournait le bureau pour regarder par la fenêtre, passait de l'autre côté du bureau et revenait auprès du portemanteau.

L'espion avait aussi ses problèmes. Il devait expliquer sa présence à des voisins curieux, dissimuler quelque part son émetteur radio, circuler dans la ville et trouver des informateurs. Il pouvait se trouver à court d'argent, son émetteur pouvait tomber en panne, ses informateurs pouvaient le trahir ou quelqu'un pouvait accidentellement découvrir son secret. D'une façon ou d'une autre, des traces de l'espion devraient apparaître à un moment quelconque.

Plus il était habile, plus longtemps cela prendrait.

Vandam était convaincu que Abdullah, le voleur, était impliqué avec Wolff. Après le refus opposé par Bogge de faire arrêter Abdullah, Vandam avait offert une grosse somme d'argent pour savoir où logeait Wolff. Abdullah continuait à prétendre ne rien savoir d'un nommé Wolff, mais la lueur de la cupidité s'était un instant allumée dans son regard. Abdullah ne savait peut-être pas où on pouvait trouver Wolff, qui était certainement assez prudent pour prendre cette précaution avec un homme aussi notoirement malhonnête. Mais peut-être Abdullah pouvait-il le découvrir. Vandam avait clairement laissé entendre que l'offre tenait toujours. Mais il est vrai qu'une fois Abdullah en possession du renseignement, il pourrait tout simplement aller trouver Wolff, lui parler de l'offre de Vandam et l'inviter à surenchérir. Vandam arpentait la pièce.

Une question de style. Une entrée furtive ; un meurtre avec un poignard ; un homme qui se perdait dans la foule ; et… il y avait quelque chose d'autre avec tout cela. Quelque chose que Vandam savait, qu'il avait lue dans un rapport ou qu'il avait entendue à une conférence. Wolff aurait presque pu être un homme que Vandam avait connu voilà longtemps mais dont il n'arrivait plus à évoquer le souvenir. Une question de style.

Le téléphone sonna.

Il décrocha. « Major Vandam.

— Oh ! bonjour, ici le major Calder, du bureau du Trésorier-payeur.

— Oui ? fit Vandam, soudain tendu.

— Vous nous avez adressé une note, voilà une quinzaine de jours, nous demandant d'être à l'affût de fausses sterling. Eh bien, nous en avons trouvé. »

Voilà… la trace. « Bon ! fit Vandam.

— Une assez grosse quantité, en fait, poursuivit la voix.

— J'ai besoin de voir ces billets le plus tôt possible.

— On vous les apporte. J'envoie un de mes hommes… il ne devrait pas tarder.

— Savez-vous qui les a utilisées ?

– Il y a plus qu'un lot en fait, mais nous avons quelques noms pour vous.

– Formidable. Je vous rappellerai lorsque j'aurai vu les billets. Vous avez dit Calder ?

– Oui. (L'homme donna son numéro de téléphone.) Alors, à plus tard. »

Vandam raccrocha. De fausses livres sterling : ça concordait ; ce pourrait être ce qu'il attendait. La livre sterling n'avait plus cours en Égypte. Officiellement, l'Égypte était censée être un État souverain. Toutefois, on pouvait toujours échanger des sterling contre de la monnaie égyptienne au bureau du Trésorier-payeur britannique. Aussi les gens qui faisaient pas mal d'affaires avec les étrangers acceptaient-ils en général des livres en paiement.

Vandam ouvrit sa porte et cria dans le couloir : « Jakes !

– Mon commandant ! répondit Jakes.

– Apportez-moi le dossier sur les faux billets.

– Bien, mon commandant ! »

Vandam entra dans le bureau voisin et s'adressa à son secrétaire. « J'attends un paquet du Trésorier-payeur. Apportez-le-moi dès qu'il arrive, voulez-vous ?

– Bien, mon commandant. »

Vandam regagna son bureau. Jakes apparut quelques instants plus tard avec un dossier. Le plus âgé des membres de l'équipe de Vandam, Jakes, était un jeune homme plein d'ardeur qui suivait les ordres à la lettre aussi loin qu'ils allaient, puis se fiait à son esprit d'initiative. Il était encore plus grand que Vandam, mince avec les cheveux noirs, avec un air quelque peu lugubre. Vandam et lui avaient des relations empreintes d'un formalisme décontracté : Jakes ne manquait jamais de le saluer et de lui donner des « mon commandant » à tout propos, mais ils discutaient leur travail en égaux et Jakes maniait la grossièreté avec une grande volubilité. Jakes avait des relations et irait certainement plus loin que Vandam dans l'armée.

Vandam alluma sa lampe de bureau et dit : « Bon, montrez-moi une photo des faux billets, fabrication nazie. »

Jakes reposa le dossier et le feuilleta. Il en tira une liasse de photos qu'il étala sur le bureau. Chaque cliché montrait la face et le dos d'un billet de banque, légèrement agrandi.

Jakes les tria. «Des livres sterling, des billets de cinq, de dix et de vingt.»

Des flèches noires sur les photos indiquaient les erreurs permettant de reconnaître les faux.

Il s'agissait de fausse monnaie prise à des espions allemands capturés en Angleterre. Jakes dit : «On pourrait s'imaginer qu'ils sont assez malins pour donner à leurs espions de la fausse monnaie.»

Vandam répondit sans lever le nez des photos : «L'espionnage coûte cher, et la plupart de l'argent est gaspillé. Pourquoi achèteraient-ils des billets anglais en Suisse quand ils peuvent les fabriquer eux-mêmes ? Un espion a de faux papiers, il peut aussi bien avoir de la fausse monnaie. En outre, cela a un effet quelque peu nocif sur l'économie britannique si cet argent reste en circulation. C'est de l'inflation, c'est comme si le gouvernement faisait marcher la presse à billets pour régler ses dettes.

— Quand même, on pourrait penser qu'ils se sont faits maintenant à l'idée que nous attrapons tous ces pauvres bougres.

— Ah !... mais quand nous les attrapons, nous prenons bien soin que les Allemands ne le sachent pas.

— Quand même, j'espère que nos espions n'utilisent pas de faux Reichmark.

— Je ne pense pas. Nous prenons le renseignement beaucoup plus au sérieux qu'eux, vous savez. J'aimerais pouvoir en dire autant de la tactique des chars.»

Le secrétaire de Vandam frappa et entra. C'était un caporal de vingt ans au nez chaussé de lunettes. «Un paquet du Trésorier-payeur, mon commandant.

— Parfait ! fit Vandam.

— Si vous voulez bien signer le reçu, mon commandant.»

Vandam signa et ouvrit l'enveloppe. Elle contenait plusieurs billets de cent livres sterling.

«Fichtre ! dit Jakes.

— On m'a dit qu'il y en avait pas mal, fit Vandam. Caporal, apportez-moi une loupe, au trot.

– Oui, mon commandant.»

Vandam posa un des billets de l'enveloppe auprès d'une des photographies et chercha l'erreur permettant de le reconnaître.

Il n'avait même pas besoin de la loupe.

«Regardez, Jakes.» Jakes regarda.

Le billet portait la même erreur que celui de la photo.

«C'est ça, mon commandant, dit Jakes.

– De l'argent nazi, fabriqué en Allemagne, dit Vandam. Maintenant, nous sommes sur sa piste.»

Le lieutenant-colonel Reggie Bogge savait que le major Vandam était un type astucieux, avec ce genre d'habileté vulgaire qu'on rencontre parfois dans la classe laborieuse; mais le major ne faisait pas le poids devant des gens comme Bogge.

Ce soir-là, Bogge jouait au billard avec le général Povey, le directeur des Renseignements militaires, au Sporting Club de Gezira. Le général était un homme perspicace et qui n'aimait guère Bogge, mais Bogge pensait pouvoir le manœuvrer.

Ils jouaient à un shilling le point et le général gagnait.

La partie était en train quand Bogge dit : «J'espère, mon général, que ça ne vous ennuie pas de parler boutique au club.

– Pas du tout, dit le général.

– C'est qu'on dirait que je n'ai guère l'occasion de bouger de mon bureau de toute la journée.

– De quoi s'agit-il?» fit le général en frottant sa queue de billard avec de la craie.

Bogge blousa une boule rouge et aligna la rose. «Je suis tout à fait sûr qu'il y a un espion vraiment sérieux qui travaille au Caire.» Il manqua la rose.

Le général se pencha sur le billard. «Continuez.»

Bogge contempla le large dos du général. Il s'agissait de manœuvrer avec une certaine délicatesse. Bien sûr, le chef d'un département était responsable pour les réussites de ce service car, tout le monde le savait, ce n'était que les départements bien dirigés qui connaissaient des succès; il était néanmoins nécessaire de faire montre de quelque subtilité sur la façon de s'attribuer le mérite d'une opération. Il commença donc : «Vous vous souvenez qu'un caporal a été poignardé à Assiout voilà quelques semaines ?

– Vaguement.

– J'avais ma petite idée là-dessus, et je la suis depuis. La semaine dernière, un aide de camp du grand état-major s'est fait piquer son porte-documents à la faveur d'une bagarre dans la rue. Rien de très remarquable là-dessus, bien sûr, mais j'en ai tiré mes conclusions. »

Le général blousa la blanche. «Bon sang, fit-il. À vous de jouer.

– J'ai demandé au trésorier-payeur de surveiller s'il ne circulait pas de la fausse monnaie anglaise. Et, alléluia, voilà qu'il en a trouvé. J'ai fait examiner les billets par des spécialistes. Il se révèle qu'ils ont été imprimés en Allemagne.

– Aah ! »

Bogge blousa la rouge, la bleue et une autre rouge, puis il manqua de nouveau la rose.

«On dirait que vous m'avez laissé en assez bonne position, fit le général en examinant la table, les yeux plissés. Aucune chance de remonter jusqu'à ce type par les faux billets ?

– C'est une possibilité. Nous travaillons déjà là-dessus.

– Passez-moi ce râteau, voulez-vous ?

– Certainement. »

Le général posa le râteau sur le tapis vert et visa avec soin.

«On nous a conseillé, dit Bogge, de donner la consigne au Trésorier-payeur de continuer à accepter les faux, au cas où ils pourraient nous apporter de nouvelles pistes. » La suggestion venait de Vandam, et Bogge l'avait repoussée. Vandam avait discuté – ce qui devenait chez lui une fatigante habitude – et Bogge avait dû lui rabattre le caquet. Mais c'était là un impondérable et, si les choses tournaient mal, Bogge voulait pouvoir dire qu'il avait consulté ses supérieurs.

Le général se redressa et prit un air songeur. «Ça dépend un peu de la somme d'argent dont il s'agit, n'est-ce pas ?

– Pour l'instant, quelques centaines de livres.

– C'est beaucoup.

« – J'estime qu'il n'est pas vraiment nécessaire de continuer à accepter des faux billets, mon général.

– Ah! joli. » Le général blousa la dernière des boules rouges et s'attaqua aux couleurs.

Bogge marqua les points. Le général menait, mais Bogge avait ce qu'il était venu chercher.

« Qui avez-vous mis sur cette affaire d'espion? demanda le général.

– Oh! en fait, je m'en occupe moi-même…

– Oui, mais lequel de vos majors utilisez-vous?

– Vandam, en fait.

– Ah! Vandam. Il n'est pas mal, ce garçon. »

Bogge n'aimait pas le tour que prenait la conversation. Le général ne comprenait pas vraiment combien il fallait être prudent avec des gens comme Vandam : donnez-leur grand comme le doigt et ils prendront long comme le bras. L'armée poussait vraiment ces gens-là au-dessus de leur condition. Le cauchemar de Bogge était de se trouver recevoir des ordres du fils d'un postier avec l'accent du Dorset. « Vandam, dit-il, a malheureusement un petit faible pour le bougnoule; mais, comme vous le dites, il n'est pas mauvais dans le style un peu besogneux.

– Oui. (Le général avait une bonne série, blousant les couleurs l'une après l'autre.) Il est allé à la même école que moi. Vingt ans plus tard, bien sûr.

– Mais avec une bourse, n'est-ce pas, mon général? fit Bogge en souriant.

– C'est vrai, fit le général. Comme moi. » Il blousa la noire.

« On dirait que vous avez gagné, mon général », dit Bogge.

Le directeur du Cha-Cha Club expliqua que plus de la moitié de ses clients réglaient leurs additions en sterling, qu'il ne pouvait absolument pas identifier qui payait dans telle monnaie, et que même s'il le pouvait, il ne connaissait les noms que de quelques habitués.

Le chef caissier du Shepheard's Hotel tint à peu près le même langage. Tout comme deux chauffeurs de taxi, le patron d'un bar à soldats et la tenancière d'un bordel, Mme Fahmy.

Vandam s'attendait à la même histoire du nom suivant sur sa liste, une boutique appartenant à un certain Mikis Aristopoulos.

Aristopoulos avait changé une grosse quantité de livres sterling, pour la plupart fausses, et Vandam s'imaginait que sa boutique était une grosse affaire, ce qui n'était pas le cas. Aristopoulos possédait un petit magasin d'alimentation. Cela sentait les épices et le café, mais il n'y avait pas grand-chose sur les rayons. Aristopoulos était un petit Grec d'environ vingt-cinq ans, avec un grand sourire qui découvrait des dents blanches. Il portait un tablier à rayures par-dessus son pantalon de cotonnade et une chemise blanche.

«Bonjour, monsieur, dit-il. En quoi puis-je vous aider?

– Vous n'avez pas l'air d'avoir grand-chose à vendre, dit Vandam.

– Si vous cherchez quelque chose de spécial, répondit Aristopoulos en souriant, il se peut que je l'aie dans la réserve. Êtes-vous déjà venu ici, monsieur?»

C'était donc le système: des produits rares dans l'arrière-boutique pour les clients réguliers seulement. Cela signifiait qu'il connaissait peut-être sa clientèle. En outre, la quantité de fausse monnaie qu'il avait échangée représentait sans doute une grosse commande, dont il se souviendrait.

«Je ne suis pas ici pour acheter; dit Vandam. Il y a deux jours, vous avez apporté au trésorier-payeur britannique cent quarante-sept livres en monnaie anglaise que vous avez changées en monnaie égyptienne.»

Aristopoulos fronça les sourcils et parut troublé. «Oui…

– Là-dessus, cent vingt-sept livres étaient de la fausse monnaie… sans valeur.»

Aristopoulos sourit et écarta les bras dans un geste d'impuissance. «Je suis désolé pour le trésorier-payeur. Je reçois de l'argent des Anglais, je le rends aux Anglais… qu'est-ce que je peux faire?

– Vous pouvez aller en prison pour écouler de faux billets.»

Le sourire d'Aristopoulos disparut. «Je vous en prie. Ça n'est pas juste. Comment pouvais-je savoir?

– Est-ce que tout cet argent vous a été versé par une seule personne ?

– Je ne sais pas…

– Réfléchissez ! fit sèchement Vandam. Quelqu'un vous a-t-il réglé cent vingt-sept livres ?

– Ah !… oui ! Mais oui ! (Aristopoulos parut soudain blessé.) Un client très respectable. Cent vingt-six livres et dix shillings.

– Son nom ? » Vandam retint son souffle.

« M. Wolff…

– Ahhh.

– Je suis si surpris. M. Wolff est un bon client depuis des années et jamais, jamais, je n'ai eu de problèmes avec ses paiements.

– Écoutez, dit Vandam, avez-vous livré la commande ?

– Non.

– Bon sang.

– Nous avons proposé de livrer, comme d'habitude, mais cette fois M. Wolff…

– Vous livrez en général au domicile de M. Wolff ?

– Oui, mais cette fois…

– Quelle est l'adresse ?

– Attendez. Villa *Les Oliviers*, Garden City. »

Vandam, exaspéré, frappa du poing sur le comptoir. Aristopoulos avait l'air un peu affolé. Vandam reprit : « Mais vous n'avez pas fait de livraisons là-bas récemment.

– Pas depuis le retour de M. Wolff. Vous savez, monsieur, je suis tout à fait désolé que cette fausse monnaie soit passée par mes mains innocentes. Peut-être pourrait-on arranger quelque chose… ?

– Peut-être, fit Vandam d'un ton songeur.

– Prenons un café ensemble. »

Vandam acquiesça. Aristopoulos l'entraîna dans l'arrière-boutique. Là, les rayons étaient chargés de bouteilles et de boîtes, pour la plupart importées. Vandam aperçut du caviar russe, du jambon américain en boîte et de la confiture anglaise. Aristopoulos versa dans des tasses minuscules un café épais et noir. Il avait retrouvé son sourire.

«Ces petits problèmes, reprit-il, peuvent toujours se régler entre amis.»

Ils burent leurs cafés.

«Peut-être, poursuivit Aristopoulos, en gage d'amitié, je pourrais vous offrir quelque chose de mon magasin. J'ai un petit stock de vin français…

– Non, non…

– En général, je peux trouver du whisky quand personne n'en a plus au Caire…

– Ce n'est pas ce genre d'arrangement-là qui m'intéresse, fit Vandam avec impatience.

– Oh!» dit Aristopoulos. Il était tout à fait convaincu que Vandam cherchait un pot-de-vin.

«Je veux retrouver Wolff, reprit Vandam. J'ai besoin de savoir où il habite maintenant. Vous m'avez dit que c'était un client régulier?

– Oui.

– Quel genre de produits achète-t-il?

– Beaucoup de champagne. Et puis du caviar. Du café, pas mal. Des alcools étrangers. Des châtaignes confites, du saucisson à l'ail, des abricots au cognac…

– Hmmm.» Vandam absorbait avidement ces renseignements. Quel genre d'espion dépensait ses fonds en friandises importées? Réponse: un espion qui n'était pas très sérieux. Mais Wolff *était* sérieux. C'était une question de style. Vandam dit: «Je me demandais quand il allait probablement revenir.

– Dès qu'il sera à court de champagne.

– Très bien. Quand il reviendra, il faut que je sache où il habite.

– Mais, monsieur, s'il refuse de nouveau que je livre?…

– C'est ce à quoi je réfléchissais. Je vais vous donner quelqu'un pour vous assister au magasin.»

Aristopoulos n'aimait pas cette idée. «Je veux bien vous aider, monsieur, mais mon affaire est privée…

– Vous n'avez pas le choix, dit Vandam. Ou bien vous m'aidez, ou vous allez en prison.

– Mais avoir un officier anglais qui travaille ici dans ma boutique…

– Oh! ce ne sera pas un officier anglais. » Il se verrait comme le nez au milieu du visage, songea Vandam, et ferait sans doute fuir Wolff. Vandam sourit. «Je crois que je connais la personne idéale pour ce travail.»

Ce soir-là, après le dîner, Vandam se rendit à l'appartement d'Elene, un gros bouquet de fleurs à la main, et avec l'impression d'être ridicule.

Elle habitait un vieil immeuble élégant près de la place de l'Opéra. Un concierge nubien indiqua à Vandam le troisième étage. Il gravit l'escalier de marbre aux nobles volutes qui occupait le centre de l'immeuble et frappa à la porte du 3A.

Elle ne l'attendait pas, et l'idée vint soudain à Vandam qu'elle recevait peut-être un ami.

Il attendit avec impatience dans le couloir, en se demandant à quoi ressemblerait son appartement. C'était la première fois qu'il venait. Peut-être était-elle sortie. Elle devait avoir plein de choses à faire le soir…

La porte s'ouvrit.

Elle portait une robe de cotonnade jaune avec une jupe ample, assez simple, mais d'un tissu presque assez léger pour être transparent. C'était très joli sur sa peau bronzée. Elle le considéra un moment, puis le reconnut et lui adressa son petit sourire espiègle.

«Tiens, bonjour! dit-elle.

– Bonsoir.»

Elle s'avança et lui planta un baiser sur la joue. «Entrez» Il entra et elle referma la porte.

«Je ne m'attendais pas au baiser, dit-il.

– Ça fait partie de mon numéro. Laissez-moi vous débarrasser de votre déguisement.»

Il lui tendit les fleurs. Il avait l'impression qu'elle se moquait de lui.

«Entrez là, pendant que je mets ces fleurs dans l'eau», dit-elle.

Il suivit le doigt qu'elle braquait sur la salle de séjour et regarda autour de lui. La pièce était confortable jusqu'à la sensualité. Elle était décorée en rose et or et meublée de sièges doux et profonds autour d'une table de chêne clair. C'était une pièce d'angle avec des fenêtres sur deux côtés et à cette heure-là le soleil du soir entrait à flots en faisant un peu tout briller. Il y avait sur le sol un épais tapis de fourrure brune qui ressemblait à une peau d'ours. Vandam se pencha pour la toucher : elle était vraie. Soudain, il s'imagina Elene allongée sur le tapis, nue et se contorsionnant dessus. Il détourna les yeux. Sur le siège auprès de lui, il y avait un livre qu'elle était sans doute en train de lire lorsqu'il avait frappé. Il le prit et s'installa à sa place où les coussins conservaient la chaleur de son corps. Le livre s'appelait *Le Train d'Istanbul*. Ça avait l'air d'un roman d'aventures. Au mur, en face de lui, était accroché un tableau assez moderne représentant un bal : toutes les femmes étaient en somptueuses robes de soirée et tous les hommes étaient nus. Vandam alla s'asseoir sur le divan sous le tableau de façon à ne pas avoir à le regarder. Il le trouvait bizarre.

Elle arriva avec les fleurs dans un vase et le parfum des glycines emplit la pièce. « Voudriez-vous un verre ?

— Vous savez faire les Martini ?

— Oui. Fumez si vous voulez.

— Je vous remercie. » Elle savait se montrer hospitalière, se dit Vandam. Il se dit qu'elle y était bien obligée, étant donné la façon dont elle gagnait sa vie. Il sortit ses cigarettes. « J'avais peur que vous ne soyez sortie.

— Pas ce soir. » Il y avait une intonation bizarre dans sa voix lorsqu'elle dit cela, mais Vandam n'arrivait pas à bien la situer. Il la regarda manier le shaker. Il avait pensé maintenir leurs rencontres au niveau d'une réunion de travail, mais n'y parvenait pas, car c'était elle qui menait la conversation. Il avait l'impression d'être un amant clandestin.

« Ça vous plaît, ce genre d'histoire ? fit-il en désignant le livre.

— Ces temps-ci, je lis des policiers.

— Pourquoi ?

— Pour savoir comment est censée se conduire une espionne.

— Je n'aurais pas cru que… (Il la vit sourire et comprit que de nouveau elle se moquait de lui.) Je ne sais jamais si vous êtes sérieuse.

– Très rarement.» Elle lui tendit son Martini et s'assit à l'autre bout du divan. Elle le regarda par-dessus le bord de son verre. «À l'espionnage.»

Il but une gorgée : parfait. Elle aussi. Les rayons du couchant lui brunissaient la peau. Ses bras et ses jambes avaient l'air doux et lisse. Il pensa qu'elle devait être la même au lit que debout : détendue, amusante et prête à n'importe quoi. Bon sang, elle lui avait fait cet effet-là la dernière fois, il s'était lancé dans une de ses rares beuveries pour terminer la nuit dans un bordel.

«À quoi pensez-vous? demanda-t-elle.

– À l'espionnage.»

Elle se mit à rire : on aurait dit qu'elle savait qu'il mentait. «Vous devez adorer ça», dit-elle.

Vandam songea : comment arrive-t-elle à me faire ça? Elle n'arrêtait pas de le désarçonner, entre sa façon de se moquer de lui et de lire dans ses pensées, avec son visage innocent et ses longues jambes brunes. Il dit tout haut : «Attraper les espions peut être un travail très satisfaisant, mais je ne l'adore pas.

– Qu'est-ce qui leur arrive une fois que vous les avez pris?

– En général, on les pend.

– Oh!» Pour changer, il avait réussi à la désarçonner. Elle frissonna.

Il reprit : «En général, les perdants meurent en temps de guerre.

– C'est pour ça que vous n'aimez pas… parce qu'on les pend?

– Non. Je n'aime pas parce que je ne les prends pas toujours.

– Vous êtes fier d'avoir le cœur si dur?

– Je ne crois pas avoir le cœur dur. Nous essayons de tuer plus d'ennemis qu'ils ne tuent des nôtres.» Il se dit : comment suis-je arrivé à être comme ça sur la défensive?

Elle se leva pour lui verser un autre verre. Il la regarda traverser la pièce. Elle évoluait avec grâce – comme un chat,

124

se dit-il; non, comme un chaton. Il fixa son dos tandis qu'elle se penchait pour prendre le shaker, et il se posa la question de savoir ce qu'elle portait sous la robe jaune. Il observa ses mains tandis qu'elle versait le Martini : elles étaient fines et fortes. Elle ne se resservit pas.

Il se demanda de quel milieu elle venait. «Vos parents vivent toujours? interrogea-t-il.

– Non, répondit-elle sèchement.

– Pardonnez-moi», dit-il. Il savait qu'elle mentait.

«Pourquoi m'avez-vous demandé ça?

– Pure curiosité. Je vous en prie, pardonnez-moi.»

Elle se pencha et lui passa la main légèrement sur le bras, ses ongles lui effleurant la peau, d'une caresse douce comme un souffle de brise.

«Vous vous excusez trop.» Elle détourna la tête, comme si elle hésitait; puis, semblant céder à une impulsion, elle se mit à lui parler de son passé.

Elle était l'aînée de cinq enfants dans une famille désespérément pauvre. Ses parents étaient des gens tendres et cultivés : «Mon père m'a enseigné l'anglais et ma mère à porter des vêtements soignés», dit-elle – mais le père, un tailleur, était ultra-orthodoxe et s'était aliéné le reste de la communauté juive d'Alexandrie après une dispute doctrinale avec le boucher rituel. Elene avait quinze ans quand son père commença à perdre la vue. Il ne pouvait plus travailler comme tailleur – mais il ne voulait ni demander ni accepter l'aide des juifs d'Alexandrie «retombés dans le péché». Elene était femme de chambre chez des Anglais et envoyait ses gages à sa famille. À partir de là, son histoire, Vandam le savait, était de celles qui se répétaient inlassablement depuis cent ans dans les foyers de la classe dirigeante britannique : elle était tombée amoureuse du fils de la maison et il l'avait séduite. Elle avait eu de la chance parce qu'on les avait découverts avant qu'elle ne tombe enceinte. On avait expédié le fils à l'université et congédié Elene. Elle était terrifiée à l'idée de rentrer chez elle pour annoncer à son père qu'elle avait été renvoyée pour fornication – et avec un Gentil, par-dessus le marché. Elle vécut sur ce qui lui restait de ses gages, en continuant d'envoyer chez elle la même somme chaque semaine, jusqu'au moment où elle se trouva à court d'argent. Alors un homme d'affaires libidineux qu'elle avait rencontré chez ses anciens patrons l'avait installée dans un appartement et elle s'était lancée dans sa nouvelle existence. Peu après, son père avait appris comment elle vivait et il imposa à la famille un jour de shiva pour elle.

«C'est quoi, le shiva? demanda Vandam.

– Le deuil.» Depuis lors elle n'avait plus eu de leurs nouvelles, sauf un message d'une amie pour lui annoncer que sa mère était morte.

«Est-ce que vous détestez votre père?» demanda Vandam.

Elle haussa les épaules. «Je crois que finalement ça n'a pas si mal tourné.» Écartant les bras, elle désignait l'appartement.

«Mais êtes-vous heureuse?»

Elle le regarda. À deux reprises, elle parut sur le point de parler, puis ne dit rien. Elle finit par détourner la tête. Vandam sentit qu'elle regrettait l'élan qui l'avait poussée à lui raconter l'histoire de sa vie. Elle changea de sujet. «Qu'est-ce qui vous amène ici ce soir, major?»

Vandam rassembla ses idées. Il s'était si fort intéressé à elle – à regarder ses mains et ses yeux tandis qu'elle parlait de son passé – qu'un moment il avait oublié le but de sa visite. «Je continue à chercher Alex Wolff, commença-t-il. Je ne l'ai pas trouvé, mais j'ai découvert son épicier.

– Comment avez-vous fait cela?»

Il décida de ne pas le lui dire. Mieux valait que personne, en dehors de l'Intelligence Service, ne sût que les espions allemands étaient trahis par leur fausse monnaie. «C'est une longue histoire, dit-il. L'important, c'est que je veux mettre quelqu'un dans la boutique au cas où il reviendrait.

– Moi.

– C'est l'idée que j'avais.

– Alors, quand il arrivera, je le frappe sur la tête avec un sac de sucre et je garde le corps inconscient jusqu'à votre arrivée.»

Vandam éclata de rire. «Je suis persuadé que vous en seriez

capable, dit-il. Je vous vois très bien sautant par-dessus le comptoir.» Il se rendit compte à quel point il se détendait et résolut de se reprendre avant de se rendre ridicule.

«Sérieusement, qu'est-ce qu'il faut que je fasse? dit-elle.

– Sérieusement, il faut découvrir où il habite.

– Comment?

– Je ne suis pas sûr. (Vandam hésitait.) Je pensais que vous pourriez devenir amie avec lui. Vous êtes une femme très séduisante… j'imagine que ce serait facile pour vous.

– Qu'entendez-vous par "devenir amie"?

– Ça dépend de vous. Dès l'instant que vous avez son adresse.

– Je vois.» Son humeur soudain avait changé, et il y avait de l'amertume dans sa voix. Vandam en fut stupéfait : elle était trop rapide pour qu'il parvînt à la suivre. Certainement, une femme comme Elene ne se vexerait pas de cette suggestion? «Pourquoi, dit-elle, ne vous contentez-vous pas de charger un de vos soldats de le suivre jusqu'à chez lui?

– Il se peut que j'aie à le faire, si vous ne réussissez pas à gagner sa confiance. L'ennui, c'est qu'il pourrait se rendre compte qu'il est suivi et semer l'homme qui le file, après quoi il ne retournerait jamais chez l'épicier et nous aurions perdu notre avantage. Mais si vous parvenez à le persuader, disons de vous inviter chez lui pour dîner, alors nous aurons le renseignement qu'il nous faut sans révéler notre main. Bien sûr, ça pourrait ne pas marcher. Les deux solutions sont risquées. Mais je préfère l'approche subtile.

– Je comprends ça.»

Bien sûr qu'elle comprenait, se dit Vandam : tout cela était clair comme de l'eau de roche. Qu'est-ce qu'elle avait donc? C'était une femme bizarre : un instant, il était totalement ensorcelé par elle, et l'instant d'après, elle le rendait furieux. Pour la première fois, l'idée lui traversa l'esprit qu'elle allait peut-être refuser de faire ce qu'il demandait. Il demanda d'un ton nerveux : «Vous voulez bien m'aider?» Elle se leva pour lui remplir son verre, et cette fois s'en servit un pour elle. Elle était très tendue, mais de toute évidence, n'était pas disposée à lui dire pourquoi. Il était toujours très agacé par les femmes qui avaient ce genre d'humeur. Ce serait fichtrement embêtant si elle refusait de coopérer maintenant.

Elle finit par dire : «Je suppose que ça n'est pas pis que ce que j'ai fait toute ma vie.

– C'est ce que je pensais», dit Vandam avec soulagement.

Elle lui lança un regard noir.

«Vous commencez demain, dit-il. (Il lui donna un bout de papier sur lequel était écrite l'adresse du magasin. Elle le prit sans le regarder.) La boutique appartient à Mikis Aristopoulos, ajouta-t-il.

– Combien de temps croyez-vous que ça va prendre ? fit-elle.

– Je ne sais pas. (Il se leva.) Je vous contacterai tous les deux ou trois jours pour m'assurer que tout va bien – mais vous m'appellerez dès qu'il se montrera, n'est-ce pas ?

– Oui.»

Vandam se rappela quelque chose. «Au fait, le boutiquier croit que nous recherchons Wolff pour une histoire de fausse monnaie. Ne lui parlez pas d'espionnage.

– Je m'en garderai bien.»

Son changement d'humeur était durable. Aucun n'appréciait plus la compagnie de l'autre. Vandam dit : «Je vais vous laisser à votre policier.

– Je vais vous raccompagner», dit-elle en se levant.

Ils allèrent jusqu'à la porte. Comme Vandam franchissait le seuil, l'occupant de l'appartement voisin déboucha dans le couloir. Vandam, au fond de son esprit, avait pensé à ce moment toute la soirée, et il fit alors ce qu'il était bien décidé à ne pas faire. Il prit le bras d'Elene, pencha la tête et l'embrassa sur la bouche.

Les lèvres de la jeune femme réagirent brièvement. Il se dégagea. Le voisin passa. Vandam regarda Elene. Le voisin ouvrit sa porte, pénétra dans son appartement et referma la porte derrière lui. Vandam lâcha le bras d'Elene.

«Vous êtes un bon comédien, dit-elle.

– En effet, fit-il. Bonsoir.» Il tourna les talons et s'éloigna d'un pas vif dans le couloir. Il aurait dû être content de son travail de la soirée, mais au lieu de cela, il avait l'impression d'avoir fait quelque chose d'un peu honteux. Il entendit la porte de l'appartement d'Élene se refermer avec bruit derrière lui.

Elene, appuyée au chambranle, maudissait William Vandam.

Il était arrivé dans sa vie, débordant de courtoisie britannique, pour lui demander de faire un nouveau genre de travail et aider à gagner la guerre ; et puis voilà qu'il venait de lui annoncer qu'elle devait recommencer à faire la putain.

Elle avait vraiment cru qu'il allait la faire changer d'existence. Plus de riches hommes d'affaires, plus de liaisons furtives, plus de numéros de danse, finies les soirées comme serveuse. Elle avait un travail respectable, quelque chose à quoi elle croyait, quelque chose qui comptait. Et voilà qu'elle découvrait maintenant que c'était le même cirque.

Depuis sept ans, elle vivait de son visage et de son corps, et maintenant elle avait envie d'arrêter.

Elle revint dans la salle de séjour pour se verser à boire. Son verre à lui était là sur la table, à moitié vide. Elle le porta à ses lèvres. Le cocktail était tiède et amer.

Au début, Vandam ne lui avait pas plu : il lui avait semblé un type assommant, grave et guindé. Puis elle avait changé d'avis à son sujet. Quand avait-elle pensé pour la première fois qu'il pouvait y avoir un autre homme, différent, sous cet extérieur rigide ? Elle se souvenait : c'était quand il riait. Ce rire l'intriguait. Il avait recommencé ce soir, lorsqu'elle avait dit qu'elle frapperait Wolff sur la tête avec un sac de sucre. Il y avait en lui, profondément enfoncé, un riche filon de bonne humeur, et quand on y parvenait, le rire jaillissait et pendant un moment l'emportait. Elle se doutait qu'il était un homme doté d'un grand appétit de vivre – d'un appétit qu'il contrôlait solidement, trop solidement. Ça donnait à Elene l'envie de percer sa carapace, de l'obliger à être lui-même. C'était pourquoi elle se moquait de lui et essayait de le faire rire encore. C'était pourquoi aussi elle l'avait embrassé.

Elle avait été curieusement heureuse de l'avoir chez elle,

assis sur son divan, à fumer et à bavarder. Elle avait même pensé comme ce serait agréable d'emmener au lit cet homme fort et innocent et de lui révéler des choses dont il n'avait jamais rêvé. Pourquoi l'aimait-elle bien? Peut-être parce qu'il la traitait comme une personne, pas comme une fille. Elle savait qu'il ne lui donnerait jamais de tape sur le derrière en disant: «N'encombrez pas votre jolie petite tête avec ça...»

Et il avait gâché tout ça. Pourquoi la perspective de cette histoire avec Wolff la tracassait-elle tellement? Un numéro de séduction de plus ne lui ferait pas de mal. Vandam l'avait plus ou moins dit. Et en disant cela, il avait révélé qu'il la considérait comme une putain. C'était ça qui l'avait mise dans une telle colère. Elle voulait son estime, et quand il lui avait demandé de «devenir amie» avec Wolff, elle savait qu'elle ne l'obtiendrait jamais, pas vraiment. D'ailleurs, tout cela était ridicule: la relation entre une femme comme elle et un officier anglais était vouée au même sort que toutes les relations d'Elene: manipulation d'un côté, dépendance de l'autre et nulle part de respect. Vandam la considérerait toujours comme une grue. Elle avait cru un instant qu'il pourrait être différent des autres, mais s'était trompée.

Et elle se dit: mais pourquoi est-ce que ça m'ennuie tellement?

Vandam était assis dans l'obscurité derrière la fenêtre de sa chambre, au milieu de la nuit, à fumer des cigarettes et à regarder le Nil éclairé par la lune, lorsqu'un souvenir de son enfance jaillit, net et précis, dans son esprit.

Il a onze ans, il est sexuellement innocent, pour le physique, c'est encore un enfant. Il est dans la maison de brique grise à terrasse où il a toujours vécu. La maison comprend une salle de bains dont l'eau est chauffée par le fourneau à charbon, dans la cuisine en bas: on lui a dit que sa famille a beaucoup de chance d'avoir cette installation et qu'il ne doit pas s'en vanter; et de fait, lorsqu'il va à la nouvelle école, l'élégante école de Bournemouth, il doit faire semblant de trouver parfaitement normal d'avoir une salle de bains et de l'eau qui coule brûlante des robinets. La salle de bains comprend aussi des toilettes. Il va y aller maintenant pour uriner. Sa mère est là, en train de donner un bain à sa sœur qui a sept ans, mais ça leur sera égal qu'il aille faire pipi, il l'a déjà fait, et pour aller jusqu'aux autres toilettes, il faut faire une longue marche dans le froid du jardin. Ce qu'il a oublié, c'est qu'on baigne aussi sa cousine. Elle a huit ans. Il entre dans la salle de bains. Sa sœur est assise dans la baignoire. Sa cousine est debout, prête à sortir. Sa mère tend une serviette. Il regarde sa cousine. Bien sûr, elle est toute nue. C'est la première fois qu'il voit nue une autre fille que sa sœur. Le corps de sa cousine est légèrement dodu et elle a la peau rougie par la chaleur de l'eau. C'est bien le spectacle le plus ravissant qu'il ait jamais vu. Il reste planté sur le seuil de la salle de bains à la regarder avec un intérêt et une admiration qu'il ne cherche pas à dissimuler.

Il ne voit pas la gifle arriver. La grande main de sa mère semble survenir de nulle part. Elle lui frappe la joue avec bruit. Elle cogne bien, sa mère, et ça lui fait un mal de chien, mais la surprise est encore pire que la douleur. Ce qui est pire que tout, c'est ce sentiment de tendresse qui avait déferlé sur lui s'est brisé comme la vitre d'une fenêtre.

« Fiche le camp ! » hurle sa mère, et il s'en va, blessé et humilié.

Vandam se rappelait cela alors qu'il était assis tout seul à contempler la nuit égyptienne, et il pensait, comme il l'avait pensé sur le moment : pourquoi donc a-t-elle fait ça ?

9

Dans le petit matin, le sol carrelé de la mosquée semblait froid aux pieds nus d'Alex Wolff. La poignée de fidèles venus à l'aube se perdait dans l'immensité de la grande salle à colonnes. On sentait là le silence, un sentiment de paix, tout cela baigné d'une lueur grise et triste. Un rai de soleil passa par une des hautes fentes du mur et à cet instant le muezzin se mit à crier :

Allahu akbar ! Allahu akbar ! Allahu akbar !

Wolff se tourna pour faire face à la Mecque.

Il portait une longue robe et un turban, et les chaussures qu'il tenait à la main étaient de simples sandales arabes. Il ne savait jamais très bien pourquoi il faisait cela. Il n'était un authentique croyant qu'en théorie. Il avait été circoncis suivant la doctrine islamique, et il avait fait le pèlerinage à La Mecque ; mais il buvait de l'alcool et mangeait du porc, il ne payait jamais l'impôt zakat, il n'observait jamais le jeûne du Ramadan et il ne priait pas chaque jour, encore moins cinq fois par jour. Mais de temps en temps, il éprouvait le besoin de se plonger, ne serait-ce que pour quelques minutes, dans le rituel familier et mécanique de la religion de son beau-père. Alors, comme il l'avait fait aujourd'hui, il se levait avant le lever du jour, passait des vêtements traditionnels et s'en allait par les rues froides et silencieuses de la ville jusqu'à la mosquée que fréquentait son père, il se livrait aux ablutions rituelles dans l'avant-cour et entrait à temps dans le sanctuaire pour les premières prières du jour nouveau. Il porta ses mains à ses oreilles, puis les claqua devant lui, la gauche frappant la paume de la droite. Il s'inclina, puis s'agenouilla. Touchant du front le carrelage lorsqu'il le fallait, il récita l'El-Fatha :

«Au nom de Dieu, le miséricordieux et le compatissant. Loué soit Dieu, le seigneur des mondes, le miséricordieux et le compatissant, le Prince du jour du jugement ; nous Te servons et nous Te prions pour solliciter Ton secours ; mène-nous sur la bonne voie, la voie de ceux à qui Tu as montré ta miséricorde, à qui Tu épargnes Ta colère et qui ne s'égarent pas.»

Il regarda par-dessus son épaule droite, puis par-dessus la gauche, pour saluer les deux anges qui tenaient le registre de ses bonnes et de ses mauvaises actions.

Lorsqu'il regarda par-dessus son épaule gauche, il aperçut Abdullah.

Sans interrompre sa prière, le voleur eut un large sourire qui révéla sa dent d'acier.

Wolff se leva et sortit. Il s'arrêta dehors pour chausser ses sandales et Abdullah arriva en trottinant derrière lui. Ils se serrèrent la main.

« Tu es un dévot comme moi, dit Abdullah. Je savais que tôt ou tard tu viendrais à la mosquée de ton père.

– Tu me cherchais ?

– Beaucoup de gens te cherchent. »

Ils s'éloignèrent tous deux de la mosquée. Abdullah reprit : « Sachant que tu es un authentique croyant, je ne pouvais te trahir aux Anglais, même pour une aussi grosse somme ; j'ai donc dit au major Vandam que je ne connaissais personne du nom d'Alex Wolff ni d'Achmed Rhamha. »

Wolff s'arrêta brusquement. Ils le traquaient donc toujours. Il avait commencé à se sentir en sûreté – trop tôt. Il prit Abdullah par le bras et le fit entrer dans un café arabe. Ils s'assirent.

« Il connaît mon nom arabe, dit Wolff.

– Il sait tout de toi… sauf où te trouver. »

Wolff était inquiet et en même temps plein d'une intense curiosité. « À quoi ressemble ce major ? demanda-t-il.

– À un Anglais, fit Abdullah en haussant les épaules. Pas de subtilité, pas de manières. Un short kaki et un visage couleur d'automate.

– Tu peux faire mieux que ça. »

Abdullah hocha la tête. « Cet homme est patient et déterminé. Si j'étais toi, j'aurais peur de lui. »

Et tout d'un coup, Wolff eut peur en effet.

« Qu'a-t-il fait ?

– Il a tout découvert sur ta famille. Il a parlé à tous tes frères. Ils ont dit qu'ils ne savaient rien de toi. »

Le propriétaire du café leur apporta à chacun un plat de purée de fèves et une galette de pain noir. Wolff rompit son pain et le trempa dans sa purée. Des mouches commençaient à se rassembler autour des écuelles. Les deux hommes ne s'en souciaient pas.

Abdullah parlait la bouche pleine. « Vandam offre cent livres pour ton adresse. Ah ! Comme si nous allions trahir l'un des nôtres pour de l'argent ! »

Wolff avala sa bouchée. «Même si tu connaissais mon adresse.»

Abdullah haussa les épaules. «Ce ne serait pas difficile à trouver.

— Je sais, dit Wolff. Alors je m'en vais te la dire, pour te montrer ma confiance dans ton amitié. J'habite le Shepheard's Hotel.»

Abdullah prit un air peiné. «Mon ami, je sais que ça n'est pas vrai. C'est le premier endroit où les Anglais chercheraient…

— Tu ne m'as pas bien compris, dit Wolff en souriant. Je ne suis pas un client là-bas. Je travaille aux cuisines, à nettoyer les casseroles, et à la fin de la journée, je m'allonge par terre avec une douzaine d'autres employés et je dors là.

— Que c'est malin!» Abdullah sourit : il était amusé par cette idée et ravi d'avoir le renseignement. «Tu te caches juste sous leur nez!

— Je sais que tu garderas cela pour toi, fit Wolff. Et en gage de ma reconnaissance pour ton amitié, j'espère que tu accepteras de moi un don de cent livres.

— Mais ce n'est pas nécessaire…

— J'insiste.»

Abdullah soupira et céda à contrecœur. «Très bien.

— Je vais te faire envoyer l'argent chez toi.»

Abdullah sauça son bol vide avec ce qu'il restait de son pain. «Il faut que je te quitte maintenant, dit-il. Permets-moi de payer pour ton petit déjeuner.

— Je te remercie.

— Ah! Mais je suis sorti sans argent. Mille pardons…

— Ce n'est rien, dit Wolff. *Alallah*…à la garde de Dieu.»

Abdullah répondit comme il convenait : *«Allah yisallimak*… que Dieu te protège.» Il sortit.

Wolff commanda du café en réfléchissant à Abdullah. Le voleur trahirait Wolff pour bien moins de cent livres, évidemment. Ce qui l'avait arrêté jusque-là, c'était qu'il ne connaissait pas l'adresse de Wolff. Il essayait activement de la découvrir… c'était pourquoi il était venu à la mosquée. Maintenant, il allait tenter de vérifier cette histoire d'habiter les cuisines du *Shepheard's*. Ce ne serait sans doute pas facile car, bien sûr, personne n'avouerait que le personnel dormait sur le sol de la cuisine – Wolff n'était d'ailleurs pas du tout sûr que cela fût vrai – mais il devait compter qu'Abdullah découvrirait le mensonge tôt ou tard. Cette histoire n'était qu'une tactique pour gagner du temps ; tout comme l'argent qu'il venait de lui donner. Toutefois, quand Abdullah finirait par découvrir que Wolff habitait sur la péniche de Sonja, il viendrait sans doute trouver Wolff en lui réclamant encore de l'argent au lieu de s'adresser à Vandam.

Il avait donc la situation en main... pour le moment.

Wolff laissa quelques millièmes sur la table et sortit.

La ville commençait à s'animer. Les rues étaient déjà encombrées, les trottoirs grouillaient de camelots et de mendiants, l'air était plein d'odeurs, bonnes et mauvaises.

Wolff gagna le bureau de poste central pour téléphoner. Il appela le G. Q. G. et demanda le major Smith.

« Nous en avons dix-sept, lui dit le standardiste. Avez-vous un prénom ?

– Sandy.

– Ce doit être le major Alexander Smith. Il n'est pas ici pour l'instant. Puis-je prendre un message ? »

Wolff savait que le major ne serait pas au G. Q. G. : il était trop tôt.

« Voici le message : midi aujourd'hui à Zamalek. Voudriez-vous le signer : S. Vous avez bien noté ?

– Oui, mais si je peux avoir votre nom... »

Wolff raccrocha. Il quitta le bureau de poste et partit pour Zamalek.

Depuis que Sonja avait séduit Smith, le major lui avait adressé une douzaine de roses, une boîte de chocolats, une lettre d'amour et deux messages par porteur demandant un autre rendez-vous. Wolff lui avait interdit de répondre. Smith se demandait maintenant s'il la reverrait jamais. Wolff était absolument sûr que Sonja était la première belle femme avec qui Smith avait jamais couché. Après deux jours de suspense, Smith mourrait d'envie de la revoir et sauterait sur n'importe quelle occasion.

En rentrant, Wolff acheta un journal, mais il n'y trouva que les foutaises habituelles. Lorsqu'il arriva à la péniche, Sonja dormait encore.

Il lui lança le journal roulé en cylindre pour la réveiller. Elle poussa un grognement et se retourna.

Wolff la quitta et franchit les rideaux pour revenir dans la pièce de séjour. Tout au bout, à la proue du bateau, il y avait une minuscule cuisine. Elle contenait un placard assez grand pour ranger les balais et produits de nettoyage. Wolff ouvrit la porte. Il pouvait tout juste y entrer à condition de plier les genoux et de baisser la tête. Le loquet de la porte ne pouvait être actionné que de l'extérieur. En fouillant dans les tiroirs de la cuisine, il finit par trouver un couteau avec une lame souple. Il se dit qu'il pourrait sans doute actionner le loquet de l'intérieur du placard en coinçant la lame du couteau dans l'entrebâillement de la porte et en s'en servant pour repousser le pêne. Il entra dans le placard, referma la porte et essaya. Ça marchait.

Cependant, il ne voyait pas de l'intérieur.

Il prit un clou et un fer à repasser et perça un trou à travers le bois peu résistant de la porte à la hauteur des yeux. Avec une fourchette de cuisine, il l'agrandit. Il revint dans le placard et ferma la porte. Puis il colla son œil au trou.

Il vit les rideaux s'écarter et Sonja entra dans le salon. Elle regarda autour d'elle, surprise de ne pas le trouver là. Elle haussa les épaules, puis souleva sa chemise de nuit pour se gratter le ventre.

Wolff réprima un rire. Elle traversa jusqu'à la cuisine, prit la bouilloire et ouvrit le robinet.

Wolff glissa le couteau dans l'entrebâillement de la porte et actionna le loquet. Il ouvrit la porte, sortit et dit : « Bonjour. »

Sonja poussa un hurlement.

Wolff éclata de rire.

Elle lui lança la bouilloire qu'il esquiva. Il dit : « C'est une bonne cachette, non ?

– Ce que tu m'as fait peur, espèce de salaud », dit-elle.

Il ramassa la bouilloire et la lui tendit. « Prépare le café », lui dit-il. Il remit le couteau dans le tiroir, referma la porte et alla s'asseoir.

« Pourquoi as-tu besoin d'une cachette ? fit Sonja.

— Pour t'observer avec le major Smith. C'est très drôle… il a l'air d'une tortue en pleine passion.

— Quand vient-il ?

— À midi aujourd'hui.

— Oh ! non. Pourquoi si tôt le matin ?

— Écoute. S'il a quoi que ce soit d'intéressant dans son porte-documents, il n'est certainement pas autorisé à circuler en ville avec ça à la main. Il doit l'apporter droit à son bureau pour l'enfermer dans le coffre. Nous ne devons pas lui laisser le temps de le faire : tout cela est inutile s'il ne vient pas ici avec son porte-documents. Ce que nous voulons, c'est qu'il se précipite ici en sortant du G. Q. G. En fait, s'il arrive ici tard et sans son porte-documents, nous allons fermer la porte et faire comme si tu n'étais pas là… comme ça la prochaine fois il saura qu'il ne doit pas traîner pour venir ici.

— Tu as mis tout ça au point, n'est-ce pas ? »

Wolff se mit à rire. « Tu ferais mieux de commencer à te préparer. Je veux que tu aies l'air irrésistible.

— Je suis toujours irrésistible. » Elle repassa dans la chambre.

Il lui cria : « Lave-toi les cheveux. » Pas de réponse. Il jeta un coup d'œil à sa montre. Le temps passait. Il circula dans toute la péniche en dissimulant toutes les traces de son séjour, rangeant ses chaussures, son rasoir, sa brosse à dents et son fez. Sonja monta sur le pont en peignoir pour se sécher les cheveux au soleil. Wolff prépara le café et lui apporta une tasse. Il but le sien, puis lava sa tasse et la rangea. Il prit une bouteille de champagne, la mit dans un seau à glace qu'il posa auprès du lit avec deux coupes. Il songea à changer les draps, puis décida de le faire après la visite de Smith et non pas avant. Sonja descendit du pont. Elle se mit un peu de parfum sur les cuisses et entre les seins. Wolff jeta un dernier regard autour de lui. Tout était prêt. Il s'assit sur un divan auprès d'un hublot pour surveiller le chemin de halage.

Il était midi à peine passé quand le major Smith apparut. Il se hâtait comme s'il craignait d'être en retard. Il portait sa

chemise d'uniforme, un short kaki, des chaussettes et des sandales, mais il avait enlevé sa casquette d'officier. Sous le soleil,
il transpirait à grosses gouttes.

Il avait son porte-documents à la main.

Wolff eut un sourire satisfait.

«Il arrive, cria Wolff. Tu es prête?

– Non.»

Elle essayait de l'agacer. Elle était sûrement prête. Il
entra dans le placard, referma la porte et colla son œil au trou
qu'il avait ménagé dans la porte.

Il entendit les pas de Smith sur la planche d'embarquement, puis sur le pont. Le major lança : «Bonjour!»

Sonja ne répondit pas.

Regardant par son judas, Wolff vit Smith descendre l'escalier pour pénétrer à l'intérieur du bateau.

«Il n'y a personne?»

Smith regarda les rideaux qui séparaient le salon de la
chambre. On sentait dans sa voix l'attente déçue. «Sonja?»

Les rideaux s'écartèrent. Sonja apparut immobile, les
bras levés pour maintenir les rideaux écartés. Elle avait
relevé ses cheveux en une pyramide compliquée, comme elle
le faisait pour son numéro. Elle portait les pantalons bouf-
fants de gaze transparente, mais à cette distance on distin-
guait parfaitement son corps à travers le tissu. Elle était nue
à partir de la taille à l'exception d'un collier de bijou autour
du cou. Ses seins bruns étaient pleins et ronds. Elle avait même
mis du rouge sur ses boutons de seins.

Wolff se dit : la brave fille!

Le major Smith la contempla. Il était complètement
désarçonné. «Oh! mon Dieu, fit-il. Oh! bonté divine, oh! là
là!»

Wolff s'efforça de ne pas rire. Smith laissa tomber son
porte-documents et s'approcha d'elle. Comme il la serrait
contre lui, elle recula d'un pas et referma les rideaux derrière
son dos.

Wolff ouvrit la porte du placard et sortit.

Le porte-documents était abandonné sur le plancher, juste
de son côté des rideaux. Wolff s'agenouilla, retroussant sa

galabiya et retourna la petite valise. Il essaya les serrures : fermées à clef.

«*Lieber Gott*», murmura Wolff.

Il regarda autour de lui. Il avait besoin d'une épingle, d'un trombone, d'une aiguille, quelque chose avec quoi forcer la serrure. À pas de loup, il se rendit dans le coin cuisine et ouvrit avec précaution un tiroir. Une broche à viande, trop épaisse ; un poil d'une brosse métallique, trop petit ; un couteau à légumes, trop large... dans une petite soucoupe auprès de l'évier il trouva une des épingles à cheveux de Sonja. Il revint au porte-documents et entra le bout de l'épingle dans le trou d'une des serrures. Il tordit et tourna le petit bout de métal, rencontra la résistance d'un ressort et pressa plus fort.

L'épingle se brisa.

Wolff étouffa un juron.

Il jeta un coup d'œil pensif à sa montre. La dernière fois, Smith avait sauté Sonja à peu près en cinq minutes. J'aurais dû lui dire de faire durer les choses, songea Wolff.

Il prit le couteau à lame flexible dont il s'était servi pour ouvrir la porte du placard de l'intérieur. Il l'introduisit doucement dans l'une des serrures du porte-documents. Lorsqu'il appuya, la lame se plia.

Il aurait pu briser les serrures en quelques secondes, mais il ne le voulait pas, car Smith saurait alors qu'on avait ouvert son porte-documents. Wolff n'avait pas peur de Smith mais il voulait que le commandant continue à ne pas savoir la véritable raison pour laquelle Sonja l'avait séduit : s'il y avait dans sa serviette des documents intéressants, Wolff voulait y avoir accès régulièrement.

Mais s'il ne parvenait pas à ouvrir la mallette, Smith demeurerait toujours inutile.

Que se passerait-il s'il cassait les serrures ? Smith en terminerait avec Sonja, passerait son pantalon, ramasserait son porte-documents et s'apercevrait qu'il avait été ouvert. Il accuserait Sonja. À moins que Wolff ne tue Smith, la péniche serait grillée. Quelles seraient les conséquences du meurtre de Smith ? Un soldat anglais de plus assassiné, cette fois au Caire. Cela déclencherait une formidable chasse à l'homme.

Parviendraient-ils à rattacher le meurtre à Wolff? Smith avait-il parlé à quelqu'un de Sonja? Qui les avait vus ensemble au Cha-Cha Club? L'enquête conduirait-elle les Anglais jusqu'à la péniche?

Ce serait risqué – mais le pire, ce serait que Wolff se retrouverait privé de toutes sources de renseignements, de retour à la case départ.

En attendant, ses compatriotes faisaient la guerre là-bas dans le désert, et ils avaient besoin de renseignements.

Wolff était planté là, silencieux, au milieu du salon, à se creuser la cervelle. Il venait de penser à quelque chose, une idée lui avait traversé l'esprit, une solution, et voilà qu'elle lui avait échappé. De l'autre côté du rideau, Smith murmurait et gémissait. Wolff se demandait s'il avait déjà enlevé son short...

Enlever son short, voilà.

Il devait avoir la clef de son porte-documents dans sa poche.

Wolff regarda entre les rideaux. Smith et Sonja étaient sur le lit. Elle était allongée sur le dos, les yeux fermés. Lui était auprès d'elle, appuyé sur un coude, à la caresser. Elle cambrait le dos comme si elle aimait cela. Tandis que Wolff regardait, Smith roula sur le côté, à demi couché sur elle et enfouit son visage entre les seins de Sonja.

Smith avait toujours son short.

Wolff passa la tête par l'entrebâillement du rideau et agita un bras, essayant d'attirer l'attention de Sonja. Il pensait : femme, regarde-moi! Smith agitait la tête d'un sein à l'autre. Sonja ouvrit les yeux, jeta un regard par-dessus la tête de Smith en caressant ses cheveux brillantinés et surprit Wolff qui les regardait. Avec sa bouche il fit :

– «Retire-lui son short.»

Elle fronça les sourcils, elle ne comprenait pas.

Wolff passa entre les rideaux et mima le geste de se déculotter.

Le visage de Sonja s'éclaira : elle avait compris.

Wolff repassa derrière les rideaux et les referma sans bruit, ne laissant qu'un minuscule entrebâillement pour regarder.

Elle vit les mains de Sonja se poser sur le short de Smith et commencer à s'affairer sur les boutons de la braguette. Smith gémit. Sonja leva les yeux au ciel, pleine de mépris pour sa passion crédule. Wolff se dit : j'espère qu'elle aura le bon sens de jeter le short dans ma direction.

Au bout d'une minute, Smith s'impatienta de tous ces tâtonnements, roula sur le côté, s'assit et se débarrassa lui-même de son short. Il le laissa tomber au pied du lit et revint à Sonja.

Le pied du lit était à environ un mètre cinquante du rideau.

Wolff se coucha à plat ventre sur le plancher. Il écarta les rideaux de ses mains et commença à ramper, comme un Indien.

Il entendit Smith dire : « Oh ! mon Dieu, tu es si belle. »

Wolff atteignit le short. D'une main il le retourna avec précaution jusqu'au moment où il aperçut une poche. Il plongea la main dedans en cherchant une clef.

La poche était vide.

Des cris venaient du lit. Smith poussa un grognement. Sonja dit : « Non, ne bouge pas. »

Wolff se dit : elle est vraiment bien.

Il retourna le short en cherchant l'autre poche. Il la tâta. Celle-là aussi était vide.

Il y en avait peut-être d'autres. Wolff devenait téméraire. Il tâta le short, cherchant quelque chose de dur qui pourrait être métallique. Rien. Il prit le short...

Il y avait dessous un trousseau de clefs.

Wolff poussa un silencieux soupir de soulagement.

Les clefs avaient dû glisser de la poche lorsque Smith avait laissé tomber le short sur le plancher.

Wolff ramassa les clefs et le short et se remit à ramper en direction des rideaux.

Là-dessus, il entendit des pas sur le pont.

« Bon Dieu, fit Smith d'une voix tremblante, qu'est-ce que c'est ?

– Chut ! dit Sonja. Ça n'est que le facteur. Dis-moi si tu aimes ça...

– Oh ! oui. »

Wolff arriva aux rideaux et leva les yeux. Le facteur était en train de poser une lettre sur la première marche de l'escalier, près du panneau d'écoutille. À l'horreur de Wolff, le facteur le vit et cria : *Sabah el-kheir...* bonjour ! »

Wolff posa un doigt sur ses lèvres pour réclamer le silence, puis appuya sa joue contre sa main pour mimer le sommeil et enfin désigna la chambre.

« Excusez-moi ! » souffla le facteur.

Wolff le congédia d'un geste.

Pas un bruit ne venait de la chambre.

Le salut du facteur avait-il rendu Smith méfiant ? Probablement pas, décida Wolff : un facteur pouvait fort bien crier bonjour même s'il ne voyait personne, car le fait que le panneau fût ouvert indiquait qu'il y avait quelqu'un.

Les bruits du couple en train de faire l'amour dans la pièce suivante reprirent et Wolff respira.

Il tria les clefs, trouva la plus petite et l'essaya sur les serrures du porte-documents.

Elle marchait.

Il ouvrit l'autre serrure et souleva le couvercle. À l'intérieur se trouvait une liasse de papiers dans une chemise cartonnée. Wolff se dit : pourvu que ce ne soit pas d'autres menus. Il ouvrit le dossier et regarda la première feuille.

Il lut :

OPÉRATION ABERDEEN

1. Les forces alliées déclencheront une contre-attaque de grande envergure à l'aube du 5 juin.
2. Ce sera une attaque en tenaille...

Wolff leva les yeux. « Mon Dieu, murmura-t-il. C'est ça ! »

Il tendit l'oreille. Les bruits qui venaient de la chambre étaient maintenant plus forts. Il entendait les ressorts du lit et il avait même l'impression que la péniche commençait à danser légèrement. Il n'avait pas beaucoup de temps.

Le rapport qui était en possession de Smith était détaillé. Wolff ne savait pas avec précision les détails de la hiérarchie militaire britannique, mais sans doute les plans de la bataille étaient-ils établis par le général Ritchie au quartier général du désert, puis envoyés au G. Q. G. du Caire pour être approuvés par Auchinlek. Les plans de batailles importantes devaient être discutés aux conférences du matin, auxquelles Smith, de toute évidence, assistait. Wolff se demanda de nouveau quels services étaient logés dans l'immeuble anonyme de la Shari Soliman Pacha où Smith revenait chaque après-midi : puis il chassa cette pensée. Il avait besoin de prendre des notes.

Il se mit en quête de crayon et de papier, en songeant : j'aurais dû faire ça avant. Il trouva un bloc et un crayon rouge dans un tiroir.

Il s'assit auprès du porte-documents et reprit sa lecture.

Le gros des forces alliées était assiégé dans un secteur qu'on appelait le Chaudron. La contre-attaque du 5 juin était conçue pour être une percée. Elle serait déclenchée à deux heures cinquante du matin avec le bombardement, par quatre régiments d'artillerie, de la crête d'Aslagh, sur le flanc est de Rommel. L'artillerie devait diminuer l'opposition pour préparer l'attaque de front par l'infanterie de la Xe brigade indienne. Quand les Indiens auraient enfoncé la ligne sur la crête d'Aslagh, les chars de la XXIIe brigade blindée s'engouffreraient dans la brèche pour s'emparer de Sidi Muftah, pendant que la IXe brigade indienne suivrait pour consolider les nouvelles positions. Pendant ce temps, la XXXIIe brigade de chars, avec l'appui de l'infanterie, attaquerait le flanc nord de Rommel à la crête de Sidra.

Lorsqu'il arriva à la fin du rapport, Wolff se rendit compte qu'il était si absorbé qu'il avait entendu, mais sans y faire attention, le bruit du major Smith arrivant à l'orgasme. Le lit se mit à grincer et deux pieds touchèrent le plancher.

Wolff se crispa.

« Chéri, dit Sonja, verse-nous du champagne.

– Une minute…

– J'en veux maintenant.

– Je me sens un peu bête sans mon short, ma chérie. »

Wolff se dit : bon Dieu, il veut son short.

« Je t'aime bien déshabillé, dit Sonja. Bois une coupe avec moi avant de remettre tes vêtements.

– Vos désirs sont des ordres. »

Wolff se détendit. Elle rouspète peut-être, se dit-il, mais elle fait ce que je veux !

Il jeta un rapide coup d'œil sur le reste des papiers, bien décidé à ne pas se faire prendre maintenant. Smith était une merveilleuse trouvaille, et ce serait une tragédie que de tuer la poule la première fois qu'elle pondait un œuf d'or. Il nota que l'attaque grouperait quatre cents chars, dont trois cent trente pour la branche est de la tenaille et seulement soixante-dix pour la branche nord ; que les généraux Messervy et Briggs devaient installer un quartier général commun ; et que Auchinlek réclamait – avec une insistance un peu irritée, semblait-il – des reconnaissances poussées et une étroite coopération entre l'infanterie et les blindés.

Pendant qu'il écrivait, un bouchon sauta avec bruit. Il s'humecta les lèvres en pensant : j'en aurais bien pris un peu. Il se demanda avec quelle rapidité Smith pouvait boire une coupe de champagne. Il décida de ne pas prendre de risques.

Il remit les papiers dans le dossier et celui-ci dans le porte-documents. Il referma le couvercle et les serrures. Il remit le trousseau de clefs dans une poche du short. Puis il se redressa et regarda par la fente des rideaux.

Smith était assis dans le lit, en sous-vêtements kaki, avec un verre dans une main et une cigarette dans l'autre, l'air très content de lui. Les cigarettes étaient sans doute dans sa poche de chemise : ç'aurait été un sale coup si elles avaient été dans son short.

À cet instant, Wolff était exactement dans le champ de vision de Smith.

Il retira son visage de l'entrebâillement des rideaux et attendit. Il entendit Sonja dire : « Verse-m'en encore, s'il te plaît. » Il regarda de nouveau. Smith prit sa coupe et se pencha vers la bouteille. Il tournait maintenant le dos à Wolff. Ce dernier glissa le short par les rideaux et le reposa sur le sol. Sonja le vit et haussa les sourcils, l'air inquiet. Wolff retira son bras. Smith tendit la coupe à Sonja.

Wolff entra dans le placard, ferma la porte et s'assit par terre. Il se demanda combien il aurait à attendre avant le départ de Smith. Que lui importait : il jubilait. Il avait trouvé le filon.

Une demi-heure s'écoula avant qu'il ne vît, par son judas, Smith entrer dans la salle de séjour, de nouveau habillé de pied en cap. Wolff commençait à avoir des crampes. Sonja suivit Smith en disant : «Il faut que tu partes si vite?

– Hélas! oui, répondit-il. C'est une heure très difficile pour moi, tu comprends. (Il hésita.) Pour être tout à fait franc, je ne suis pas censé trimbaler ce porte-documents avec moi. J'ai eu les pires difficultés pour venir ici à midi. Vois-tu, il faut que j'aille directement du G. Q. G. à mon bureau. Je ne l'ai pas fait aujourd'hui... J'avais trop peur de te manquer si je venais en retard. J'ai dit à mon bureau que je déjeunais au G. Q. G. et j'ai raconté au type du G. Q. G. que je déjeunais à mon bureau. Mais la prochaine fois, j'irai à mon bureau déposer la serviette et je viendrai ici... si ça te convient, ma petite poupée.»

Wolff songea : au nom du Ciel, Sonja, dis quelque chose!

– Oh! mais Sandy, ma femme de ménage vient chaque après-midi... nous ne serions pas seuls.

– Diable, fit Smith en se rembrunissant. Eh bien, nous n'aurons qu'à nous retrouver le soir.

– Mais il faut que je travaille... et après mon numéro, je suis obligée de rester au club faire la conversation aux clients. Et puis je ne pourrai pas venir m'asseoir à ta table tous les soirs : les gens commenceraient à jaser.»

Il faisait très chaud et étouffant dans le placard. Wolff transpirait à grosses gouttes.

«Tu ne peux pas dire à ta femme de ménage de ne pas venir? fit Smith.

– Mais, chéri, je ne pourrais pas faire le ménage moi-même... je ne saurais pas.»

Wolff la vit sourire, puis elle prit la main de Smith et la posa entre ses jambes. «Oh! Sandy, dis-moi que tu viendras à midi.»

C'était plus que Smith n'en pouvait supporter. «Bien sûr que je viendrai, ma chérie», dit-il.

Ils s'embrassèrent et Smith s'en alla enfin. Wolff écouta les pas qui traversaient le pont et descendaient la planche d'embarquement, puis il sortit du placard.

Sonja l'observait d'un œil malicieux tandis qu'il étirait ses membres endoloris. «Tu as des crampes? fit-elle avec une compassion feinte.

« – Ça valait le coup, dit Wolff. Tu as été merveilleuse.

– As-tu eu ce que tu voulais ?

– Mieux que je n'aurais pu rêver. »

Wolff se coupa du pain et du saucisson pour le déjeuner pendant que Sonja prenait un bain. Après son repas, il trouva le roman anglais et la clef du code et rédigea le brouillon de son message à Rommel.

Sonja se rendit aux courses avec une bande d'amis égyptiens : Wolff lui donna cinquante livres pour parier.

Le soir, elle se rendit au Cha-Cha Club et Wolff resta à la maison à boire du whisky et à lire de la poésie arabe. Comme minuit approchait, il installa l'émetteur.

À zéro heure exactement, il envoya son indicatif, Sphinx. Quelques secondes plus tard, le poste d'écoute de Rommel dans le désert, la compagnie Horch, répondit. Wolff émit une série de V pour leur permettre de bien se régler sur sa fréquence, puis leur demanda si on le recevait bien. Au milieu de la phrase il fit une erreur et envoya une série de E – pour erreur – avant de recommencer. On lui répondit qu'on le recevait cinq sur cinq et on lui dit d'émettre. Il commença par KA pour indiquer le début de son message ; puis, en code, il lança : « Opération Aberdeen… » À la fin il ajouta MT pour message terminé et K pour terminé. On lui répondit par une série de R, ce qui signifiait : « Votre message a été bien reçu et compris. »

Wolff remballa l'émetteur, le code et la clef puis il se versa un autre verre.

Dans l'ensemble, il estimait qu'il s'en était remarquablement bien tiré.

●

10

Le message en provenance de l'espion n'était que l'un des vingt ou trente rapports posés sur le bureau de von Mellenthin, le chef du Service de renseignements de Rommel, à sept heures du matin en ce 4 juin. Il y avait plusieurs autres rapports provenant des postes d'écoute : on avait entendu l'infanterie s'adressant aux blindés en clair ; le quartier général en campagne avait adressé des instructions dans des codes faciles qui avaient été déchiffrés en quelques heures ; il y avait aussi d'autres communications radio de l'ennemi qui, quoique impossibles à déchiffrer, n'en donnaient pas moins des aperçus sur les intentions de l'ennemi simplement à cause du lieu d'où elles émanaient et de leur fréquence. Il y avait encore des rapports des services de renseignements sur le terrain, qui recueillaient des informations à partir des armes capturées, des uniformes des ennemis morts, de l'interrogatoire des prisonniers et tout simplement en observant le désert et en voyant ceux qu'ils combattaient. Il y avait enfin la reconnaissance aérienne, un rapport de situation provenant d'un expert de l'ordre de bataille et un résumé – tout aussi inutile – des estimations en provenance de Berlin sur les intentions des Alliés et sur la force de leurs effectifs.

Comme tous les officiers de renseignements, von Mellenthin méprisait les rapports d'espions. Fondés sur des commérages de diplomates, des articles de journaux et de pures hypothèses, ils étaient erronés au moins aussi souvent qu'ils étaient excats ce qui, en fait, les rendait sans intérêt.

Il devait pourtant reconnaître que celui-ci *paraissait* différent. L'agent secret ordinaire pouvait signaler : « Les hommes de la IXe brigade indienne ont entendu dire qu'ils allaient être lancés prochainement dans une grande bataille », ou bien : « Les Alliés préparent une percée depuis le Chaudron au début de juin », ou bien : « Le bruit court que Auchinlek va être remplacé comme commandant en chef. » Mais il n'y avait rien de flou dans ce rapport.

L'espion, qui signait Sphinx, commençait son message par : « Opération Aberdeen ». Il donnait la date de l'attaque, les brigades qui devaient y participer et le rôle que chacune devait y tenir, les secteurs qu'elles bombarderaient et la conception tactique des responsables du plan.

Von Mellenthin n'était pas convaincu, mais il était intéressé.

Tandis que dans sa tente le thermomètre atteignait les quarante degrés, il commença sa ronde habituelle de discussions matinales. Personnellement, par téléphone et – rarement – par radio, il s'adressa aux services de renseignements divisionnaires, à l'officier de liaison de la Luftwaffe chargé de la reconnaissance aérienne, à l'agent de liaison de la compagnie Horch et à quelques-uns des meilleurs officiers de renseignements de la brigade. À tous ces hommes, il parla de la IXe et de la Xe brigade indienne, de la XXIIe brigade blindée et de la XXXIIe brigade de chars. Il leur dit de rechercher ces brigades. Il leur demanda aussi de surveiller les préparatifs de batailles dans les secteurs, d'où, selon l'espion, devait venir la contre-attaque. Ils devaient aussi surveiller les observateurs ennemis : si l'espion avait raison, il y aurait un accroissement de la reconnaissance aérienne par les Alliés des positions qu'ils comptaient attaquer, à savoir la crête d'Aslagh, la crête de Sidra et Sidi Muftah. Peut-être y aurait-il un bombardement accru de ces positions, afin d'en diminuer la résistance, bien que ce fût là un indice révélateur à la tentation duquel résistaient la plupart des commandants. Il y aurait peut-être au contraire une diminution des bombardements, et ce bluff aussi pourrait être un signe révélateur.

Ces conversations permettaient également aux officiers de renseignements sur le terrain de mettre à jour leurs rapports. Lorsqu'elles furent terminées, von Mellenthin rédigea son propre rapport à Rommel et alla le porter au Q. G. mobile. Il en discuta avec le chef d'état-major qui le remit ensuite à Rommel.

La discussion matinale fut brève, car Rommel avait pris ses principales décisions et donné ses ordres pour la journée la veille au soir. D'ailleurs, Rommel n'était pas d'humeur à réfléchir le matin : il voulait de l'action. Il parcourait le désert, allant d'une position de première ligne à une autre dans sa voiture d'état-major ou à bord de son avion Storch, donnant de nouveaux ordres, plaisantant avec les hommes et participant aux escarmouches – et pourtant, bien qu'il ne cessât de s'exposer au feu de l'ennemi, il n'avait pas été blessé depuis 1914. Von Mellenthin l'accompagna ce jour-là, profitant de l'occasion pour se faire une idée de la situation sur la ligne du front et pour juger personnellement les officiers de renseignements qui lui envoyaient son matériau brut : les uns étaient exagérément prudents, négligeant tous les faits non confirmés, et d'autres enfin exagéraient afin d'obtenir pour leurs unités un supplément de ravitaillement et d'effectifs.

Au début de la soirée, quand enfin le thermomètre amorça sa descente, il y eut d'autres rapports et d'autres conversations. Von Mellenthin tria la masse de détails pour y trouver des renseignements relatifs à la contre-attaque annoncée par Sphinx.

La division blindée Ariete – unité italienne occupant la crête d'Aslagh – signalait une activité aérienne ennemie accrue. Von Mellenthin demanda s'il s'agissait de bombardements ou de reconnaissance, et on lui précisa reconnaissance : en fait les bombardements avaient cessé.

La Luftwaffe signalait de l'activité dans le no man's land qui était peut-être ou peut-être pas un groupe avancé gagnant un point de rassemblement.

Il y avait l'interception peu claire d'un message radio dans un code facile à déchiffrer d'après lequel la Xe brigade indienne réclamait une clarification urgente de quelque chose (les ordres ?) de la matinée, en faisant notamment allusion à l'heure du bombardement par l'artillerie de quelque chose d'incompréhensible. Dans la tactique britannique, von Mellenthin le savait, le bombardement d'artillerie précédait en général une attaque.

Les preuves se précisaient.

Von Mellenthin consulta son fichier et découvrit que la XXXIIe brigade de chars avait été récemment repérée à la crête de Rigel – un endroit logique pour lancer une attaque sur la crête de Sidra. La tâche d'un officier de renseignements était une mission impossible : prévoir les mouvements de l'ennemi en s'appuyant sur des renseignements insuffisants. Il examinait les signes, faisait appel à son intuition et pariait.

Von Mellenthin décida de parier sur Sphinx.

À dix-huit heures trente, il apporta son rapport au Q. G. mobile. Rommel était là avec son chef d'état-major, le colonel Bayerlein et Kesselring. Ils étaient debout autour d'une grande table en train d'examiner la carte des opérations. Un lieutenant était assis à un côté, prêt à prendre des notes.

Rommel avait ôté sa casquette et la grande tête que la calvitie gagnait semblait trop grosse pour son petit corps. Il avait l'air fatigué et amaigri. Il souffrait de maux d'estomac périodiques, von Mellenthin le savait, et souvent était incapable d'absorber la moindre nourriture pendant plusieurs jours. Son visage normalement arrondi s'était creusé et ses oreilles semblaient ressortir plus que d'habitude. Mais ses yeux sombres et en amande brillaient d'enthousiasme et de l'espoir de la victoire.

Von Mellenthin claqua des talons et remit cérémonieusement le rapport, puis il expliqua ses conclusions sur la carte. Lorsqu'il eut terminé, Kesselring dit : «Et tout cela s'appuie sur le rapport d'un espion, dites-vous ?

– Non, monsieur le maréchal, dit von Mellenthin d'un ton ferme. Il y a des indications qui confirment.

– On peut trouver des indications qui confirment pour n'importe quoi», dit Kesselring.

Du coin de l'œil, von Mellenthin voyait que Rommel s'énervait.

«Nous ne pouvons vraiment pas faire des plans de bataille, reprit Kesselring, sur la base de renseignements fournis par je ne sais quel petit agent secret du Caire.

– J'ai tendance à croire ce rapport», dit Rommel.

Von Mellenthin observa les deux hommes. Au niveau de la hiérarchie, ils s'équilibraient étrangement – pour l'armée où les positions d'ordinaire étaient si bien définies. Kesselring était commandant en chef de la zone sud et avait le pas sur Rommel, mais Rommel, par on ne sait quel caprice de Hitler, ne recevait pas d'ordres de lui. Les deux hommes avaient des appuis à Berlin : Kesselring, l'homme de la Luftwaffe, était le favori de Goering, et Rommel fournissait une si bonne publicité qu'on pouvait compter sur Goebbels pour le soutenir. Kesselring était populaire auprès des Italiens, alors que Rommel les insultait toujours. Au bout du compte, Kesselring avait plus de pouvoir, car en tant que maréchal, il avait directement accès à Hitler alors que Rommel devait passer par Jodl ; mais c'était une carte que Kesselring ne pouvait pas se permettre de jouer trop souvent. Aussi les deux hommes se querellaient-ils ; et bien que Rommel eût le dernier mot dans le désert, en Europe, von Mellenthin ne l'ignorait pas, Kesselring manœuvrait pour se débarrasser de lui.

Rommel se tourna vers la carte. «Préparons-nous donc à une attaque en tenaille. Considérons tout d'abord la branche la plus faible de l'offensive, la branche nord. La crête de Sidra est tenue par la XXIe division de panzers avec des canons antichars. Ici, sur le chemin de l'avance britannique, un champ de mines. Les panzers vont attirer les Britanniques dans le champ de mines et les anéantir sous le feu de leurs armes antichars. Si l'espion a raison et que les Anglais ne lancent que soixante-dix chars dans cette bataille, la XXIe panzer devrait avoir tôt fait de se débarrasser d'eux et être libre pour d'autres actions dans le courant de la journée. (Il promena sur la carte un index épais.) Considérez maintenant la seconde branche, celle de l'assaut principal, contre notre flanc est. Celui-ci est tenu par l'armée italienne. L'attaque doit être menée par une brigade indienne. Connaissant ces Indiens et connaissant nos Italiens, je suppose que l'attaque réussira. J'ordonne donc une vigoureuse riposte.

«Un : les Italiens contre-attaqueront de l'ouest. Deux : les panzers, ayant repoussé l'autre branche de l'attaque à la crête de Sidra, feront mouvement pour attaquer les Indiens du nord. Trois : ce soir nos unités du génie ouvriront une brèche dans le champ de mines à Bir el-Harmat, de façon que la XVe panzer puisse virer au sud, passer par la brèche et attaquer les forces britanniques par l'arrière.»

Von Mellenthin, qui écoutait et suivait les mouvements sur la carte, hochait la tête d'un air approbateur. C'était un plan caractéristique de Rommel, impliquant de rapides déplacements de forces pour renforcer leur effet, un mouvement d'encerclement et l'apparition surprise d'une puissante division là où on l'attendait le moins sur les arrières de l'ennemi. Si tout marchait, les brigades alliées menant l'attaque seraient encerclées, coupées et anéanties.

Si tout marchait. Si l'espion avait raison.

«Je pense, dit Kesselring à Rommel, que vous pourriez commettre une lourde erreur.

– C'est votre droit», répondit Rommel avec calme.

Von Mellenthin ne se sentait pas calme. Si les choses tournaient mal, Berlin ne tarderait pas à entendre parler de la foi injustifiée de Rommel dans un piètre service de renseignements; et von Mellenthin s'entendrait reprocher de fournir des renseignements insuffisants. L'attitude de Rommel envers les subordonnés qui n'étaient pas à la hauteur était brutale.

Rommel regarda le lieutenant qui prenait des notes. «Voilà donc mes ordres pour demain.» Il lança à Kesselring un regard de défi.

Von Mellenthin mit les mains dans ses poches et croisa les doigts.

Von Mellenthin se rappelait ce moment quand, seize jours plus tard, Rommel et lui regardaient le soleil se lever sur Tobrouk.

Ils étaient debout tous les deux sur l'escarpement au nord-est d'El-Adem, à attendre le déclenchement de la bataille. Rommel portait les lunettes tankistes qu'il avait prises au général O'Connor quand il l'avait fait prisonnier, ces lunettes qui étaient devenues un peu sa marque de fabrique. Il était en pleine forme : l'œil vif, plein d'allant et de confiance. On aurait cru entendre cliqueter les rouages de son cerveau tandis qu'il scrutait le paysage en calculant comment la bataille pourrait se dérouler.

«L'espion avait raison, dit von Mellenthin.

– C'est exactement ce que je pensais», fit Rommel en souriant.

La contre-attaque alliée du 5 juin était survenue exactement comme prévu, et la défense de Rommel avait été si efficace qu'elle s'était transformée en contre-attaque. Trois des quatre brigades alliées lancées dans la bataille avaient été anéanties et quatre régiments d'artillerie avaient été capturés. Rommel avait pressé son avantage sans merci. Le 14 juin, la ligne de Gazala avait été enfoncée et aujourd'hui, 20 juin, ils allaient assiéger la garnison côtière vitale de Tobrouk. Von Mellenthin frissonna. C'était extraordinaire combien il pouvait faire froid dans le désert à cinq heures du matin.

Il observa le ciel.

À cinq heures vingt, l'attaque commença.

Un bruit comme un tonnerre lointain s'amplifia jusqu'à un rugissement assourdissant tandis que les Stukas approchaient. La première formation passa au-dessus d'eux, piqua sur les positions britanniques et lâcha ses bombes. Un gigantesque nuage de poussière et de fumée s'éleva et, là-dessus, toute l'artillerie de Rommel ouvrit le feu dans un fracas à vous briser le tympan. Une nouvelle vague de Stukas arriva, puis une autre : il y avait des centaines de bombardiers.

« Fantastique, dit von Mellenthin. Kesselring a vraiment réussi son coup. » Ça n'était pas la chose à dire. Rommel répliqua : « Kesselring n'a aucun mérite : aujourd'hui, c'est nous qui dirigeons les avion. »

Quand même, pensa von Mellenthin, la Luftwaffe en mettait un coup ; mais il se garda bien de le dire.

Tobrouk était une forteresse concentrique. La garnison elle-même était à l'intérieur d'une ville et la ville était au cœur d'un vaste secteur britannique entouré d'un périmètre de cinquante-cinq kilomètres de barbelés et parsemé de points renforcés. Les Allemands devaient franchir les barbelés, puis pénétrer dans la ville et prendre la garnison.

Un nuage de fumée orange s'éleva au milieu du champ de bataille. Von Mellenthin dit : « C'est un signal du génie, pour dire à l'artillerie d'allonger son tir. »

Rommel acquiesça. « Bien. Nous progressons. » Von Mellenthin soudain fut pris d'optimisme. Il y avait du butin à Tobrouk : de l'essence, de la dynamite, des tentes et des camions – déjà plus de la moitié des transports motorisés de Rommel était composée de véhicules britanniques capturés – et des vivres. Von Mellenthin sourit et dit : « Du poisson frais pour dîner ? »

Rommel comprenait ce à quoi il pensait. « Du foie, dit-il. Des frites. Du pain blanc.

– Un vrai lit avec un oreiller de plume.

– Dans une maison aux murs de pierre à l'abri de la chaleur et des punaises. »

Un messager arriva avec un message. Von Mellenthin le prit et le lut. Il essaya de maîtriser l'excitation dans sa voix lorsqu'il dit : « Ils ont coupé les barbelés au point renforcé soixante-neuf. Le groupe Menny attaque avec l'infanterie de l'Afrikakorps.

– Ça y est, dit Rommel. Nous avons ouvert une brèche. Allons-y. »

Il était dix heures du matin quand le lieutenant-colonel Reggie Bogge passa la tête par la porte du bureau de Vandam pour annoncer : « Tobrouk est assiégée. »

Tout travail parut alors vain. Vandam continua machinalement, lisant les rapports de ses informateurs, examinant le cas d'un lieutenant paresseux dont c'était le tour d'avoir de la promotion mais qui ne la méritait pas, essayant de trouver un angle nouveau pour l'affaire Alex Wolff ; mais tout semblait désespérément dépourvu d'intérêt. Les nouvelles étaient plus déprimantes à mesure que la journée avançait. Les Allemands avaient ouvert une brèche dans le périmètre de barbelés ; ils avaient franchi le fossé antichars ; ils avaient traversé le champ de mines intérieur ; ils étaient arrivés au carrefour stratégique connu sous le nom de King's Cross.

Vandam rentra chez lui vers sept heures pour dîner avec Billy. Il ne pouvait pas parler de Tobrouk à l'enfant : la nouvelle ne devait pas encore être divulguée. Pendant qu'ils attaquaient leurs côtes d'agneau, Billy raconta que son professeur d'anglais, un jeune homme avec une affection pulmonaire qui l'empêchait d'être dans l'armée, n'arrêtait pas de dire comme il aimerait s'en aller dans le désert pour se battre contre les Boches. « Mais je ne le crois pas, dit Billy. Et toi ?

– Je pense qu'il est sincère, fit Vandam. C'est simplement qu'il se sent coupable. »

Billy était à l'âge où on discute. « Coupable ? Il ne peut pas se sentir *coupable* : ça n'est pas sa faute.

– Inconsciemment, il peut penser cela.

– Quelle est la différence ? »

Ça m'apprendra, se dit Vandam. Il réfléchit un moment, puis reprit : «Quand tu as fait quelque chose de mal et que tu sais que c'est mal, et que ça t'embête et que tu sais pourquoi ça t'embête, c'est un sentiment de culpabilité conscient. M. Simkinsson n'a rien fait de mal, mais ça l'embête quand même, et il ne sait pas pourquoi. C'est un sentiment de culpabilité inconscient. Ça lui fait du bien de dire à quel point il a envie d'aller se battre.

– Ah !» fit Billy.

Vandam ne savait pas si le jeune garçon avait compris ou non.

Billy alla se coucher avec un nouveau livre. Un «polar», ce par quoi il désignait un roman policier. Ça s'appelait *Mort sur le Nil*.

Vandam retourna au G. Q. G. Les nouvelles étaient toujours mauvaises. La XXIe panzer était entrée dans la ville de Tobrouk et tirait depuis le quai sur plusieurs navires britanniques qui s'efforçaient, un peu tard, de gagner la haute mer. Un certain nombre d'entre eux avaient été coulés. Vandam songea aux hommes qui construisaient un bateau, aux tonnes de précieux acier qu'il fallait pour cela, à l'entraînement des matelots et aux efforts qu'il fallait déployer pour former un équipage ; et voilà maintenant que les hommes étaient morts, le navire coulé, les efforts faits en vain.

Il passa la nuit au mess des officiers à attendre les nouvelles. Il but beaucoup et fuma tant qu'il se donna la migraine. Des bulletins arrivaient périodiquement de la salle des opérations. Durant la nuit, Ritchie, en tant que commandant de la VIIIe armée, décida d'abandonner la frontière et de battre en retraite sur Mersa Matrouh. On racontait que, lorsque Auchinlek, le commandant en chef, apprit cette nouvelle, il quitta la salle en claquant la porte, le visage sombre comme une nuée d'orage.

Vers l'aube, Vandam se prit à penser à ses parents. Certains des ports de la côte Sud de l'Angleterre avaient souffert autant que Londres des bombardements, mais ses parents habitaient un peu à l'intérieur, dans un village du Dorset. Son père était receveur des postes dans un petit bureau de tri. Vandam regarda sa montre : il devait être maintenant quatre heures du matin en Angleterre, le vieil homme mettait ses pinces au bas de son pantalon, enfourchait sa bicyclette et s'en allait travailler dans l'obscurité. À soixante ans, il avait la constitution d'un jeune fermier de seize ans. La pieuse mère de Vandam interdisait de fumer, de boire, tout comme elle réprouvait toutes les formes de vie dissolue, expression qui embrassait pour elle les activités allant du jeu de fléchettes au fait d'écouter la radio. Ce régime semblait convenir à son mari, mais elle-même était toujours malade.

L'alcool, l'épuisement et l'ennui finirent par plonger Vandam dans une sorte de stupeur. Il rêva qu'il était en garnison à Tobrouk avec Billy, Elene et la mère de Billy. Il courait partout pour fermer toutes les fenêtres. Dehors, les Allemands – qui étaient devenus des pompiers – appuyaient des échelles contre le mur et grimpaient. Soudain, la mère de Vandam cessa de compter ses faux billets et ouvrit une fenêtre, désignant Elene en criant : «la Femme Scandaleuse!» Rommel arriva par la fenêtre en casque de pompier et braqua sa lance sur Billy. La violence du jet poussa l'enfant par-dessus un parapet et il tomba à la mer. Vandam savait que c'était sa faute, mais il n'arrivait pas à comprendre ce qu'il avait fait de mal. Il éclata en sanglots. Il s'éveilla.

Il fut soulagé de constater qu'il n'avait pas vraiment pleuré. Le rêve lui laissa un accablant sentiment de désespoir. Il alluma une cigarette. Elle avait un goût affreux.

Le soleil se leva. Vandam fit le tour du mess en éteignant les lumières, histoire de faire quelque chose. Un cuistot arriva avec un pot de café. Comme Vandam buvait le sien, un capitaine descendit avec un nouveau bulletin. Il se planta au milieu du mess, attendant le silence.

Il annonça : «Le général Klopper a capitulé aujourd'hui, à l'aube, à Rommel, avec la garnison de Tobrouk.»

Vandam quitta le mess et déambula par les rues de la ville jusqu'à sa maison au bord du Nil. Il se sentait impuissant et inutile, de rester là au Caire à attraper des espions alors que là-bas dans le désert son pays était en train de perdre la guerre. L'idée lui traversa l'esprit qu'Alex Wolff était peut-être pour quelque chose dans la récente série de victoires de Rommel ; mais il écarta cette pensée qu'il trouvait un peu tirée par les cheveux. Il se sentait si déprimé qu'il se demandait si les choses pouvaient encore aller plus mal, et il se rendit compte que bien sûr, elles le pouvaient.

Lorsqu'il arriva chez lui, il alla se coucher.

DEUXIÈME PARTIE

MERSA MATROUH

11

Le Grec était un peloteur.

Elène n'aimait pas les peloteurs. Elle n'avait rien contre la concupiscence ouverte ; en fait, elle était même plutôt pour. Ce qui lui déplaisait, c'était ces tâtonnements furtifs, coupables, importuns. Au bout de deux heures passées dans la boutique, elle détestait Mikis Aristopoulos. Au bout de deux semaines, elle était prête à l'étrangler. La boutique en elle-même était agréable. Elle aimait les odeurs épicées, les rangées de boîtes aux couleurs vives et de cartons sur les rayons de l'arrière-boutique. Le travail était facile et monotone, mais le temps passait assez vite. Elle stupéfiait les clients en calculant très rapidement de tête le montant de leurs achats. De temps en temps elle achetait quelque douceur d'importation qu'elle rapportait chez elle pour essayer : un pot de pâté de foie, une tablette de chocolat, un flacon de Viandox, une boîte de haricots. Et pour elle, c'était nouveau que de faire huit heures par jour un travail morne et banal.

Mais le patron était une plaie. À la moindre occasion, il lui touchait le bras, l'épaule ou la hanche ; chaque fois qu'il passait près d'elle, derrière le comptoir ou dans l'arrière-boutique, il se frottait contre ses seins ou sa croupe. Elle avait tout d'abord cru que c'était accidentel, parce que ça ne semblait pas son genre : il avait une vingtaine d'années, il était assez beau garçon, avec un large sourire qui découvrait ses dents blanches. Il avait dû prendre son silence pour de l'acquiescement. Elle allait devoir le remettre un peu à sa place.

Elle n'avait vraiment pas besoin de ça. Ses émotions étaient déjà trop confuses. Elle aimait bien tout à la fois et exécrait William Vandam, qui lui parlait comme à une égale, puis la traitait comme une putain ; elle était censée séduire Alex Wolff, qu'elle n'avait jamais rencontré ; et elle se faisait peloter par Mikis Aristopoulos, pour lequel elle n'éprouvait que du mépris.

Ils se servent tous de moi, songea-t-elle ; c'est l'histoire de ma vie. Elle se demandait à quoi ressemblait Wolff. C'était facile pour Vandam de lui dire de devenir son amie, comme s'il y avait un bouton qu'elle pouvait presser et qui la rendrait instantanément irrésistible. En réalité, ça dépendait beaucoup de l'homme. À certains, elle plaisait tout de suite. Avec d'autres, ça demandait des efforts. Parfois, c'était impossible. Elle espérait un peu que ce serait impossible avec Wolff. Elle se souvenait en même temps qu'il espionnait pour le compte des Allemands, que Rommel approchait chaque jour davantage et que si les nazis arrivaient au Caire…

Aristopoulos rapporta une boîte de pâtes de l'arrière-boutique. Elene regarda sa montre : presque l'heure de rentrer. Aristopoulos posa la boîte sur la table et l'ouvrit. En revenant, comme il se glissait derrière elle, il glissa les mains sous ses bras et lui toucha les seins. Elle s'éloigna. Elle entendit quelqu'un entrer dans le magasin. Elle se dit : je vais lui apprendre à ce Grec. Comme il repartait dans l'arrière-boutique, elle lui cria d'une voix forte en arabe : « Si tu me touches encore, je te coupe le sexe ! »

Le client éclata de rire. Elle se retourna pour le regarder. C'était un Européen, mais il devait comprendre l'arabe, pensa-t-elle. Elle dit : « Bonjour. »

Il tourna les yeux vers l'arrière-boutique et cria : « Qu'est-ce que tu as encore fait, Aristopoulos, vieux Casanova ? »

Aristopoulos passa la tête par la porte. « Bonjour, monsieur. Je vous présente ma nièce, Elene. » Son visage exprimait l'embarras et quelque chose d'autre qu'Elene ne parvenait pas à déchiffrer. Il replongea dans la réserve.

« Ta nièce ! fit le client en regardant Elene. Pourquoi pas ? »

C'était un grand gaillard d'une trentaine d'années, avec des cheveux sombres, une peau sombre et des yeux sombres. Il avait un grand nez crochu qui aurait pu être typiquement arabe ou typiquement d'aristocratie européenne. Il avait des lèvres minces et lorsqu'il souriait; il exhibait de petites dents régulières – comme celles d'un chat, songea Elene. Elle savait reconnaître les signes de la richesse et elle les trouva sur l'inconnu : une chemise de soie, une montre en or, un pantalon de coton bien coupé avec une ceinture en crocodile, des chaussures faites sur mesure et un léger parfum de lotion masculine.

« Est-ce que je peux vous aider ? » fit Elene.

Il la regarda comme s'il considérait plusieurs réponses possibles, puis il dit : « Commençons par un peu de confiture anglaise.

– Oui. » La confiture était dans l'arrière-boutique. Elle alla en chercher un pot.

« C'est lui ! siffla Aristopoulos.

– Qu'est-ce que tu racontes ? » demanda-t-elle sans baisser la voix. Elle était toujours en colère contre lui.

« L'homme à la fausse monnaie... M. Wolff... c'est lui !

– Oh ! mon Dieu ! » Un moment elle avait oublié pourquoi elle était ici. L'affolement d'Aristopoulos la gagna et le vide se fit dans son esprit.

« Qu'est-ce qu'il faut que je lui dise ? Qu'est-ce que je dois faire ?

– Je ne sais pas... lui donner sa confiture... je ne sais pas...

– Oui, la confiture, c'est vrai... » elle prit un pot de marmelade d'orange sur une étagère et revint dans la boutique. Elle se força à adresser à Wolff un sourire radieux tout en posant le pot sur le comptoir. « Et avec ça ?

– Deux livres de café, moulu très fin. »

Il l'observait pendant qu'elle pesait le café et le versait dans le moulin. Tout d'un coup, elle eut peur de lui. Il n'était pas comme Charles, Johnnie et Claude, les hommes qui l'avaient entretenue. Eux étaient doux, faciles, coupables et dociles. Wolff semblait plein d'assurance : ce serait difficile de le tromper et impossible de se mettre en travers de son chemin, se dit-elle.

«Autre chose ?

– Une boîte de jambon.» Elle circulait dans la boutique, trouvant ce qu'il voulait et entassant les denrées sur le comptoir. Les yeux de Wolff la suivaient partout. Elle se dit : il faut que je lui parle, je ne peux pas continuer à lui dire «et avec ça?» Je suis censée être amie avec lui. «Et avec ça? demanda-t-elle.

– Une demi-caisse de champagne.»

Le carton contenant six bouteilles était lourd. Elle le traîna de la réserve. «Je pense que vous voudriez que nous fassions livrer tout cela», dit-elle. Elle s'efforça de prendre un ton désinvolte. Elle était un peu essoufflée par l'effort et elle espérait que cela masquerait sa nervosité.

On aurait dit que ses yeux sombres la transperçaient. «Livrer? Non, je vous remercie.»

Elle regarda le lourd carton. «J'espère que vous n'habitez pas loin.

– Assez près.

– Vous devez être très fort.

– Assez fort.

– Nous avons un livreur tout à fait consciencieux…

– Pas de livraison», dit-il d'un ton ferme.

Elle acquiesça. «Comme vous voulez». Elle n'avait pas vraiment compté que ça marcherait, mais elle était quand même déçue. «Rien d'autre ?

– Je crois que c'est tout.»

Elle commença à faire le total. Wolff dit : «Aristopoulos doit faire de bonnes affaires pour engager une assistante.

– Cinq livres, douze shillings et six pence, dit Elene. Vous ne diriez pas ça si vous saviez ce qu'il me paie, cinq livres treize shillings et six pence; six livres…

– Le travail ne vous plaît pas ?»

Elle le regarda droit dans les yeux. «Je ferais n'importe quoi pour sortir d'ici.

– À quoi pensiez-vous ?» Il était très rapide.

Elle haussa les épaules et revint à son addition. Elle finit par dire :

«Treize livres, dix shillings et quatre pence.

– Comment saviez-vous que j'allais payer en sterling ?»

C'est vrai qu'il était rapide. Elle eut peur de s'être trahie. Elle se sentit commencer à rougir. Elle eut une inspiration et dit : « Vous êtes un officier anglais, n'est-ce pas ? »

Il éclata de rire. Il prit une liasse de billets d'une livre et lui en tendit quatorze. Elle lui rendit la monnaie en pièces égyptiennes.

Elle se disait : qu'est-ce que je peux faire d'autre ? Qu'est-ce que je peux dire d'autre ? Elle commença à emballer ses achats avec un sac en papier kraft.

« Vous donnez une fête ? fit-elle. J'adore les fêtes.

– Qu'est-ce qui vous fait croire ça ?

– Le champagne.

– Ah ! Vous savez la vie est une longue fête. »

Elle songea : j'ai échoué. Il va s'en aller et peut-être ne reviendra-t-il pas pendant des semaines, peut-être jamais ; je l'ai eu devant moi, je lui ai parlé, et voilà qu'il faut que je le laisse partir et disparaître dans la ville.

Elle aurait dû se sentir soulagée, mais au lieu de cela, elle éprouvait un écrasant sentiment d'échec.

Il souleva le carton de champagne pour le caler sur son épaule gauche et de la main droite prit le sac en papier. « Au revoir, dit-il.

– Au revoir. »

Sur le seuil, il se retourna. « Rendez-vous au restaurant l'Oasis mercredi soir à sept heures et demie.

– Entendu ! » répondit-elle, toute joyeuse. Mais il était déjà parti.

Il leur fallut le plus clair de la matinée pour parvenir à la colline de Jésus. Jakes était assis devant auprès du chauffeur ; Vandam et Bogge à l'arrière. Vandam exultait. Une compagnie australienne avait pris la colline pendant la nuit et avait capturé – presque intact – un poste d'écoute allemand. C'était la première bonne nouvelle pour Vandam depuis des mois.

Jakes se retourna pour crier par-dessus le rugissement du moteur : « Il paraît que les Australiens ont chargé en chaussettes pour les surprendre, dit-il. La plupart des Italiens ont été faits prisonniers en pyjama. (Vandam avait entendu la même histoire.) Mais les Allemands ne dormaient pas, dit-il. Ça n'a pas été une partie de plaisir.»

Ils prirent la grande route d'Alexandrie, puis la route côtière vers El-Alamein, qu'ils quittèrent pour s'engager sur une piste de bidons : une route à travers le désert jalonnée par des bidons. Presque toute la circulation était dans la direction opposée, dans le sens de la retraite. Personne ne savait ce qu'il se passait. Ils s'arrêtèrent à un dépôt de carburant pour faire le plein d'essence, et Bogge dut faire jouer ses galons sur l'officier chargé de la distribution pour obtenir un bon. Leur chauffeur demanda le chemin de la colline. «La piste Bouteille», répondit sèchement l'officier. Les pistes créées par et pour l'armée étaient baptisées Bouteille, Botte, Lune et Étoile, dont les symboles étaient taillés dans les bidons et les barils vides qui servaient de jalons. La nuit, on plaçait de petites lumières dans les barils pour éclairer les symboles.

Bogge demanda à l'officier : «Qu'est-ce qu'il se passe ici ? On dirait que tout repart vers l'est.

– Personne ne me dit rien», répondit l'officier.

Ils prirent une tasse de thé et un sandwich au camion cantine. En repartant, ils traversèrent un champ de bataille récent, jonché d'épaves de chars calcinés, et où une équipe de fossoyeurs était occupée à ramasser les corps. Les bidons disparurent, mais le chauffeur les retrouva un peu plus loin dans la plaine caillouteuse.

A midi, ils trouvèrent la colline. Une bataille se déroulait non loin de là : on entendait la canonnade et on voyait des nuages de poussière s'élever à l'ouest. Vandam se rendit compte qu'il ne s'était pas encore trouvé aussi près d'un combat. L'impression dominante était que tout cela se passait dans la poussière, la panique et la confusion. Ils se présentèrent au véhicule de commandement et on les dirigea vers les camions radio allemands capturés.

Les hommes des Renseignements étaient déjà au travail. Les prisonniers étaient interrogés dans une tente, un par un, pendant que les autres attendaient sous le soleil brûlant. Des experts examinaient les armes et les véhicules, notant les numéros de série d'usine. Le Service Y était là, recherchant les longueurs d'ondes et les codes. La petite équipe de Bogge avait pour tâche de rechercher ce que les Allemands savaient à l'avance sur les mouvements alliés.

Ils prirent un camion chacun. Comme la plupart des gens des Renseignements, Vandam avait quelques notions d'allemand. Il connaissait deux à trois cents mots, pour la plupart des termes militaires, et tout en étant incapable de dire la différence entre une lettre d'amour et une liste de blanchisserie, il pouvait déchiffrer des ordres et des rapports militaires.

Il y avait beaucoup de matériel à examiner : le poste d'écoute capturé était une belle prise pour les Renseignements. Il allait falloir mettre la plus grande partie de tout cela dans des caisses, pour être transporté au Caire et examiné tout à loisir par une équipe plus nombreuse. Le travail d'aujourd'hui était un survol préliminaire.

Le camion qu'avait choisi Vandam était dans un triste état. Les Allemands avaient commencé à détruire leurs papiers lorsqu'ils s'étaient rendu compte que la bataille était perdue. On avait vidé des caisses et allumé un petit feu, mais les dégâts avaient été vite arrêtés. Il y avait du sang sur un dossier : quelqu'un était mort en défendant ses secrets.

Vandam se mit au travail. Ils avaient dû essayer de détruire les documents importants d'abord, aussi commença-t-il par la pile à demi calcinée. Il y avait de nombreux messages radio alliés interceptés et dans certains cas décodés. L'essentiel, c'était de la routine – presque tout était de la routine – mais à mesure qu'il travaillait, Vandam commença à se rendre compte que l'interception radio des Renseignements allemands recueillait un tas d'informations précieuses. Ils étaient plus forts que Vandam ne l'avait imaginé – et la sécurité radio des alliés était très mauvaise.

Au fond de la pile à demi calcinée se trouvait un livre, un roman en anglais. Vandam fronça les sourcils. Il ouvrit le livre et lut la première ligne : «La nuit dernière, j'ai rêvé que je retournais à Manderley.» Le livre s'appelait *Rebecca* et l'auteur, Daphné Du Maurier. Le titre était vaguement familier. Vandam avait l'impression que sa femme avait dû le lire.

Il semblait être question d'une jeune femme habitant dans une maison de campagne anglaise.

Vandam se gratta la tête. C'était, pour le moins qu'on puisse dire, une étrange lecture pour l'Afrikakorps.

Et pourquoi était-ce en anglais ?

Le livre aurait pu être pris sur un soldat anglais fait prisonnier, mais Vandam estima que c'était peu probable : d'après son expérience, les soldats lisaient de la pornographie, des romans policiers et la Bible. Il n'arrivait pas à imaginer les Rats du désert s'intéressant aux problèmes de la maîtresse de Manderley.

Non, le livre était ici dans un but précis. Lequel ? Vandam n'envisageait qu'une seule possibilité : c'était la base d'un code.

Un code pris dans un livre était une variation du bloc ne servant qu'une fois. Dans ce genre de bloc, il y avait des lettres et des chiffres imprimés au hasard par groupes de cinq caractères. On ne faisait que deux exemplaires de chaque bloc : un pour l'expéditeur et un pour le destinataire des messages. Chaque feuille du bloc ne servait qu'à un seul message, puis on l'arrachait et on la détruisait. Comme chaque feuille n'était utilisée qu'une fois, le code était impossible à déchiffrer. Un code fondé sur un livre utilisait de la même façon les pages d'un livre imprimé, sauf que les feuilles n'étaient pas nécessairement détruites après usage.

Le livre avait un gros avantage sur le bloc. Le bloc était incontestablement utilisé pour chiffrer, mais un livre avait un air très innocent. Sur le champ de bataille, peu importait ; mais cela comptait pour un agent derrière les lignes ennemies.

Cela expliquait peut-être pourquoi le livre était en anglais. Des soldats allemands communiquant entre eux utiliseraient un livre en allemand, s'ils se servaient d'un livre ; mais un espion en territoire britannique aurait besoin d'avoir avec lui un livre en anglais. Vandam examina le livre plus attentivement. Le prix avait été marqué au crayon sur la page de garde, puis effacé avec une gomme. Cela pouvait vouloir dire que le livre avait été acheté d'occasion. Vandam l'exposa à la lumière, essayant de lire l'empreinte laissée dans le papier par le crayon. Il lut le chiffre cinquante, suivi de quelques lettres. Était-ce *eic*? C'était peut-être *erc* ou *esc*. C'était *esc*, comprit-il : cinquante escudos. Le livre avait été acheté au Portugal. Le Portugal était un territoire neutre, avec une ambassade allemande aussi bien qu'une ambassade britannique, et c'était un nid d'espions.

Dès qu'il serait de retour au Caire, il adresserait un message à l'antenne de l'Intelligence Service à Lisbonne. On pourrait contrôler les librairies de langue anglaise au Portugal – il ne pouvait pas y en avoir beaucoup – et essayer de savoir où le livre avait été acheté et si possible par qui.

On avait dû acheter au moins deux exemplaires, et un libraire se souviendrait peut-être d'une telle vente. La question intéressante était : où était l'autre exemplaire ? Vandam était pratiquement sûr qu'il était au Caire et il croyait savoir qui l'utilisait.

Il décida qu'il ferait mieux de montrer sa trouvaille au lieutenant-colonel Bogge. Il prit le livre et descendit du camion.

Bogge venait à sa rencontre.

Vandam le regarda, ahuri. Il était blême et fou de rage. Il arrivait à grands pas sur le sable poussiéreux, une feuille de papier à la main.

Vandam se dit : qu'est-ce qui lui est arrivé ?

«Qu'est-ce que vous foutez de toute la sainte journée ?» cria Bogge.

Vandam ne répondit pas. Bogge lui tendit la feuille de papier. Vandam la regarda.

C'était un message radio codé, avec un déchiffrage inscrit entre les lignes du code. C'était daté du 3 juin minuit. L'expéditeur utilisait la signature Sphinx. Le message, après les préliminaires habituels sur les conditions d'émission et de réception, portait l'en-tête OPÉRATION ABERDEEN.

Vandam était pétrifié. L'opération Aberdeen s'était déroulée le 5 juin, et les Allemands avaient reçu un message à ce propos le 3 juin. «Seigneur, fit Vandam, c'est un désastre.

– Je pense bien que c'est un désastre ! hurla Bogge. Ça veut dire que Rommel a tous les détails de nos attaques avant même qu'elles commencent !»

Vandam lut le reste du message. «Tous les détails» étaient exacts. Le message énumérait les brigades participant à l'opération, l'heure des divers stades de l'attaque et la stratégie d'ensemble.

«Pas étonnant que Rommel gagne, murmura Vandam.

– Ça n'est pas le moment de plaisanter!» tonna Bogge.

Jakes apparut aux côtés de Vandam, accompagné d'un colonel de la brigade australienne qui s'était emparé de la colline et dit à Vandam : «Pardonnez-moi, mon commandant...

– Pas maintenant, Jakes, dit brusquement Vandam.

– Restez ici, Jakes, ordonna Bogge. Ceci vous concerne aussi.»

Vandam tendit la feuille de papier à Jakes. Vandam avait l'impression qu'on venait de lui donner un coup sur la tête. Les renseignements étaient si précis qu'ils devaient émaner du G. Q. G.

«Bon Dieu! dit Jakes.

– Ils doivent avoir tout ça d'un officier anglais, dit Bogge, vous vous en rendez compte, n'est-ce pas?

– Oui, dit Vandam.

– Comment ça : oui? Votre boulot, c'est la sécurité... c'est vous qui en êtes responsable, bon Dieu!

– J'en suis tout à fait conscient, mon colonel.

– Êtes-vous conscient aussi du fait qu'une fuite de cette ampleur devra être signalée au commandant en chef?»

Le colonel australien, qui ne se rendait pas compte des dimensions de la catastrophe, était gêné de voir un officier se faire ainsi réprimander en public. Il dit : «Gardons les récriminations pour plus tard, Bogge. Je doute que ce soit la faute d'un seul homme. Votre première tâche est de découvrir l'étendue des dégâts et de faire un rapport préliminaire à vos supérieurs.»

De toute évidence, Bogge n'avait pas fini de déblatérer; mais il devait céder devant son supérieur. Il réprima sa colère au prix d'un effort visible et dit : «Bien, occupez-vous de ça, Vandam.» Il s'éloigna, l'air furibond, et le colonel repartit dans la direction opposée. Vandam s'assit sur le marchepied du camion. Il alluma une cigarette d'une main tremblante.

À mesure qu'elle pénétrait dans son cerveau, la nouvelle paraissait pire. Non seulement Alex Wolff avait pénétré au Caire en échappant au filet de Vandam, mais il avait accès aux secrets d'état-major. Qui est cet homme ? se demanda Vandam.

En quelques jours il avait choisi sa victime, préparé le terrain, puis acheté, corrompu ou fait chanter la victime pour la mener à trahir. Qui était la victime ? Qui donnait les renseignements à Wolff ? Des centaines de gens possédaient ces informations : les généraux, leurs aides de camp, les secrétaires qui dactylographiaient les messages, les hommes qui les codaient, les officiers qui portaient des messages verbaux, tout le personnel des Renseignements, tous les gens de la liaison...

D'une façon ou d'une autre, réfléchit Vandam, Wolff en avait trouvé un parmi ces centaines qui était prêt à trahir son pays, par conviction politique ou sous la pression du chantage. Il était possible bien sûr, que Wolff n'y fût pour rien – mais Vandam estimait la chose peu probable, car un traître avait besoin d'un moyen de communication avec l'ennemi, et Wolff avait cela, et il était difficile de croire qu'il pût y avoir deux hommes comme Wolff au Caire.

Jakes était planté auprès de Vandam, l'air abasourdi. Vandam dit : «Non seulement ces renseignements passent, mais Rommel les utilise. Si vous vous rappelez les combats du 5 juin...

– Je me rappelle, fit Jakes. Ça a été un massacre.»

Et c'est ma faute, se dit Vandam. Bogge avait raison sur ce point : le travail de Vandam était d'empêcher les secrets de filtrer et quand les secrets filtraient, c'était la responsabilité de Vandam.

Un seul homme ne pouvait pas gagner la guerre, mais un seul homme pouvait la perdre. Vandam n'avait pas envie d'être cet homme-là.

Il se redressa. «Très bien, Jakes, vous avez entendu ce qu'a dit Bogge. Allons-y.»

Jakes claqua des doigts. «J'ai oublié ce que j'étais venu vous dire : on vous demande au téléphone de campagne. Le

G. Q. G. Il semble qu'il y ait une Égyptienne dans votre bureau qui vous demande, et qui refuse de s'en aller. Elle dit qu'elle a un message urgent et refuse de se laisser éconduire.»
Vandam pensa : Elene !

Peut-être avait-elle établi le contact avec Wolff. Elle avait dû : pourquoi sinon tiendrait-elle tant à parler à Vandam ? Vandam partit au pas de course vers le véhicule de commandement, avec Jakes sur ses talons.

Le major chargé des communications lui tendit l'appareil. «Faites vite, Vandam, on s'en sert de ce machin-là.»

Vandam avait encaissé suffisamment pour la journée. Il s'empara du téléphone, approcha la tête à quelques centimètres du visage du major et dit d'une voix forte : «Je m'en servirai aussi longtemps que j'en aurai besoin.» Il tourna le dos au major et parla dans l'appareil. «Oui ?

– William ?

– Elene !» Il aurait voulu lui dire comme c'était bon d'entendre sa voix, mais au lieu de cela il dit : «Qu'est-ce qui s'est passé ?

– Il est venu à la boutique.

– Vous l'avez vu ! Vous avez son adresse ?

– Non… mais j'ai un rendez-vous avec lui ?

– Bien joué ! fit Vandam, ravi. Où et quand ?

– Demain soir, sept heures trente au restaurant l'Oasis.»
Vandam prit un crayon et un bout de papier. «Restaurant l'Oasis, sept heures trente, répéta-t-il. J'y serai.

– Bon.

– Elene…

– Oui ?

– Je ne peux pas vous dire combien je vous suis reconnaissant. Merci.

– À demain.

– Au revoir.» Vandam raccrocha.

Bogge était derrière lui, avec le major chargé des transmissions. «Vous en avez un culot, fit Bogge, d'utiliser le téléphone de campagne pour prendre des rendez-vous avec vos petites amies ?»

Vandam le gratifia d'un sourire radieux. «Ce n'était pas une petite amie, c'était une informatrice, dit-il. Elle a pris contact avec l'espion. Je compte l'arrêter demain soir.

12

Wolff regardait Sonja manger. Le foie n'était pas trop cuit, il était rose et tendre, juste comme elle l'aimait. Comme d'habitude, elle mangeait avec ravissement. Il songea à quel point ils se ressemblaient tous les deux. Dans leur travail, ils étaient des professionnels compétents et qui avaient réussi. Tous deux vivaient dans l'ombre de traumatismes subis pendant l'enfance : la mort de son père à elle, le remariage de son père à lui avec une Arabe. Aucun d'eux n'avait jamais été près de se marier, car ils étaient trop attachés à eux-mêmes pour aimer quelqu'un d'autre. Ce qui les réunissait, ce n'était pas l'amour, ni même l'affection, mais des envies partagées. Ce qu'il y avait de plus important dans la vie, pour tous les deux, c'était d'assouvir leurs appétits. Tous deux savaient que Wolff prenait un risque minime et inutile en dînant dans un restaurant, et tous deux estimaient que le risque en valait la peine, car la vie ne méritait pas d'être vécue sans bonne chère.

Elle termina son foie et le serveur apporta une glace. Elle avait toujours très faim après son numéro au Cha-Cha Club. Ce n'était pas surprenant : elle se dépensait considérablement. Mais quand enfin elle arrêterait de danser, elle grossirait. Wolff l'imaginait dans vingt ans : elle aurait trois mentons et une ample poitrine, ses cheveux seraient grisonnants et cassants, elle aurait la démarche lourde et arriverait essoufflée en haut des escaliers.

«Qu'est-ce qui te fait sourire? demanda Sonja.

— Je t'imaginais en vieille femme, vêtue d'une robe noire sans forme et d'un voile.

— Je ne serai pas comme ça. Je serai très riche et je vivrai dans un palais entouré de jeunes gens et de jeunes femmes nus qui ne demanderont qu'à satisfaire mon moindre caprice. Et toi ?

– Je crois, répondit Wolff en souriant, que je serai l'ambassadeur de Hitler en Égypte et que je porterai un uniforme SS pour aller à la mosquée.

– Il faudrait que tu retires tes bottes.

– Faudra-t-il que j'aille te rendre visite dans ton palais ?

– Oui, je t'en prie… en uniforme.

– Faudra-t-il que j'enlève mes bottes en ta présence ?

– Non. Tout le reste, mais pas les bottes. »

Wolff éclata de rire. Sonja était d'une gaieté rare. Il appela le garçon et commanda un café, un cognac et l'addition. Il dit à Sonja : « J'ai de bonnes nouvelles que je gardais pour le dessert. Je crois que j'ai trouvé une autre Fawzi. »

Elle s'immobilisa soudain, les yeux fixés sur lui. « Qui est-ce ? fit-elle doucement.

– Je suis allé chez l'épicier hier. Aristopoulos a sa nièce qui travaille avec lui.

– Une vendeuse !

– C'est une vraie beauté. Elle a un visage d'une ravissante innocence et un petit sourire un peu pervers.

– Quel âge ?

– Difficile à dire. Dans les vingt ans, à mon avis. Elle a un corps de jeune fille. »

Sonja s'humecta les lèvres. « Tu crois qu'elle va…

– Je crois. Elle meurt d'envie de s'en aller de chez Aristopoulos et elle s'est pratiquement jetée à mon cou.

– C'est pour quand ?

– Je l'emmène dîner demain soir.

– Tu la ramèneras à la maison ?

– Peut-être. Il faut que je voie. Elle est si parfaite que je n'ai pas envie de tout gâcher en la précipitant.

– Tu veux dire que tu veux l'avoir d'abord.

– Si besoin en est.

– Penses-tu qu'elle soit vierge ?

– C'est possible.

– Si elle l'est…

– Alors je te la réserverai. Tu as été si bien avec le major

Smith que tu mérites une douceur. » Wolff se carra sur son siège, examinant Sonja. Son visage respirait la gourmandise sexuelle tandis qu'elle imaginait la corruption d'un être beau et innocent. Wolff but son cognac à petites gorgées. Une agréable chaleur se répandit dans son estomac. Il se sentait bien : plein de bonne chère et de bon vin, sa mission se déroulait remarquablement bien et voilà qu'une nouvelle aventure sexuelle s'annonçait à l'horizon.

On lui apporta l'addition et il la régla en livres anglaises.

C'était un petit restaurant, mais très coté. Ibrahim s'occupait de la salle et son frère de la cuisine. Ils avaient appris leur métier dans un hôtel français de Tunisie, leur pays natal; et à la mort de leur père, ils avaient vendu les moutons et s'en étaient venu chercher fortune au Caire. La philosophie d'Ibrahim était simple : ils ne connaissaient que la cuisine franco-arabe. C'était donc tout ce qu'on proposait. Peut-être auraient-ils attiré davantage de clients si le menu affiché avait offert des spaghetti à la bolognese ou du rosbif avec du yorkshire pudding; mais ces clients-là ne seraient pas revenus et, de toute façon, Ibrahim avait sa fierté.

La formule marcha. Ils gagnaient bien leur vie, ils avaient plus d'argent que leur père n'en avait vu de toute sa vie. La guerre avait rendu les affaires encore plus prospères. Mais la richesse n'avait pas rendu Ibrahim imprudent.

Deux jours plus tôt, il avait pris le café avec un ami qui était caissier au Metropolitan Hotel. L'ami lui avait raconté que le Trésorier-payeur britannique avait refusé de changer quatre des livres anglaises qu'on lui avait données au bar de l'hôtel. D'après les Anglais, les billets étaient faux. Ce qui était plus injuste, c'était qu'on lui avait confisqué l'argent.

Voilà qui n'allait pas arriver à Ibrahim.

La moitié environ de ses clients étaient britanniques, et nombre d'entre eux payaient en livres anglaises. Depuis qu'il avait appris la nouvelle, il vérifiait avec soin chaque billet avant de le mettre dans le tiroir-caisse. Son ami du Metropolitan lui avait expliqué comment repérer les faux.

C'était typique des Anglais. Ils ne faisaient pas une

annonce publique pour aider les commerçants du Caire à éviter de se faire rouler. Ils attendaient tout simplement et confisquaient les faux billets. Les commerçants du Caire étaient habitués à ce genre de traitement, et ils se serraient les coudes. Le téléphone arabe fonctionnait bien. Lorsque Ibrahim reçut les faux billets de la main du grand Anglais qui dînait avec la célèbre danseuse du ventre, il ne savait pas très bien quoi faire. Les billets étaient neufs et craquants et portaient tous le défaut révélateur. Ibrahim les compara à un des bons billets qu'il avait en caisse : pas de doute. Peut-être devrait-il expliquer discrètement le problème au client ? Mais l'homme pourrait se vexer, ou du moins faire semblant, et il partirait probablement sans payer. Son addition était lourde – il avait pris les plats les plus coûteux, plus du vin d'importation – et Ibrahim ne voulait pas risquer une telle perte.

Il décida d'appeler la police. La police empêcherait le client de s'enfuir et aiderait peut-être à le persuader de payer par chèque, ou du moins de laisser une reconnaissance de dette.

Mais quelle police ? La police égyptienne répondrait selon toute probabilité que ce n'était pas sa responsabilité, mettrait une heure à venir et ensuite réclamerait un pot-de-vin. Le client était sans doute anglais – sinon pourquoi aurait-il des livres sterling ? – et était probablement un officier, et c'était de l'argent anglais qu'on avait contrefait. Ibrahim décida d'appeler les militaires.

Il s'approcha de leur table, avec la bouteille de cognac. Il leur fit un grand sourire. «Madame, monsieur, j'espère que votre repas vous a plu.

– C'était excellent», dit l'homme. Il parlait comme un officier britannique.

Ibrahim se tourna vers la femme. «C'est un honneur que de servir la plus grande danseuse du monde.»

Elle accepta le compliment avec un hochement de tête royal.

«J'espère, reprit Ibrahim, que vous voudrez bien accepter un verre de cognac offert par la maison.

– C'est très aimable», dit l'homme.

Ibrahim leur servit encore du cognac et s'éloigna en s'inclinant. Voilà qui devrait les faire rester encore un moment, se dit-il. Il sortit par la porte de derrière et gagna la maison d'un voisin qui avait le téléphone.

Si j'avais un restaurant, songea Wolff, je ferais les choses comme ça. Les deux verres de cognac ne coûtaient pas grand-chose au propriétaire, par rapport à l'addition de Wolff, mais le geste donnait au client l'impression d'être choyé. Wolff avait souvent caressé l'idée d'ouvrir un restaurant, mais c'était un rêve : il savait que cela demandait beaucoup trop de travail.

Sonja aussi était flattée de cette marque d'attention. Elle rayonnait littéralement sous les influences combinées de la flatterie et de l'alcool. Ce soir, au lit, elle dormirait comme une souche.

Le propriétaire avait disparu quelques minutes, puis il revint. Du coin de l'œil, Wolff vit l'homme qui murmurait quelque chose à l'oreille d'un serveur. Il se dit qu'ils devaient parler de Sonja. Wolff éprouva un sursaut de jalousie. Il y avait des endroits au Caire où, parce qu'il était bon client et qu'il avait le pourboire facile, on le connaissait de nom et on le traitait comme un personnage royal ; mais il avait cru sage de ne pas aller dans des endroits où on le reconnaîtrait, pas tant que les Anglais seraient à ses trousses. Il se demandait maintenant s'il pouvait se permettre de relâcher un peu sa vigilance.

Sonja bâilla. C'était l'heure de la mettre au lit. Wolff héla un serveur et dit : « Voulez-vous aller chercher l'étole de Madame. » L'homme s'éloigna, s'arrêta pour murmurer quelque chose au patron, puis continua vers le vestiaire.

Une sonnette d'alarme retentit, faible et lointaine, quelque part au fond de l'esprit de Wolff.

Il jouait avec une cuillère tout en attendant l'étole de Sonja qui engloutit encore un petit four. Le propriétaire traversa toute la longueur du restaurant, sortit par la porte de la rue et revint. Il s'approcha de leur table et dit : « Puis-je vous faire appeler un taxi ? » Wolff regarda Sonja. Elle dit : « Je veux bien.

— J'aimerais prendre un peu l'air, dit Wolff. Faisons quelques pas, et puis j'en appellerai un.

— D'accord. »

Wolff se tourna vers le propriétaire. «Merci, pas de taxi.

– Très bien, monsieur.»

Le serveur apporta l'étole de Sonja. Le propriétaire ne cessait de regarder vers la porte. Wolff perçut une nouvelle sonnette d'alarme, plus forte cette fois. Il dit au propriétaire : «Il y a quelque chose qui ne va pas?»

L'homme avait l'air très ennuyé. «Monsieur, il faut que je vous parle d'un problème extrêmement délicat.»

Wolff commençait à s'énerver. «Eh bien, qu'est-ce que c'est? Nous avons envie de rentrer.»

Il y eut le bruit d'un véhicule qui s'arrêtait bruyamment devant le restaurant.

Wolff prit le propriétaire par le revers de son veston. «Qu'est-ce qui se passe?

– L'argent avec lequel vous avez payé votre addition, monsieur, il n'est pas bon.

– Vous n'acceptez pas les sterling? Alors pourquoi n'avez-vous pas...

– Ça n'est pas ça, monsieur. Les billets sont faux.»

La porte du restaurant s'ouvrit brusquement et trois hommes de la police militaire firent irruption.

Wolff les dévisagea bouche bée. Tout se passait si vite, il en avait le souffle coupé... la police militaire. De la fausse monnaie. Tout d'un coup, il avait peur. Il allait peut-être aller en prison. Ces imbéciles de Berlin lui avaient donné de faux billets, c'était si stupide, il aurait voulu prendre Canaris par la gorge et serrer...

Il secoua la tête. Ce n'était pas le moment de se mettre en colère. Il fallait garder son calme et essayer de se tirer de ce pétrin...

Les M. P. s'avancèrent jusqu'à la table. Deux étaient britanniques, et le troisième australien. Ils portaient de lourds brodequins, un casque et chacun d'eux avait un petit pistolet dans un baudrier. L'un des Anglais dit : «C'est lui?

– Un instant, dit Wolff, étonné lui-même d'entendre combien sa voix semblait tranquille et suave. Le propriétaire vient de me dire que mes billets ne sont pas bons. Je n'en crois pas un mot, mais je ne veux pas discuter avec lui, et je suis convaincu que nous pouvons parvenir à un arrangement qui le satisfera. (Il lança au propriétaire un regard de reproche). Ce n'était vraiment pas nécessaire d'appeler la police.

— C'est un délit, intervint le plus âgé des M. P., que de passer de la fausse monnaie.

— Quand on le sait, dit Wolff. C'est un délit quand on sait qu'on passe de faux billets. (Plus il écoutait sa propre voix, tranquille et persuasive, plus sa confiance lui revenait.) Voyons, voici ce que je propose. J'ai sur moi mon carnet de chèques et de l'argent égyptien. Je vais remplir un chèque pour régler mon addition et utiliser l'argent égyptien pour le pourboire. Demain, j'irai porter les prétendus faux billets au trésorier-payeur britannique pour qu'il les examine, et si ce sont vraiment des faux, je les lui laisserai. (Il sourit au groupe.) J'imagine que cela devrait satisfaire tout le monde.

— Je préférerais, monsieur, dit le propriétaire, si vous pouviez tout payer en liquide. »

Wolff l'aurait giflé.

« J'ai peut-être assez d'argent égyptien », dit Sonja.

Dieu soit loué, songea Wolff.

Sonja ouvrit son sac.

Le plus âgé des M. P. dit : « Malgré tout, monsieur, je vais vous demander de me suivre. »

Wolff sentit de nouveau son cœur se serrer. « Pourquoi ?

— Nous aurons besoin de vous poser quelques questions.

— Très bien. Pourquoi ne passez-vous pas demain matin chez moi ? J'habite…

— Il va falloir que vous veniez avec moi. Ce sont des ordres.

— De qui ?

— Du chef de la prévôté militaire.

— Très bien, alors », dit Wolff. Il se leva. Il sentait la peur pomper dans ses bras la force du désespoir. « Mais je vous préviens que, soit vous, soit le chef de la prévôté allez vous retrouver dans de gros ennuis demain matin. » Là-dessus, il prit la table et la lança sur le M. P.

Il avait calculé ce mouvement en deux secondes. C'était une petite table circulaire en bois plein. Le bord du plateau frappa le M. P. sur l'arête du nez et, comme il tombait en arrière, la table vint tomber sur lui.

La table et le M. P. étaient à la gauche de Wolff. Sur sa droite, il y avait le propriétaire. Sonja était en face de lui, encore assise et les deux autres M. P. l'encadraient, un peu en retrait.

Wolff empoigna le propriétaire et le poussa sur l'un des M. P. Puis il sauta sur l'autre, l'Australien, en lui assenant un coup de poing en pleine figure. Il espérait passer devant les deux et s'enfuir, mais il n'y parvint pas. Les M. P. étaient choisis pour leur taille, leur caractère belliqueux et leur brutalité, et ils avaient l'habitude d'avoir affaire à des soldats endurcis par le désert et des ivrognes qui cognaient. L'Australien encaissa et recula d'un pas, mais il n'alla pas au tapis. Wolff lui décocha un coup de pied dans le genou et le frappa de nouveau au visage ; là-dessus l'autre M. P., le second Anglais, écarta le propriétaire et d'un coup de pied derrière le genou, fit tomber Wolff.

Celui-ci atterrit lourdement. Sa poitrine et sa joue heurtèrent le sol carrelé. Il sentit au visage une douleur cuisante, un instant il eut le souffle coupé et il aperçut des étoiles. Il reçut un nouveau coup de pied, dans les côtes ; la douleur le fit sursauter et s'écarter. Le M. P. sauta sur lui, en le frappant à la tête. Il se débattit pour le repousser. Quelqu'un d'autre s'assit sur les pieds de Wolff. Wolff aperçut alors, au-dessus de lui et derrière le M. P. anglais qui lui écrasait la poitrine, le visage de Sonja, crispé de rage. L'idée lui traversa l'esprit qu'elle se souvenait d'une autre rossée administrée par des soldats britanniques. Puis il vit qu'elle soulevait très haut la chaise sur laquelle elle était assise. Le M. P. qui bloquait la poitrine de Wolff l'aperçut, se retourna, redressa la tête et leva les bras pour parer le coup. Elle abattit la lourde chaise de toutes ses forces. Un coin du siège toucha le M. P. à la bouche, et il poussa un cri de douleur et de colère tandis que le sang jaillissait de ses lèvres.

L'Australien lâcha les pieds de Wolff et attrapa Sonja par-derrière, en lui bloquant les bras. Wolff se pencha en avant pour se débarrasser de l'Anglais blessé, puis se remit debout.

Il plongea la main à l'intérieur de sa chemise et en retira son poignard. L'Australien repoussa Sonja, fit un pas en avant, vit le poignard et s'arrêta. Wolff et lui se dévisagèrent un instant. Wolff vit les yeux de l'autre regarder rapidement d'un côté, puis de l'autre, et apercevoir ses deux camarades allongés sur le sol. La main de l'Australien remonta vers son baudrier.

Wolff tourna les talons et se précipita vers la porte. Un de ses yeux était en train de se fermer : il ne voyait pas bien. La porte n'était pas ouverte. Il chercha à tâtons la poignée et la manqua. Il avait envie de hurler. Il trouva enfin la poignée et ouvrit la porte toute grande. Elle frappa le mur avec fracas. Un coup de feu claqua.

Vandam pilotait sa motocyclette à une vitesse dangereuse. Il avait ôté le capuchon de black-out – personne au Caire ne prenait le black-out au sérieux – et il roulait, le pouce sur le bouton du klaxon. Il y avait encore de l'animation dans les rues qui grouillaient de taxis, de carrioles, de camions militaires, de mules et de chameaux. Les trottoirs étaient encombrés et les boutiques éclairées par des ampoules électriques, des lampes à huile et des bougies. Vandam se faufilait témérairement à travers le flot de la circulation, sans se soucier des coups de klaxon des voitures, des poings brandis des conducteurs de carrioles et des coups de sifflet d'un policeman égyptien.

L'adjoint du chef de la prévôté l'avait appelé chez lui. « Ah ! Vandam, ça n'est pas vous qui avez donné l'alerte pour cette fausse monnaie ? Parce que nous venons de recevoir un appel d'un restaurant où un Européen est en train d'essayer de passer...

– Où ça ? »

L'assistant lui donna l'adresse et Vandam sortit de chez lui en courant. Il prit un virage à toute allure, un talon traînant dans la poussière pour maintenir l'équilibre. L'idée lui était venue que, avec tant de fausse monnaie en circulation, il devait s'en trouver un peu entre les mains d'autres Européens et que l'homme du restaurant pouvait bien être une innocente victime. Il espérait que non. Il voulait désespérément mettre la main sur Alex Wolff. Wolff l'avait roulé et humilié et maintenant qu'il avait accès aux secrets militaires et qu'il communiquait directement avec Rommel, il menaçait d'amener la chute de l'Égypte ; mais il n'y avait pas que cela. Vandam était dévoré de curiosité à propos de Wolff. Il avait envie de voir l'homme et de le toucher, de savoir comment il évoluait et comment il parlait. Était-il habile ou seulement chanceux ? Courageux ou d'une folle témérité ? Déterminé ou entêté ? Avait-il un beau visage et un sourire chaleureux, ou bien des yeux porcins et un sourire onctueux ? Allait-il se battre ou se rendre sans histoires ? Vandam voulait savoir. Et, surtout, Vandam voulait le prendre à la gorge et le jeter en prison, l'enchaîner au mur, fermer la porte à clef et jeter la clef.

Il fit une embardée pour éviter un nid de poules, puis mit pleins gaz et dévala une rue paisible. L'adresse était un peu en dehors du centre, du côté de la Vieille Ville : Vandam connaissait la rue, mais pas le restaurant. Il tourna encore deux fois, faillit heurter un vieil homme monté sur un âne, avec sa femme qui trottait derrière. Il trouva enfin la rue qu'il cherchait.

Elle était étroite et sombre, avec de hauts bâtiments de chaque côté. Au rez-de-chaussée, il y avait quelques éventaires et des portes cochères. Vandam s'arrêta auprès de deux jeunes garçons qui jouaient dans le caniveau et énonça le nom du restaurant. D'un geste vague, ils lui indiquèrent de continuer.

Vandam continua son chemin, s'arrêtant pour regarder chaque fois qu'il remarquait une fenêtre allumée. Il était parvenu au milieu de la rue lorsqu'il entendit le claquement d'une arme à feu de petit calibre, un peu étouffé, et un bruit de verre brisé. Il tourna aussitôt la tête vers la source du bruit. La lumière provenant d'une fenêtre cassée étincelait sur des éclats de verre et, au moment où il regardait, un homme d'assez grande taille sortit en courant par une porte qui donnait sur la rue.

Ce devait être Wolff.

Il s'en allait dans la direction opposée.

Vandam sentit une vague de férocité monter en lui. Il tourna la manette de la motocyclette et fonça à la poursuite du fuyard. Au moment où il passait devant le restaurant, un M. P. sortit en courant et tira à trois reprises. Le fugitif ne ralentit pas.

Vandam le prit dans le faisceau de son phare. L'homme courait d'un pas vigoureux, ses jambes et ses bras s'agitant à un rythme régulier. Lorsque le pinceau lumineux l'atteignit, il jeta un coup d'œil par-dessus son épaule sans ralentir son allure et Vandam aperçut un nez aquilin et un menton énergique, une moustache au-dessus d'une bouche ouverte.

Vandam aurait pu l'abattre, mais les officiers du G. Q. G. n'étaient pas armés.

La motocyclette gagnait vite du terrain. Lorsqu'elle arriva presque à sa hauteur, Wolff tourna brusquement. Vandam freina et dérapa sur la roue arrière, penchant sa machine dans la direction opposée pour ne pas perdre l'équilibre. Il s'immobilisa, tourna le guidon et repartit à toute allure.

Il vit le dos de Wolff disparaître dans une ruelle étroite. Sans ralentir, Vandam s'engagea à sa poursuite. La moto bondit dans une venelle déserte. Vandam sentit son estomac se serrer. Le cône blanc de son phare n'éclairait rien. Il crut qu'il tombait dans un puits. Il ne put retenir un cri de terreur. La roue arrière heurta quelque chose. La roue avant plongea, puis reprit contact avec le sol. Le phare éclaira un escalier. La moto rebondit de marche en marche. Vandam faisait des efforts désespérés pour maintenir le guidon droit. La machine dévalait l'escalier dans une série de cahots à vous démolir la colonne vertébrale et, à chaque choc, Vandam était persuadé qu'il allait perdre le contrôle de son engin et s'écraser. Il vit Wolff au pied de l'escalier qui courait toujours.

Vandam arriva en bas avec le sentiment d'avoir une chance incroyable. Il aperçut Wolff qui tournait au prochain coin et il le suivit. Ils se trouvaient dans un labyrinthe de ruelles. Wolff gravit en courant quelques marches.

Vandam se dit : Seigneur, non.

Il n'avait pas le choix. Il accéléra et fonça droit sur les marches. Un instant avant de toucher la première, il tira sur le guidon de toutes ses forces. La roue avant se souleva. La moto heurta les marches, se cabra comme un cheval sauvage et s'efforça de le désarçonner. Il se cramponnait avec acharnement. La moto grimpait en cahotant. Vandam tenait bon. Il arriva en haut.

Il se trouva dans un long passage avec de hauts murs blancs de chaque côté. Wolff était toujours devant lui, et il courait. Vandam se dit qu'il pourrait le rattraper avant que Wolff arrive au bout du passage. Il fonça.

Wolff regarda par-dessus son épaule, courant toujours, regarda encore. Son allure faiblissait, Vandam s'en rendait compte. Son pas n'avait plus ce rythme régulier. Ses bras battaient l'air et il courait de façon désordonnée. Jetant un coup d'œil au visage de Wolff, Vandam vit qu'il était crispé par l'effort.

Wolff eut une ultime accélération, mais ce n'était pas suffisant. Vandam arriva à sa hauteur, le dépassa un peu, puis freina brusquement en tournant le guidon. La roue arrière dérapa et la roue avant heurta le mur. Vandam sauta à terre tandis que la moto se couchait sur le sol. Il se retrouva sur ses pieds, en face de Wolff. Le phare à demi enfoncé projetait un faisceau lumineux dans les ténèbres du passage. Pas question pour Wolff de faire demi-tour et de repartir dans la direction opposée, car Vandam n'était pas essoufflé et aurait tôt fait de le rattraper. Sans interrompre sa course, Wolff sauta par-dessus la moto, son corps franchissant la colonne de lumière qui jaillissait du phare, comme un couteau qui coupe une flamme et vint bousculer Vandam. Ce dernier, qui n'avait pas encore tout à fait repris son équilibre, trébucha en arrière et tomba. Wolff chancela et fit encore un pas en avant. Vandam tâtonna aveuglément dans l'obscurité, trouva la cheville de Wolff, l'empoigna et tira. Wolff s'écroula par terre. Le phare éclairait un peu le reste de la ruelle. Le moteur de la motocyclette s'était arrêté et, dans le silence, Vandam entendait la respiration de Wolff, haletante et rauque. Il sentait son odeur aussi : une odeur d'alcool, de transpiration et de peur. Mais il ne pouvait pas voir son visage.

Il y eut une fraction de seconde durant laquelle les deux hommes restèrent à terre, l'un épuisé et l'autre brièvement étourdi. Puis ils se remirent tous deux sur pied. Vandam sauta sur Wolff et ils commencèrent à lutter.

Wolff était costaud. Vandam essaya de lui bloquer les bras, mais il n'y parvint pas. Il le lâcha soudain et lança un coup de poing. Le coup atterrit sur une partie du corps un peu molle et Wolff dit : « Whoouuff. » Vandam frappa encore, cette fois cherchant le visage ; mais Wolff esquiva et le poing de Vandam ne rencontra que le vide. Soudain quelque chose dans la main de Wolff étincela dans la pénombre.

Vandam songea : un poignard !

La lame jaillit vers sa gorge. D'instinct il sauta en arrière. Une douleur brûlante lui traversa la joue. Il porta la main à son visage et sentit un flot de sang chaud. La douleur, soudain, était intolérable. Il tâta la blessure et ses doigts rencontrèrent quelque chose de dur. Il se rendit compte que c'étaient ses dents qu'il était en train de tâter et que la lame lui avait traversé toute la chair de la joue ; puis il se sentit tomber. Il entendit Wolff qui s'enfuyait et tout devint noir.

13

Wolff prit un mouchoir dans sa poche de pantalon et essuya le sang sur la lame de son poignard. Il l'inspecta dans la faible lumière, puis l'essuya encore. Il continuait à marcher en fourbissant vigoureusement l'acier effilé. Il s'arrêta, se disant : qu'est-ce que je fais ? Elle est déjà propre. Il jeta le mouchoir et remit le couteau dans son fourreau sous son bras. Il déboucha dans une rue, s'orienta et se dirigea vers la Vieille Ville.

Il imagina une cellule de prison. Un mètre quatre-vingts de long sur un mètre vingt de large et la moitié de l'espace était occupée par un lit. Sous le lit, un pot de chambre. Les murs étaient d'une pierre grise et lisse. Une petite ampoule pendait du plafond au bout d'un fil. D'un côté de la cellule, une porte. De l'autre, une petite fenêtre carrée, juste au-dessus du niveau des yeux : par là, il apercevait le ciel bleu. Il imagina qu'il s'éveillait le matin en voyant cela, se souvint qu'il était là depuis un an et qu'il y serait encore neuf ans. Il utilisa le pot de chambre, puis se lava les mains dans la petite cuvette métallique fixée dans le coin. Il n'y avait pas de savon. On glissa par la trappe de la porte une assiette de porridge froid. Il en prit une cuillerée, mais il n'arrivait pas à avaler car il pleurait.

Il secoua la tête pour chasser ces visions de cauchemar. Il songea : je m'en suis tiré, n'est-ce pas ? Je m'en suis tiré. Il se rendit compte que des gens, dans la rue, le dévisageaient en le croisant. Il aperçut un miroir à la devanture d'un magasin et se regarda. Ses cheveux étaient en désordre, un côté de son visage était meurtri et enflé ; il avait une manche déchirée et du sang sur son col. Il haletait encore de l'effort d'avoir couru et de s'être battu. Il se dit : j'ai l'air dangereux. Il continua à marcher et tourna à la ruelle suivante pour prendre un itinéraire détourné qui éviterait les grandes artères. Ces imbéciles de Berlin lui avaient donné de la fausse monnaie ! Pas étonnant qu'ils aient été si généreux : ils l'imprimaient eux-mêmes. C'était si stupide que Wolff se demanda si ce n'était pas plus que de la stupidité. L'Abwehr était aux mains des militaires, pas du parti nazi ; son chef, Canaris, n'était pas le plus solide des partisans de Hitler.

Quand je rentrerai à Berlin, il y aura une telle purge...

Comment s'était-il fait prendre, ici au Caire ? Il avait dépensé sans compter. Les faux billets s'étaient trouvés en circulation. Les banques les avaient repérés... non, pas les banques, le Trésorier-payeur. En tout cas, quelqu'un avait commencé à refuser l'argent et la nouvelle s'était répandue dans Le Caire. Le propriétaire du restaurant s'était aperçu que l'argent de Wolff était faux et avait appelé les militaires. Wolff eut un sourire ironique en se rappelant comme il avait été flatté du cognac offert par le propriétaire : ce n'était rien qu'une ruse pour le retenir en attendant l'arrivée des MP.

Il pensa à l'homme à la moto. Ce devait être un salaud bien déterminé, pour rouler dans ces ruelles et monter et descendre ces escaliers. Wolff se dit qu'il ne devait pas avoir d'arme : sinon, il s'en serait sûrement servi. Il n'avait pas non plus le casque de la police militaire. Quelqu'un des Renseignements, peut-être ? Le major Vandam, qui sait ?

Wolff l'espérait.

Je lui ai fait une belle entaille, songea-t-il. Sans doute sévère. Je me demande où ? Au visage ?

J'espère que c'était Vandam.

Ses pensées revinrent à son problème immédiat. Ils avaient Sonja. Elle leur dirait qu'elle connaissait à peine Wolff : elle inventerait une histoire sur une brève rencontre au Cha-Cha Club. Ils ne pourraient pas la garder longtemps, car elle était célèbre ; c'était une vedette, une sorte d'héroïne pour les Égyptiens, et la jeter en prison ferait toute une histoire. Ils la relâcheraient donc très vite. Toutefois, elle devrait leur donner son adresse ; ce qui signifiait que Wolff ne pouvait pas revenir à la péniche, pas encore. Mais il était épuisé, meurtri et en loques : il devait se laver et prendre quelques heures de repos quelque part.

Il se dit : je me suis déjà trouvé ici, à errer dans la ville, épuisé et traqué, sans nulle part où aller.

Cette fois, il allait devoir encore recourir à Abdullah.

Depuis le début il se dirigeait vers la Vieille Ville, sachant au fond de son esprit que Abdullah était tout ce qui lui restait ; et il se retrouva à quelques pas de la maison du vieux voleur. Il baissa la tête pour passer sous une voûte, s'engagea dans un bref couloir obscur et gravit un escalier en colimaçon qui conduisait à la demeure d'Abdullah. Abdullah était assis par terre avec un autre homme. Il y avait entre eux un narghilé, et une odeur de haschisch flottait dans l'air. Abdullah leva les yeux vers Wolff en lui adressant un lent sourire endormi. « Voici mon ami Achmed, dit-il en arabe, qu'on appelle aussi Alex. Bienvenue à toi, Achmed-Alex. »

Wolff s'assit par terre avec eux et salua en arabe.

« Mon frère Yasef, ici présent, dit Abdullah, aimerait te poser une devinette, quelque chose qui nous intrigue, lui et moi, depuis quelques heures maintenant, depuis que nous avons allumé le narghilé, ce qui me fait penser… » Il tendit la pipe et Wolff aspira une grande bouffée.

« Achmed-Alex, dit Yasef, ami de mon frère, bienvenue.

Dis-moi : pourquoi les Anglais nous appellent-ils des *wogs*, des bicots ? »

Yasef et Abdullah s'effondrèrent, pris de fou rire. Wolff se rendit compte qu'ils étaient sous l'influence du haschisch : ils avaient dû fumer toute la soirée. Il tira encore une bouffée, et repoussa le narghilé vers Yasef. C'était fort. Abdullah avait toujours les meilleurs produits. Wolff dit : « Il se trouve que je connais la réponse. Les Égyptiens qui travaillaient sur le canal de Suez recevaient des chemises spéciales, pour montrer qu'ils avaient le droit d'être sur une propriété britannique. Ils étaient au service du gouvernement, aussi sur le dos de leurs chemises avait-on imprimé les lettres WOGS, pour Working On Government Service. »

Yasef et Abdullah se remirent à pouffer. « Mon ami Achmed-Alex est habile, dit Abdullah. Il est aussi habile qu'un Arabe, presque, parce qu'il est presque arabe. C'est le seul Européen qui m'ait damé le pion à moi, Abdullah.

– Je ne pense pas que ce soit vrai, dit Wolff, adoptant le style ampoulé des deux drogués. Je n'essaierai jamais de jouer au plus fort avec mon ami Abdullah, car qui peut duper le diable ? »

Yasef sourit, approuvant d'un hochement de tête ce trait d'esprit.

« Écoute, mon frère, dit Abdullah, et je vais te dire. (Il fronça les sourcils, rassemblant ses pensées embrumées par la drogue.) Achmed-Alex m'a demandé de voler quelque chose pour lui. De cette façon, c'était moi qui prenais le risque et lui qui avait la récompense. Bien sûr, il ne m'a pas dupé aussi simplement. J'ai volé la chose – c'était une mallette – et mon intention était bien sûr d'en garder le contenu, puisque le voleur a droit au fruit de son crime, d'après les lois du Seigneur. J'aurais donc dû le duper, n'est-ce pas ?

– En effet, dit Yasef, encore que je ne me rappelle pas le passage des Saintes Écritures qui dit qu'un voleur a droit au fruit de son crime. Toutefois...

– Peut-être que non, dit Abdullah. Qu'est-ce que je disais ? »

Wolff, qui avait encore plus ou moins toute sa tête, lui répondit :

«Tu aurais dû me rouler, parce que tu as ouvert la mallette toi-même.

– C'est vrai ! Mais attends ! Il n'y avait rien de valeur dans la mallette, ainsi Achmed-Alex m'avait trompé. Alors, je l'ai obligé à me payer pour lui rendre ce service ; j'ai donc obtenu cent livres et lui rien du tout.»

À son tour, Yasef fronça les sourcils. «Alors, c'est toi qui lui as damé le pion.

– Non, fit Abdullah en secouant tristement la tête.

Il m'a payé en faux billets.»

Yasef désigna Abdullah qui le dévisagea à son tour. Tous deux éclatèrent de rire. Ils se donnèrent de grandes claques dans le dos, tapèrent des pieds par terre et roulèrent sur les coussins, en riant jusqu'à en avoir les larmes aux yeux.

C'était tout à fait le genre d'histoire drôle qui plaisait aux hommes d'affaires arabes, avec ces cascades de tromperies. Abdullah la raconterait pendant des années. Mais un frisson quand même parcourut le dos de Wolff. Ainsi Abdullah aussi était au courant pour les faux billets. Combien d'autres le savaient aussi ? Wolff avait l'impression que la meute avait formé un cercle autour de lui, si bien que, quelle que fût la direction dans laquelle il s'enfuyait, il tombait sur un de ses poursuivants et que le cercle, chaque jour, se resserrait. Abdullah parut pour la première fois remarquer l'apparence de Wolff. Il se montra aussitôt très soucieux. «Qu'est-ce qui t'est arrivé ? On t'a volé ?» Il prit une clochette d'argent et l'agita. Presque aussitôt, une femme ensommeillée arriva de la pièce voisine. «Va chercher de l'eau chaude, lui dit Abdullah. Baigne les plaies de mon ami. Donne-lui ma chemise européenne. Apporte un peigne. Apporte du café. Vite !»

Dans une maison européenne, Wolff aurait protesté à l'idée de voir une femme être réveillée à minuit passé pour s'occuper de lui ; mais ici, une telle protestation aurait été fort discourtoise. Les femmes étaient là pour servir les hommes, et elles n'étaient ni surprises ni choquées par les exigences péremptoires d'Abdullah.

«Les Anglais, expliqua Wolff, ont essayé de m'arrêter, et

j'ai dû me battre avec eux avant de pouvoir m'échapper. Ce qui est triste, c'est que je crois qu'ils savent maintenant où j'habitais, et c'est un problème.

– Ah!» Abdullah tira sur le narghilé et le passa de nouveau à la ronde. Wolff commençait à sentir les effets du haschisch : il était détendu, il avait l'esprit lent, un peu ensommeillé. Le temps ralentissait. Deux des épouses d'Abdullah s'affairaient sur lui, lui baignant le visage et le peignant. Il trouvait leurs soins très agréables. Abdullah parut s'assoupir un moment, puis il ouvrit les yeux et dit :

«Il faut que tu restes ici. Ma maison est la tienne. Je te cacherai des Anglais.

– Tu es un véritable ami», dit Wolff. C'était bizarre, songea-t-il.

Il avait pensé offrir à Abdullah de l'argent pour le cacher. Là-dessus, Abdullah avait révélé qu'il savait que l'argent n'était pas bon, et Wolff se demandait ce qu'il pouvait faire d'autre. Et voilà maintenant que Abdullah allait le cacher pour rien. Un véritable ami. Et pourtant, Abdullah n'était pas un véritable ami. Les amis n'existaient pas dans le monde d'Abdullah : il y avait la famille, pour laquelle il ferait n'importe quoi, et le reste, pour lequel il ne ferait rien. Comment ai-je mérité ce traitement de faveur? songea Wolff, ensommeillé.

Sa sonnette d'alarme se remettait à sonner. Il s'obligea à réfléchir : ça n'était pas facile après le haschisch. Un pas après l'autre, se dit-il. Abdullah me demande de rester ici. Pourquoi? Parce que j'ai des ennuis. Parce que je suis son ami. Parce que je l'ai dupé. Parce que je lui ai damé le pion. Cette histoire n'était pas finie. Abdullah voudrait ajouter une autre tromperie à la cascade. Comment? En livrant Wolff aux Anglais. C'était cela. Dès que Wolff serait endormi, Abdullah enverrait un message au major Vandam. Wolff serait arrêté. Les Anglais paieraient le renseignement à Abdullah et l'on pourrait enfin raconter l'histoire puisque Abdullah en serait le héros. Bon sang.

Une femme apporta une chemise européenne. Wolff se leva et ôta sa chemise déchirée et ensanglantée. La femme détourna les yeux pour ne pas voir sa poitrine nue.

«Il n'en a pas encore besoin, dit Abdullah. Donne-la lui demain matin.»

Wolff prit la chemise des mains de la femme et la passa.

«Peut-être, dit Abdullah, serait-il indigne de toi de dormir dans la maison d'un Arabe, mon ami Achmed?

– Les Anglais ont un proverbe, dit Wolff : celui qui soupe avec le diable doit avoir une longue cuillère.»

Abdullah sourit, exhibant sa dent d'acier. Il savait que Wolff avait deviné son plan. «Presque un Arabe, dit-il.

– Adieu, mes amis, dit Wolff.

– À la prochaine fois», répondit Abdullah.

Wolff sortit dans le froid de la nuit, se demandant où il pourrait aller maintenant.

À l'hôpital, une infirmière paralysa la moitié du visage de Vandam par une anesthésie locale, puis le docteur Abuthnot lui recousit la joue de ses longues mains fines. Elle lui mit un pansement qu'elle fixa par un long bandage enroulé autour de sa tête.

«Je dois avoir l'air d'une caricature d'homme qui a mal aux dents», dit-il.

Elle avait l'air grave. Elle n'avait guère le sens de l'humour. «Vous ne serez pas si flambard quand l'effet de l'anesthésie se dissipera. Votre visage va vous faire très mal. Je vais vous donner un analgésique.

– Non, merci, dit Vandam.

– Ne jouez pas les durs, major, dit-elle. Vous le regretterez.»

Il la regarda dans sa blouse blanche d'hôpital et ses chaussures à talons plats, et se demanda pourquoi il n'avait jamais pu la trouver même un rien désirable. Elle était assez agréable, voire jolie, mais elle était aussi froide, supérieure et antiseptique. Pas comme... Pas comme Elene.

«Un calmant va m'endormir, lui dit-il.

– Et ce ne sera pas un mal, répliqua-t-elle. Si vous dormez, nous pouvons être sûrs que les points de suture ne bougeront pas pendant quelques heures.

– J'aimerais bien, mais j'ai un travail important qui ne peut pas attendre.

« – Vous ne pouvez pas travailler. En fait, vous ne devriez même pas être debout. Vous devriez parler le moins possible. Vous êtes affaibli par le sang que vous avez perdu et une blessure comme ça est traumatisante aussi bien mentalement que physiquement : dans quelques heures, vous allez sentir le contrecoup, vous aurez des vertiges, des nausées, vous serez épuisé et abattu.

– Je serai bien pire si les Allemands prennent Le Caire », lança-t-il. Il se leva.

Le docteur Abuthnot avait un air contrarié. Vandam se dit que cela lui allait bien d'être dans une position où elle disait aux gens ce qu'ils devaient faire. Elle ne savait pas très bien comment réagir à la désobéissance flagrante. « Vous êtes comme un enfant insupportable, dit-elle.

– Je n'en doute pas. Est-ce que je peux manger ?

– Non. Prenez du glucose dissous dans de l'eau tiède. »

Je pourrais essayer dans du gin tiède, songea-t-il. Il lui serra la main. Elle était froide et sèche.

Jakes attendait devant l'hôpital avec une voiture. « Je savais bien qu'ils ne pourraient pas vous garder longtemps, mon commandant, dit-il. Voulez-vous que je vous raccompagne chez vous ?

– Non. (La montre de Vandam s'était arrêtée.) Quelle heure est-il ?

– 2 h 05.

– Je présume que Wolff ne dînait pas seul.

– Non, mon commandant. La personne est en état d'arrestation au G. Q. G.

– Conduisez-moi là-bas.

– Si vous êtes sûr...

– Oui. »

La voiture démarra. « Avez-vous prévenu mes supérieurs ? dit Vandam.

– À propos des événements de ce soir ? Non, mon commandant.

– Bon. Demain, ce sera bien suffisant. » Vandam ne dit pas ce qu'ils savaient tous les deux : que le service, déjà mal vu pour avoir laissé Wolff recueillir des renseignements, serait en totale disgrâce pour l'avoir laissé filer.

« Je suppose, reprit Vandam, que la personne qui dînait avec Wolff était une femme.

– Tout à fait, si je puis me permettre, mon commandant. Un beau morceau. Une nommée Sonja.

– La danseuse ?

– Pas moins. »

Ils roulèrent en silence. Wolff avait du culot, se dit Vandam, de sortir avec la plus célèbre danseuse du ventre d'Égypte dans les moments où il n'était pas en train de voler des secrets militaires britanniques. Eh bien, il avait dû perdre un peu de son aplomb. C'était regrettable dans une certaine mesure : ayant été averti par cet incident que les Anglais étaient à ses trousses, il allait être plus prudent désormais. Il ne faut jamais leur faire peur, mais les attraper. Ils arrivèrent au G. Q. G. et descendirent de voiture. Vandam demanda :

« Qu'est-ce qu'on a fait d'elle depuis son arrivée ?

– Le traitement neutre, dit Jakes. Une cellule nue, rien à manger, rien à boire, pas de questions.

– Bon. » C'était dommage quand même qu'on lui eût laissé le temps de remettre de l'ordre dans ses pensées. Vandam savait, pour avoir interrogé des prisonniers de guerre, que les meilleurs résultats étaient obtenus aussitôt après la capture, quand le prisonnier avait encore peur d'être tué. Plus tard, quand il avait été trimbalé ici et là, qu'on lui avait donné à boire et à manger, il commençait à se considérer comme un prisonnier plutôt que comme un soldat et se souvenait qu'il avait des droits et des devoirs nouveaux ; alors il était plus enclin à se taire. Vandam aurait dû interroger Sonja juste après la bagarre au restaurant. Comme ce n'était pas possible, le mieux était en effet de l'isoler et de ne lui donner aucun renseignement avant qu'il arrive.

Jakes le guida dans un couloir jusqu'à la salle des interrogatoires. Vandam regarda par le judas. C'était une pièce carrée, sans fenêtre, mais brillamment éclairée. Il y avait une table, deux chaises et un cendrier. Sur le côté, un petit réduit sans porte qui faisait office de toilettes.

Sonja était assise sur une des chaises en face de la porte.

Vous aviez raison, songea Vandam, un beau morceau. Toutefois, elle n'était en rien jolie. Elle avait quelque chose d'une amazone, avec son corps plantureux et voluptueux et ses traits énergiques. En général, les jeunes femmes égyptiennes avaient la grâce fragile des jeunes biches : Sonja ressemblait plus… Vandam réfléchit, puis trouva : à une tigresse. Elle portait une robe longue d'un tissu jaune vif que Vandam trouva criard mais qui devait être tout à fait à la mode au Cha-Cha Club. Il l'observa une minute ou deux. Elle était assise, tout à fait immobile, sans bouger, sans jeter de coups d'œil nerveux sur la cellule nue, sans fumer ni se mordre les ongles. Il se dit : ça va être dur de la faire craquer. Puis l'expression de son beau visage changea, elle se leva et se mit à marcher de long en large et Vandam pensa : pas si dur que ça.

Il ouvrit la porte et entra.

Il s'assit à la table sans dire un mot. Elle restait debout, ce qui était un désavantage psychologique pour une femme : premier point pour moi, se dit-il. Il entendit Jakes entrer derrière lui et refermer la porte. Il leva les yeux vers Sonja. « Asseyez-vous. »

Elle le regardait, plantée là, et un lent sourire s'épanouit sur son visage. Elle désigna ses pansements.

« C'est lui qui vous a fait ça ? » demanda-t-elle.

Deuxième point pour elle.

« Asseyez-vous.

– Merci. » Elle s'assit.

« Qui est "lui" ?

– Alex Wolff, l'homme que vous avez essayé de rosser ce soir.

– Et qui est Alex Wolff ?

– Un riche client du Cha-Cha Club.

– Depuis combien de temps le connaissez-vous ? »

Elle regarda sa montre. « Cinq heures.

– Quels sont vos rapports avec lui ? »

Elle haussa les épaules. « Il m'avait invitée à dîner.

– Comment l'avez-vous rencontré ?

– Comme d'habitude. Après mon numéro, un serveur m'a

apporté un message m'invitant à venir m'asseoir à la table de M. Wolff.

– Quel serveur?

– Je ne me souviens pas.

– Continuez.

– M. Wolff m'a offert une coupe de champagne et m'a demandé si je voulais dîner avec lui. J'ai accepté, nous sommes allés au restaurant, et vous savez le reste.

– Allez-vous généralement vous asseoir avec des clients après votre numéro?

– Oui, c'est un usage.

– Avez-vous l'habitude d'aller dîner avec eux?

– De temps en temps.

– Pourquoi avez-vous accepté cette fois-ci?

– M. Wolff m'a paru être un homme assez insolite. (Elle regarda de nouveau le pansement de Vandam et sourit.) C'était un homme assez insolite.

– Quel est votre nom complet?

– Sonja el-Aram.

– Adresse?

– Le *Jihan*, Zamalek. C'est une péniche.

– Age?

– Que c'est discourtois.

– Age?

– Je refuse de répondre.

– Vous êtes sur un terrain dangereux…

– Non, c'est vous qui êtes sur un terrain dangereux. » Elle surprit soudain Vandam en manifestant ses sentiments et il se rendit compte que pendant tout ce temps elle n'avait fait que réprimer sa fureur. Elle lui agita un doigt sous le nez. «Dix personnes au moins ont vu vos brutes en uniforme m'arrêter au restaurant. Demain à midi, la moitié du Caire saura que les Britanniques ont mis Sonja en prison. Si je ne suis pas au Cha-Cha demain soir, il y aura une émeute. On mettra le feu à la ville. Vous devrez faire revenir des troupes du désert pour parer à cela. Et si je sors d'ici avec la moindre meurtrissure, la plus légère égratignure, je la montrerai en scène demain soir et le résultat sera le même. Non, mon beau monsieur, ça n'est pas moi qui suis sur un terrain dangereux.»

Vandam la regarda sans sourciller pendant qu'elle débitait sa tirade, puis poursuivit comme si elle n'avait rien dit d'extraordinaire. Il devait sembler ignorer ce qu'elle disait, car elle avait raison, et il ne pouvait pas le nier. «Reprenons, dit-il doucement. Vous dites que vous avez rencontré Wolff au Cha-Cha…

– Non, l'interrompit-elle. Je ne vais pas recommencer. Je veux bien coopérer avec vous et je répondrai à vos questions, mais je ne veux pas être interrogée.»

Elle se leva, fit pivoter sa chaise et se rassit en tournant le dos à Vandam.

Vandam contempla sa nuque un moment. Elle l'avait fort bien manipulé. Il était furieux d'être tombé dans le panneau, mais à sa colère se mêlait une furtive admiration pour elle, pour la façon dont elle s'y était prise. Il se leva brusquement et quitta la pièce. Jakes lui emboîta le pas.

Dans le couloir, Jakes dit : «Qu'est-ce que vous en pensez?

– Il va falloir la relâcher.»

Jakes s'en alla donner des instructions. Pendant qu'il attendait, Vandam réfléchit à Sonja. Il se demanda à quelle source elle avait puisé la force de le défier. Que son récit fût vrai ou faux, elle aurait dû avoir peur, être désemparée, intimidée et finalement docile. C'était vrai que sa célébrité lui conférait une certaine protection; mais en le menaçant, elle aurait dû balbutier, se montrer moins sûre d'elle et un peu désespérée, car normalement une cellule faisait peur à tout le monde – surtout aux célébrités, car se trouver soudain coupé du monde étincelant qu'elles connaissaient les amenait à se demander plus souvent que d'habitude si ce monde scintillant était bien réel.

Qu'est-ce qui lui avait donné cette force? Il repassa la conversation dans sa tête. La question devant laquelle elle avait renâclé, c'était à propos de son âge. De toute évidence, son talent lui avait permis de continuer au-delà de l'âge auquel la plupart des danseuses se retiraient, aussi peut-être vivait-elle dans la crainte des années qui passaient. Aucun indice de ce côté-là. Le reste du temps elle était calme, impassible et sans expression, sauf quand elle avait souri en regardant sa blessure. Puis, à la fin, elle s'était laissée exploser, mais même alors, elle avait su utiliser sa colère, sans se laisser pousser par elle. Il évoqua son visage tandis qu'elle l'invectivait. Qu'avait-il vu là ? Pas seulement la colère. Pas seulement la peur. Il avait trouvé : c'était la haine.

Elle le détestait. Mais il n'était rien pour elle, rien qu'un officier anglais. Donc, elle détestait les Anglais. Et sa haine lui avait donné des forces.

Vandam se sentit soudain épuisé. Il s'assit lourdement sur un banc, dans le couloir. D'où allait-il, lui, tirer des forces ? C'était facile d'être fort quand on était fou, et dans la haine de Sonja, il y avait un rien de folie. Lui n'avait pas un tel refuge. Calmement, raisonnablement, il considéra les enjeux. Il imagina les nazis entrant au Caire ; la Gestapo dans les rues ; les juifs égyptiens parqués dans des camps de concentration ; la propagande fasciste à la radio...

Les gens comme Sonja, en voyant l'Égypte sous le joug britannique, avaient l'impression que les nazis étaient déjà arrivés. Ce n'était pas vrai, mais si on essayait un moment de voir les Britanniques par les yeux de Sonja, il y avait là quelque chose d'assez plausible : les nazis disaient que les juifs étaient sub-humains et les Anglais disaient que les Noirs étaient comme des enfants ; il n'y avait pas de liberté de la presse en Allemagne, mais il n'y en avait pas non plus en Égypte ; et les Anglais, comme les Allemands, avaient leur police politique. Avant la guerre, Vandam avait parfois entendu encenser la politique de Hitler au mess des officiers : on ne l'aimait pas, non pas parce que c'était un fasciste, mais parce qu'il avait été caporal dans l'armée et peintre en bâtiment dans la vie civile. Il y avait des brutes partout, parfois elles arrivaient au pouvoir, et alors il fallait les combattre.

C'était une philosophie plus rationnelle que celle de Sonja, mais elle n'était guère inspirée.

L'effet de l'anesthésique commençait à se dissiper. Il sentait en travers de sa joue une ligne bien nette de douleur, comme une brûlure. Il se rendit compte aussi qu'il avait la migraine. Il espérait que Jakes allait mettre un certain temps à arranger la libération de Sonja, de façon qu'il pût rester encore un peu plus longtemps sur le banc.

Il pensa à Billy. Il ne voulait pas que l'enfant ne le trouve pas au petit déjeuner. Peut-être que je vais veiller jusqu'au matin, puis le conduire à l'école, et rentrer dormir, se dit-il. Que serait la vie de Billy sous les nazis ? On lui enseignerait à maîtriser les Arabes. Ses professeurs actuels n'étaient pas de grands admirateurs de la culture africaine, mais Vandam, du moins, pouvait faire un peu pour amener son fils à comprendre que les gens qui étaient différents n'étaient pas nécessairement stupides. Que se passerait-il dans la salle de classe nazie lorsqu'il lèverait la main pour demander : «S'il vous plaît, monsieur, mon père dit qu'un Anglais idiot n'est pas plus malin qu'un Arabe idiot» ?

Il pensa à Elene. C'était une femme entretenue, mais au moins elle pouvait choisir ses amants, et si elle n'aimait pas ce qu'ils voulaient faire au lit, elle pouvait les mettre dehors. Au bordel d'un camp de concentration, elle n'aurait pas ce choix-là… Il frissonna.

C'est vrai. Nous ne sommes pas très admirables, surtout dans nos colonies, mais les nazis sont pires, que les Égyptiens le sachent ou non. Ça vaut la peine de se battre. En Angleterre le respect humain fait de lents progrès ; en Allemagne, il recule à grands pas. Pense aux gens que tu aimes et les problèmes deviennent plus simples.

Tire tes forces de ça. Reste éveillé encore un peu.

Debout.

Il se leva.

Jakes revint.

«C'est une anglophobe, dit Vandam.

— Je vous demande pardon, mon commandant.

— Sonja. Elle déteste les Anglais. Je ne crois pas que Wolff était un client qui l'avait invitée par hasard.

Allons-y.» Ils sortirent de l'immeuble ensemble. Dehors, il faisait encore nuit. «Mon commandant, dit Jakes, vous êtes très fatigué…

– Oui. Je suis très fatigué. Mais mes idées sont encore claires, Jakes. Conduisez-moi au commissariat central.

– Bien, mon commandant. »

Ils démarrèrent. Vandam tendit son étui à cigarettes et son briquet à Jakes, qui conduisit d'une main tout en allumant la cigarette de Vandam. Vandam avait du mal à aspirer : il arrivait à tenir la cigarette entre ses lèvres et à inhaler la fumée, mais ne parvenait pas à tirer assez fort pour allumer sa cigarette. Jakes la lui tendit. Vandam songea : je prendrais bien un Martini avec.

Jakes arrêta la voiture devant le commissariat. Vandam dit : « Il faut trouver le commissaire en chef, enfin le patron.

– Je ne pense pas qu'il sera là à cette heure…

– Non. Prenez son adresse. Nous le réveillerons. »

Jakes entra dans le bâtiment. Vandam regarda devant lui par le pare-brise. L'aube approchait. Les étoiles pâlissaient et le ciel était maintenant gris plutôt que noir. Il commençait à y avoir des gens dans les rues. Il vit un homme conduisant deux mules chargées de légumes, qui se rendait sans doute au marché. Les muezzins n'avaient pas encore appelé à la première prière de la journée.

Jakes revint. « Gezira », dit-il en embrayant.

Vandam pensa à Jakes. Quelqu'un avait dit à Vandam que Jakes avait un formidable sens de l'humour. Vandam l'avait toujours trouvé agréable et gai, mais il n'avait jamais perçu chez lui aucune trace d'humour. Est-ce que je suis un tel tyran, se demanda Vandam, que mes collaborateurs sont terrifiés à l'idée de plaisanter devant moi ? Personne ne me fait rire, se dit-il.

Sauf Elene.

« Vous ne me racontez jamais de plaisanteries à moi, Jakes.

– Mon commandant ?

– On dit que vous avez un très grand sens de l'humour, mais vous ne me racontez jamais de blagues.

– Non, mon commandant.

– Voudriez-vous parler franchement un moment et me dire pourquoi ? »

Il y eut un silence puis Jakes répondit : «Vous n'invitez pas à la familiarité, mon commandant.»

Vandam hocha la tête. Comment sauraient-ils combien il aimait renverser la tête en éclatant de rire? «Voilà qui est répondu avec beaucoup de tact, Jakes, dit-il. Le sujet est clos.»

Cette histoire Wolff me porte sur les nerfs, songea-t-il. Je me demande si je n'ai peut-être pas bien fait mon travail, et puis je me demande si je ne fais pas mal tout ce que je fais. Et puis j'ai mal au visage.

Ils franchirent le pont qui menait à l'île. Le ciel vira du gris ardoise au gris perle. Jakes dit : «J'aimerais ajouter, mon commandant, que, si vous voulez bien me pardonner, vous êtes de loin le meilleur officier supérieur que j'aie jamais eu.

– Oh! fit Vandam, pris au dépourvu. Seigneur. Eh bien, merci, Jakes. Merci.

– Pas du tout, mon commandant. Nous y voilà.»

Il arrêta la voiture devant une jolie petite maison à un seul étage avec un jardin bien entretenu. Vandam pensa que le commissaire en chef ne s'en tirait pas mal avec les pots-de-vin qu'il touchait, mais que çe n'était pas extraordinaire. Peut-être était-ce un homme prudent : voilà qui était bon signe.

Ils remontèrent l'allée et vinrent frapper à la porte. Au bout de deux minutes, une tête apparut à une fenêtre et leur parla en arabe.

Jakes prit sa voix de sergent-major. «Renseignements militaires… ouvrez-moi cette sacrée porte!»

Une minute plus tard, un Arabe assez beau et de petite taille vint ouvrir, encore occupé à boucler sa ceinture. Il demanda en anglais :

«Qu'est-ce qui se passe?»

Vandam intervint. «Une urgence. Laissez-nous entrer, voulez-vous.

– Bien sûr.» Le policier s'écarta et ils entrèrent. Il les introduisit dans un petit salon. «Qu'est-ce qui s'est passé?» Il semblait effrayé et Vandam se dit : qui ne le serait pas? Frapper comme ça à la porte au milieu de la nuit…

«Il n'y a aucune raison de s'affoler, dit Vandam, mais nous

voudrions que vous mettiez sur pied une surveillance et nous en avons besoin tout de suite.

– Bien sûr. Asseyez-vous, je vous prie. (Le commissaire trouva un carnet et un crayon.) De qui s'agit-il ?

– De Sonja el-Aram.

– La danseuse ?

– Oui. Je veux que vous fassiez surveiller son domicile vingt-quatre heures sur vingt-quatre, une péniche du nom de *Jihan*, à Zamalek. » Tandis que le commissaire notait les détails, Vandam regrettait d'avoir à utiliser la police égyptienne pour ce travail. Mais il n'avait pas le choix : c'était impossible, dans un pays d'Afrique, d'utiliser pour la surveillance des gens à la peau blanche et qui parlaient anglais.

« Et quelle est la nature du crime ? » demanda le commissaire.

Ça, se dit Vandam, je ne te le dis pas. Il dit tout haut : « Nous croyons qu'elle est peut-être la complice de la personne qui passe de fausses livres sterling au Caire.

– Vous voulez donc savoir qui vient chez elle et en repart, si ces individus portent quelque chose, si des réunions ont lieu à bord du bateau...

– Oui. Et il y a un homme en particulier auquel nous nous intéressons. C'est Alex Wolff, l'homme soupçonné du meurtre au poignard d'Assiout ; vous devez déjà avoir son signalement.

– Bien sûr. Des rapports quotidiens ?

– Oui ; et si on voit Wolff, je veux le savoir tout de suite. Vous pouvez contacter le capitaine Jakes ou moi au G. Q. G. dans la journée. Donnez-lui nos numéros de téléphone personnels, Jakes.

– Je connais ces péniches, dit le commissaire. Le chemin de halage est une promenade du soir fort populaire, je crois, surtout pour les amoureux.

– C'est exact », dit Jakes.

Vandam se tourna vers Jakes en haussant les sourcils.

Le commissaire reprit : « Un bon endroit peut-être, pour y asseoir un mendiant. Personne ne voit jamais un mendiant.

La nuit, ma foi... il y a des buissons. Fréquentés aussi par les amoureux.

— C'est exact, Jakes? demanda Vandam.

— Je ne sais pas, mon commandant.» Il se rendit compte qu'on se moquait de lui et il sourit. Il donna au commissaire une feuille de papier avec les numéros de téléphone inscrits dessus.

Un petit garçon en pyjama entra dans la pièce en se frottant les yeux. Il avait cinq ou six ans. Il promena sur les visiteurs un regard ensommeillé, puis s'avança vers le commissaire.

— Mon fils, annonça fièrement ce dernier.

— Je crois que nous pouvons vous laisser maintenant, dit Vandam. À moins que vous ne vouliez que nous vous déposions en ville?

— Non, merci, j'ai une voiture, et j'aimerais mettre ma veste et une cravate et me donner un coup de peigne.

— Très bien, mais faites vite.» Vandam se leva. Tout d'un coup, il ne voyait plus droit. C'était comme si ses paupières se fermaient malgré lui, et pourtant il savait qu'il avait les yeux grands ouverts. Il se sentait perdre l'équilibre. Puis Jakes vint auprès de lui, en lui prenant le bras.

«Ça va, mon commandant?»

Sa vision lui revenait lentement. «Ça va maintenant, dit-il.

— Vous avez eu une vilaine blessure», dit le commissaire d'un ton compatissant.

Ils se dirigèrent vers la porte. «Messieurs, dit le policier, soyez assurés que je vais prendre personnellement cette surveillance en main. Il ne montera pas une souris à bord de cette péniche sans que vous en soyez informés.» Il tenait toujours dans ses bras le petit garçon, qu'il fit passer sur sa hanche gauche et il tendit sa main droite.

«Au revoir, fit Vandam en lui serrant la main. Au fait, je suis le major Vandam.»

L'Égyptien s'inclina légèrement. «Commissaire Kemel, à votre service, mon commandant.»

14

Sonja ruminait de sombres pensées. Elle s'attendait un peu à trouver Wolff sur la péniche lorsqu'elle était rentrée vers l'aube, mais tout était froid et désert. Elle ne savait plus très bien où elle en était. Tout d'abord, lorsqu'on l'avait arrêtée, elle n'avait éprouvé que de la rage envers Wolff pour s'être enfui en la laissant ainsi à la merci de ces brutes d'Anglais. Elle était seule, elle était une femme et était un peu la complice des activités d'espionnage de Wolff si bien qu'elle était terrifiée de ce qu'on allait peut-être lui faire. Elle estimait que Wolff aurait dû rester pour veiller sur elle. Puis elle s'était rendu compte que ce n'aurait pas été malin. En l'abandonnant, il avait écarté les soupçons qui auraient pu peser sur elle. C'était dur à avaler, mais c'était mieux ainsi. Assise toute seule dans la petite pièce nue au G. Q. G., elle avait reporté sur les Anglais la colère qu'elle avait d'abord éprouvée contre Wolff.

Elle les avait défiés et ils avaient cédé.

Sur le moment elle n'était pas sûre que l'homme qui l'interrogeait fût le major Vandam mais plus tard, lorsqu'on l'avait relâchée, un secrétaire avait laissé échapper son nom. Cette confirmation l'avait remplie d'aise. Elle sourit de nouveau en pensant au grotesque pansement qu'aborait Vandam au visage. Wolff avait dû lui donner un coup de poignard. Il aurait dû le tuer. Mais tout de même, quelle nuit, quelle glorieuse nuit !

Elle se demandait où se trouvait Wolff maintenant. Sans doute s'était-il terré quelque part dans la ville. Il émergerait lorsqu'il estimerait que la voie était libre. Elle ne pouvait rien faire. Mais elle aurait aimé l'avoir ici, pour partager son sentiment de triomphe.

Elle passa sa chemise de nuit. Elle savait qu'elle devrait aller se coucher, mais elle n'avait pas envie de dormir. Peut-être un verre lui ferait-il du bien. Elle trouva une bouteille de whisky, en versa un peu dans un verre et ajouta de l'eau. Comme elle goûtait, elle entendit des pas sur la planche

d'embarquement. Sans réfléchir, elle cria : «Achmed…?»
Puis elle se rendit compte que ce n'était pas son pas, c'était
un pas trop léger et trop rapide. Elle attendit au pied de
l'échelle, en chemise de nuit, son verre à la main. Le panneau d'écoutille s'ouvrait et un visage arabe regardait dans
la péniche.

«Sonja?

– Oui…

– Vous attendiez quelqu'un d'autre, je crois.» L'homme
descendit l'échelle. Sonja le regarda en se disant : qu'est-ce
que c'est encore? Il vint jusqu'en bas et se planta devant elle.
C'était un petit homme au visage assez beau et vif, aux mouvements précis. Il était habillé à l'européenne : pantalon
sombre, chaussures noires bien cirées et une chemise blanche
à manches courtes. «Je suis le commissaire Kemel, et je suis
très honoré de faire votre connaissance.» Il tendit la main.

Sonja tourna les talons, se dirigea vers le divan et s'y assit.
Elle croyait en avoir fini avec la police. Voilà maintenant que
les Égyptiens voulaient se mettre de la partie. Elle se rassura
en se disant que cela finirait sans doute par un pot-de-vin.
Elle but une gorgée en dévisageant Kemel. Puis elle finit par
dire : «Que voulez-vous?» Kemel s'assit sans y avoir été
invité. «Je m'intéresse à votre ami, Alex Wolff.

– Ce n'est pas mon ami.»

Kemel ne releva pas. «Les Anglais m'ont dit deux choses
sur M. Wolff : la première, c'est qu'il a poignardé un soldat
à Assiout; la seconde, c'est qu'il a essayé de passer de faux
billets anglais dans un restaurant du Caire. L'histoire est déjà
un peu curieuse. Pourquoi était-il à Assiout? Pourquoi a-t-
il tué le soldat? Et où s'est-il procuré ces faux billets?

– Je ne sais rien de cet homme, dit Sonja, espérant qu'il
n'allait pas rentrer maintenant.

– Eh bien, moi, si, fit Kemel. J'ai d'autres renseignements
que les Anglais possèdent, peut-être, ou peut-être pas. Je sais
qui est Alex Wolff. Son beau-père était avocat, ici au Caire.
Sa mère était allemande. Je sais aussi que Wolff est nationaliste. Je sais qu'il était autrefois votre amant. Et je sais que
vous êtes nationaliste.»

Sonja avait froid. Elle était assise, sans bouger, et observait l'astucieux policier en train de dévider les preuves qu'il avait contre elle. Elle ne dit rien.

« Où s'est-il procuré la fausse monnaie ? poursuivit Kemel. Pas en Égypte. Je ne pense pas qu'il existe en Égypte un imprimeur capable de faire ce travail ; et s'il en existait un, je pense qu'il ferait des billets égyptiens. L'argent venait donc d'Europe. Or, Wolff, connu aussi sous le nom d'Achmed Rahmha, a discrètement disparu il y a deux ans. Où est-il allé ? En Europe ? Il est revenu… par Assiout. Pourquoi ? Pourquoi voulait-il s'introduire dans le pays sans se faire remarquer ? Peut-être s'est-il acoquiné avec une bande de faux-monnayeurs anglais et est-il revenu maintenant avec sa part des bénéfices ; mais je ne le crois pas, car il n'est pas pauvre et il n'est pas non plus un criminel. Il y a donc un mystère. »

Il sait, se dit Sonja. Doux seigneur, il sait.

« Voilà que les Anglais m'ont demandé de surveiller cette péniche et de leur rapporter le nom de tous ceux qui viennent ici. Wolff va probablement venir, espèrent-ils ; alors ils l'arrêteront ; et alors ils auront les réponses. À moins que je ne résolve l'énigme d'abord. »

Le bateau sous surveillance ! Il ne pourrait jamais revenir. Mais… mais pourquoi Kemel me raconte-t-il ça ? se demanda-t-elle. « La clef, à mon avis, réside dans le caractère de Wolff : il est tout à la fois un Allemand et un Égyptien. (Kemel se leva et traversa la pièce pour venir s'asseoir auprès de Sonja et la regarder droit dans les yeux.) Je pense qu'il est un combattant dans cette guerre. Je pense qu'il se bat pour l'Allemagne et pour l'Égypte. Je pense que la fausse monnaie provient des Allemands. Je pense que Wolff est un espion. » Sonja se dit : mais tu ne sais pas où le trouver. C'est pour ça que tu es ici. Kemel la dévisageait. Elle détourna les yeux, craignant qu'il ne pût lire ses pensées sur son visage.

« Si c'est un espion, dit Kemel, je peux l'attraper. Ou bien je peux le sauver. »

Sonja se retourna vers lui. « Qu'est-ce que ça veut dire ?
– Je veux le rencontrer. En secret.

– Mais pourquoi ? »

Kemel eut un sourire entendu. « Sonja, vous n'êtes pas la seule à vouloir que l'Égypte soit libre. Nous sommes nombreux. Nous voulons voir les Anglais battus et peu nous importe qui s'en charge. Nous voulons bien travailler avec les Allemands. Nous voulons les contacter. Nous voulons parler à Rommel.

– Et vous croyez qu'Achmed peut vous aider ?

– Si c'est un espion, il doit avoir un moyen de faire parvenir des messages aux Allemands. »

Sonja était en plein désarroi. Voilà que d'accusateur, Kemel se transformait en coconspirateur… à moins que ce ne fût un piège. Elle ne savait pas si elle devait lui faire confiance ou non. Elle n'avait pas assez de temps pour y réfléchir. Elle ne savait pas quoi dire, alors elle ne dit rien.

Kemel insista doucement. « Pouvez-vous arranger un rendez-vous ? »

Elle ne pouvait absolument pas prendre une telle décision comme ça.

« Non, dit-elle.

– N'oubliez pas que la péniche est surveillée, dit-il. Les rapports me seront communiqués avant d'être transmis au major Vandam. S'il y a une chance, rien qu'une chance, que vous puissiez organiser un rendez-vous, je peux à mon tour m'assurer que les rapports qui parviendront à Vandam soient soigneusement censurés de façon à ne rien contenir… d'embarrassant. »

Sonja avait oublié la surveillance. Quand Wolff reviendrait – et il le ferait, tôt ou tard – les policiers signaleraient sa venue et Vandam le saurait, à moins que Kemel ne prît ses dispositions. Ça changerait tout. Elle n'avait pas le choix. « Je vais arranger un rendez-vous, dit-elle.

– Bon. (Il se leva.) Vous n'aurez qu'à appeler le commissariat central et laisser un message en disant que Sirhan veut me voir. Quand j'aurai ce message, je vous contacterai pour fixer un jour et une heure.

– Très bien. »

Il se dirigea vers l'échelle, puis revint sur ses pas. « Pendant que j'y pense…» Il prit un portefeuille dans sa poche revolver et en tira une petite photo. Il la tendit à Sonja. C'était une photo d'elle. «Voudriez-vous me donner un autographe pour ma femme? C'est une grande admiratrice. (Il lui tendit un stylo.) Elle s'appelle Hesther.» Sonja écrivit : «Pour Hesther, avec mes meilleurs vœux, Sonja.» Elle lui rendit la photo en songeant : c'est incroyable.

«Merci beaucoup. Elle va être ravie.»

Incroyable.

«Je vous contacterai le plus tôt possible, dit Sonja.

– Je vous remercie.» Il lui tendit la main. Cette fois, elle la serra. Il grimpa les marches de l'échelle et sortit en refermant le panneau d'écoutille derrière lui.

Sonja se détendit. Elle ne s'en était pas mal tirée. Elle n'était pas encore totalement convaincue de la sincérité de Kemel; mais s'il y avait un piège, elle n'arrivait pas à le déceler.

Elle se sentait épuisée. Elle termina le whisky qu'elle avait dans son verre, puis franchit les rideaux pour passer dans la chambre. Elle était toujours en chemise de nuit et avait froid. Elle s'approcha du lit et tira les couvertures. Elle entendit frapper. Son cœur s'arrêta. Elle se retourna aussitôt pour regarder le hublot à l'autre bout du bateau, du côté du fleuve. Il y avait une tête derrière la vitre.

Elle poussa un hurlement.

Le visage disparut.

Elle se rendit compte que c'était Wolff.

Elle grimpa l'échelle et sortit sur le pont. En regardant pardessus le bastingage, elle l'aperçut dans l'eau. Il semblait être nu. Il escalada le flanc du bateau et elle l'aida à grimper sur le pont. Il resta un moment à quatre pattes, inspectant la berge comme un rat d'eau en alerte; puis il se précipita vers le panneau d'écoutille. Elle le suivit.

Il était là, debout sur le tapis, ruisselant d'eau et frissonnant. C'est vrai qu'il était nu. «Qu'est-ce qui s'est passé? demanda-t-elle.

– Fais-moi couler un bain», fit-il.

Elle passa dans la salle de bains. Il y avait une petite baignoire avec un chauffe-eau électrique. Elle tourna les robinets et jeta dans l'eau une poignée de cristaux parfumés. Wolff monta dans la baignoire et laissa l'eau monter autour de lui.

« Qu'est-ce qui s'est passé ? » répéta Sonja.

Il maîtrisa ses tremblements. « Je ne voulais pas prendre le risque de venir par le chemin de halage, alors je me suis déshabillé sur la rive opposée et j'ai traversé à la nage. J'ai regardé et j'ai vu cet homme avec toi… J'imagine que c'était un policier.

— Oui.

— J'ai donc dû attendre dans l'eau jusqu'à ce qu'il s'en aille.

— Pauvre chou, fit-elle en riant.

— Ça n'est pas drôle. Mon Dieu, que j'ai froid. Ces connards de l'Abwehr m'ont donné de la fausse monnaie. La prochaine fois que j'irai en Allemagne, je leur ferai payer ça.

— Pourquoi ont-ils fait ça ?

— Je ne sais pas si c'est de l'incompétence ou bien si c'était voulu. Canaris n'a jamais beaucoup aimé Hitler. Arrête l'eau, veux-tu ? » Il commença à rincer la boue du fleuve qu'il avait sur les jambes. « Tu n'auras qu'à utiliser ton argent personnel, dit-elle.

— Je ne peux pas y toucher. Tu peux être sûre que la banque a pour instruction d'appeler la police dès l'instant où je me montre. Je pourrais payer de temps en temps une facture par chèque, mais même ça pourrait les mettre sur ma piste. Je pourrais vendre quelques-unes de mes actions et de mes titres, ou même la villa, mais là encore il faut que l'argent passe par une banque… »

Il va donc falloir que tu utilises mon argent, se dit Sonja. Mais tu ne vas pas demander : tu vas tout simplement le prendre. Elle y réfléchirait plus tard. « Ce policier va organiser la surveillance de la péniche… sur ordre de Vandam. »

Wolff sourit. « C'était donc Vandam.

— Tu lui as donné un coup de poignard ?

— Oui, mais je ne savais pas bien où. Il faisait noir.

— Au visage. Il avait un gros pansement.

— Je regrette, fit Wolff en riant, de ne pas pouvoir le voir. (Il reprit son sérieux et demanda :) Il t'a interrogée ?

– Oui.

– Qu'est-ce que tu lui as dit?

– Que je te connaissais à peine.

– C'est bien.» Il la regarda d'un air satisfait et elle comprit qu'il était content et un peu surpris qu'elle n'eût pas perdu la tête. «Est-ce qu'il t'a crue? fit-il.

– Sans doute que non, puisqu'il a décrété cette surveillance.

– Ça ne va pas être commode, dit Wolff, l'air soucieux. Je ne peux pas traverser le fleuve à la nage chaque fois que je veux rentrer...

– Ne t'inquiète pas, dit Sonja. J'ai tout arrangé.

– Toi, tu as tout arrangé?»

Ce n'était pas tout à fait vrai, Sonja le savait, mais ça faisait bien. «Le policier est un des nôtres, expliqua-t-elle.

– Un nationaliste?

– Oui. Il veut utiliser ta radio.

– Comment sait-il que j'en ai une? fit Wolff, avec un accent menaçant dans la voix.

– Il n'en sait rien, répondit Sonja sans se démonter. D'après ce que les Anglais lui ont dit, il en conclut que tu es un espion; et il suppose qu'un espion a des moyens de communiquer avec les Allemands. Les nationalistes veulent faire passer un message à Rommel.

– Je préférerais ne pas m'en mêler», fit Wolff en secouant la tête.

Elle n'allait pas revenir sur un marché qu'elle avait conclu. «Il faut que tu t'en mêles, dit-elle sèchement.

– Tu as sans doute raison», dit-il d'un air las.

Elle éprouva un étrange sentiment de puissance. Elle avait l'impression de prendre les choses en main. Elle trouvait cela grisant.

«Ils se rapprochent, dit Wolff. Je ne veux plus de surprise comme la nuit dernière. J'aimerais quitter cette péniche, mais je ne sais pas où aller. Abdullah sait que mon argent ne vaut rien... il aimerait me livrer aux Anglais. Quelle barbe!

– Tu seras en sûreté ici, pendant que tu feras marcher ton policier.

« – Je n'ai pas le choix. »

Elle s'assit au bord de la baignoire en contemplant son corps nu. Il avait l'air… non pas vaincu, mais en tout cas traqué. Il avait le visage crispé par la tension et il y avait dans sa voix un soupçon d'affolement. Elle sentit que pour la première fois il se demandait s'il pourrait tenir jusqu'à l'arrivée de Rommel. Et puis, pour la première fois aussi, il dépendait d'elle. Il avait besoin de son argent, il avait besoin de sa péniche. La nuit dernière, son sort avait dépendu de son silence pendant l'interrogatoire et – il le croyait maintenant – il avait été sauvé par l'accord qu'elle avait passé avec le policier nationaliste. Il était en train de glisser en son pouvoir. Cette pensée intriguait Sonja. Elle en éprouvait une bizarre excitation. « Je me demande, dit Wolff, si je ne devrais pas annuler mon rendez-vous avec cette fille, Elene, ce soir.

– Pourquoi donc ? Elle n'a rien à voir avec les Anglais. Tu l'as levée dans une boutique !

– Peut-être. Mais j'ai l'impression que ce serait peut-être plus prudent de me terrer. Je ne sais pas.

– Non, dit Sonja d'un ton ferme. Je la veux. »

Il leva la tête vers elle et la regarda. Elle se demandait s'il réfléchissait au problème ou à la volonté nouvelle qu'il percevait chez elle. « Très bien, dit-il enfin. Il va juste falloir que je prenne des précautions. »

Il avait cédé. Elle avait mesuré sa force à celle de Wolff, et elle avait gagné. C'était grisant. Elle frissonna.

« J'ai encore froid, dit Wolff. Fais-moi encore couler de l'eau chaude.

– Non. » Sans ôter sa chemise de nuit, Sonja entra dans la baignoire. Elle se mit à califourchon sur lui, lui faisant face, les genoux bloqués par les côtés de l'étroite baignoire. Elle souleva l'ourlet mouillé de la chemise de nuit jusqu'à sa taille : « Mange-moi. »

Il obéit.

Assis au restaurant l'Oasis, en train de boire à petites gorgées un Martini bien glacé, avec Jakes auprès de lui, Vandam était d'excellente humeur. Il avait dormi toute la journée et s'était réveillé avec quelques courbatures, mais prêt à reprendre le combat. Il était passé à l'hôpital où le docteur Abuthnot lui avait dit qu'il était idiot de s'être levé, mais qu'il était un idiot qui avait de la chance, car sa blessure se cicatrisait. Elle avait remplacé son pansement par un pansement plus petit, qui n'avait pas besoin d'être protégé par un mètre de bandage autour de sa tête. Il était maintenant 7 heures et quart et dans quelques minutes il allait arrêter Alex Wolff.

Vandam et Jakes étaient au fond du restaurant, à un endroit d'où ils pouvaient voir toute la salle. La table la plus proche de l'entrée était occupée par deux solides sergents en train de dévorer du poulet frit payé par le Service des renseignements. Dehors, dans une voiture banalisée garée en face, se trouvaient deux M. P. en civil avec leur pistolet dans leur poche. Le piège était tendu : tout ce qui manquait, c'était l'appât. Elene allait arriver d'une minute à l'autre.

Ç'avait été un choc pour Bill de voir son père avec un pansement sur la tête au petit déjeuner ce matin-là. Vandam lui avait fait jurer le secret, puis lui avait dit la vérité. « Je me suis battu avec un espion allemand. Il avait un couteau. Il s'est enfui, mais je crois que je peux l'attraper ce soir. » C'était une infraction à la sécurité, mais que diable, l'enfant avait besoin de savoir pourquoi son père était blessé. Après avoir entendu cette histoire, Billy avait cessé de s'inquiéter, mais il était tout excité. Gaafar, lui, était horrifié et il circulait à pas feutrés et parlait à voix basse, comme s'il y avait eu un deuil dans la famille.

Avec Jakes, Vandam constata que leurs brefs moments de complicité de la nuit dernière n'avaient laissé aucune trace. Ils avaient retrouvé leurs rapports d'avant : Jakes prenait les ordres, l'appelait mon commandant et ne donnait son avis que lorsqu'on le lui demandait. C'était aussi bien, se dit Vandam : ils formaient une bonne équipe comme ça, alors pourquoi changer ?

Il consulta sa montre. 7 h 30. Il alluma une autre cigarette. À tout moment maintenant, Alex Wolff pouvait franchir le seuil. Vandam était certain qu'il le reconnaîtrait – un Européen de grande taille, un nez aquilin, avec des cheveux bruns, des yeux bruns, un homme robuste et en pleine forme – mais il ne ferait pas un geste avant qu'Elene n'arrive et vienne s'asseoir auprès de Wolff. Ce serait alors que Vandam et Jakes interviendraient. Si Wolff s'enfuyait, les deux sergents bloqueraient le passage et, au cas improbable où il réussirait à sortir, les M. P., dehors, lui tireraient dessus.

7 h 35. Vandam avait hâte d'interroger Wolff. Quelle bataille de volontés ça allait être. Mais Vandam l'emporterait, car il avait tous les avantages. Il sonderait Wolff, il trouverait les points faibles, puis il appliquerait la pression jusqu'au moment où le prisonnier craquerait.

7 h 39. Wolff était en retard. Bien sûr il pourrait ne pas venir du tout. Dieu nous en garde. Vandam frémit en se rappelant avec quel air hautain il avait dit à Bogge : «Je compte l'arrêter demain soir. » La section de Vandam n'était pas en odeur de sainteté en ce moment et seule la prompte arrestation de Wolff leur permettrait de se racheter. Mais si par hasard, après l'alerte de la nuit dernière, Wolff avait décidé de se planquer quelque temps, Dieu sait où ? Vandam avait la vague impression que se planquer n'était pas le style de Wolff. Il l'espérait en tout cas.

À 7 h 40, la porte du restaurant s'ouvrit et Elene entra. Vandam entendit Jakes émettre un petit sifflement. Elle était superbe. Elle portait une robe de soie couleur crème fouettée. Sa coupe d'une extrême simplicité attirait l'attention sur sa silhouette mince et la couleur et la qualité du tissu flattaient sa peau lisse et bronzée : Vandam éprouva une brusque envie de la caresser.

Elle parcourut la salle du regard, cherchant manifestement Wolff et ne le trouva pas. Son regard croisa celui de Vandam et continua sans hésiter son inspection. Le maître d'hôtel s'approcha et elle lui dit quelque chose. Il l'installa à une table pour deux non loin de la porte.

Vandam surprit le regard d'un des sergents et inclina la tête dans la direction d'Elene. Le sergent fit un petit signe d'acquiescement et regarda sa montre.

Où était Wolff ?

Vandam alluma une cigarette et commença à s'inquiéter. Il s'était dit que Wolff, étant un gentleman, arriverait un peu en avance; et qu'Elene serait un peu en retard. D'après ce scénario l'arrestation aurait eu lieu dès l'instant où elle se serait assise. Ça ne va pas, se dit-il, ça ne va pas du tout.

Un serveur apporta un verre à Elene. Il était 7 h 45. Elle regarda du côté de Vandam et eut un petit haussement d'épaules.

La porte du restaurant s'ouvrit. Vandam, qui s'apprêtait à porter une cigarette à ses lèvres, s'arrêta dans son geste, puis se détendit aussitôt, déçu : ce n'était qu'un petit garçon, qui tendit à un serveur une feuille de papier puis ressortit.

Vandam décida de commander une nouvelle consommation.

Il vit le serveur se diriger vers la table d'Elene et lui remettre le bout de papier.

Vandam se rembrunit. Qu'est-ce que c'était ? Un mot d'excuse de Wolff, disant qu'il ne pouvait pas venir au rendez-vous ? Le visage d'Elene exprimait une légère surprise. Elle regarda Vandam et eut de nouveau un petit haussement d'épaules.

Vandam se demandait s'il n'allait pas la rejoindre pour lui demander ce qui se passait... mais cela aurait compromis l'embuscade, car qui sait si Wolff n'allait pas entrer pendant qu'Elene parlait à Vandam ? Wolff pourrait faire demi-tour sur le pas de la porte et s'enfuir en courant, et à ce moment-là il n'aurait que le barrage des deux M. P. à franchir, deux personnes au lieu de six.

«Attendez», murmura Vandam à Jakes.

Elene prit son sac sur la chaise auprès d'elle et se leva. Elle jeta de nouveau un regard à Vandam, puis tourna les talons. Vandam crut qu'elle allait aux toilettes. Au lieu de cela, elle se dirigea vers la porte et l'ouvrit.

Vandam et Jakes se levèrent ensemble. Un des sergents se leva à moitié, regardant Vandam, qui lui fit signe de se rasseoir : inutile d'arrêter Elene. Vandam et Jakes se précipitèrent vers la porte. En passant devant les sergents, Vandam dit : «Suivez-moi.»

Ils sortirent sur le trottoir. Vandam regarda autour de lui. Il y avait un mendiant aveugle assis contre le mur, tendant une assiette fêlée avec quelques piastres dedans. Trois soldats en uniforme avançaient d'un pas incertain, déjà ivres, en se tenant par les épaules et en chantant une chanson de corps de garde. Un groupe d'Égyptiens venaient de se rencontrer devant le restaurant et échangeaient de vigoureuses poignées de main. Un camelot proposa à Vandam des lames de rasoir. À quelques mètres de là, Elene montait dans un taxi. Vandam partit en courant. La portière du taxi claqua et la voiture démarra.

En face, la voiture des M. P. bondit dans un rugissement de moteur et entra en collision avec un bus.

Vandam rattrapa le taxi et sauta sur le marchepied. La voiture fit une brusque embardée. Vandam perdit l'équilibre, et tomba sur la chaussée.

Il se releva. Une douleur lancinante lui traversait le visage : sa blessure saignait de nouveau et il sentait sous le pansement le sang qui coulait, chaud et poisseux. Jakes et les deux sergents se précipitèrent vers lui. De l'autre côté de la rue, les M. P. discutaient avec le conducteur du bus.

Le taxi avait disparu.

15

Elene était terrifiée. Tout avait mal tourné. Wolff aurait dû être arrêté au restaurant, et voilà qu'il était ici, dans un taxi avec elle, arborant un sourire de félin. Elle était assise, pétrifiée, l'esprit vide.

«Qui était-ce?» dit Wolff, toujours souriant.

Elene était incapable de réfléchir. Elle regarda Wolff, détourna de nouveau la tête et dit : «Quoi donc?

– L'homme qui a couru après nous. Il a sauté sur le marchepied. Je n'ai pas pu bien le voir, mais il m'a semblé que c'était un Européen. Qui était-ce?»

Elene ravala sa peur. *Il s'appelle William Vandam, et il*

était censé vous arrêter. Il fallait qu'elle invente une histoire. Pourquoi quelqu'un la suivrait-elle à la sortie d'un restaurant en essayant de monter dans son taxi ? « Il… je ne le connais pas. Il était au restaurant. (Elle eut une soudaine inspiration.) Il me baratinait. J'étais seule. C'est votre faute, vous étiez en retard.

– Je suis navré », s'empressa-t-il de dire.

En voyant qu'il avalait si facilement son histoire, Elene eut une bouffée d'assurance. « Et pourquoi sommes-nous dans un taxi ? demanda-t-elle. Qu'est-ce qui se passe ? Pourquoi ne dînons-nous pas ? » Elle perçut dans sa propre voix un ton geignard qui l'agaça.

« J'ai eu une idée merveilleuse. (Il sourit de nouveau et Elene réprima un frisson.) Nous allons pique-niquer. Il y a un panier dans le coffre. »

Elle ne savait pas si elle devait le croire. Pourquoi avait-il fait ce numéro au restaurant, en envoyant un jeune garçon avec le message « Venez dehors. A. W. » à moins de soupçonner un piège ? Qu'allait-il faire maintenant, l'emmener dans le désert et la poignarder ? Elle eut la brusque envie de sauter en marche. Elle ferma les yeux et s'obligea à réfléchir calmement. S'il se méfiait d'un piège, alors pourquoi était-il venu ? Non, ce devait être plus compliqué que ça. Il semblait avoir cru son histoire à propos de l'homme sur le marchepied – mais elle ne pouvait pas être sûre de ce qui se passait derrière son sourire.

« Où allons-nous ? fit-elle.

– À quelques kilomètre en dehors de la ville, à un endroit au bord du fleuve où nous pourrons regarder le soleil se coucher. Ça va être une belle soirée.

– Je ne veux pas y aller.

– Qu'est-ce qui se passe ?

– Je vous connais à peine.

– Ne soyez pas bête. Le chauffeur sera toujours avec nous… et je suis un gentleman.

– Je devrais descendre de voiture.

– Non, je vous en prie. (Il posa sur son bras une main légère.) J'ai du saumon fumé, du poulet froid et une bouteille de champagne. J'en ai tellement assez des restaurants. »

Elene réfléchit. Elle pourrait le quitter maintenant et serait en sûreté : elle ne le reverrait jamais. C'était ce dont elle avait envie ; plaquer là cet homme pour toujours. Elle se dit : mais je suis le seul espoir de Vandam. Et qu'est-ce que j'en ai à faire de Vandam ? Je serais bien contente de ne jamais le revoir et de retrouver la vie tranquille d'autrefois... la vie d'autrefois.

Çà n'était pas vrai qu'elle n'avait rien à faire de Vandam ; elle s'en rendit compte ; il l'intéressait en tout cas suffisamment pour que l'idée de le laisser tomber lui fasse horreur. Elle devait rester avec Wolff, le cultiver, obtenir un autre rendez-vous, essayer de trouver où il vivait.

Dans un brusque élan, elle dit : «Allons chez vous.»

Il haussa les sourcils. «Que voilà un changement soudain !»

Elle comprit qu'elle avait fait une erreur. «Je ne sais plus où j'en suis, dit-elle. Vous m'avez surprise. Pourquoi ne m'avez-vous pas demandé mon avis d'abord ?

— L'idée ne m'en est venue qu'il y a une heure. Je ne pensais pas que ça pourrait vous faire peur.»

Elene se rendit compte que, sans le vouloir, elle tenait son rôle de fille écervelée. Elle décida de ne pas en faire trop. «Très bien», dit-elle. Elle essaya de se détendre.

Wolff l'examinait. «Vous n'êtes pas tout à fait aussi vulnérable que vous en avez l'air, n'est-ce pas ? dit-il.

— Je ne sais pas.

— Je me souviens de ce que vous avez dit à Aristopoulos, ce premier jour où je vous ai vue au magasin.»

Elene se rappela : elle avait menacé de couper le sexe de Mikis s'il la touchait encore. Elle aurait dû rougir, mais elle ne pouvait pas le faire volontairement. «J'étais si en colère, dit-elle.

— Vous en aviez l'air, fit Wolff en riant. Tâchez de vous rappeler que je ne suis pas Aristopoulos.»

Elle lui fit un pâle sourire. «D'accord.»

Il tourna son attention vers le chauffeur. Ils étaient sortis de la ville et Wolff commença à lui donner des indications. Elene se demanda où il avait trouvé ce taxi : pour l'Égypte, il était luxueux. C'était une espèce de voiture américaine, avec de grosses banquettes capitonnées et plein de place, et il semblait n'avoir que quelques années. Ils traversèrent une série de villages, puis s'engagèrent sur un chemin de terre. La voiture suivit la route en lacet qui gravissait une petite colline et déboucha sur un plateau devant une falaise. Le fleuve était juste à leurs pieds et, sur la rive opposée, Elene apercevait le quadrillage régulier des champs cultivés s'étendant au loin jusqu'à l'endroit où ils rencontraient la ligne ocre bien nette de la lisière du désert.

«N'est-ce pas que c'est beau ici?» fit Wolff.

Elene dut en convenir. Un vol de martinets qui partaient de la berge d'en face attira son regard vers le ciel et elle vit que les nuages du soir commençaient déjà à se teinter de rose. Une jeune fille s'éloignait du fleuve avec une grande cruche d'eau sur la tête. Une felouque solitaire remontait le courant, poussée par une légère brise.

Le chauffeur descendit de voiture et fit une cinquantaine de mètres à pied. Il s'assit, en prenant soin de leur tourner le dos, alluma une cigarette et déplia un journal.

Wolff prit dans le coffre un panier à pique-nique et le posa entre eux sur le plancher de la voiture. Comme il commençait à déballer les provisions, Elene lui demanda : «Comment avez-vous découvert cet endroit?

– Ma mère m'a emmené ici quand j'étais enfant. (Il lui tendit un verre de vin.) Après la mort de mon père, ma mère a épousé un Égyptien. De temps en temps, elle trouvait l'atmosphère de la maison musulmane étouffante, alors elle m'emmenait ici en carriole et me parlait de… de l'Europe et tout ça.

– Vous aimiez?»

Il hésita. «Ma mère avait une façon de gâcher ce genre de choses. Elle interrompait toujours mon plaisir. Elle disait : "Tu es si égoïste, on dirait ton père." À cet âge-là, je préférais ma famille arabe. Mes demi-frères étaient insupportables et personne n'essayait de les maîtriser. Nous volions des oranges dans les jardins des gens, nous lancions des pierres sur les chevaux pour les faire s'emballer, et nous crevions les pneus de bicyclette… seule ma mère s'en préoccupait, et tout ce qu'elle pouvait faire, c'était de nous prévenir que nous finirions par être punis. Elle disait toujours ça : «Un jour, ils te prendront, Alex!»

Sa mère avait raison, songea Elene : un jour, ils allaient prendre Alex.

Elle se détendait. Elle se demandait si Wolff avait sur lui le poignard dont il s'était servi à Assiout, et cela la rendait de nouveau tendue.

La situation était si normale – un homme charmant emmenant une femme en pique-nique au bord du fleuve – que, pendant un moment, elle avait oublié qu'elle voulait quelque chose de lui.

«Où habitez-vous maintenant? dit-elle.

– Ma maison a été… réquisitionnée par les Anglais. J'habite chez des amis.» Il lui tendit une tranche de saumon fumé sur une assiette en porcelaine, puis coupa un citron en deux avec un couteau de cuisine. Elene observait ses mains habiles. Elle se demandait ce qu'il voulait d'elle, lui qui se donnait tant de mal pour lui plaire.

Vandam se sentait très déprimé. Son visage lui faisait mal, tout comme son orgueil blessé. La grande arrestation s'était soldée par un fiasco. Il avait connu un échec, il s'était fait rouler par Alex Wolff et il avait envoyé Elene vers Dieu sait quels dangers.

Installé chez lui, un nouveau pansement sur la joue, il buvait du gin pour calmer la douleur. Wolff lui avait échappé avec une telle facilité. Vandam était certain que l'espion n'était pas vraiment au courant pour l'embuscade : sinon, il ne serait pas venu du tout. Non, il prenait simplement des précautions; et il avait eu bien raison. Ils avaient une bonne description du taxi. C'était une voiture facile à repérer, toute neuve, et Jakes avait relevé le numéro. Chaque policier, chaque M. P. de la ville était aux aguets et avait l'ordre de stopper la voiture dès qu'elle serait repérée et d'arrêter tous ses occupants. Tôt ou tard on la trouverait et Vandam était certain que ce serait trop tard. Il était quand même assis auprès du téléphone. Qu'est-ce que faisait Elene maintenant? Peut-être était-elle dans un restaurant avec des bougies sur les tables, à boire du vin et à rire des plaisanteries de Wolff. Vandam l'imaginait, dans sa robe couleur crème, un verre à la main, avec son petit sourire espiègle, celui qui vous promettait tout ce que vous vouliez. Vandam consulta sa montre. Peut-être avaient-ils fini de dîner maintenant. Qu'allaient-ils faire alors ? C'était une tradition que d'aller regarder les pyramides au clair de lune : le ciel noir, les étoiles, l'étendue sans fin du désert et les masses nettes et triangulaires des tombes des pharaons. L'endroit serait désert, sauf peut-être un autre couple d'amoureux. Ils pourraient grimper quelques degrés, lui, sautant devant puis tendant le bras pour l'aider ; mais bientôt elle serait épuisée, un peu décoiffée, et elle dirait que ses chaussures n'étaient pas faites pour l'alpinisme ; alors ils s'assiéraient sur les grandes dalles, encore chaudes du soleil de la journée, et ils respireraient l'air doux de la nuit tout en regardant les étoiles. En regagnant le taxi, elle frissonnerait dans sa robe du soir sans manches, et il lui passerait un bras autour des épaules pour lui tenir chaud. Est-ce qu'il l'embrasserait dans le taxi ? Non, il était trop vieux pour ça. Lorsqu'il lui ferait la cour, ce serait de façon raffinée. Suggérait-il de retourner chez lui ou chez elle ? Vandam ne savait pas quel endroit espérer. S'ils allaient chez lui, Elene lui ferait son rapport le matin, et Vandam pourrait arrêter Wolff au saut du lit, avec sa radio, son code et peut-être même les messages qu'il aurait reçus. Professionnellement, ce serait mieux – mais cela voudrait dire aussi qu'Elene passerait une nuit avec Wolff, et cette pensée rendait Vandam plus furieux que cela n'aurait dû être. D'un autre côté, s'ils allaient chez elle, où Jakes attendait avec dix hommes et trois voitures, Wolff serait appréhendé avant d'avoir eu le temps de…

Vandam se leva et se mit à arpenter la pièce. Machinalement, il prit l'exemplaire de *Rebecca*, le livre qu'il pensait être utilisé par Wolff comme base de son code. Il lut la première ligne : «La nuit dernière, je rêvais que je revenais à Manderley.» Il reposa le livre, puis le rouvrit et poursuivit sa lecture. L'histoire de cette fille vulnérable et malmenée par l'existence venait bien heureusement le détourner des soucis qui l'accablaient. Lorsqu'il comprit que la fille allait épouser le beau veuf plus âgé qu'elle et que le mariage allait être empoisonné par la présence fantomatique de sa première femme, il referma le livre et le rangea. Quelle était la différence d'âge entre Elene et lui? Combien de temps serait-il hanté par Angela? Elle aussi était d'une perfection glacée; Elene aussi était jeune, impulsive, elle avait besoin d'être sauvée de la vie qu'elle menait. Ces pensées l'irritaient car il n'allait pas épouser Elene. Il alluma une cigarette. Pourquoi le temps passait-il si lentement? Pourquoi le téléphone ne sonnait-il pas? Comment avait-il pu laisser Wolff lui filer entre les doigts deux fois en deux jours? Où était Elene?

Où était Elene?

Une fois déjà il avait envoyé une femme vers des dangers inconnus.

Ça s'était passé après son autre grand fiasco, quand Raschid Ali avait filé de Turquie au nez de Vandam. Vandam avait envoyé une femme pour retrouver l'agent allemand, l'homme qui avait changé de vêtements avec Ali en lui permettant ainsi de s'échapper. Vandam espérait ainsi sauver quelque chose du gâchis en apprenant tout sur l'homme. Mais le lendemain, on avait retrouvé la femme morte dans un lit d'hôtel. Il y avait là un parallèle qui lui donnait froid dans le dos.

À quoi bon rester à la maison. Il ne pourrait sans doute pas dormir et il ne pouvait rien faire d'autre ici. Il allait rejoindre Jakes et les autres, malgré les ordres du docteur Abuthnot. Il passa un manteau, prit sa casquette, sortit et poussa sa motocyclette dans la rue.

Elene et Wolff étaient debout tous les deux, au bord de la falaise, à regarder les lointaines lumières du Caire et celles plus proches des feux vacillants allumés par les paysans dans les villages obscurs. Elene pensait à un paysan imaginaire – un homme pauvre, superstitieux, qui trimait dur – allongé sur une paillasse à même le sol en terre battue, s'enroulant dans une couverture grossière et trouvant quelque consolation dans les bras de sa femme. Elene avait laissé la pauvreté derrière elle pour toujours, elle l'espérait, mais elle avait le sentiment d'avoir laissé autre chose derrière elle, quelque chose dont elle n'arrivait pas à se passer. À Alexandrie, lorsqu'elle était enfant, les gens traçaient des empreintes bleues de paumes sur les murs de boue rouge, des formes de mains pour écarter le démon. Elene ne croyait pas à l'efficacité de ces dessins ; mais malgré les rats, malgré les cris de la nuit quand l'usurier battait ses deux femmes, malgré les tiques qui infestaient tout le monde, malgré la mort prématurée de tant de bébés, elle croyait qu'il y avait quand même quelque chose là qui écartait le démon. Elle cherchait ce quelque chose lorsqu'elle ramenait des hommes chez elle, qu'elle les mettait dans son lit, qu'elle acceptait leurs cadeaux, leurs caresses et leur argent ; mais elle ne l'avait jamais trouvé.

Elle ne voulait plus faire ça. Elle avait passé trop de sa vie à chercher l'amour là où il n'était pas. Elle ne voulait surtout pas faire ça avec Alex Wolff. À plusieurs reprises, elle s'était dit : « Pourquoi pas rien qu'une fois encore ? » C'était le point de vue froidement raisonnable de Vandam. Mais, chaque fois qu'elle envisageait de faire l'amour avec Wolff, elle revoyait le rêve qui la harcelait depuis ces dernières semaines : le rêve de séduire William Vandam. Elle savait exactement comment se conduirait Vandam : il la regarderait avec un étonnement innocent et la toucherait avec un ravissement ébloui ; en y pensant, elle se sentait tout d'un coup paralysée par le désir. Elle savait comment Wolff serait aussi. Il saurait s'y prendre, il serait égoïste, habile et impossible à choquer.

Sans un mot, elle se détourna du panorama et revint vers la voiture. C'était le moment pour lui de tenter sa chance. Ils avaient terminé le pique-nique, vidé la bouteille de champagne et la Thermos de café, terminé le poulet et les grappes de raisin. Maintenant, il s'attendait sans doute à sa juste récompense. De la banquette arrière de la voiture, elle l'observait. Il resta encore un moment au bord de la falaise, puis revint vers elle, en appelant le chauffeur. Il avait la grâce assurée qu'une haute taille semblait souvent donner aux hommes. Il était séduisant, beaucoup plus beau qu'aucun des amants d'Elene, mais elle avait peur de lui et sa crainte ne venait pas seulement de ce qu'elle savait sur son compte, de son histoire, de ses secrets et de son poignard, mais d'une compréhension intuitive de son caractère : au fond, de ce que son charme ne fût pas spontané mais calculé, et elle savait que, s'il était gentil, c'était parce qu'il voulait se servir d'elle. On s'était suffisamment servi d'elle.

Wolff vint la rejoindre. «Vous avez aimé le pique-nique?»

Elle fit un effort pour être gaie. «Oui, c'était charmant. Merci.»

La voiture démarra. Ou bien il allait l'inviter chez lui, ou bien il allait la raccompagner et lui demander de venir prendre un verre. Elle devrait trouver une façon encourageante de refuser. Cette idée lui parut ridicule : elle se comportait comme une vierge affolée. Elle pensa : qu'est-ce que je fais… je me garde pour l'homme de ma vie?

Elle était restée trop longtemps silencieuse. Elle était censée être spirituelle et séduisante. Elle devait lui parler. «Vous avez entendu les informations? demanda-t-elle, en se rendant compte aussitôt que ce n'était pas le sujet de conversation le plus léger.

– Les Allemands gagnent toujours, dit-il. Bien sûr.

– Pourquoi "bien sûr"?

Il eut un sourire condescendant. «Le monde, Elene, se divise entre maîtres et esclaves. (Il parlait comme s'il expliquait des faits simples à une enfant.) Les Anglais ont été des maîtres trop longtemps. Ils se sont ramollis et maintenant ça va être le tour de quelqu'un d'autre.

– Et les Égyptiens… ils sont des maîtres ou des esclaves?» Elle savait qu'elle devrait se taire, qu'elle marchait sur des œufs, mais le ton complaisant de Wolff l'exaspérait.

«Les bédouins sont des maîtres, dit-il. Mais l'Égyptien moyen est un esclave-né.» Elle se dit : il le pense. Elle frissonna.

Ils atteignirent les faubourgs de la ville. Il était minuit passé et les rues étaient tranquilles, mais dans le centre il y aurait encore de l'animation. «Où habitez-vous?» demanda Wolff.

Elle le lui dit. Ç'allait donc être chez elle.

«Il faudra que nous recommencions, dit Wolff.

– Avec plaisir.»

Ils arrivèrent sur Sharia Abbas, et il dit au chauffeur de s'arrêter. Elene se demanda ce qui allait se passer maintenant. Wolff se tourna vers elle et dit : « Merci pour cette charmante soirée. À bientôt. » Il descendit de voiture.

Elle le dévisagea, stupéfaite. Il se pencha vers le chauffeur, lui glissa un peu d'argent et lui donna l'adresse d'Elene. Le chauffeur acquiesça. Wolff donna un petit coup sur le toit de la voiture et le chauffeur démarra. En se retournant, Elene vit Wolff qui lui faisait un geste d'adieu. Comme la voiture tournait, Wolff partit vers le fleuve.

Eh bien, se dit-elle, qu'est-ce que tu dis de ça ?

Il ne lui avait pas fait d'avances, il ne l'avait pas invitée chez elle, pas demandé à monter prendre un verre, pas même un baiser d'adieu… À quoi jouait-il, aux imprenables ?

Elle s'interrogea là-dessus pendant tout le trajet en taxi jusque chez elle. Peut-être était-ce la technique de Wolff que d'essayer d'intriguer une femme. Peut-être était-il simplement excentrique. Quelle qu'en fût la raison, elle lui en était reconnaissante. Elle se renversa contre la banquette et se détendit. Elle n'était pas obligée de choisir entre se débattre et coucher avec lui. Dieu soit loué.

Le taxi s'arrêta devant son immeuble. Soudain, jaillissant de nulle part, trois voitures arrivèrent en rugissant. L'une s'arrêta juste devant le taxi, l'autre derrière et une troisième le long de la voiture. Des hommes surgirent de l'ombre. Les quatre portières du taxi s'ouvrirent toutes grandes et quatre pistolets se trouvèrent braqués vers l'intérieur. Elene poussa un cri.

Puis une tête passa dans la voiture, et Elene reconnut Vandam.

« Il est parti ? » fit Vandam.

Elene comprit ce qui se passait. « J'ai cru que vous alliez me tirer dessus, dit-elle.

– Où l'avez-vous laissé ?

– Sur Sharia Abbas.

– Il y a combien de temps ?

– Cinq ou dix minutes. Je peux descendre ? »

Il lui tendit une main et elle sortit du taxi. « Je suis désolé de vous avoir effrayée, dit-il.

– Ça s'appelle arriver comme les carabiniers.

– Exactement. » Il avait l'air accablé.

Elle sentit monter en elle une bouffée d'affection pour lui. Elle lui toucha le bras. « Vous n'avez pas idée combien je suis heureuse de voir votre visage », dit-elle.

Il lui lança un drôle de regard, comme s'il ne savait pas s'il devait la croire.

« Pourquoi ne renvoyez-vous pas vos hommes, dit-elle et ne venez-vous pas bavarder ? »

Il hésita. « D'accord. » Il se tourna vers un de ses hommes, un capitaine. « Jakes, interrogez le chauffeur de taxi, voyez ce que vous pouvez tirer de lui. Renvoyez les hommes au quartier. Je vous verrai au G. Q. G. dans une heure à peu près.

– Très bien, mon commandant. »

Elene le précéda. C'était si bon d'entrer dans son appartement, de s'affaler sur le canapé et de se débarrasser de ses chaussures.

L'épreuve était terminée, Wolff était parti et Vandam était là. « Servez-vous à boire, proposa-t-elle.

– Non, merci.

– Expliquez-moi ce qui s'est passé. »

Vandam s'assit en face d'elle et prit ses cigarettes. « Nous escomptions qu'il allait tomber dans le piège sans s'en douter… mais il était méfiant, ou en tout cas prudent, et nous l'avons manqué. Qu'est-ce qui est arrivé ? »

Elle appuya la tête contre le dossier du canapé, ferma les yeux et lui raconta en quelques mots le pique-nique. Elle ne mentionna pas qu'elle avait envisagé de coucher avec Wolff et ne dit pas à Vandam que Wolff l'avait à peine touchée de toute la soirée. Elle parlait de façon saccadée : elle avait envie d'oublier, de ne plus se souvenir. Lorsqu'elle eut terminé son récit, elle dit : « Préparez-moi un verre, même si vous n'en voulez pas. »

Il s'approcha du buffet. Elene sentait qu'il était furieux. Elle regarda le pansement qu'il avait sur la tête. Elle l'avait remarqué au restaurant et encore quelques minutes plus tôt en arrivant, mais maintenant elle avait le temps de se demander ce que c'était. « Qu'est-ce qui vous est arrivé au visage ? fit-elle.

– Nous avons failli prendre Wolff hier soir.

– Oh! non.» Il avait donc échoué deux fois en vingt-quatre heures : pas étonnant qu'il eût l'air accablé. Elle avait envie de le consoler, de passer les bras autour de lui, de prendre cette tête lasse sur ses genoux et de lui caresser les cheveux; ça lui faisait presque mal tellement elle en avait envie. Elle décida – impulsivement, comme elle le faisait toujours – qu'elle allait coucher avec lui ce soir.

Il lui tendit un verre. Il s'en était préparé un aussi, après tout.

Comme il se penchait vers elle, elle leva la main, lui prit le menton du bout des doigts et lui tourna la tête pour pouvoir examiner sa joue. Il la laissa regarder, rien qu'une seconde, puis détourna la tête.

Elle ne l'avait jamais vu aussi tendu. Il traversa la pièce et revint s'asseoir en face d'elle, se tenant très droit au bord de son fauteuil. Il bouillait d'une émotion refoulée, quelque chose comme de la rage, mais lorsqu'elle regarda ses yeux, elle vit que ce n'était pas la colère mais la douleur.

«Comment vous a paru Wolff?» demanda-t-il.

Elle ne savait pas très bien où il voulait en venir.

«Charmant. Intelligent. Dangereux.

– Son aspect physique?

– Des mains soignées, une chemise de soie, une moustache qui ne lui va pas. Qu'est-ce que vous cherchez?»

Il secoua la tête d'un geste irrité. «Rien. Tout.» Il alluma une autre cigarette.

Elle ne pouvait pas l'atteindre quand il était de cette humeur-là.

Elle voulait qu'il vienne s'asseoir auprès d'elle, qu'il lui dise qu'elle était belle et courageuse et qu'elle s'était bien acquittée de sa tâche; mais elle savait que ce n'était pas la peine de rêver. Elle dit quand même : «Comment est-ce que je m'en suis tirée?

– Je ne sais pas, fit-il. Qu'est-ce que vous avez fait?

– Vous savez ce que j'ai fait.

– Oui. Je vous en suis très reconnaissant.» Il sourit, et elle savait que ce sourire n'était pas sincère. Qu'est-ce qu'il avait donc? Il y avait dans sa colère quelque chose de familier, quelque chose qu'elle comprendrait dès qu'elle aurait mis le doigt dessus. Ce n'était pas seulement qu'il éprouvait une impression d'échec. C'était son attitude envers elle, sa façon de lui parler, d'être assis en face d'elle et surtout sa façon de la regarder. Il avait une expression de… presque de dégoût.

«Il a dit qu'il voulait vous revoir? interrogea Vandam.

— Oui.

— J'espère qu'il va le faire.» Il se prit le menton à deux mains. Il avait le visage crispé par la tension. Des volutes de fumée montaient de sa cigarette. «Bon sang, j'espère que oui.

— Il a dit aussi : "Il faudra recommencer", ou quelque chose comme ça, lui précisa Elene.

— Je vois. "Il faudra recommencer", hein?

— Quelque chose comme ça.

— À quoi croyez-vous qu'il pensait, au juste?

— À un autre pique-nique, fit-elle en haussant les épaules, un autre rendez-vous… bon sang, William, qu'est-ce que vous avez?

— Je suis simplement curieux», dit-il. (Son visage arborait un sourire crispé, comme elle ne lui en avait jamais vu.) «J'aimerais savoir ce que vous avez fait tous les deux, en dehors de manger et de boire, au fond de ce grand taxi, au bord du fleuve; vous comprenez, tout ce temps ensemble, dans le noir, un homme et une femme…

— Taisez-vous.» Elle ferma les yeux. Maintenant, elle comprenait; maintenant elle savait. Sans rouvrir les yeux, elle dit : «Je vais me coucher. Je ne vous raccompagne pas.»

Quelques secondes plus tard, la porte du palier claquait.

Elle alla jusqu'à la fenêtre et regarda dans la rue. Elle le vit sortir de l'immeuble et enfourcher sa motocyclette. Il mit le moteur en marche et démarra à tombeau ouvert, prenant le virage au bout de la rue comme s'il participait à une course. Elene était très lasse et un peu triste d'avoir à passer la nuit seule, mais elle n'était pas malheureuse, car elle avait compris la colère de Vandam, elle en connaissait la cause, et cela lui donnait quelque espoir.

Comme il disparaissait à ses yeux, elle eut un petit sourire et murmura : «William Vandam, je crois bien que vous êtes jaloux.»

16

Lorsque le major Smith se rendit pour la troisième fois dans la péniche à l'heure du déjeuner, Wolff et Sonja avaient un numéro très au point. Wolff se cachait dans le placard lorsque le major approchait. Sonja l'accueillait dans le salon, avec à la main un verre tout prêt pour lui. Elle le faisait s'asseoir là, s'assurant qu'il posait son porte-documents avant de passer dans la chambre. Au bout d'une minute ou deux, elle se mettait à l'embrasser. Désormais elle pouvait faire de lui ce qu'elle voulait, car il était paralysé par le désir. Elle réussissait à lui faire enlever son short, et peu après l'entraînait dans la chambre. Wolff se rendait fort bien compte que jamais rien de pareil n'était arrivé au major. Il était l'esclave de Sonja dès l'instant où elle le laissait lui faire l'amour. Wolff en était ravi : les choses n'auraient pas été aussi faciles avec un homme un peu plus énergique. À peine Wolff entendait-il le lit craquer qu'il sortait du placard. Il prenait la clef dans la poche du short et ouvrait le porte-documents. Son carnet et son crayon étaient à côté de lui, tout prêts. La seconde visite de Smith avait été décevante, amenant Wolff à se demander si peut-être ce n'était pas qu'accidentellement que Smith transportait des plans de bataille. Mais cette fois-là, il tomba de nouveau sur un filon.

Le général Sir Claude Auchinlek, le commandant en chef pour le Moyen-Orient, avait repris le contrôle direct de la VIIIᵉ armée au général Neil Ritchie. Comme indice de l'affolement des Alliés, cette information à elle seule allait combler d'aise Rommel. Cela pourrait aussi aider Wolff, car cela signifiait que les batailles étaient maintenant préparées au Caire plutôt que dans le désert, auquel cas Smith avait plus de chances d'avoir des copies des plans.

Les Alliés s'étaient retirés sur une nouvelle ligne de défense à Mersa Matrouh, et le plus important document de la serviette de Smith était un résumé des actuelles dispositions.

La nouvelle ligne commençait au village côtier de Matrouh pour s'étendre au sud à travers le désert jusqu'à un escarpement appelé Sidi Hamza. Le Xe corps était à Matrouh ; puis il y avait un large champ de mines long d'une vingtaine de kilomètres ; puis un plus étroit sur une quinzaine de kilomètres ; puis l'escarpement ; puis, au sud de l'escarpement, le XIIIe corps.

Tout en guettant d'une oreille les bruits qui venaient de la chambre, Wolff étudiait la situation. Le tableau était assez clair : le front allié était fort à chaque extrémité et faible en son centre.

Le mouvement le plus probable de Rommel, selon les suppositions des Alliés, était une attaque pour contourner l'extrémité sud du front, manœuvre de débordement classique de Rommel, rendue plus facile par la capture, estimait-on, de cinq cents tonnes de carburant à Tobrouk. Cette avance serait repoussée par le XIIIe corps, qui se composait de la solide Ier division blindée et de la IIe division néo-zélandaise, cette dernière – le résumé, heureusement, le notait – tout juste arrivée de Syrie.

Toutefois, muni des renseignements de Wolff, Rommel pouvait, au lieu de cela, frapper le ventre mou de la ligne et engouffrer ses forces dans la brèche comme un torrent qui fait sauter un barrage en son point le plus faible.

Wolff sourit tout seul. Il avait l'impression de jouer un rôle capital dans la lutte pour la domination allemande de l'Afrique du Nord : il trouvait cela extrêmement satisfaisant.

Dans la chambre, un bouchon de champagne sauta.

Smith surprenait toujours Wolff par la rapidité avec laquelle il faisait l'amour. Le bouchon qui sautait était le signe que tout était terminé, et Wolff n'avait que quelques minutes pour tout ranger avant que Smith vînt rechercher son short.

Il remit les documents dans la serviette, la ferma à clef et remit la clef dans la poche du short. Il ne retourna pas dans le placard : une fois lui suffisait. Il mit ses chaussures dans les poches de son pantalon et, en chaussettes, monta à pas de loup l'échelle, traversa le pont et la planche d'embarquement jusqu'au chemin de halage. Puis il remit ses chaussures et s'en alla déjeuner.

Kemel accepta poliment la poignée de main et dit : «J'espère que votre blessure se cicatrise rapidement, commandant.

– Asseyez-vous, dit Vandam. Le pansement est bien plus assommant que la blessure. Qu'est-ce que vous m'apportez?»

Kemel s'assit et croisa les jambes, ajustant avec soin le pli de son pantalon de coton noir. «J'ai pensé que j'allais vous remettre moi-même le rapport de surveillance, bien qu'il n'y ait malheureusement rien d'intéressant dedans.»

Vandam prit l'enveloppe qu'on lui tendait et l'ouvrit. Elle ne contenait qu'une unique feuille dactylographiée. Il se mit à lire. Sonja était rentrée – sans doute du Cha-Cha Club – à onze heures la veille au soir. Elle était seule. Elle avait refait surface vers dix heures le lendemain matin et on l'avait vue en peignoir sur le pont. Le facteur était venu à une heure. Sonja était sortie à quatre heures pour rentrer à six, portant un sac arborant le nom d'un des magasins de couture les plus coûteux du Caire. À cette heure-là, l'homme qui faisait le guet avait été remplacé par son collègue qui faisait la nuit.

La veille, Vandam avait reçu par messager un rapport analogue de Kemel, couvrant les douze premières heures de la surveillance. Depuis deux jours donc, le comportement de Sonja était parfaitement innocent et ni Wolff ni personne d'autre ne lui avaient rendu visite à bord de la péniche.

Vandam était amèrement déçu.

«Les hommes que j'emploie, fit Kemel, sont de toute confiance et ils me font directement leurs rapports.»

Vandam grommela, puis se contraignit à être courtois. «Oui, j'en suis sûr, dit-il. Merci d'être venu.»

Kemel se leva. «Ça n'est rien, dit-il. Au revoir.» Il sortit.

Vandam resta à ruminer tout seul. Il relut le rapport de Kemel, comme s'il avait pu y avoir des indices entre les lignes. Si Sonja était en rapport avec Wolff – et Vandam continuait à être persuadé qu'elle l'était d'une façon ou d'une autre – de toute évidence, leur association n'était pas très étroite. Si elle rencontrait quelqu'un, les rendez-vous devaient avoir lieu ailleurs que sur la péniche.

Vandam alla jusqu'à la porte et cria : «Jakes !

– Mon commandant ? »

Vandam se rassit et Jakes entra. «À partir de maintenant, dit Vandam, je veux que vous passiez vos soirées au Cha-Cha Club. Surveillez Sonja et observez avec qui elle vient s'asseoir après le spectacle. Donnez aussi un pourboire à un serveur pour qu'il vous dise si quelqu'un va dans sa loge.

– Très bien, mon commandant. »

Vandam le congédia d'un signe de tête, puis ajouta avec un sourire : «Vous avez le droit de vous amuser. »

Le sourire était une erreur : ça lui fit mal à la joue. En tout cas, il n'essayait plus de vivre de glucose dissous dans de l'eau tiède : Gaafar lui préparait de la purée de pommes de terre arrosée de sauce, qu'il pouvait manger à la cuillère et avaler sans mâcher. Il se nourrissait de cela et de gin. Le docteur Abuthnot lui avait dit aussi qu'il buvait et fumait trop, et il avait promis de s'arrêter – après la guerre. En son for intérieur, il songeait : après avoir pris Wolff.

Si ce n'était pas Sonja qui allait le conduire à Wolff, seule Elene en était capable. Vandam avait honte de sa sortie dans l'appartement d'Elene. Il était alors furieux de son échec et en pensant à elle avec Wolff, il était encore plus en colère. Son comportement ne pouvait être décrit que comme une crise de mauvaise humeur. Elene était une fille adorable qui risquait sa tête pour l'aider et la courtoisie était le moins qu'il lui devait.

Wolff avait dit qu'il reverrait Elene. Vandam espérait qu'il la contacterait bientôt. Il éprouvait une colère tout à fait irrationnelle en pensant à ces deux-là ensemble ; mais maintenant que le côté péniche aboutissait à une impasse, Elene était son seul espoir. Il resta assis à son bureau, attendant la sonnerie du téléphone, redoutant la chose même qu'il voulait le plus.

Elene s'en alla faire des courses en fin d'après-midi. Elle faisait de la claustrophobie dans son appartement après avoir passé le plus clair de la journée à tourner en rond, incapable de se concentrer sur rien, tantôt misérable et tantôt heureuse ; elle passa donc une robe à rayures claires et sortit dans le soleil.

Elle aimait le marché aux légumes. C'était un endroit animé, surtout en cette fin de journée quand les commerçants essayaient de se débarrasser des produits qui leur restaient. Elle s'arrêta pour acheter des tomates. L'homme qui la servait en prit une un peu écrasée et la jeta d'un geste théâtral avant d'emplir un sac en papier de fruits en parfait état. Elene se mit à rire, car elle savait que la tomate un peu écrasée serait ramassée dès qu'elle-même aurait disparu et remise à l'étalage de façon que toute cette pantomime pût avoir lieu de nouveau pour le client suivant. Elle discuta brièvement le prix, mais le vendeur sentait qu'elle n'y mettait pas assez de cœur et elle finit par payer presque ce qu'il avait demandé pour commencer.

Elle acheta aussi des œufs, ayant décidé de faire une omelette pour dîner. C'était bon de porter un panier à provisions avec plus de nourriture qu'elle ne pouvait en absorber à un seul repas : cela lui donnait un sentiment de sécurité. Elle se rappelait les jours où il n'était pas question de dîner.

Elle quitta le marché et s'en alla faire du lèche-vitrine du côté des boutiques de couture. Elle achetait la plupart de ses toilettes sur un coup de tête : elle avait des idées précises sur ce qu'elle aimait et, quand elle prévoyait des courses pour acheter quelque chose de précis, elle n'arrivait jamais à le trouver. Elle rêvait d'avoir un jour son propre couturier.

Elle songea : je me demande si William Vandam pourrait se permettre ça pour sa femme ?

Lorsqu'elle pensait à Vandam, elle était heureuse, jusqu'au moment où elle pensait à Wolff.

Elle savait qu'elle pourrait s'en tirer, si elle le désirait, simplement en refusant de voir Wolff, en refusant d'accepter un rendez-vous avec lui, en refusant de répondre à son message.

Rien ne l'obligeait à servir d'appât dans un piège pour meurtrier. Elle revenait sans cesse à cette idée, qui la tracassait comme une dent prête à tomber : je ne suis pas forcée.

Elle perdit soudain tout intérêt pour les robes et rentra chez elle. Elle aurait voulu pouvoir faire une omelette pour deux, mais elle pouvait déjà s'estimer heureuse de préparer une omelette pour une personne. Il y avait une certaine douleur d'estomac bien précise qui vous venait lorsque, si l'on s'était couché sans dîner, on se réveillait le matin avec la perspective de ne pas prendre de petit déjeuner. À dix ans, Elene s'était demandé en secret combien il fallait de temps aux gens pour mourir de faim. Elle était sûre que l'enfance de Vandam n'avait pas connu de tels soucis.

Lorsqu'elle arriva dans l'entrée de son immeuble, une voix dit : « Abigail. »

Elle resta pétrifiée. C'était la voix d'un fantôme. Elle n'osait pas regarder. La voix reprit : « Abigail. »

Elle s'obligea à se retourner. Une silhouette émergea de l'ombre : un vieux juif, misérablement vêtu, avec une barbe crasseuse, des pieds pleins de varices dans des sandales découpées dans de vieux pneus… « Père », fit Elene.

Il restait planté devant elle, comme s'il avait peur de la toucher, il se contentait de la regarder. « Tu es toujours si belle, dit-il, et pas pauvre… »

D'un geste impulsif, elle fit un pas en avant, lui planta un baiser sur la joue, puis recula d'un pas. Elle ne savait quoi dire. « Ton grand-père, dit-il, mon père, est mort. »

Elle lui prit le bras et lui fit monter l'escalier. Tout cela était irréel, irrationnel, comme un rêve.

Dans l'appartement, elle dit : « Il faut que tu manges », et elle l'emmena dans la cuisine. Elle mit une poêle à chauffer et se mit à battre les œufs. Tournant le dos à son père, elle demanda : « Comment m'as-tu trouvée ?

— J'ai toujours su où tu étais, dit-il. Ton amie Esme écrit à son père, que je vois quelquefois. »

Esme était une relation plutôt qu'une amie, mais Elene la rencontrait tous les deux ou trois mois. Elle n'avait jamais dit qu'elle écrivait chez elle. «Je ne voulais pas que tu me demandes de revenir, fit Elene.

– Et qu'est-ce que je t'aurais dit? "Rentre à la maison, c'est ton devoir de mourir de faim avec ta famille." Non. Mais je savais où tu étais.»

Elle coupa les tomates en rondelles et les mit dans l'omelette. «Tu aurais dit qu'il valait mieux mourir de faim que de mener une vie immorale.

– Oui, je l'aurais dit. Et est-ce que j'aurais eu tort?»

Elle se tourna pour le regarder. Le glaucome qui lui avait fait perdre la vue à l'œil gauche voilà des années, était maintenant en train de gagner l'œil droit. Il avait cinquante-cinq ans, calcula-t-elle: il en paraissait soixante-dix. «Oui, tu aurais eu tort, dit-elle. Il vaut toujours mieux vivre.

– Peut-être.»

Sa surprise devait se lire sur son visage, car il expliqua: «Je ne suis plus aussi certain de ces choses d'autrefois. Je vieillis.»

Elene partagea l'omelette en deux et la fit glisser sur deux assiettes. Elle mit du pain sur la table. Son père se lava les mains, puis bénit le pain. «Béni sois-tu, ô Seigneur, notre Dieu, roi de l'univers…»

Elene fut surprise de constater que la prière ne la mettait pas en rage. Dans les plus sombres moments de sa vie de solitaire, elle maudissait son père et sa religion pour ce à quoi ils l'avaient poussée. Elle avait essayé d'adopter une attitude d'indifférence, peut-être de léger mépris; mais elle n'y était pas tout à fait parvenue. Et maintenant, en le regardant prier, elle songeait: et qu'est-ce que je fais, quand cet homme que je déteste se présente sur le pas de la porte? Je l'embrasse sur la joue, je le fais entrer et je lui donne à dîner. Ils commencèrent à manger. Son père avait très faim et engloutissait sa nourriture. Elene se demandait pourquoi il était venu. Était-ce juste pour lui annoncer la mort de son grand-père? Non. Il y avait de ça, peut-être, mais ce n'était pas tout.

Elle demanda des nouvelles de ses sœurs. Après la mort de leur mère, toutes les quatre, chacune à sa façon, avaient rompu avec leur père. Deux étaient parties pour l'Amérique, l'une avait épousé le fils du plus grand ennemi de son père, et la plus jeune, Naomi, avait choisi le moyen d'évasion le plus sûr : elle était morte. L'idée vint à Elene que son père était un homme fini.

Il lui demanda ce qu'elle faisait. Elle décida de lui dire la vérité. « Les Anglais essaient d'attraper un homme, un Allemand, ils pensent que c'est un espion. C'est mon travail de devenir son amie… je suis l'appât du piège. Mais… je crois que je ne vais peut-être plus pouvoir les aider. »

Il avait cessé de manger. « Tu as peur ? »

Elle acquiesça de la tête. « Il est très dangereux. Il a tué un soldat avec un couteau. Hier soir… je devais le retrouver dans un restaurant et les Anglais devaient l'arrêter là-bas, mais quelque chose a mal tourné et j'ai passé toute la soirée avec lui, j'avais très peur, et quand ça a été fini, l'Anglais… (Elle s'interrompit et prit une profonde inspiration.) En tout cas, je ne vais peut-être plus pouvoir les aider. »

Son père s'est remis à manger. « Tu aimes cet Anglais ?

— Il n'est pas juif, dit-elle d'un ton de défi.

— J'ai renoncé à juger tout le monde », dit-il.

Elene n'arrivait pas à assimiler tout cela. Ne restait-il donc rien, absolument rien du vieil homme ?

Ils terminèrent leur repas, et Elene se leva pour lui préparer du thé. « Les Allemands arrivent, dit-il. Ce sera très mauvais pour les juifs. Je m'en vais.

— Où vas-tu aller ? demanda-t-elle, l'air soucieux.

— À Jérusalem.

— Comment vas-tu faire ? Les trains sont pleins, il y a un quota pour les juifs…

— Je vais marcher. »

Elle le dévisagea, sans croire qu'il pût être sérieux, sans croire non plus qu'il plaisantait sur un sujet pareil. « Marcher ?

— Ça a déjà été fait », fit-il en souriant.

Elle vit qu'il parlait sérieusement et ça la rendit furieuse. « Pour autant que je me souvienne, Moïse n'y est jamais arrivé.

— Je trouverai peut-être quelqu'un qui m'emmènera en voiture.

— C'est de la folie !

232

– Est-ce que je n'ai pas toujours été un peu fou ?

– Si ! » cria-t-elle. (Sa colère soudain se dissipa.) « Si, tu as toujours été un peu fou, et je devrais savoir que ça n'est pas la peine d'essayer de te faire changer d'avis.

– Je prierai Dieu qu'il te protège. Ici tu auras une chance… Tu es jeune et belle, et ils ne sauront peut-être pas que tu es juive. Mais moi, un vieil homme inutile marmonnant des prières en hébreu… moi, ils m'enverraient dans un camp où je mourrais sûrement. Il vaut toujours mieux vivre. Tu as dit cela. »

Elle essaya de le persuader de rester avec elle, au moins pour une nuit, mais il refusa. Elle lui donna un chandail et une écharpe, et tout l'argent liquide qu'elle avait dans la maison, et lui dit que s'il attendait un jour de plus, elle pourrait aller chercher davantage d'argent à la banque et lui acheter un bon manteau ; mais il était pressé. Elle éclata en sanglots, puis se sécha les yeux et recommença à pleurer. Lorsqu'il partit, elle regarda par la fenêtre et le vit s'éloigner dans la rue : un vieil homme prêt à quitter l'Egypte pour s'enfoncer dans le désert, sur les pas des enfants d'Israël. Il restait quand même quelque chose du vieil homme : son orthodoxie s'était atténuée, mais il avait toujours une volonté de fer. Il disparut dans la foule et elle quitta la fenêtre. En pensant au courage de son père, elle sut qu'elle ne pouvait pas laisser tomber Vandam.

« C'est une fille curieuse, dit Wolff. Je n'arrive pas vraiment à la comprendre. (Assis sur le lit, il regardait Sonja s'habiller.) Elle est un peu nerveuse. Quand je lui ai dit que nous allions pique-niquer, elle a paru tout à fait effrayée, elle a dit qu'elle me connaissait à peine, comme si elle avait besoin d'un chaperon.

– Avec toi, je pense bien, fit Sonja.

– Et pourtant, elle peut être très directe et terre à terre.

– Tu n'as qu'à me l'amener. Je verrai bien.

– Ça m'ennuie », fit Wolff en se rembrunissant. (Il réfléchissait tout haut.) « Quelqu'un a essayé de sauter dans le taxi avec nous.

– Un mendiant.

– Non, c'était un Européen.

– Un mendiant européen. (Sonja cessa de se brosser les cheveux pour regarder Wolff dans le miroir.) Cette ville est pleine de dingues, tu le sais. Écoute, si tu hésites encore, imagine-la se tordant sur ce lit entre toi et moi. »

Wolff sourit. C'était une image séduisante, mais pas irrésistible : c'était un phantasme de Sonja, pas de lui. Son instinct lui disait de se terrer maintenant, et de ne prendre de rendez-vous avec personne. Mais Sonja allait insister… et il avait encore besoin d'elle. « Et moi, dit Sonja, quand est-ce que je vais contacter Kemel ? Il doit savoir maintenant que tu vis ici. »

Wolff soupira. Encore un rendez-vous ; encore quelqu'un qui aurait prise sur lui ; encore un danger ; et puis aussi encore quelqu'un dont la protection lui serait nécessaire. « Téléphone-lui ce soir du club. Je ne suis pas pressé de le voir, mais il faut le garder dans de bonnes dispositions.

– D'accord. (Elle était prête, et son taxi attendait.) Fixe un rendez-vous avec Elene », dit-elle. Elle sortit.

Elle n'était plus en son pouvoir comme autrefois, comprit Wolff. Les murs que tu bâtis pour te protéger se referment aussi autour de toi. Pouvait-il se permettre de la défier ? En cas de danger précis et immédiat, oui. Mais il n'avait qu'une vague nervosité, une tendance intuitive à garder la tête baissée. Et Sonja serait peut-être assez folle pour le trahir, si elle se mettait vraiment en colère. Il était forcé de choisir le moindre danger.

Il se leva du lit, trouva du papier et un stylo et s'assit pour écrire un mot à Elene.

17

Le message arriva le lendemain du jour où le père d'Elene était parti pour Jérusalem. Un petit garçon se présenta à la porte avec une enveloppe. Elene donna un pourboire et lut

234

la lettre. Elle était brève. « Ma chère Elene, retrouvons-nous au restaurant l'Oasis à huit heures jeudi prochain. J'ai hâte de vous voir. Tendrement, Alex Wolff. » Contrairement à sa façon de parler, son style avait une raideur qui paraissait allemande – mais peut-être était-ce son imagination. Jeudi… c'était après-demain. Elle ne savait pas si elle devait être contente ou effrayée. Sa première pensée fut de téléphoner à Vandam ; puis elle hésita.

Elle en était arrivée à éprouver à propos de Vandam une intense curiosité. Elle en savait si peu sur lui. Que faisait-il lorsqu'il n'était pas à la poursuite des espions ? Est-ce qu'il écoutait de la musique, faisait collection de timbres, chassait le canard ? S'intéressait-il à la poésie, à l'architecture ou aux tapis anciens ? À quoi ressemblait sa maison ? Avec qui vivait-il ? De quelle couleur étaient ses pyjamas ? Elle voulait oublier leurs querelles et elle avait envie de voir où il habitait. Elle avait maintenant un prétexte pour le contacter : au lieu de lui téléphoner, elle allait se rendre chez lui.

Elle décida de changer de robe, puis elle se dit qu'elle allait prendre un bain d'abord, et décida de se laver les cheveux aussi. Assise dans la baignoire, elle se demandait quelle toilette elle allait mettre. Elle se rappelait les occasions où elle avait vu Vandam et essayait de se rappeler quels vêtements elle portait. Il n'avait jamais vu la robe rose pâle avec les épaules bouffantes et toute boutonnée devant : c'était une très jolie robe.

Elle se mit un peu de parfum, puis les dessous de soie que Johnnie lui avait offerts, et qui lui donnaient toujours l'impression d'être si féminine. Ses cheveux courts étaient déjà secs, et elle s'assit devant le miroir pour les peigner. Les belles boucles sombres brillaient après le shampooing. J'ai l'air ravissant, se dit-elle, et elle se gratifia d'un sourire séducteur.

Elle quitta l'appartement en prenant avec elle le billet de Wolff. Cela intéresserait Vandam de voir son écriture. Il s'intéressait à tous les petits détails qui concernaient Wolff, peut-être parce qu'ils ne s'étaient jamais trouvés face à face, sauf dans l'obscurité ou de loin. L'écriture était très nette, très lisible, presque comme des lettres dessinées par un artiste : Vandam en tirerait sûrement une conclusion.

Elle se dirigea vers Garden City. Il était sept heures et Vandam travaillait tard, aussi avait-elle du temps devant elle. Le soleil était encore fort, et, en marchant, elle en savourait la chaleur sur ses bras et sur ses jambes. Un groupe de soldats sifflèrent sur son passage et, dans l'humeur radieuse où elle était, elle leur sourit, aussi la suivirent-ils quelques blocs avant de se laisser attirer par un bar. Elle se sentait d'humeur joyeuse et téméraire. Quelle bonne idée c'était d'aller chez lui : cela valait bien mieux que de rester toute seule chez elle. Elle avait été trop seule. Pour ses hommes, elle n'avait jamais existé que quand ils avaient le temps de venir la voir ; et elle avait adopté leurs attitudes, si bien que lorsqu'ils n'étaient pas là, elle avait l'impression de n'avoir rien à faire, aucun rôle à jouer. Maintenant, elle avait rompu avec tout cela. En prenant cette décision, en allant le voir sans y être invitée, elle avait l'impression d'être elle-même, plutôt qu'un personnage dans le rêve de quelqu'un d'autre. Cela lui donnait presque le vertige. Elle trouva la maison sans mal. C'était une petite villa de style colonial reflétant le soleil du soir avec un éclat aveuglant. Elle monta la petite allée, sonna et attendit dans l'ombre du portique. Un Egyptien chauve d'un certain âge apparut. « Bonsoir, madame, dit-il, du ton d'un majordome anglais.

— Je voudrais voir le major Vandam, dit Elene. Je suis Elene Fontana.

— Le major n'est pas encore rentré, madame, fit le serviteur, hésitant.

— Je pourrais peut-être l'attendre, dit Elene.

— Bien sûr, madame. » Il s'écarta pour la laisser entrer.

Elle franchit le seuil. Elle regardait autour d'elle avec une avidité nerveuse. Elle était dans un vestibule frais et carrelé au plafond très haut. Elle n'avait pas eu le temps de tout inspecter que le domestique disait : « Par ici, madame. (Il la fit entrer dans un salon.) Je m'appelle Gaafar. Appelez-moi, je vous prie, si vous avez besoin de quoi que ce soit.

— Merci, Gaafar. »

Le serviteur sortit. Elene était fascinée de se trouver chez Vandam et toute seule pour examiner les lieux. Il y avait dans le salon une grande cheminée de marbre et plein de meubles très anglais : elle avait la vague impression que ce n'était pas lui qui les avait choisis. Tout était net, impeccable, et on n'avait pas le sentiment que quelqu'un y vivait souvent. Qu'est-ce que cela révélait de son caractère ? Peut-être rien.

La porte s'ouvrit et un jeune garçon entra. Il était beau, avec des cheveux bruns bouclés, une peau lisse d'enfant. Il semblait avoir une dizaine d'années. Son visage paraissait vaguement familier.

« Bonjour, dit-il. Je suis Billy Vandam. »

Elene le contempla, horrifiée. Un fils... Vandam avait un fils ! Et elle savait maintenant pourquoi son visage lui semblait familier : il ressemblait à son père. Pourquoi l'idée ne lui était-elle jamais venue que Vandam pouvait être marié ? Un homme comme ça – charmant, bon, beau, intelligent – il n'avait sans doute pas atteint presque la quarantaine sans se faire agrafer. Quelle idiote elle avait été de croire qu'elle aurait pu être la première à le désirer ! Elle se sentit si stupide qu'elle rougit.

Elle serra la main de Billy. « Enchantée, dit-elle. Je suis Elene Fontana.

– On ne sait jamais à quelle heure papa rentre, dit Billy. J'espère que vous n'aurez pas trop longtemps à attendre. »

Elle n'était pas encore tout à fait remise. « Ne t'inquiète pas, ça ne me gêne pas, ça n'a aucune importance...

– Voudriez-vous boire quelque chose ? »

Il était très poli, comme son père, avec un formalisme qui avait quelque chose de désarmant. « Non, je te remercie, dit Elene.

– Bon, il faut que j'aille dîner. Désolé de vous laisser seule.

– Mais non, mais non...

– Si vous avez besoin de quelque chose, vous n'avez qu'à appeler Gaafar.

– Merci. »

Le garçon s'en alla et Elene se rassit pesamment. Elle était désorientée, comme si chez elle elle avait découvert une porte donnant sur une chambre dont elle ignorait l'existence. Elle aperçut une photographie sur le manteau de la cheminée et se leva pour la regarder. C'était le portrait d'une belle femme d'une vingtaine d'années, une créature à l'air froid et aristocratique avec un sourire légèrement dédaigneux. Elene admira la robe qu'elle portait, une robe de soie et qui flottait en plis élégants autour de sa mince silhouette. La femme était impeccablement coiffée et maquillée. Les yeux lui rappelaient étonnamment quelque chose, des yeux clairs au regard pénétrant : Elene se rendit compte que Billy avait les mêmes yeux. C'était donc la mère de Billy… la femme de Vandam. Elle était, bien sûr, exactement le genre de femme qu'il aurait pu épouser, une beauté anglaise classique avec un air supérieur.

Elene se dit qu'elle avait été idiote. Des femmes comme ça faisaient la queue pour épouser des hommes comme Vandam. S'imaginer qu'il les aurait toutes laissées passer pour s'amouracher d'une courtisane égyptienne ! Elle se répéta tout ce qui la séparait de lui : il était respectable et elle ne l'était pas ; il était anglais et elle était égyptienne ; il était chrétien – sans doute – et elle, juive ; il était bien élevé et elle sortait des faubourgs d'Alexandrie ; il avait près de quarante ans et elle en avait vingt-trois… la liste était longue.

Derrière la photo, coincée dans le cadre, il y avait une page arrachée à un magazine. Le papier était vieux et jaunissant. La page reproduisait la même photographie. Elene vit que c'était d'un magazine qui s'appelait *The Tatler*. Elle en avait entendu parler : il était beaucoup lu par les épouses des colonels au Caire, car on y trouvait le compte rendu de tous les menus événements de la société londonienne : soirées, bals, fêtes de charité, vernissages ainsi que les activités de la famille royale anglaise. Le portrait de Mme Vandam occupait presque toute cette page, et une légende sous la photo annonçait que Angela, fille de Sir Peter et de lady Berensford, allait épouser le lieutenant William Vandam, fils de M. et de Mme John Vandam de Gateley, dans le Dorset. Elene replia la coupure de presse et la remit en place.

Le tableau de famille était complet. Séduisant officier britannique, épouse anglaise froide et sûre d'elle, fils intelligent et charmant, belle maison, argent, classe et bonheur. Tout le reste n'était qu'un rêve.

Elle déambula dans la pièce, en se demandant si d'autres rudes surprises l'attendaient. Le salon avait, bien sûr, été meublé par Mme Vandam, avec un goût parfait et glacé. L'imprimé des rideaux était en harmonie avec la coloration discrète de la tapisserie et de l'élégant papier peint à rayures qui couvrait les murs. Elene se demandait à quoi ressemblait leur chambre. Elle aussi devait être d'un goût glacé, se dit-elle. Peut-être la couleur dominante était-elle le vert bleuté, cette nuance qu'on appelait vert Nil, bien que ce ne fût pas du tout comme l'eau boueuse du Nil. Avaient-ils des lits jumeaux ? Elle l'espérait. Elle ne le saurait jamais.

Contre un mur, se trouvait un petit piano droit. Elle se demanda qui jouait. Peut-être Mme Vandam s'asseyait-elle ici parfois, le soir, emplissant l'air des accents de Chopin pendant que Vandam, assis dans le fauteuil là-bas, la regardait tendrement. Peut-être Vandam s'accompagnait-il au piano en chantant à sa femme des ballades romantiques d'une vigoureuse voix de ténor. Peut-être Billy avait-il un professeur et pianotait-il des gammes hésitantes chaque après-midi en rentrant de l'école. Elle examina la pile de partitions posées sur le tabouret. Elle ne s'était pas trompée pour Chopin : ils avaient toutes les valses ici dans un recueil.

Elle prit un roman posé sur le dessus du piano et l'ouvrit. Elle en lut la première ligne : « La nuit dernière, j'ai rêvé que je revenais à Manderley. » Les premières phrases l'intriguèrent, et elle se demanda si Vandam était en train de lire ce livre. Peut-être pourrait-elle l'emprunter : ce serait agréable d'avoir quelque chose à lui. D'un autre côté, elle avait le sentiment qu'il n'était pas un grand lecteur de romans. Et elle ne voulait pas l'emprunter à sa femme.

Billy entra. Elene reposa soudain le livre, avec une impression déraisonnable de culpabilité, comme si elle s'était montrée indiscrète. Billy vit son geste. « Celui-là ne vaut rien, dit-il. C'est l'histoire d'une fille idiote qui a peur de la gouvernante de son mari. Il n'y a pas d'action. »

Elene s'assit, et Billy vint prendre place en face d'elle. De toute évidence, il allait lui faire la conversation. C'était la réplique de son père, à part ces yeux gris clair. Elle dit : «Alors, tu l'as lu?

– *Rebecca*? Oui. Mais je ne l'ai pas beaucoup aimé. Malgré tout, je finis toujours les livres.

– Qu'est-ce que tu aimes lire?

– Je préfère les polars.

– Les polars?

– Les romans policiers. J'ai lu tous ceux d'Agatha Christie et de Dorothy Sayers. Mais j'aime surtout les américains : S. S. Van Dine et Raymond Chandler.

– Vraiment, fit Elene en souriant. J'aime bien les romans policiers aussi… j'en lis tout le temps.

– Oh! C'est quoi, votre polar préféré?»

Elene réfléchit : «Maigret.

– Je n'ai jamais entendu parler de lui. Quel est le nom de l'auteur?

– Georges Simenon. Il écrit en français, mais maintenant certains de ses livres ont été traduits en anglais. La plupart du temps, ils se situent à Paris. Ils sont très… compliqués.

– Vous voudriez m'en prêter un? C'est si difficile de trouver de nouveaux livres, j'ai lu tous ceux qui sont dans cette maison et à la bibliothèque de l'école et je fais des échanges avec mes copains, mais vous savez, ils aiment les histoires d'enfants qui ont des aventures pendant leurs vacances.

– Très bien, dit Elene. Faisons des échanges. Qu'est-ce que tu as à me prêter? Je ne crois pas avoir lu aucun de ces américains.

– Je vais vous prêter un Chandler. Les romans américains sont beaucoup plus authentiques, vous savez. J'en ai assez de ces histoires qui se passent dans des maisons de campagne anglaises avec des gens qui ne seraient probablement pas capables de tuer une mouche.»

C'était curieux, se dit Elene, qu'un garçon pour qui une maison de campagne anglaise faisait sans doute partie de la vie quotidienne trouve «plus vraies» des histoires de détectives privés américains. Elle hésita, puis demanda : «Ta mère lit des romans policiers?

– Ma mère, répondit aussitôt Billy, est morte l'an dernier en Crète.

– Oh ! » Elene porta la main à sa bouche ; elle sentait le sang se retirer de son visage. Vandam n'était donc plus marié !

Un instant plus tard, elle eut honte que c'eût été sa première pensée et que la compassion pour l'enfant ne fût venue qu'en second. « Billy, dit-elle, c'est terrible pour toi. Je suis désolée. » La réalité de la mort venait de faire irruption dans leur conversation à bâtons rompus sur les romans policiers, et elle se sentait gênée.

« Oh ! fit Billy, ça n'est rien. C'est la guerre, vous comprenez. »

Et voilà maintenant qu'il était de nouveau comme son père. Un moment, en parlant de livres, il était plein d'un enthousiasme juvénile, mais maintenant il avait retrouvé son masque et c'était une version plus petite du masque utilisé par son père : la courtoisie, le formalisme, l'attitude de l'hôte pleine d'attentions. *C'est la guerre, vous comprenez* : il avait entendu quelqu'un dire ça, et il avait adopté la formule. Elle se demanda si sa préférence pour les romans policiers « authentiques » par rapport aux histoires de meurtres peu plausibles dans des maisons de campagne datait de la mort de sa mère. Il regardait maintenant autour de lui, cherchant quelque chose, peut-être une inspiration. Dans un moment, il allait lui offrir des cigarettes, du whisky, du thé. C'était déjà assez difficile de savoir quoi dire à un adulte dans la peine : avec Billy, elle se sentait désemparée. Elle décida de parler d'autre chose.

« J'imagine, dit-elle gauchement, qu'avec ton père qui travaille au G. Q. G., tu as plus de nouvelles de la guerre que nous tous.

– Je pense que oui, mais en général je ne comprends pas vraiment. Quand il rentre à la maison de mauvaise humeur, je sais que nous avons encore perdu une bataille. » (Il se mit à se mordre un ongle, puis fourragea dans les poches de son short.) « Je voudrais bien être plus vieux.

– Tu as envie de te battre ? »

Il la regarda d'un air farouche, comme s'il croyait qu'elle

se moquait de lui. «Je ne suis pas de ces gosses qui croient que tout ça est marrant, comme les films de cow-boys.

– Je suis certaine que non, murmura-t-elle.

– C'est juste que j'ai peur que les Allemands gagnent.»

Elene pensa : oh! Billy, si tu avais dix ans de plus, je tomberais amoureuse de toi aussi. «Ce ne serait peut-être pas si mal, dit-elle. Ce ne sont pas des monstres.»

Il lui lança un regard sceptique : elle aurait dû savoir que ce n'était pas son style. «Ils ne nous feraient pas ce que nous faisons aux Égyptiens depuis cinquante ans.»

Encore une des répliques de son père, elle en était sûre.

«Mais alors, dit Billy, tout ça aurait été pour rien.» De nouveau il se mordit un ongle et cette fois il ne s'arrêta pas. Elene se demandait ce qui aurait été pour rien. La mort de sa mère? Le combat qu'il menait personnellement pour être brave? Les deux ans en dents de scie de la guerre dans le désert? La civilisation européenne? «Enfin, dit-elle, d'un ton penaud, nous n'en sommes pas encore là.» Billy regarda la pendule sur la cheminée. «Je dois être au lit à neuf heures.» Tout à coup, il redevenait un enfant.

«Alors, je suppose que tu ferais mieux d'y aller.

– Oui.» Il se leva.

«Est-ce que je peux venir te dire bonne nuit dans quelques minutes?

– Si vous voulez.» Il sortit.

Quel genre de vie menaient-ils dans cette maison? se demanda Elene. L'homme, l'enfant et le vieux serviteur vivaient ici ensemble, chacun avec ses propres préoccupations. Où était le rire, où étaient la tendresse et l'affection? Avaient-ils le temps de jouer, de chanter et d'aller en pique-nique? En comparaison avec l'enfance qu'elle avait connue, celle de Billy était bien plus agréable; elle craignait néanmoins que ce ne fût qu'une maison terriblement adulte pour y grandir. La sagesse de jeune vieux du petit garçon était charmante, mais il avait l'air d'un enfant qui ne s'amusait pas beaucoup. Elle éprouva une vague de compassion pour lui, pour cet enfant sans mère dans un pays étranger assiégé par des armées ennemies.

Elle quitta le salon et monta. Il semblait y avoir trois ou quatre chambres au premier étage, avec un étroit escalier donnant accès à un second étage où, sans doute, dormait Gaafar. Une des portes était ouverte et elle entra.

Ça ne ressemblait guère à une chambre de petit garçon. Elene ne s'y connaissait pas beaucoup en jeunes garçons — elle avait eu quatre sœurs — mais elle s'attendait à voir des maquettes d'avion, des puzzles, un train électrique, de l'équipement sportif et peut-être un vieil ours en peluche abandonné. Elle n'aurait pas été surprise de voir des vêtements sur le sol, un jeu de construction sur le lit et une paire de chaussures de football sales sur la surface bien astiquée d'un bureau. Mais on se serait cru dans la chambre d'un adulte. Les vêtements étaient soigneusement pliés sur une chaise, il n'y avait rien sur la commode, les livres de classe s'entassaient bien rangés sur le bureau et le seul jouet qu'on voyait, c'était une maquette de char en carton. Billy était au lit, son pyjama à rayures boutonné jusqu'au cou, un livre posé sur la couverture à côté de lui.

«J'aime bien ta chambre, dit Elene en mentant effrontément.

— Elle n'est pas mal, dit Billy.

— Qu'est-ce que tu lis?

— *Le Mystère du cercueil grec.*»

Elle s'assit au bord du lit. «Allons, ne garde pas la lumière allumée trop tard.

— Je dois éteindre à neuf heures et demie.»

Elle se pencha soudain en avant et l'embrassa sur la joue. À cet instant, la porte s'ouvrit et Vandam entra.

C'était le côté familier de la scène qui était très surprenant: l'enfant au lit avec son livre, la lumière de la lampe de chevet l'éclairant, la femme se penchant en avant pour souhaiter bonne nuit au jeune garçon. Vandam était là à regarder la scène, avec le sentiment d'être quelqu'un qui sait qu'il rêve mais qui n'arrive quand même pas à se réveiller.

Elene se leva et dit: «Bonjour, William.

— Bonjour, Elene.

« – Bonne nuit, Billy.

– Bonne nuit, mademoiselle Fontana. »

Elle passa devant Vandam et sortit dans le couloir. Vandam s'assit sur le bord du lit, dans le creux des couvertures qu'elle venait de quitter. « Alors, on faisait la conversation à notre invitée ?

– Oui.

– C'est bien.

– Elle est sympa… elle lit des romans policiers. On va échanger des livres.

– Formidable. As-tu fait tes devoirs ?

– Oui… c'était du vocabulaire français.

– Tu veux que je te fasse répéter ?

– Ça va, Gaafar l'a fait. Dis donc, elle est rudement jolie.

– Oui. Elle travaille à quelque chose pour moi… c'est un peu confidentiel, alors…

– Bouche cousue. »

Vandam sourit. « Tout juste.

– Est-ce que, fit Billy en baissant la voix, est-ce qu'elle est un agent secret ? »

Vandam posa un doigt sur ses lèvres. « Les murs ont des oreilles. »

L'enfant avait l'air méfiant. « Tu me fais marcher. »

Vandam secoua la tête sans rien dire.

« Eh bien », fit Billy.

Vandam se leva. « Extinction des feux à 9 h 30.

– Entendu. Bonne nuit.

– Bonne nuit, Billy. » Vandam sortit. Comme il refermait la porte, l'idée le traversa que le baiser d'Elene pour lui dire bonsoir avait probablement fait beaucoup plus de bien à Billy que cette brève conversation d'homme à homme avec son père.

Il trouva Elene dans le salon, en train de préparer des Martini. Il avait l'impression qu'il aurait dû être plus agacé qu'il ne l'était par la façon dont elle se montrait à l'aise chez lui, mais il était trop fatigué pour adopter des attitudes. Il se laissa tomber dans un fauteuil et accepta un verre.

« Une journée chargée ? » fit Elene.

Tout le service de Vandam avait travaillé sur les nouvelles

procédures de sécurité radio qu'on allait mettre en vigueur à la suite de la capture du poste d'écoute allemand sur la colline de Jésus, mais Vandam n'allait pas raconter cela à Elene. Et puis il trouvait qu'elle en faisait un peu trop dans son rôle de maîtresse de maison.

«Pourquoi êtes-vous venue ici? dit-il.

– J'ai rendez-vous avec Wolff.

– Magnifique! (Vandam oublia aussitôt tous les problèmes mineurs.) Quand ça?

– Jeudi.» Elle lui tendit une feuille de papier.

Il examina le message. C'était une convocation sans appel, rédigée d'une écriture nette et soignée. «Comment ce billet vous est-il parvenu?

– Un jeune garçon me l'a apporté chez moi.

– L'avez-vous interrogé? Où lui a-t-on remis le message, qui le lui a remis, etc.?»

Elle était toute penaude. «Je n'ai jamais pensé à faire ça.

– Ça ne fait rien.» De toute façon, Wolff avait dû prendre ses précautions; le messager n'aurait rien su d'intéressant.

«Qu'allons-nous faire? demanda Elene.

– La même chose que la dernière fois, mais en mieux.» Vandam s'efforçait d'avoir l'air plus sûr de lui qu'il ne l'était. Ç'aurait dû être simple. L'homme prend rendez-vous avec une fille, alors on se poste au lieu du rendez-vous et on arrête l'homme quand il se présente. Mais Wolff était imprévisible. Il ne s'en tirerait pas cette fois-ci encore avec le coup du taxi: Vandam allait faire cerner le restaurant, vingt ou trente hommes et plusieurs voitures, des barrages tout prêts et ainsi de suite. Mais peut-être allait-il essayer un nouveau truc. Vandam n'arrivait pas à imaginer lequel… et c'était là le problème.

Comme si elle lisait ses pensées, Elene dit: «Je n'ai pas envie de passer une autre soirée avec lui.

– Pourquoi?

– Il me fait peur.»

Vandam se sentait coupable – *souviens-toi d'Istanbul* – mais il réprima sa compassion. «Pourtant la dernière fois, il ne vous a fait aucun mal.

– Il n'a pas cherché à me séduire, alors je n'ai pas eu à dire non. Mais il va le faire et je crains qu'il n'accepte pas un refus.

– Nous avons appris notre leçon, dit Vandam avec une fausse assurance. Cette fois, il n'y aura pas d'erreur. » Il était secrètement surpris de sa tranquille détermination de ne pas vouloir coucher avec Wolff. Il s'imaginait que ce genre de choses ne comptait guère pour elle. Alors il l'avait mal jugée. Le fait de la voir sous ce jour nouveau, on ne sait pourquoi, le rendit d'humeur joyeuse. Il décida d'être sincère avec elle. «Je dois être plus précis, dit-il. Je ferai tout ce qui est en mon pouvoir pour m'assurer que cette fois il n'y aura pas d'erreur. »

Gaafar arriva et dit : «Le dîner est servi, monsieur.» Vandam sourit : Gaafar faisait son numéro de majordome anglais en l'honneur de la compagnie féminine qu'il voyait à son maître.

«Avez-vous dîné? demanda Vandam.

– Non.

– Qu'est-ce que nous avons, Gaafar?

– Pour vous, monsieur, une soupe, des œufs brouillés et un yaourt. Mais j'ai pris la liberté de faire griller une côte d'agneau pour Mlle Fontana.

– C'est toujours votre menu? demanda Elene à Vandam.

– Non, c'est à cause de ma joue, je ne peux pas mâcher.» Il se leva. Comme ils passaient dans la salle à manger, Elene dit : «Ça vous fait toujours mal?

– Seulement quand je ris. C'est vrai… je ne peux pas tendre les muscles de ce côté-là. J'ai pris l'habitude de ne sourire que d'un côté du visage.»

Ils s'assirent et Gaafar servit le consommé.

Elene dit : «J'aime beaucoup votre fils.

– Moi aussi, dit Vandam.

– Il est plus mûr que son âge.

– Vous trouvez que c'est dommage?

– Qui sait? fit-elle en haussant les épaules.

– Il a connu certaines expériences qui devraient être réservées aux adultes.

– En effet. (Elene hésita.) Quand votre femme est-elle morte?

– Le 28 mai 1941, dans la soirée.

– Billy m'a dit que c'était arrivé en Crète.

– Oui. Elle travaillait au chiffre pour l'aviation. Elle était temporairement affectée en Crète lorsque les Allemands ont débarqué. Le 28 mai, c'est le jour où les Britanniques se sont rendu compte qu'ils avaient perdu la bataille et ont décidé d'évacuer. Il semble qu'elle ait été touchée par un obus égaré et tuée sur le coup. Bien sûr, nous essayions à ce moment-là de faire partir les gens vivants, pas les cadavres, alors... il n'y a pas de tombe, vous comprenez. Pas de dalle. Rien.

– Vous l'aimez toujours? fit doucement Elene.

– Je crois que je serai toujours amoureux d'elle. Je crois que c'est comme ça avec les gens qu'on aime vraiment. S'ils s'en vont, ou s'ils meurent, ça ne change rien. Si jamais je devais me remarier, je continuerais à aimer Angela.

– Étiez-vous heureux?

– Nous... (Il hésita, répugnant à répondre, puis il se rendit compte que son hésitation était à elle seule une réponse.) Notre mariage n'était pas une union idyllique. C'était moi qui étais passionné... Angela m'aimait bien.

– Vous pensez que vous vous remarierez?

– Ma foi, les Anglais du Caire n'arrêtent pas de me jeter dans les bras des répliques d'Angela. » Il haussa les épaules. Il ne connaissait pas la réponse à cette question. Elene parut comprendre, car elle se tut et se mit à commencer son dessert.

Gaafar leur apporta le café dans le salon. C'était à cette heure de la journée que Vandam, en général, se mettait à boire sérieusement, mais ce soir, il n'en avait pas envie. Il envoya Gaafar se coucher et ils burent leur café. Vandam fuma une cigarette.

Il avait envie de musique. À une époque, il avait adoré la musique, mais ces temps-ci c'était un peu sorti de sa vie. Ce soir, avec l'air doux de la nuit entrant par les fenêtres ouvertes et la fumée qui montait en volutes de sa cigarette, il éprouvait le besoin d'entendre des notes claires et ravissantes, de douces harmonies et des rythmes subtils. Il s'approcha du piano et regarda les partitions. Elene l'observait en silence. Il se mit à jouer la *Sonate pour Élise*. Les premières notes retentirent, avec la simplicité caractéristique et bouleversante de Beethoven ; puis l'hésitation ; puis le thème qui se déroulait. Il se remit à jouer sans effort, presque comme s'il n'avait jamais arrêté. Ses mains savaient quoi faire d'une façon qui lui semblait toujours miraculeuse.

Une fois le morceau terminé, il revint auprès d'Elene, s'assit à côté d'elle et l'embrassa sur la joue. Elle avait le visage humide de larmes. « William, dit-elle, je vous aime de tout mon cœur. »

Ils parlent à voix basse.

Elle dit : « J'aime tes oreilles. »

Il dit : « Personne ne les a jamais léchées. »

Elle se met à rire. « Tu aimes ?

– Oui, oui. (Il soupire.) Est-ce que je peux ?...

– Défais les boutons... ici... c'est ça... aah.

– Je vais éteindre.

– Non, je veux te voir...

– Il y a clair de lune. (Clic.) Là, tu vois ? Le clair de lune suffit.

– Reviens ici tout de suite...

– Je suis ici.

– Embrasse-moi encore, William. »

Pendant un moment, il ne parle pas. Puis :

« Est-ce que je peux retirer ça ? dit-il.

– Laisse-moi t'aider... là

– Oh ! Oh ! ils sont si jolis.

– Je suis heureuse qu'ils te plaisent... tu voudrais refaire ça plus fort... en suçant un peu... aah, mon Dieu... »

Un peu plus tard, elle dit :

« Laisse-moi tâter ta poitrine. Satanés boutons... j'ai déchiré ta chemise...

– On s'en fout.

– Ah ! je savais que ce serait comme ça... regarde.

– Quoi donc ?

– Notre peau au clair de lune... tu es si pâle et moi je suis presque noire, regarde...

– Oui.

– Touche-moi. Caresse-moi. Serre, pince, explore; je veux sentir tes mains partout sur moi...

– Oui...

–... partout, tes mains, là, oui, surtout là. Oh! tu sais, tu sais exactement où, oh!

– Tu es si douce à l'intérieur.

– C'est un rêve.

– Non, c'est la réalité.

– Je ne veux jamais me réveiller.

– Si douce...

– Et toi, tu es si dur... je peux embrasser?

– Oui, je t'en prie... ah!... Dieu que c'est bon... mon Dieu...

– William?

– Oui?

– Maintenant, William?

– Oh! oui.

–... enlève-les.

– De la soie.

– Oui. Fais vite.

– Oui.

– Ça fait si longtemps que j'en ai envie...»

Elle halète et il émet une sorte de sanglot, et puis on n'entend que leur respiration pendant de longues minutes, jusqu'au moment où il se met à crier tout haut, et elle étouffe alors ses cris sous ses baisers et puis elle aussi, elle est emportée, elle s'enfouit le visage dans le coussin et ouvre la bouche pour y hurler, et lui, qui n'a pas l'habitude de ça, croit que quelque chose ne va pas et dit :

«C'est bien, c'est bien, c'est bien...»

...Et enfin elle devient molle et s'allonge un moment les yeux clos, un peu moite, jusqu'au moment où son souffle redevient normal, puis elle lève les yeux vers lui et dit :

«C'est donc comme ça que c'est censé être!»

Il rit, et elle le regarde d'un air interrogateur, alors il explique : « C'est exactement ce que je pensais. »

Alors, ils éclatent de rire tous les deux et il dit :

« Il m'est arrivé de faire des tas de choses après… tu sais, après… mais je ne crois pas avoir jamais ri.

— Je suis si heureuse, dit-elle. Oh! William, que je suis heureuse. »

18

Elle sentait l'odeur de la mer. À Tobrouk, la chaleur, la poussière et les mouches étaient aussi pénibles que dans le désert, mais tout ça était rendu tolérable par une bouffée, de temps en temps, d'humidité salée apportée par une brise légère.

Von Mellenthin entra dans le Q. G. mobile avec son rapport de renseignements.

« Bonsoir, monsieur le maréchal. »

Rommel sourit. Il avait été promu après la victoire de Tobrouk et ne s'était pas encore habitué à son nouveau titre. « Rien de neuf?

— Un message de l'espion du Caire. Il dit que la ligne de Mersa Matrouh est faible en son centre. »

Rommel prit le rapport et le parcourut du regard. Il sourit en lisant que les Alliés prévoyaient qu'ils allaient tenter une attaque en contournant l'extrémité sud du front : ils avaient l'air de commencer à comprendre sa façon de penser. « Le champ de mines est donc moins large à cet endroit, dit-il… mais là le front est défendu par deux colonnes. Qu'est-ce qu'une colonne ?

— C'est un nouveau terme qu'ils utilisent. D'après l'un de nos prisonniers de guerre, une colonne est un groupe de brigades qui ont été deux fois débordées par les panzers.

— Des troupes affaiblies, alors.

— Oui. »

Rommel tapa le rapport de son index. «Si ces renseignements sont exacts, nous pouvons faire une percée dans la ligne de Mersa Matrouh dès que nous arriverons là-bas.

— Je vais faire de mon mieux, bien sûr, pour vérifier le rapport de l'espion d'ici à demain ou après-demain, dit von Mellenthin. Mais la dernière fois, il avait raison.»

La porte du camion s'ouvrit toute grande et Kesselring entra.

Rommel était surpris. «Monsieur le maréchal! dit-il. Je vous croyais en Sicile.

— J'y étais, dit Kesselring. (Il secoua la poussière de ses bottes faites sur mesure.) J'ai pris un avion jusqu'ici pour vous voir. Bon sang, Rommel, il faut que ça cesse. Vos ordres sont très clairs : vous deviez avancer jusqu'à Tobrouk et pas plus loin.»

Rommel se carra dans son fauteuil pliant. Il avait espéré éviter cette discussion. «Les circonstances ont changé, dit-il.

— Mais vos ordres d'origine ont été confirmés par le commandement suprême italien, dit Kesselring. Et quelle a été votre réaction? Vous avez décliné ce conseil et invité Bastico à déjeuner avec vous au Caire!»

Rien n'exaspérait plus Rommel que des ordres émanant des Italiens. «Les Italiens n'ont rien fait dans cette guerre, dit-il d'un ton furieux.

— Peu importe. Nous avons maintenant besoin de votre soutien aérien et maritime pour l'attaque sur Malte. Lorsque nous aurons pris Malte, vos communications seront assurées pour avancer en Égypte.

— Vous n'avez rien appris, vous autres! fit Rommel. (Il faisait un effort pour ne pas parler trop haut.) Pendant que nous nous retranchons, l'ennemi aussi va se retrancher. Je ne suis pas arrivé jusqu'ici en jouant au vieux jeu de l'avance, du renforcement des positions, puis d'une nouvelle avance. Lorsqu'ils attaquent, j'esquive. Quand ils défendent une position, je la contourne; et s'ils battent en retraite, je les poursuis. Ils courent à toutes jambes maintenant, et c'est le moment de prendre l'Égypte.»

Kesselring garda son calme. «J'ai une copie de votre câble à Mussolini. (Il prit un bout de papier dans sa poche et lut tout haut :) La condition et le moral des troupes, la situation actuelle du ravitaillement due à la capture de plusieurs dépôts et la faiblesse de l'ennemi à ce jour nous permettent de le poursuivre jusqu'au fond de l'Égypte. (Il replia la feuille de papier et se tourna vers von Mellenthin.) Combien avons-nous de chars allemands et d'hommes ? »

Rommel maîtrisa son envie de dire à von Mellenthin de ne pas répondre : il savait que c'était là un point faible.

«Soixante chars, monsieur le maréchal, et deux mille cinq cents hommes.

— Et les Italiens ?

— Six mille hommes et quatorze chars. »

Kesselring se tourna de nouveau vers Rommel. «Et vous allez prendre l'Égypte avec un total de soixante-quatorze chars ? Von Mellenthin, à combien estimez-vous la force ennemie ?

— Les forces alliées ont des effectifs à peu près trois fois supérieurs aux nôtres, mais…

— Voilà. »

Von Mellenthin poursuivit : «… mais nous sommes très bien approvisionnés en vivres, en vêtements, en camions, en véhicules blindés et en carburant; et les hommes ont un moral de fer.

— Von Mellenthin, dit Rommel, allez jusqu'au camion des transmissions voir ce qui est arrivé. »

Von Mellenthin fronça les sourcils, mais Rommel ne donna aucune explication, alors il sortit.

«Les Alliés, dit Rommel, se regroupent à Mersa Matrouh. Ils s'attendent à nous voir contourner l'extrémité sud de leur front. Au lieu de cela, nous allons frapper au centre, là où ils sont le plus faibles…

— Comment savez-vous tout cela ? l'interrompit Kesselring.

— Nos évaluations de renseignements…

— Sur quoi se fondent ces évaluations ?

— Avant tout, sur un rapport d'espion…

— Mon Dieu ! (Pour la première fois, Kesselring haussait

le ton.) Vous n'avez pas de chars, mais vous avez votre espion !

– Il avait raison la dernière fois. »

Von Mellenthin revint.

« Tout cela ne change rien, reprit Kesselring. Je suis ici pour vous confirmer les ordres du Führer : vous ne devez pas avancer davantage.

– J'ai envoyé un émissaire personnel au Führer, fit Rommel en souriant.

– Vous ?…

– Je suis maréchal maintenant, j'ai accès directement à Hitler.

– Bien entendu.

– Je pense que von Mellenthin a peut-être la réponse du Führer.

– En effet, dit von Mellenthin. (Il lut un message transcrit sur une feuille de papier.) « Ce n'est qu'une fois dans une vie que la déesse de la victoire sourit. En route pour Le Caire. Adolf Hitler. »

Il y eut un silence.

Kesselring sortit.

19

En arrivant à son bureau, Vandam apprit que, la veille au soir, Rommel avait avancé jusqu'à moins de cent kilomètres d'Alexandrie.

Il semblait impossible d'arrêter Rommel. La ligne de Mersa Matrouh avait été brisée en deux comme une allumette. Au sud, le XIIIe corps s'était retiré en désordre et au nord, la forteresse de Mersa Matrouh avait capitulé. Les Alliés, une fois de plus, avaient reculé – mais ce serait la dernière fois. La nouvelle ligne de défense s'étendait à travers une brèche d'une cinquantaine de kilomètres entre la mer et l'infranchissable dépression de Qattara et, si cette ligne tombait, il n'y aurait plus d'autre défense, l'Égypte serait aux mains de Rommel.

Ces mauvaises nouvelles ne suffisaient pas à refroidir l'excitation de Vandam. Cela faisait plus de vingt-quatre heures qu'il s'était éveillé à l'aube, sur le divan de son salon, avec Elene dans ses bras. Depuis lors, il baignait dans une sorte de bonheur d'adolescent. Il n'arrêtait pas de se rappeler des petits détails : comme elle avait les boutons de seins petits et bruns, le goût de sa peau, ses ongles acérés qui lui griffaient les cuisses. Au bureau, il avait eu un comportement un peu inhabituel, il le savait. Il avait rendu une lettre à sa dactylo en disant : « Il y a huit erreurs là-dedans, vous feriez mieux de la recommencer », en lui adressant un sourire radieux. Elle avait failli tomber de sa chaise. Il pensait à Elene et se disait : « Pourquoi pas ? Pourquoi pas au fond ? » Et il ne trouvait pas de réponse.

De bonne heure, il eut la visite d'un officier de l'Unité de liaison spéciale. Au G. Q. G., tous ceux qui étaient un peu au courant savaient que les gens de l'U. L. S. disposaient d'une source de renseignements particulière, ultra-secrète. Les opinions divergeaient sur la valeur de ces renseignements et l'évaluation était toujours difficile car ils ne voulaient jamais vous révéler leur source. Brown, qui avait le rang de capitaine et qui, de toute évidence, n'était pas un militaire, s'appuya au bord de la table et marmonna en mâchonnant sa pipe : « On vous évacue, Vandam ? »

Ces types vivaient dans un monde à eux et il était inutile de leur dire qu'un capitaine devait dire : « mon commandant » à un major. Vandam se contenta de répondre : « Quoi ? Évacuer ? Pourquoi ?

— Nous, nous partons pour Jérusalem. Comme tous ceux qui en savent trop. Pour éviter que des gens tombent aux mains de l'ennemi, vous savez.

— Alors, les gros bonnets s'énervent. » C'était logique, en fait : Rommel pouvait parcourir cent kilomètres en un jour.

« Il va y avoir des émeutes à la gare, vous verrez… la moitié du Caire essaie de s'en aller et l'autre moitié s'apprête à fêter sa libération. Ah !

– Vous n'allez pas dire à trop de gens que vous partez…

– Non, non, non. Tenez, j'ai un petit truc pour vous. Nous savons tous que Rommel a un espion au Caire.

– Comment l'avez-vous su ? fit Vandam.

– Des renseignements nous arrivent de Londres, mon vieux. Bref, le type a été identifié comme étant, je cite, "le héros de l'affaire Raschid Ali". Ça vous dit quelque chose ? »

Vandam était abasourdi. « Je pense bien ! dit-il.

– Eh bien, voilà. » Brown se leva.

« Attendez, dit Vandam. C'est tout ?

– J'en ai peur.

– Vous avez su ça comment, en déchiffrant un message ou par le rapport d'un agent ?

– Il suffit de dire que la source est fiable.

– Vous dites toujours ça.

– C'est vrai. Allons, je ne vais peut-être pas vous voir pendant quelque temps. Bonne chance.

– Merci, marmonna Vandam d'un ton absent.

– Cheers ! » fit Brown qui sortit en tirant des bouffées de fumée de sa pipe.

Le héros de l'affaire Raschid Ali. C'était incroyable que Wolff se trouvât être l'homme qui avait déjà roulé Vandam à Istanbul. Pourtant, ça se tenait. Vandam se rappelait l'étrange impression qu'il avait eue à propos du style de Wolff, comme s'il lui était familier. La fille que Vandam avait envoyée arrêter le mystérieux agent avait eu la gorge coupée.

Et Vandam, maintenant, envoyait Elene s'attaquer au même homme.

Un caporal entra avec un ordre. Vandam le lut avec une incrédulité croissante. Tous les services devaient extraire de leurs dossiers les documents qui pourraient présenter un danger s'ils tombaient aux mains de l'ennemi et les brûler. À peu près tout ce qui se trouvait dans les dossiers d'un département de renseignements pourrait présenter un danger entre des mains ennemies. Autant tout brûler, se dit Vandam. Comment les services allaient-ils opérer ensuite ? De toute évidence, les huiles estimaient que les services n'opéreraient pas très longtemps. Bien sûr, ce n'était qu'une précaution, mais elle était sévère : ils n'allaient pas détruire les résultats accumulés pendant des années de travail à moins de penser qu'il n'y avait une très forte chance de voir les Allemands s'emparer de l'Égypte.

Tout s'écroule, songea-t-il ; c'est la fin.

C'était impensable. Vandam avait donné trois ans de sa vie à la défense de l'Égypte. Des milliers d'hommes avaient trouvé la mort dans le désert. Après tout cela, était-il possible que nous puissions perdre ? Renoncer, faire demi-tour et s'enfuir ? Ça n'était pas supportable.

Il appela Jakes et le regarda lire le message. Jakes se contenta de hocher la tête, comme s'il s'y attendait. Vandam dit : « Plutôt sévère, non ?

— C'est un peu comme ce qui s'est passé dans le désert, mon commandant, répondit Jakes. Nous installons d'énormes dépôts de ravitaillement à un prix extravagant, puis, lorsque nous battons en retraite, nous les faisons sauter pour qu'ils ne tombent pas aux mains de l'ennemi. »

Vandam hocha la tête. « Bon, autant vous y mettre. Tâchez d'en minimiser un peu l'importance, pour le moral des hommes : vous savez, les huiles s'énervent inutilement.

— Oui, mon commandant. Nous allons allumer le feu dans la cour derrière, n'est-ce pas ?

— Oui. Trouvez une vieille poubelle et percez des trous dans le fond. Assurez-vous que les papiers brûlent bien.

— Et vos propres dossiers ?

— Je vais les trier maintenant.

— Très bien, mon commandant. » Jakes sortit.

Vandam ouvrit son classeur et se mit à trier ses papiers. D'innombrables fois au cours des dernières années, il s'était dit : pas la peine de me rappeler ça, je peux toujours consulter le dossier. Il y avait des noms et des adresses, des rapports de sécurité sur des individus, des détails de codes, des systèmes de transmission d'ordres, des résumés de telle ou telle affaire et un petit dossier de notes Alex Wolff. Jakes apporta un grand carton avec la mention « Thé Lipton » imprimée sur une face, et Vandam se mit à jeter des documents dedans en pensant : voilà ce que c'est que d'être les perdants.

Le carton était à demi plein lorsque le caporal de Vandam ouvrit la porte et dit : «Le major Smith demande à vous voir, mon commandant.

— Faites-le entrer.» Vandam ne connaissait aucun major Smith.

Le major était un petit homme frêle d'une quarantaine d'années avec de gros yeux bleus et l'air plutôt content de lui. Il lui tendit la main en disant : «Sandy Smith, SIS.

— Qu'est-ce que je peux faire pour le Secret Intelligence Service? demanda Vandam.

— Je suis un peu l'agent de liaison entre le SIS et le grand état-major, expliqua Smith. Vous avez fait une enquête à propos d'un livre intitulé *Rebecca*...

— En effet.

— La réponse nous est parvenue.» Smith exhiba d'un grand geste une feuille de papier.

Vandam lut le message. Le chef de l'antenne SIS au Portugal avait suivi la demande de renseignements sur *Rebecca* en envoyant un de ses hommes inspecter toutes les librairies de langue anglaise du pays. Dans la région des plages autour de l'Estoril, il avait trouvé un libraire qui se rappelait avoir vendu tout son stock — six exemplaires — de *Rebecca* à une femme. Une enquête plus poussée avait révélé que la femme se trouvait être l'épouse de l'attaché militaire allemand à Lisbonne.

«Voilà qui confirme quelque chose que je soupçonnais, dit Vandam. Merci de vous être donné le mal de m'apporter ce rapport.

— Ça n'est rien, dit Smith. De toute façon, je passe tous les matins. Heureux de pouvoir vous aider.» Il sortit.

Vandam réfléchissait à cette information tout en poursuivant son travail. Il n'y avait qu'une explication plausible du fait que le livre avait cheminé de l'Estoril au Sahara. C'était à n'en pas douter la base d'un code — et à moins qu'il n'y eût deux espions allemands opérant avec succès au Caire, c'était Alex Wolff qui utilisait ce code.

Le renseignement, tôt ou tard, serait utile. C'était dommage que la clef du chiffre n'eût pas été retrouvée en même temps que le livre et le déchiffrage. Cette pensée lui rappela l'importance de brûler ces documents secrets, et il décida d'être plus impitoyable à propos de ce qu'il détruisait.

Il termina en examinant ses dossiers sur les soldes et les promotions de ses subordonnés et décida de les brûler aussi puisqu'ils pourraient aider les équipes d'interrogation ennemies à déterminer leurs priorités. Le carton était plein. Il le chargea sur son épaule et sortit.

Jakes avait allumé le feu dans un vieux réservoir d'eau rouillé calé sur des briques. Un caporal jetait des documents dans les flammes. Vandam déversa le contenu de son carton et observa un moment le brasier. Cela lui rappelait la nuit de Guy Fawkes en Angleterre, les feux d'artifice, les pommes au four et l'effigie qu'on brûlait d'un traître du XVIIᵉ siècle. Les papiers carbonisés montaient sur les colonnes d'air chaud. Vandam tourna la tête.

Il avait besoin de réfléchir, aussi décida-t-il de marcher un peu. Il quitta le G. Q. G. et se dirigea vers le centre. Sa joue lui faisait mal. Il se dit qu'il devrait en être content, car c'était censé être signe que la plaie se cicatrisait. Il se laissait pousser la barbe pour couvrir la blessure de façon à avoir une tête un peu moins abominable quand on lui enlèverait le pansement. Chaque jour, il appréciait le plaisir de ne pas avoir à se raser.

Il songea à Elene, se souvenant d'elle avec son dos cambré et la transpiration qui luisait sur ses seins nus. Il avait été choqué de ce qui s'était passé après l'avoir embrassée – choqué, mais ravi. Ç'avait été pour lui une succession de premières : la première fois qu'il avait fait l'amour ailleurs que dans un lit, la première fois qu'il avait vu une femme jouir comme un homme, la première fois que le sexe était un plaisir partagé plutôt qu'une volonté imposée par lui à une partenaire plus ou moins résignée. C'était, bien sûr, un désastre qu'Elene et lui fussent si joyeusement tombés amoureux. Ses parents, ses amis et l'armée seraient consternés à l'idée qu'il épousât une bougnoule. Sa mère s'estimerait obligée d'expliquer pourquoi les juifs avaient eu tort de repousser Jésus. Vandam décida de ne pas se soucier de tout cela. Elene et lui seraient peut-être morts dans quelques jours. Nous allons en profiter pendant que ça dure, se dit-il, et au diable l'avenir.

Ses pensées ne cessaient de revenir à la fille qui s'était fait trancher la gorge, apparemment par Wolff, à Istanbul. Il était terrifié à l'idée que quelque chose risque de mal tourner jeudi et qu'Elene pût se retrouver seule avec Wolff.

En regardant autour de lui, il se rendit compte qu'il y avait dans l'air une atmosphère de fête. Il passa devant un salon de coiffure et remarqua qu'il était plein, avec des femmes qui attendaient debout. Les boutiques de couture semblaient faire de bonnes affaires. Une femme sortit de chez un épicier avec un panier plein de boîtes de conserve et Vandam vit qu'il y avait une queue qui s'allongeait devant le magasin sur le trottoir. Sur la vitrine de la boutique voisine, une inscription griffonnée à la hâte disait : « Désolés, plus de maquillage. » Vandam comprit que les Égyptiens se préparaient à être libérés et qu'ils attendaient cet instant avec impatience.

Il ne pouvait se défaire d'un sentiment de catastrophe imminente. Même le ciel paraissait sombre. Il leva les yeux :

Le ciel était bel et bien sombre. Il semblait y avoir des tourbillons d'une brume grise au-dessus de la ville. Il se rendit compte que c'était de la fumée mêlée à des fragments de papier carbonisé. Dans tout Le Caire, les Anglais brûlaient leurs dossiers et la fumée épaisse masquait le soleil.

Vandam se trouvait tout d'un coup furieux contre lui-même et contre le reste des armées alliées pour se préparer d'une âme aussi égale à la défaite. Où était l'esprit de la bataille d'Angleterre ? Qu'était-il advenu de ce fameux mélange d'obstination, d'ingéniosité et de courage qui était censé caractériser la nation britannique ? Et toi, se demanda Vandam, qu'est-ce que tu comptes faire ?

Il fit demi-tour et revint vers Garden City, où les membres du G. Q. G. logeaient dans des villas réquisitionnées. Il se représenta la carte de la ligne El-Alamein, où les Alliés allaient livrer leur ultime bataille. C'était une ligne que Rommel ne pouvait pas contourner, car à son extrémité sud se trouvait la vaste et infranchissable dépression de Qattara. Rommel allait donc devoir enfoncer le front.

Où allait-il essayer de faire sa percée ? S'il la faisait à l'extrémité nord, il devrait alors choisir entre foncer droit sur Alexandrie et faire demi-tour pour attaquer les forces alliées par-derrière. S'il passait au sud, il devrait soit poursuivre vers Le Caire ou, là encore, faire demi-tour et détruire ce qui resterait des forces alliées.

Juste derrière la ligne se trouvait la crête d'Alam Alfa dont Vandam savait qu'elle était puissamment fortifiée. De toute évidence, mieux vaudrait pour les Alliés que Rommel fît demi-tour après avoir enfoncé le front, car il se pourrait bien alors qu'il use ses forces à attaquer Alam Alfa.

Il y avait encore un autre facteur. L'approche par le sud d'Alam Alfa se faisait par des sables où l'on s'enfonçait traîtreusement. Il était peu probable que Rommel connût l'existence de ces sables mouvants, car il n'avait jamais pénétré aussi à l'est auparavant, et seuls les Alliés avaient de bonnes cartes du désert.

Donc, se dit Vandam, mon devoir est d'empêcher Wolff de prévenir Rommel que Alam Alfa est bien défendu et ne peut être attaqué du sud.

C'était un plan tristement négatif.

Sans en avoir consciemment l'intention, Vandam était arrivé devant la villa *Les Oliviers*, la maison de Wolff. Il s'assit dans le petit parc en face de la villa, sous les oliviers, et contempla le bâtiment comme s'il allait pouvoir lui dire où était Wolff. Il songea : si seulement Wolff commettait une erreur et encourageait Rommel à attaquer Alam Alfa par le sud.

Puis brusquement l'idée lui vint.

Imaginons que je réussisse à capturer Wolff. Imaginons que je m'empare aussi de sa radio. Imaginons que je trouve même la clef de son chiffre.

Alors je pourrais tenir le rôle de Wolff, prendre contact par radio avec Rommel et lui dire d'attaquer Alam Alfa par le sud.

L'idée s'épanouissait rapidement dans son esprit, et il commençait à bouillonner d'enthousiasme. Maintenant Rommel était persuadé, à juste titre, que les renseignements de Wolff étaient bons. S'il recevait un message de Wolff disant que la ligne d'El-Alamein était faible à son extrémité sud, que l'approche d'Alam Alfa par le sud était difficile et que Alam Alfa était piètrement défendue… la tentation serait trop forte pour que Rommel y résiste.

Il enfoncerait la ligne à son extrémité sud, puis virerait vers le nord, s'attendant à prendre Alam Alfa sans beaucoup de mal. Alors il tomberait sur les sables mouvants. Pendant qu'il s'y débattrait, notre artillerie décimerait ses forces. Lorsqu'il atteindrait Alam Alfa, il trouverait la position fortement défendue. À ce moment nous acheminerions des renforts en provenance du front et nous prendrions l'ennemi en tenaille comme dans un casse-noix.

Si l'embuscade réussissait, cela pourrait non seulement sauver l'Égypte, mais anéantir l'Afrikakorps.

Il se dit : il faut que j'expose cette idée aux huiles.

Ça ne serait pas facile. En ce moment, il n'était pas dans une situation très brillante : à vrai dire, sa réputation professionnelle était réduite à néant par Alex Wolff. Mais les généraux verraient quand même les mérites de son idée.

Il se leva du banc où il était assis et repartit vers son bureau.

Tout d'un coup, l'avenir paraissait différent. Peut-être les bottes allemandes ne retentiraient pas sur les dallages des mosquées. Peut-être les trésors du musée du Caire ne seraient-ils pas expédiés à Berlin. Peut-être Billy n'aurait-il pas à s'inscrire aux Jeunesses hitlériennes. Peut-être Elene ne serait-elle pas envoyée à Dachau.

Nous pourrions tous être sauvés, se dit-il.

Si je prends Wolff.

TROISIÈME PARTIE

ALAM ALFA

20

Un de ces jours, se promit Vandam, je vais flanquer mon poing dans la figure de Bogge.

Aujourd'hui, le lieutenant-colonel Bogge était odieux : indécis, sarcastique et susceptible. Il avait cette toux nerveuse dont il se servait lorsqu'il n'osait pas parler, et ce matin-là il toussait beaucoup. Il s'agitait aussi : il rangeait des piles de papiers sur son bureau, croisait et décroisait les jambes et tripotait sa maudite balle de cricket.

Vandam était assis immobile et silencieux et l'observait avec un agacement croissant. «Voyons, Vandam, la stratégie, c'est le domaine d'Auchinlek. Votre travail, c'est la sécurité… et on ne peut pas dire que vous vous en tiriez très bien.

– Auchinlek non plus», dit Vandam.

Bogge fit semblant de ne pas entendre. Il prit la note de Vandam. Le major avait exposé son plan pour tromper Rommel et l'avait, comme il convenait, soumis à Bogge, et envoyé une copie au général. «Tout d'abord, c'est plein de lacunes», dit Bogge.

Vandam ne dit rien.

«Plein de lacunes. (Bogge toussa.) D'abord, ça veut dire laisser Rommel enfoncer le front, n'est-ce pas ?

– Peut-être, dit Vandam, pourrait-on considérer qu'on n'applique le plan que sous réserve qu'il enfonce nos lignes.

– Oui. Voyez ? C'est ce genre de choses dont je parle. Si vous présentez un plan plein de lacunes comme cela, compte tenu du fait que votre réputation est pour le moment au plus bas, eh bien, on risque de vous rire au nez. Voyons. (Il toussa de nouveau.) Vous voulez encourager Rommel à attaquer le front à son point le plus faible – lui donner une meilleur chance de percer ! Vous me suivez ?

– Oui. Certains secteurs du front sont plus faibles que d'autres, et puisque Rommel dispose d'une reconnaissance aérienne, il y a des chances pour qu'il sache lesquelles.

– Et vous voulez tourner cette chance en certitude.

– Dans l'intérêt de l'embuscade qui suit, oui.

– Eh bien, il me semble à moi que nous voulons que le vieux Rommel attaque le secteur le plus fort du front, de façon qu'il ne passe pas.

– Mais si nous le repoussons, il va simplement se regrouper et attaquer de nouveau. Tandis que si nous le prenons au piège, nous pourrions finir par l'achever.

– Non, non, non. C'est risqué. Risqué. C'est notre dernière ligne de défense, mon garçon. (Bogge se mit à rire.) Après cela, il n'y a rien qu'un petit canal entre lui et Le Caire. Vous n'avez pas l'air de vous rendre compte de la situation.

– Je m'en rends très bien compte, mon colonel. Permettez-moi de présenter les choses ainsi. Un : si Rommel enfonce le front, il doit être détourné sur Alam Alfa par la fausse perspective d'une victoire facile. Deux : il est préférable qu'il attaque Alam Alfa par le sud, à cause des sables mouvants. Trois : ou bien nous devons attendre et voir quelle extrémité du front il attaque, et prendre le risque qu'il se porte au nord ; ou bien nous devons l'encourager à se porter au sud et prendre le risque d'accroître ainsi ses chances d'enfoncer le front.

– Voyons, dit Bogge, maintenant que nous l'avons reformulé, le plan commence à tenir un peu mieux debout. O.K. : il va falloir que vous me laissiez un moment. Dès que j'aurai une minute, je passerai tout cela au peigne fin et je verrai si je peux lui donner une forme acceptable. Alors peut-être le montrerons-nous aux huiles. »

Je vois, se dit Vandam : l'objet de l'exercice est d'en faire le plan de Bogge. Eh bien, qu'est-ce que ça me fout ? Si Bogge veut prendre la peine de faire de la politique à ce stade, bonne chance pour lui. Ce qui compte c'est de gagner et non pas d'en avoir le mérite.

« Très bien, mon colonel, dit Vandam. Si je pouvais simplement me permettre de souligner l'élément temps… Si le plan doit être mis en action, il faut le faire vite.

– Je crois, major, que je suis le meilleur juge de son caractère d'urgence, n'est-ce pas ?

– Oui, mon colonel.

– Et, après tout, cela dépend de l'arrestation de ce foutu espion, mission dans laquelle vous n'avez pas jusqu'à maintenant rencontré que des succès, si je ne me trompe.

– En effet, mon colonel.

– Je vais prendre en main personnellement l'opération de ce soir, pour m'assurer qu'il n'y a pas de nouvelles erreurs de commises. Faites-moi vos suggestions cet après-midi, et nous les examinerons ensemble… »

On frappa à la porte et le général entra. Vandam et Bogge se levèrent.

« Bonjour, mon général, dit Bogge.

– Repos, messieurs, dit le général. Je vous cherchais Vandam.

– Nous étions justement, dit Bogge, en train de travailler sur une idée que nous avons eue pour un plan pour tromper les Allemands…

– Oui, j'ai vu le mémo.

– Ah ! Vandam vous en a envoyé une copie, dit Bogge. Vandam n'eut pas besoin de regarder Bogge pour savoir que le colonel était furieux contre lui.

– Oui, en effet, dit le général. (Il se tourna vers Vandam.) Vous êtes censé attraper des espions, major, non pas donner des conseils aux généraux sur la stratégie. Peut-être si vous passiez moins de temps à nous expliquer comment gagner la guerre, pourriez-vous être un meilleur officier de Sécurité militaire. »

Vandam sentit son cœur se serrer.

« Je disais justement… »

Le général l'interrompit. « Toutefois puisque vous l'avez fait et puisque c'est un plan si remarquable, je veux que vous veniez avec moi le faire accepter par Auchinlek. Vous pouvez me le prêter, Bogge, n'est-ce pas ?

– Bien sûr, mon général, dit Bogge, les dents serrées.

– Très bien, Vandam, la conférence va commencer d'une minute à l'autre. Allons-y. »

Vandam emboîta le pas au général et referma très doucement la porte du bureau de Bogge.

Le jour où Wolff devait revoir Elene, le major Smith vint à la péniche à l'heure du déjeuner.

Les renseignements qu'il apportait avec lui étaient les plus précieux qu'il avait eus jusqu'à ce jour.

Wolff et Sonja firent leur numéro maintenant classique. Wolff se sentait comme un acteur dans une comédie de boulevard, qui doit se cacher dans le même placard sur la scène soir après soir. Sonja et Smith, suivant le scénario, entamèrent les préliminaires sur le divan puis passèrent dans la chambre. Quand Wolff sortit de la penderie, les rideaux étaient tirés et sur le plancher se trouvaient le porte-documents de Smith, ses chaussures et son short avec le trousseau de clefs qui dépassait de la poche.

Wolff ouvrit la serviette et se mit à lire.

Une fois de plus Smith était venu au bateau en sortant de la conférence matinale au G. Q. G., à laquelle Auchinlek et son état-major discutaient de la stratégie alliée et décidaient des mesures à prendre.

Après quelques minutes de lecture, Wolff se rendit compte que ce qu'il avait entre les mains était un exposé complet de l'ultime résistance que les Alliés comptaient opposer sur la ligne d'El-Alamein.

Cette ligne comprenait de l'artillerie sur les crêtes, des chars en terrain découvert et des champs de mines sur toute la longueur. La crête d'Alam Alfa, à huit kilomètres en arrière du centre de la ligne, était en outre puissamment fortifiée. Wolff nota que l'extrémité sud du front était faible, tout à la fois en effectifs et en mines.

Le porte-documents de Smith contenait aussi une note sur la position de l'ennemi. Les renseignements alliés estimaient que Rommel allait sans doute tenter de percer la ligne à son extrémité sud mais ils faisaient remarquer que l'extrémité nord était une possibilité à envisager aussi.

En bas de la feuille, écrite au crayon dans ce qui était vraisemblablement l'écriture de Smith, il y avait une note que Wolff trouva plus excitante que tout le reste. Elle disait : « Le major Vandam propose un plan pour tromper les Allemands. Encourager Rommel à percer au sud, l'attirer vers Alam Alfa, le prendre dans les sables mouvants, puis en tenaille. Plan accepté par Auc. »

« Auc », à n'en pas douter, était Auchinlek. Quelle découverte ! Non seulement Wolff avait entre ses mains les détails de la ligne et des défenses alliées, mais il savait aussi ce qu'ils s'attendaient à voir Rommel faire et il connaissait en outre leurs plans pour tromper ce dernier.

Et l'auteur de ce plan était Vandam !

Cela resterait comme le plus grand coup d'espionnage du siècle. Ce serait à Wolff en personne qu'on devrait le mérite d'avoir assuré la victoire de Rommel en Afrique du Nord.

Ils devraient me faire roi d'Égypte pour ça, songea-t-il, et il sourit.

Il leva les yeux et vit Smith planté entre les rideaux, qui le dévisageait.

« Qui diable êtes-vous ? » tonna Smith.

Wolff s'aperçut avec rage qu'il n'avait pas fait attention aux bruits venant de la chambre. Quelque chose s'était mal passé, on n'avait pas suivi le scénario, il n'y avait pas eu le bruit avertisseur du bouchon de champagne qui sautait. Il était totalement absorbé dans ses considérations stratégiques. La kyrielle de noms de divisions et de brigades, les nombres d'hommes et de chars, les quantités de carburant et de ravitaillement, les crêtes, les dépressions et les sables mouvants avaient monopolisé son attention à l'exclusion de tous les bruits sur place. Il eut soudain terriblement peur de se trouver contrecarré dans ses plans en cet instant de triomphe.

« Mais c'est ma serviette ! » s'écria Smith.

Il fit un pas en avant.

Wolff tendit le bras, saisit le pied de Smith et le poussa de côté. Le major s'écroula et heurta le plancher avec un bruit sourd. Sonja poussa un hurlement.

Wolff et Smith se relevaient tous deux.

Smith était un petit homme maigre, de dix ans plus âgé que Wolff et en piètre condition. Il recula, la peur se lisant sur son visage. Il se heurta à une étagère, jeta un coup d'œil de côté, aperçut sur sa droite une coupe à fruits en cristal, s'en empara et la lança sur Wolff.

Le projectile manqua son but, tomba dans l'évier de la cuisine et s'y fracassa avec bruit.

Le bruit, se dit Wolff : s'il fait encore du bruit, des gens vont venir aux nouvelles. Il s'approcha de Smith.

Smith, le dos au mur, criait : « Au secours ! »

Wolff le toucha une fois, à la pointe de la mâchoire et l'Anglais s'écroula, glissant le long du mur jusqu'à se trouver assis, inconscient, sur le plancher.

Sonja sortit et le regarda.

Wolff se frottait les jointures. « C'est la première fois que j'ai jamais fait ça, dit-il.

— Quoi donc ?

— Frapper quelqu'un au menton et le mettre K. O. Je croyais que seuls les boxeurs pouvaient le faire.

— Peu importe. Qu'est-ce qu'on va faire de lui ?

— Je ne sais pas. » Wolff envisagea les possibilités. Tuer Smith serait dangereux, car la mort d'un officier – et la disparition de son porte-documents – causeraient maintenant un terrible remue-ménage dans toute la ville. Il y aurait aussi le problème de savoir que faire du corps. Et Smith ne rapporterait plus de secrets.

Smith poussa un gémissement et commença à remuer.

Wolff se demanda s'il ne serait pas possible de le laisser partir. Après tout, si Smith devait révéler ce qui s'était passé sur la péniche, il se trouverait lui-même impliqué. Non seulement cela ruinerait sa carrière, mais il serait sans doute jeté en prison. Il n'avait pas l'air d'être le genre d'homme à se sacrifier pour une noble cause.

Le laisser partir ? Non, le risque était trop grand. Savoir

dans la ville qu'il y avait un officier britannique qui détenait tous les secrets de Wolff... Impossible.

Smith avait ouvert les yeux. «Vous... dit-il. Vous êtes Slavenburg...» Il tourna les yeux vers Sonja, puis de nouveau vers Wolff. «C'est vous qui m'avez présenté... Au Chacha... Tout ça était combiné...

– Taisez-vous», fit Wolff. Le tuer ou le laisser partir ? Quelles autres options y avait-il ? Une seule. Le garder ici, le ligoter et le bâillonner, jusqu'au moment où Rommel arriverait au Caire.

«Vous êtes des espions», dit Smith. Il était blême.

«Et tu croyais, lança Sonja, que j'étais folle de ton misérable corps.

– Mais oui, poursuivit Smith qui se remettait. J'aurais dû être plus avisé que de faire confiance à une moricaude.»

Sonja s'avança et de son pied nu le frappa au visage.

«Arrête ! dit Wolff. Il faut réfléchir à ce que nous allons faire de lui. Avons-nous de la corde pour l'attacher ?»

Sonja réfléchit un moment. «Sur le pont, dans ce placard à l'avant.»

Wolff prit dans le tiroir de la cuisine la lourde pierre à fusil dont il se servait pour affûter le couteau à découper. Il la donna à Sonja. «S'il bouge frappe-le avec ça», dit-il. Il ne pensait pas que Smith bougerait.

Il allait gravir l'échelle pour gagner le pont lorsqu'il entendit des pas sur la planche d'embarquement.

«Le facteur !» dit Sonja.

Wolff s'agenouilla devant Smith et tira son poignard. «Ouvrez la bouche.» Smith commença à dire quelque chose, et Wolff lui glissa le couteau entre les dents.

«Maintenant, dit Wolff, si vous bougez ou si vous parlez, je vous coupe la langue.»

Smith était pétrifié et regardait Wolff d'un air horrifié.

Wolff se rendit compte que Sonja était complètement nue. «Passe quelque chose et vite !»

Elle tira un drap du lit et l'enroula autour d'elle tout en s'approchant du pied de l'échelle. Le panneau d'écoutille s'ouvrait. Wolff savait que d'en haut on pourrait les voir, Smith et lui. Sonja laissa le drap glisser un peu tout en tendant la main pour prendre la lettre que lui apportait le facteur.

«Bonjour!» fit le facteur. Il avait les yeux fixés sur les seins à demi dévoilés de Sonja.

Elle monta quelques marches à sa rencontre, si bien qu'il dut reculer et elle laissa le drap glisser un peu plus bas. «Merci», fit-elle d'une voix suave. Elle prit la poignée du panneau et le referma.

Wolff retrouva un souffle normal.

Les pas du facteur traversèrent le pont et reprirent la planche d'embarquement.

«Donne-moi ce drap», dit Wolff à Sonja.

Elle le déroula et se retrouva nue.

Wolff retira le couteau de la bouche de Smith et s'en servit pour couper une bande d'une cinquantaine de centimètres dans le drap. Il roula le tissu en boule et le fourra dans la bouche de Smith. Smith n'opposa aucune résistance. Wolff remit le poignard dans son étui, sous son aisselle. Il se leva. Smith ferma les yeux. Il semblait abattu, défait.

Sonja prit la pierre à fusil et se planta, prête à frapper Smith, pendant que Wolff remontait l'échelle pour gagner le pont. Le placard que Sonja avait mentionné était aménagé dans une contre-marche de la proue. Wolff l'ouvrit. Il y avait à l'intérieur un rouleau de corde assez mince. Peut-être avait-elle été utilisée pour amarrer le bateau avant l'époque où il avait été transformé en péniche habitée. Wolff prit la corde. Elle était solide mais pas trop épaisse : l'idéal pour ligoter les mains et les pieds de quelqu'un.

Il entendit d'en bas Sonja qui criait. Il y eut un bruit de pas précipités sur l'échelle.

Wolff lâcha la corde et se retourna.

Smith, vêtu seulement de son caleçon, émergeait par le panneau d'écoutille.

Il n'était pas aussi abattu qu'il en avait l'air et Sonja avait dû le manquer avec sa pierre à fusil.

Wolff se précipita à travers le pont pour lui barrer le passage de la planche d'embarquement.

Smith fit demi-tour, se précipita vers l'autre côté du bateau et sauta à l'eau.

« Merde ! » fit Wolff.

Il jeta un rapide coup d'œil autour de lui. Personne sur les ponts des autres bateaux : c'était l'heure de la sieste. Le chemin de halage était désert à l'exception du « mendiant » – Kemel n'aurait qu'à s'en occuper – et d'un homme au loin qui s'éloignait. Sur le fleuve il y avait deux ou trois felouques, à au moins quatre cents mètres, et derrière elles un vapeur qui avançait à petite allure.

Wolff se précipita vers le bastingage. Smith refaisait surface, haletant. Il s'essuya les yeux et regarda autour de lui pour s'orienter. Il était maladroit dans l'eau, et agitait les bras de façon désordonnée Il se mit à nager tant bien que mal en s'éloignant de la péniche.

Wolff recula de quelques pas, prit son élan et sauta dans le fleuve.

Il arriva les pieds en avant sur la tête de Smith.

Pendant plusieurs secondes, tout ne fut que confusion, Wolff disparut sous l'eau dans un enchevêtrement de bras et de jambes – les siens et ceux de Smith – et se débattit pour remonter à la surface tout en enfonçant en même temps Smith sous l'eau. Lorsqu'il ne put retenir plus longtemps son souffle, il se dégagea de Smith et remonta.

Il aspira l'air à grandes goulées et s'essuya les yeux. La tête de Smith émergea devant lui, toussant et crachotant. Wolff tendit les deux mains en avant, empoigna la tête de Smith et l'aspira vers lui en l'enfonçant dans l'eau. Smith se débattait comme un poisson. Wolff réussit à le prendre par le cou et à l'enfoncer. Wolff, lui aussi, disparut sous l'eau, puis remonta un moment plus tard. Smith était toujours sous l'eau, se débattant toujours.

Wolff pensa : combien de temps faut-il à un homme pour se noyer ?

Smith eut une sorte de convulsion et se libéra. Sa tête remonta et il aspira l'air à pleins poumons. Wolff essaya de le frapper au visage. Le coup de poing arriva, mais sans force. Smith, entre des hoquets qui le secouaient, toussait et avait des haut-le-cœur. Wolff aussi avait avalé de l'eau. De nouveau, il essaya d'attraper Smith. Cette fois, il se plaça derrière le major et lui passa un bras autour de la gorge pendant qu'il utilisait l'autre pour lui appuyer sur le dessus de la tête.

Bon sang, se dit-il, j'espère que personne ne regarde.

Smith s'enfonça. Il avait maintenant le visage dans l'eau, les genoux de Wolff lui appuyaient sur le dos et sa tête était maintenue dans une poigne solide. Il continuait à gigoter sous l'eau, se retournant, se secouant, battant des bras et des jambes et essayant de remonter à la surface. Mais Wolff resserra son étreinte et le maintint sous l'eau.

Noie-toi, espèce de salaud, noie-toi!

Il sentit les mâchoires de Smith s'ouvrir et il comprit qu'enfin l'homme avalait de l'eau. Les convulsions se firent plus frénétiques. Il allait devoir le lâcher. Les efforts de Smith entraînèrent Wolff sous l'eau. Wolff ferma les yeux et retint son souffle. Il avait l'impression que Smith s'affaiblissait. Il devait avoir maintenant les poumons à demi pleins d'eau, se dit Wolff. Au bout de quelques secondes, Wolff à son tour commença à avoir besoin d'air.

Les mouvements de Smith devinrent plus faibles. Tenant le major d'une main moins ferme, Wolff remonta à la surface pour trouver l'air. Il respira quelques secondes. Smith devenait un poids mort. Wolff se servit de ses jambes pour nager vers la péniche, tirant Smith avec lui. La tête de Smith émergea de l'eau, mais sans aucun signe de vie.

Wolff arriva au bord du bateau. Sonja était sur le pont, vêtue d'un peignoir, et regardait par-dessus bord.

«Personne ne nous a vus? dit Wolff.

— Je ne crois pas. Il est mort?

— Oui.»

— Wolff se dit: qu'est-ce que je vais bien faire maintenant?

Il maintenait Smith contre le flanc de la péniche. Si je le lâche, il va flotter, songea-t-il. On va retrouver le corps non loin d'ici et on fouillera maison par maison, bateau par bateau. Mais je ne peux tout de même pas traverser la moitié du Caire avec un cadavre pour m'en débarrasser.

Smith eut soudain un sursaut et recracha de l'eau.

«Bon sang, il vit encore!» fit Wolff.

Il repoussa Smith sous l'eau. Ça n'allait pas, c'était trop long. Il relâcha Smith, dégaina son poignard et fonça en avant. Smith était sous l'eau, remuant faiblement. Wolff avait du mal à viser. Il donnait des coups de couteau dans tous les sens. L'eau le gênait. Smith se débattait. Les remous devenaient roses. Wolff parvint enfin à saisir les cheveux de Smith et à lui tenir la tête pendant qu'il lui ouvrait la gorge.

Maintenant il était mort.

Wolff laissa Smith aller pendant qu'il rengainait son couteau. Tout autour de lui l'eau du fleuve devenait d'un rouge boueux. Je nage dans le sang, se dit-il et cette idée l'emplit de dégoût.

Le corps dérivait. Wolff le rattrapa. Il se rendit compte, trop tard, qu'un major noyé aurait tout simplement pu tomber à l'eau, mais qu'un major avec la gorge ouverte avait incontestablement été assassiné. Il fallait absolument cacher le corps.

Il leva la tête. «Sonja!

— J'ai mal au cœur.

— Ça n'est pas le moment. Il va falloir faire couler le corps au fond.

— Oh! mon Dieu, l'eau est pleine de sang.

— Écoute-moi! (Il avait envie de crier, de la secouer, mais il devait parler bas.) Va... va me prendre cette corde. Allez!»

Elle disparut un instant et revint avec la corde. Elle était désemparée, Wolff s'en aperçut : il allait devoir lui dire exactement quoi faire.

«Maintenant... prends le porte-documents de Smith et mets quelque chose de lourd dedans.

— Quelque chose de lourd... mais quoi?

— Bonté divine... qu'est-ce que nous avons qui soit lourd? Qu'est-ce qui est lourd? Voyons... les livres, des livres, ça pèse lourd, non, ça ne serait peut-être pas suffisant... Je sais, des bouteilles. Des bouteilles pleines... des bouteilles de champagne. Bourre sa serviette de bouteilles de champagne pleines.

— Pourquoi?

— Mon Dieu, cesse de lambiner, fais ce que je te dis!»

Elle disparut de nouveau. Par le hublot, il la vit descendre l'échelle et entrer dans le salon. Elle avait des gestes très lents, comme une somnambule.

Dépêche-toi, grosse salope, dépêche-toi.

Elle promenait autour d'elle un regard égaré. Toujours avec des gestes au ralenti, elle ramassa le porte-documents sur le plancher. Elle l'emporta dans le coin de cuisine et ouvrit la glacière. Elle regarda à l'intérieur comme si elle se demandait ce qu'elle allait faire pour dîner.

Allons.

Elle prit une bouteille de champagne. Elle resta plantée, la bouteille dans une main et le porte-documents dans l'autre, fronçant les sourcils comme si elle n'arrivait pas à se rappeler ce qu'elle était censée en faire. Son expression s'éclaira enfin et elle posa la bouteille à plat dans le porte-documents. Puis elle en prit une autre.

Wolff pensa : *mets-les tête-bêche, tu pourras en caser davantage.*

Elle prit la seconde bouteille, la regarda, puis la retourna dans l'autre sens.

Parfait, se dit Wolff.

Elle réussit à mettre quatre bouteilles dans la serviette. Elle referma la glacière et regarda autour d'elle, cherchant autre chose pour ajouter du poids. Elle prit la pierre à affûter et un presse-papier en verre. Elle fourra tout cela dans le porte-documents et le referma. Puis elle remonta sur le pont.

«Et maintenant? fit-elle.

— Attache le bout de la corde autour de la poignée.» Elle sortait de sa torpeur. Ses doigts étaient plus rapides.

«Fais le nœud très serré, dit Wolff.

— D'accord.

— Personne dans les parages?»

Elle jeta un coup d'œil circulaire. «Non.

— Vite.» Elle termina le nœud.

— Lance-moi la corde», dit Wolff.

Elle lui jeta l'autre extrémité de la corde qu'il attrapa. Il était fatigué par l'effort qu'il devait faire pour se maintenir à flot tout en maintenant le cadavre. Il dut lâcher Smith un moment car il avait besoin de ses deux mains pour attacher la corde, ce qui voulait dire qu'il devait battre furieusement des pieds pour rester hors de l'eau. Il enroula la corde sous les aisselles du mort et serra. Il fit deux fois le tour du torse, puis un nœud. À plusieurs reprises, au cours de l'opération, il se retrouva en train de couler et il avala même une fois une abominable gorgée d'eau ensanglantée.

Enfin, il en eut fini.

«Vérifie ton nœud, dit-il à Sonja.

– Il est serré.

– Lance le porte-documents dans l'eau… Aussi loin que tu peux.»

Elle balança la serviette par-dessus le bastingage. Elle tomba à deux mètres de la péniche – elle était trop lourde pour que Sonja pût la lancer bien loin – et coula. Lentement la corde suivit le porte-documents. La longueur de corde entre Smith et la serviette se tendit, puis le corps disparut sous l'eau. Wolff surveillait la surface. Les nœuds tenaient. Il agita les jambes sous l'eau, là où le corps s'était enfoncé : aucun contact. Le cadavre avait coulé.

«*Lieber Gott*, murmura Wolff, quel gâchis.»

Il se hissa sur le pont. Examinant l'eau, il vit que les traînées roses disparaissaient rapidement.

Wolff et Sonja pivotèrent rapidement sur leurs talons pour se tourner vers le chemin de halage.

«Bonjour! (Elle souffla à l'oreille de Wolff :) Une voisine.»

La voisine était une métisse d'un certain âge, portant un panier à provisions. «J'ai entendu du bruit dans l'eau… Quelque chose qui ne va pas…

– Non… dit Sonja. Mon petit chien est tombé à l'eau, et M. Robinson que voici a dû plonger pour le sauver.

– Que c'est brave de sa part! dit la femme. Je ne savais pas que vous aviez un chien.

– C'est un tout jeune chiot qu'on m'a donné.

– Quelle race?»

Wolff avait envie de hurler : foutez le camp, vieille idiote!

«Un caniche, répondit Sonja.

– Oh! j'aimerais bien le voir.

– Demain peut-être : aujourd'hui, il est puni, il est enfermé.

– Pauvre chou.

– Je ferais mieux d'aller me changer», dit Wolff. Sonja dit à la voisine : «À demain.

– Ravie de vous avoir rencontré, monsieur Robinson», dit la voisine.

Wolff et Sonja descendirent. Sonja se laissa tomber sur le divan et ferma les yeux. Wolff se débarrassa de ses vêtements mouillés.

«Il ne m'est jamais rien arrivé d'aussi horrible, dit Sonja.

– Tu t'en remettras, dit Wolff.

– Enfin, Dieu merci, c'était un Anglais.

– Oui. Tu devrais sauter de joie.

– Je le ferai quand mon estomac sera remis en place.»

Wolff passa dans la salle de bains et ouvrit les robinets de la baignoire. Lorsqu'il revint, Sonja demanda : «Ça valait le coup?

– Oui. (Wolff désigna les documents militaires qui jonchaient encore le plancher, là où il les avait laissés tomber quand Smith l'avait surpris.) Ce sont des renseignements extraordinaires : les mieux qu'il ait apportés. Avec ça, Rommel peut gagner la guerre.

– Quand vas-tu les envoyer?

– Ce soir, à minuit.

– Ce soir, tu dois amener Elene.» (Il la dévisagea.) Comment peux-tu penser à ça quand nous venons de tuer un homme et de faire couler son cadavre?»

Elle soutint son regard d'un air de défi. «Tout ce que je sais, figure-toi, c'est que ça m'excite beaucoup.

– Bon Dieu!

– Tu vas bien l'amener ici ce soir? Tu me dois ça.»

Wolff hésita. «Il faudrait que j'envoie le message pendant qu'elle est ici.

– Je l'occuperai au moment où tu utiliseras ton émetteur.

– Tout de même…

– Bon sang, Alex, tu me dois bien ça!

– Entendu.

– Merci. »

Wolff passa dans la salle de bains. Sonja était incroyable, se dit-il. Elle poussait la dépravation jusqu'à de nouveaux sommets de raffinement. Il plongea dans l'eau bien chaude.

Elle cria de la chambre : « Mais maintenant, Smith ne t'apportera plus de secrets ?

– Je ne crois pas que nous en ayons besoin après la prochaine bataille, répliqua Wolff. Il a rempli son rôle. »

Il prit le savon et se mit à laver le sang.

21

Vandam frappa à la porte de l'appartement d'Elene une heure avant le moment de son rendez-vous avec Alex Wolff.

Elle vint ouvrir, vêtue d'une robe de cocktail noire et d'escarpins noirs à talons hauts avec des bas de soie. Elle avait une fine chaîne d'or autour du cou. Elle était maquillée et ses cheveux brillaient. De toute évidence, elle attendait Vandam.

Il lui sourit, retrouvant quelqu'un de familier et en même temps d'une stupéfiante beauté. « Bonjour.

– Entre. (Elle le préceda dans la salle de séjour.) Assieds-toi. »

Il avait envie de l'embrasser, mais elle ne lui en avait pas donné l'occasion. Il s'assit sur le canapé. « Je voulais te donner des détails pour ce soir.

– Bon, fit-elle en s'asseyant sur un fauteuil en face de lui. Tu veux un verre ?

– Bien sûr.

– Sers-toi. »

Il la regarda. « Il y a quelque chose qui ne va pas ?

– Non, rien. Sers-toi. Et puis donne-moi tes instructions. »

Vandam fronça les sourcils. « Qu'est-ce que ça veut dire ?

– Rien. Nous avons du travail à faire, alors allons-y. »

Il se leva, s'approcha d'elle et s'agenouilla devant son fauteuil. «Elene. Qu'est-ce que tu fais?»

Elle lui lança un regard noir. Elle semblait au bord des larmes. Elle dit d'une voix forte : «Où étais-tu depuis deux jours?»

Il détourna les yeux. «Je travaillais.

— Et où crois-tu que j'étais?

— Ici, j'imagine.

— Exactement!»

Il ne comprenait pas ce que cela signifiait. L'idée lui traversa l'esprit qu'il était amoureux d'une femme qu'il connaissait à peine. Il reprit : «Je travaillais et tu étais ici, et c'est pour ça que tu m'en veux?»

Elle cria : «Oui!

— Calme-toi, dit Vandam. Je ne comprends pas pourquoi tu es si agacée, et je veux que tu me l'expliques.

— Non!

— Alors je ne sais pas quoi dire.» Vandam s'assit sur le sol en lui tournant le dos et alluma une cigarette. Il ne savait vraiment pas ce qui l'avait énervée, mais il y avait chez lui une certaine bonne volonté : il était prêt à se montrer humble, à présenter ses excuses pour quelque erreur qu'il ait pu commettre, mais il n'était pas disposé à jouer aux devinettes.

Ils restèrent assis sans rien dire une minute, sans se regarder.

Elene pleura de nouveau. Vandam ne pouvait pas la voir, mais il connaissait ce genre de reniflement provoqué par les larmes. «Tu aurais pu, dit-elle, m'envoyer un mot, ou un malheureux bouquet de fleurs!

— Un mot? Pour quoi faire? Tu savais que nous devions nous retrouver ce soir.

— Oh! mon Dieu.

— Et des fleurs? Qu'est-ce que tu veux faire avec des fleurs? Nous n'avons plus besoin de jouer ce jeu-là.

— Ah! vraiment?

— Qu'est-ce que tu veux que je dise?

— Écoute. Avant-hier soir, nous avons fait l'amour au cas où tu aurais oublié…

– Ne dis pas de bêtises…

– Tu m'as raccompagnée chez moi et tu m'as embrassée pour me dire au revoir. Et puis… rien. »

Il tira sur sa cigarette. « Au cas où toi, tu aurais oublié, un certain Erwin Rommel est à nos portes avec une bande de nazis à sa remorque, et je fais partie des gens qui essaient de l'empêcher d'entrer.

– Cinq minutes, c'est tout ce que ça aurait pris pour m'envoyer un mot.

– Pour quoi faire ?

– Hé oui, justement, pour quoi faire ? Je suis une fille facile, n'est-ce pas ? Je me donne à un homme comme je bois un verre d'eau. Une heure plus tard j'ai oublié… C'est ce que tu penses ? Parce que c'est l'impression que tu me donnes ! Bon sang, William Vandam, tu me donnes l'impression d'être une putain ! »

Ça n'avait pas plus de sens qu'au début de la discussion, mais maintenant il percevait la peine dans sa voix. Il se tourna vers elle. « Tu es la plus merveilleuse chose qui me soit arrivée depuis longtemps, peut-être de toute ma vie. Je t'en prie, pardonne-moi d'être idiot. » Il prit la main de la jeune femme dans la sienne.

Elle regarda par la fenêtre, en se mordant la lèvre, luttant pour ne pas pleurer. « Oui, c'est vrai, dit-elle. (Elle baissa les yeux vers lui et lui caressa les cheveux.) Espèce d'idiot », murmura-t-elle en lui effleurant les cheveux. Elle avait les yeux pleins de larmes.

« J'ai tant de choses à apprendre sur toi, dit-il.

– Et moi sur toi. »

Il détourna les yeux, et se mit à penser tout haut. « Les gens n'aiment pas mon égalité d'humeur… Ça les agace toujours. Ceux qui travaillent avec moi, en revanche aiment bien ça. Ils savent que lorsqu'ils sont au bord de l'affolement, quand ils ont le sentiment qu'ils vont craquer, ils peuvent venir me trouver et me parler de leurs problèmes ; et que si l'on ne voit pas de solution, je leur dirai la meilleure chose à faire, le moindre mal ; et comme je le dis d'une voix calme, parce que je vois que c'est un problème et que je garde mon sang-froid ils repartent rassurés et font ce qu'ils ont à faire. Tout ce que je fais c'est de clarifier le problème et de refuser de me laisser effrayer par son ampleur ; mais c'est tout ce dont ils ont besoin. Toutefois… exactement la même attitude exaspère souvent d'autres gens : mes supérieurs, mes amis, Angela, toi… Je n'ai jamais compris pourquoi.

– Parce que quelquefois tu *devrais* t'affoler, espèce d'idiot, dit-elle d'une voix douce. Quelquefois tu devrais montrer que tu as peur, ou bien que tu es obsédé, ou que quelque chose te rend fou. C'est humain et ça montre que tu es touché. Quand tu es si calme tout le temps, on croit que c'est parce que tu t'en fous.

– Eh bien, les gens devraient comprendre, fit Vandam. Et les amoureux devraient comprendre, et les amis, et les patrons s'ils valent quelque chose. » Il avait dit cela sincèrement, mais au fond de son esprit il se rendait compte que, dans sa célèbre égalité d'humeur, il y avait un élément de dureté, de froideur.

« Et s'ils ne comprennent pas… » Elle ne pleurait plus maintenant.

« Je devrais changer ? Non. » Il voulait être franc avec elle maintenant. Il aurait pu lui raconter un mensonge pour lui faire plaisir : oui, tu as raison, je vais essayer d'être différent. Mais à quoi bon ? S'il ne pouvait pas être lui-même avec elle, tout cela ne rimait à rien, il ne ferait que la manipuler comme tous les hommes l'avaient manipulée, comme lui-même manipulait les gens qu'il n'aimait pas. Alors il lui dit la vérité. « Tu comprends, c'est comme ça que je gagne. Que je gagne… au jeu de la vie, pour ainsi dire. (Il eut un sourire un peu amer.) C'est vrai que je suis détaché. Je regarde tout de loin. Les choses me touchent, mais je refuse de faire des gestes inutiles ou symboliques, d'avoir une crise de colère feinte. Ou bien nous nous aimons ou bien nous ne nous aimons pas, et toutes les fleurs du monde n'y changeront rien. Mais le travail que j'ai fait aujourd'hui pourrait décider de notre vie ou de notre mort. J'ai quand même pensé à toi toute la journée ; mais chaque fois que je pensais à toi, je m'efforçais de penser à des choses plus urgentes. Je suis efficace dans mon travail, je fixe des priorités et je ne m'inquiète pas à ton sujet quand je sais que tu ne risques rien. Est-ce que tu peux t'imaginer t'habituant à ça?

– J'essaierai », dit-elle avec un sourire humide.

Et sans cesse, au fond de son cœur, il se disait : pour combien de temps? Est-ce que je veux cette femme pour toujours? Et si ça n'était pas le cas?

Il repoussa cette pensée. Pour l'instant, elle n'était pas au premier rang des priorités. « Ce que j'ai envie de dire, au fond c'est : laisse tomber pour ce soir, n'y va pas, nous nous débrouillerons sans toi. Mais je ne peux pas. Nous avons besoin de toi, et c'est terriblement important.

– Oui, je comprends.

– Mais tout d'abord, est-ce que je peux t'embrasser?

– Oui, je t'en prie. »

S'agenouillant auprès du bras de son fauteuil, il lui prit le visage dans sa grande main et l'embrassa sur les lèvres. Sa bouche était douce et tendre, un peu humide. Il en savoura le goût. Jamais il n'avait eu cette impression-là, cette impression de pouvoir continuer à l'embrasser toute la nuit sans jamais s'en lasser.

Elle finit par se reculer, prit une profonde inspiration et dit : « Eh bien, on ne peut pas dire que tu fasses les choses à moitié.

– Sois-en sûre.

– Quand tu as dit ça, fit-elle en riant, tu as été le major Vandam d'autrefois – celui que je connaissais avant toi.

– Et ton "eh bien" était dit sur ce ton provoquant de l'Elene d'autrefois.

– Mes instructions, major.

– Il va falloir que je m'éloigne un peu.

– Assieds-toi là et croise les jambes. Au fait, qu'est-ce que tu faisais donc aujourd'hui? »

Vandam traversa la pièce jusqu'au placard à liqueurs et trouva le gin. « Un major des Renseignements a disparu... avec un porte-documents top-secret.

– Wolff?

– Ça se pourrait. Il se trouve que ce major disparaissait à l'heure du déjeuner environ deux fois par semaine, et personne ne sait où il allait. J'ai dans l'idée qu'il aurait bien pu rencontrer Wolff.

– Alors, pourquoi cette disparition ?

– Quelque chose a mal tourné, fit Vandam en haussant les épaules.

– Qu'est-ce qu'il y avait dans son porte-documents aujourd'hui ? »

Vandam se demandait ce qu'il pouvait lui dire. « Une étude de nos défenses si complète que nous estimons que cela pourrait changer le résultat de la prochaine bataille. » Smith avait aussi en sa possession le plan proposé par Vandam pour tromper les Allemands, mais Vandam n'en parla pas à Elene : il lui faisait toute confiance, mais il gardait aussi ses instincts d'officier de la Sécurité. Il termina : « Il vaudrait mieux donc que nous prenions Wolff ce soir.

– Mais ça pourrait être déjà trop tard !

– Non. Nous avons retrouvé le déchiffrage d'un des messages de Wolff, il y a quelque temps. Il était daté de minuit. Les espions ont une heure fixe pour faire leurs rapports, en général la même heure tous les jours. À d'autres moments, leurs maîtres n'écoutent pas – en tout cas pas sur la bonne longueur d'onde – alors même s'ils émettent, personne ne les reçoit. Je crois donc que Wolff va envoyer ce renseignement ce soir à minuit – à moins que je ne l'attrape d'abord. » Il hésita, puis écarta ses scrupules concernant la sécurité et décida qu'elle devrait connaître toute l'importance de sa mission. « Ça n'est pas tout. Il utilise un code fondé sur un roman qui s'appelle *Rebecca*. J'ai un exemplaire du livre. Si je peux trouver la clef du code…

– Qu'est-ce que c'est ?

– Juste un bout de papier lui disant comment utiliser le livre pour coder le message.

– Continue.

– Si je peux découvrir la clef du code Rebecca, je peux émettre à la place de Wolff et envoyer de faux renseignements à Rommel. Ça pourrait retourner complètement la situation… Ça pourrait sauver l'Égypte. Il me faut la clef.

– Bon. Quel est le plan pour ce soir ?

– Le même qu'avant, mais plus poussé. Je serai au restaurant avec Jakes, et nous serons tous les deux armés. »

Elle ouvrit de grands yeux : « Tu as un pistolet ?

– Pas maintenant. Jakes me l'apporte au restaurant. De toute façon, il y aura deux autres hommes dans la salle et six autres sur le trottoir, qui essaieront de ne pas se faire remarquer. Il y aura aussi des voitures banalisées prêtes à bloquer toutes les issues de la rue au premier coup de sifflet. Quoi que je fasse Wolff ce soir, s'il veut te voir il va se faire prendre. »

On frappa à la porte de l'appartement.

« Qu'est-ce que c'est ? fit Vandam.

– La porte.

– Oui, je sais, tu attends quelqu'un ? Ou quelque chose ?

– Non, bien sûr que non, pour moi il est presque l'heure de partir. »

Vandam se rembrunit. Des sonnettes d'alarme retentissaient. « Je n'aime pas ça. Ne réponds pas.

– Très bien, fit Elene. (Puis elle changea d'avis.) Il faut que je réponde. Ça pourrait être mon père ou des nouvelles de lui.

– Bon, va répondre. »

Elene quitta la pièce. Vandam resta assis, l'oreille tendue. On frappa de nouveau, puis elle ouvrit la porte. Vandam l'entendit dire : « Alex ! »

Vandam murmura : « Bon Dieu ! » Il entendit la voix de Wolff.

« Vous êtes toute prête. C'est merveilleux. » C'était une voix chaude et pleine d'assurance, avec juste une trace à peine perceptible dans cet anglais un peu traînant d'un accent impossible à identifier.

« Mais nous devions nous retrouver au restaurant ? fit Elene.

– Je sais. Je peux entrer ? »

Vandam sauta par-dessus le dossier du canapé et s'allongea sur le sol, derrière.

« Bien sûr… » fit Elene.

La voix de Wolff se rapprochait. « Ma chère, vous êtes ravissante ce soir. »

Salopard, se dit Vandam.

La porte du palier se referma.

Wolff dit : « Par ici ?

– Euh… oui… »

Vandam les entendit tous les deux entrer dans la pièce. Wolff dit : « Quel ravissant appartement. Mikis Aristopoulos doit bien vous aider.

– Oh ! je ne travaille pas là régulièrement. C'est un parent éloigné de la famille, je fais ça pour l'aider.

– Un oncle. Ça doit être votre oncle.

– Oh !… mon grand-oncle, mon cousin, je ne sais plus. Il m'appelle sa nièce pour simplifier.

– Tenez. C'est pour vous.

– Oh ! des fleurs. Merci. » Va te faire foutre, songea Vandam.

Wolff dit : « Je peux m'asseoir ?

– Bien sûr. »

Vandam sentit le canapé s'enfoncer un peu tandis que Wolff s'installait dessus. Wolff était un grand gaillard. Vandam se souvenait s'être bagarré avec lui dans la ruelle. Il se souvenait aussi du poignard et sa main se porta machinalement à sa blessure à la joue. Il se dit : qu'est-ce que je peux faire ?

Il pouvait sauter maintenant sur Wolff. L'espion était ici pratiquement entre ses mains ! Ils avaient à peu près le même poids, ils étaient tous deux de la même force… à part la différence du couteau. Wolff avait son poignard sur lui le soir où il dînait avec Sonja, aussi sans doute l'emportait-il partout et l'avait-il maintenant.

S'ils se battaient et que Wolff ait l'avantage du poignard, Wolff l'emporterait. Ça s'était déjà passé comme ça dans la ruelle. Vandam se palpa de nouveau la joue.

Il se dit : pourquoi est-ce que je n'ai pas apporté le pistolet ?

S'ils se battaient et si Wolff en sortait vainqueur, alors que se passerait-il ? En voyant Vandam dans l'appartement d'Elene, Wolff saurait qu'elle avait cherché à le prendre au piège. Que lui ferait-il ? À Istanbul, dans une situation analogue, il avait tranché la gorge d'une femme.

Vandam s'efforça de chasser cette terrible image.

Wolff dit : «Je vois que vous preniez un verre avant mon arrivée, puis-je me permettre de vous accompagner?

– Bien sûr, répéta Elene. Qu'est-ce que vous voudriez?

– Qu'est-ce que c'est que ça? dit Wolff en reniflant. Oh! un peu de gin serait parfait.»

Vandam se dit : c'était mon verre. Dieu merci, Elene n'a rien pris. Deux verres, ça aurait fait bizarre. Il entendit le tintement des cubes de glace.

«Cheers! fit Wolff.

– Cheers.

– Vous n'avez pas l'air d'aimer ça.

– La glace a fondu.»

Vandam savait pourquoi elle avait fait la grimace à la première gorgée : c'était du gin pur. Elle se débrouillait bien, songea-t-il. Que croyait-elle que lui, Vandam, comptait faire? Elle avait dû deviner maintenant où il se cachait. Elle devait faire des efforts désespérés pour ne pas regarder dans cette direction. Pauvre Elene! Une fois de plus, voilà qu'il lui donnait du fil à retordre.

Vandam espérait qu'elle allait être passive, adopter la ligne de moindre résistance et lui faire confiance.

Wolff comptait-il toujours aller au restaurant l'*Oasis*? Peut-être oui. Si seulement je pouvais en être sûr, songea Vandam, je pourrais tout laisser à Jakes.

«Vous paraissez nerveuse, Elene, dit Wolff. Est-ce que j'ai bouleversé vos projets en venant ici? Si vous voulez terminer de vous apprêter, ou je ne sais pas… non pas que vous sembliez moins que parfaite pour l'instant… Vous n'avez qu'à me laisser ici avec la bouteille de gin.

– Non, non… Nous avions bien dit que nous nous retrouverions au restaurant…

– Et me voilà, changeant de nouveau tout à la dernière minute. Pour vous dire vrai, j'en ai assez des restaurants, et pourtant ils sont, si l'on peut dire, les lieux de rendez-vous traditionnels; alors je prends des arrangements pour dîner avec des gens et le moment venu, je ne peux pas m'y faire et je trouve une autre solution.»

Ils ne vont donc pas à l'Oasis, se dit Vandam. Merde.

«Que voulez-vous faire? demanda Elene.

– Puis-je me permettre de vous faire encore une surprise?»

Vandam pensa : qu'il te le dise!

«Très bien, dit Elene.

Vandam réprima un grognement d'agacement. Si Wolff annonçait où ils allaient, Vandam pourrait contacter Jakes et faire changer le lieu de l'embuscade. Elene ne réfléchissait pas comme il le fallait. C'était compréhensible : elle avait l'air terrorisée.

«Nous y allons? fit Wolff.

– Très bien.»

Le divan grinça lorsque Wolff se leva. Vandam se dit : Je pourrais lui sauter dessus maintenant!

Trop risqué. Il les entendit quitter la pièce. Il resta un moment où il était. Il entendit Wolff dire dans le vestibule : «Après vous.» Puis la porte du palier claqua.

Vandam se leva. Il allait devoir les suivre et sauter sur la première occasion d'appeler le G. Q. G. pour joindre Jakes. Elene n'avait pas le téléphone, peu de gens l'avaient au Caire. Même si elle en avait eu un, il n'avait plus le temps maintenant. Il s'approcha de la porte d'entrée et tendit l'oreille. Il n'entendit rien. Il l'entrebâilla : ils avaient disparu. Il sortit, referma la porte derrière lui et se précipita dans le couloir et dévala l'escalier.

Au moment où il sortait de l'immeuble, il les vit sur le trottoir d'en face. Wolff ouvrait la portière d'une voiture pour faire monter Elene. Ce n'était pas un taxi : Wolff avait dû louer, emprunter ou voler une voiture pour la soirée. Il referma la portière sur Elene et fit le tour de la voiture pour s'installer au volant. Elene regarda par la vitre et aperçut Vandam. Elle le dévisagea. Il détourna la tête, craignant de faire le moindre geste au cas où Wolff le verrait.

Vandam se dirigea vers sa motocyclette, l'enfourcha et mit le moteur en marche.

La voiture de Wolff démarra et Vandam suivit.

Dans la ville, la circulation était encore intense. Vandam parvint à garder cinq ou six voitures entre lui et Wolff sans risquer de perdre ce dernier. La nuit tombait, mais peu de voitures avaient allumé leurs phares.

Vandam se demanda où se rendait Wolff. Ils allaient sûrement s'arrêter quelque part, à moins que l'Allemand n'eût l'intention de rouler toute la nuit. Si seulement ils s'arrêtaient à un endroit où se trouvait un téléphone...

Ils sortirent de la ville en direction de Ghiza. L'obscurité venait et Wolff alluma ses lanternes. Vandam roulait tous feux éteints pour que Wolff ne pût pas voir qu'il était suivi.

Ce fut un trajet de cauchemar. Même de jour, en pleine ville, rouler à motocyclette était une dangereuse expérience : les rues étaient parsemées de bosses, de nids de poule et de flaques d'huile traîtresses, qui obligeaient Vandam à surveiller la chaussée autant que la circulation. La route du désert était bien pire, et pourtant il devait rouler dans le désert et ne pas quitter des yeux la voiture devant lui. À trois ou quatre reprises, il faillit être désarçonné.

Il avait froid. Ne prévoyant pas cette escapade, il n'avait qu'une chemise d'uniforme à manches courtes et à vive allure le vent le transperçait. Jusqu'où Wolff comptait-il aller ?

La silhouette des pyramides se profilait à l'horizon.

Pas de téléphone là-bas, songea Vandam.

La voiture de Wolff ralentit. Ils allaient pique-niquer auprès des pyramides. Vandam coupa le moteur et continua en roue libre. Wolff n'avait pas eu le temps de descendre de voiture que Vandam avait poussé sa moto sur le bas-côté dans le sable. Le désert était plus accidenté qu'il n'y paraissait de loin, et il trouva sans mal un épaulement rocheux derrière lequel dissimuler la moto. Il s'allongea dans le sable à côté et guetta la voiture.

Il ne se passait rien.

La voiture restait immobile, son moteur arrêté, l'intérieur sombre. Que faisaient-ils là-dedans ? Vandam se sentit envahi par la jalousie. Il se dit de ne pas être stupide : ils étaient en train de manger, tout simplement. Elene lui avait parlé du dernier pique-nique : saumon fumé, poulet froid, champagne. On ne pouvait pas embrasser une femme, la bouche pleine de poisson. Quand même, leurs doigts devaient se toucher lorsqu'il lui versait le vin…

Assez.

Il décida de risquer une cigarette. Il se glissa derrière le rocher pour l'allumer, puis replia sa main autour de l'extrémité, comme on le faisait dans l'armée, pour dissimuler le bout rougeoyant et il regagna son poste d'observation.

Cinq cigarettes plus tard, les portières de la voiture s'ouvrirent.

Le ciel était dégagé et la lune brillait. Tout le paysage était bleu sombre et argent, le dessin compliqué des ombres des pyramides émergeant du sable étincelant. Deux silhouettes sombres sortirent de la voiture et se dirigèrent vers la plus proche des tombes antiques. Vandam constata qu'Elene marchait les bras croisés sur la poitrine, comme si elle avait froid, ou peut-être parce qu'elle n'avait pas envie de tenir la main de Wolff qui lui passa un bras autour des épaules et elle ne fit pas un geste pour lui résister.

Ils s'arrêtèrent au pied du monument et se mirent à parler. Wolff désignait le sommet et Elene semblait secouer la tête ; Vandam devina qu'elle ne voulait pas faire l'escalade. Ils contournèrent la base et disparurent derrière la pyramide.

Vandam attendit de les voir émerger de l'autre côté. Cela parut leur prendre très longtemps. Que faisaient-ils de l'autre côté ? L'envie d'aller voir devenait presque irrésistible.

Il pouvait s'approcher de la voiture maintenant. Il envisagea l'idée de la saboter, de rentrer en hâte au Caire et de revenir avec son équipe. Mais Wolff ne serait plus ici quand Vandam reviendrait ; il lui serait impossible de fouiller le désert la nuit ; au matin Wolff pourrait se trouver à des kilomètres.

C'était presque intolérable d'être là à regarder, à attendre et à ne rien pouvoir faire, mais Vandam savait que c'était la meilleure solution.

Wolff et Elene réapparurent enfin. Il la tenait toujours par les épaules. Ils revinrent à la voiture et s'arrêtèrent auprès de la porte. Wolff posa les mains sur les épaules d'Elene, dit quelque chose et se pencha pour l'embrasser.

Vandam se leva.

Elene tendit sa joue à Wolff, puis se détourna, échappant à ses bras et monta dans la voiture.

Vandam vint se rallonger sur le sable.

Le silence du désert fut rompu par les rugissements de la voiture de Wolff. Vandam la vit décrire un large demi-cercle et reprendre la route. Le faisceau des phares balayait le sable et Vandam plongea machinalement la tête quoiqu'il fût bien caché. La voiture le dépassa, roulant vers Le Caire.

Vandam se leva d'un bond, poussa sa moto jusqu'à la route et donna un coup de kick. Le moteur ne voulait pas partir. Vandam jura.

Il était terrifié à l'idée d'avoir peut-être du sable dans le carburateur. Il il fit un nouvel essai et cette fois le moteur démarra. Vandam se mit en selle et suivit la voiture.

Avec le clair de lune, c'était plus facile pour lui de repérer les trous et les bosses de la chaussée, mais ça le rendait aussi plus visible.

Il resta derrière la voiture de Wolff, sachant qu'il n'y avait aucun endroit où aller que Le Caire. Il se demanda ce que Wolff comptait faire. Allait-il ramener Elene chez elle? Dans ce cas, où irait-il ensuite? Peut-être conduirait-il Vandam à sa base.

Vandam se dit : quel dommage que je n'aie pas ce pistolet.

Wolff allait-il emmener Elene chez lui? Il devait bien habiter quelque part, avoir un lit dans une chambre dans un immeuble de la ville. Vandam était sûr que Wolff avait l'intention de séduire Elene. Wolff s'était plutôt montré patient avec elle, mais Vandam savait qu'en réalité c'était un homme qui n'aimait pas faire traîner les choses. La séduction pouvait être le moindre des dangers qu'Elene aurait à affronter. Vandam se dit : que ne donnerais-je pas pour un téléphone !

Ils arrivèrent au faubourg de la ville et Vandam dut se rapprocher de la voiture, mais heureusement il y avait encore pas mal de circulation. Il envisagea de s'arrêter pour donner un message à un policier ou à un officier, mais Wolff roulait vite et d'ailleurs, que dirait le message? Vandam ne savait toujours pas où allait Wolff.

Il commença à se douter de la réponse lorsqu'ils franchirent le pont vers Zamalek. C'était là où la danseuse, Sonja, avait sa péniche. Ce n'était pas possible que Wolff habitât là, songea Vandam, car l'endroit était surveillé depuis des jours. Mais peut-être hésitait-il à emmener Elene à son vrai domicile et empruntait-il la péniche.

Wolff se gara dans une rue et descendit. Vandam appuya sa moto contre un mur et se hâta d'enchaîner la roue pour empêcher tout vol : il aurait peut-être encore besoin de sa machine ce soir.

Il suivit Wolff et Elene jusqu'au chemin de halage. De derrière un buisson il les regarda marcher sur le sentier. Il se demanda ce que pensait Elene. S'attendait-elle à le voir venir à son secours si tôt ? Se rendait-elle compte que Vandam la surveillait toujours ? Allait-elle perdre espoir maintenant ?

Ils s'arrêtèrent auprès d'un des bateaux – Vandam nota avec soin lequel – et Wolff aida Elene à franchir la pente d'embarquement. Vandam se dit : l'idée n'est-elle donc pas venue à Wolff que le bateau pourrait être surveillé ? De toute évidence, non. Wolff suivit Elene sur le pont, puis ouvrit un panneau d'écoutille. Ils disparurent tous deux en bas.

Vandam se dit : et maintenant ? C'était sûrement sa meilleure occasion d'aller chercher de l'aide. Wolff devait compter passer quelque temps sur la péniche. Mais si ce n'était pas le cas ? Si, pendant que Vandam se précipitait sur un téléphone, quelque chose tournait mal : si Elene insistait pour se faire raccompagner, si Wolff changeait ses plans, ou s'ils décidaient d'aller dans une boîte ?

Je pourrais encore perdre ce salaud, se dit Vandam.

Il doit bien y avoir un policier dans les parages.

« Hé ? chuchota-t-il. Y a quelqu'un ? Police ? Je suis le major Vandam. Hé, où sont… »

Une silhouette sombre émergea de derrière un arbre. Une voix dit en arabe : « Oui ?

– Bonjour. Je suis le major Vandam. Vous êtes le policier chargé de surveiller la péniche ?

– Oui, mon commandant.

– Bon, écoutez. L'homme que nous traquons est maintenant sur le bateau. Vous avez un pistolet ?

– Non, mon commandant.

– Allons bon.» Vandam se demanda si l'Arabe et lui ne pourraient pas faire ensemble une descente sur le bateau. Il décida que non : il ne pouvait pas se fier à l'Arabe pour se battre avec enthousiasme et dans cet espace restreint le poignard de Wolff pourrait faire des ravages. «Bon, je veux que vous alliez jusqu'au téléphone le plus proche, que vous appeliez le G. Q. G. et que vous transmettiez un message au capitaine Jakes ou au colonel Bogge, en priorité absolue : ils doivent venir ici en force pour faire tout de suite une descente dans la péniche. C'est clair ?

– Le capitaine Jakes ou le colonel Bogge, au G. Q. G., ils doivent faire une descente ici tout de suite sur la péniche. Bien, mon commandant.

– Allez. Faites vite !»

L'Arabe partit au trot.

Vandam trouva un endroit où il était dissimulé aux regards tout en pouvant continuer à surveiller la péniche et le chemin de halage. Quelques minutes plus tard la silhouette d'une femme s'avança. Vandam trouva qu'elle avait un air familier. Elle monta sur la péniche et Vandam comprit que c'était Sonja.

Il était soulagé : au moins Wolff ne pourrait pas faire de mal à Elene pendant qu'il y avait une autre femme à bord.

Il s'installa pour attendre.

22

L'Arabe était soucieux. Va au téléphone le plus proche, avait dit l'Anglais. Il y avait bien des téléphones dans certaines des maisons voisines. Mais les maisons où il y avait le téléphone étaient occupées par des Européens qui verraient d'un mauvais œil un Égyptien – même un officier de police – frappant à leur porte à onze heures du soir en exigeant d'utiliser le téléphone. Ils refuseraient presque certainement en l'accablant d'injures et d'insultes : ce serait une expérience humiliante. Il n'était pas en uniforme, il ne portait même pas sa tenue civile habituelle – chemise blanche et pantalon noir – et il était même vêtu comme un fellah. Ils ne voudraient pas croire qu'il était policier.

Il n'y avait pas, à sa connaissance, de téléphone public à Zamalek. Cela ne lui laissait qu'une option : téléphoner depuis le commissariat. Ce fut dans cette direction qu'il partit au petit trot.

L'idée d'appeler le G. Q. G. ne lui plaisait pas non plus. C'était une règle non écrite pour les fonctionnaires égyptiens du Caire qu'aucun d'eux ne contacterait jamais volontairement les Britanniques. C'était toujours synonyme d'ennuis. Le standard du G. Q. G. refuserait de passer la communication, ou bien le message attendrait jusqu'au matin – et l'opérateur nierait l'avoir jamais reçu – ou bien on lui dirait de rappeler plus tard. Et si quelque chose tournait mal, ce serait sa fête. D'ailleurs, comment savait-il que l'homme qui l'avait interpellé sur le chemin de halage était bien ce qu'il prétendait être ? Il ne connaissait le major Vandam ni d'Ève ni d'Adam et n'importe qui pouvait passer la chemise d'uniforme d'un major. Et si c'était une farce ? Il y avait un certain type de jeunes officiers anglais qui adoraient jouer des tours aux Égyptiens de bonne volonté.

Il y avait une solution classique devant des situations de ce genre : laisser quelqu'un d'autre prendre la décision. D'ailleurs, il avait pour mission dans cette affaire de faire son rapport à son officier supérieur et à personne d'autre. Il se rendrait donc au commissariat et de là, décida-t-il, il appellerait le commissaire Kemel chez lui.

Kemel saurait quoi faire.

Elene arriva au bas de l'échelle et promena un regard nerveux sur l'intérieur de la péniche. Elle s'attendait à un décor spartiate et nautique. En fait, c'était luxueux, et même un peu trop. Il y avait d'épais tapis, des divans bas, deux élégantes petites tables basses et de somptueux rideaux de velours qui tombaient du plafond jusqu'au plancher en séparant cette partie de l'autre moitié du bateau qui devait être la chambre à coucher. En face des rideaux, là où la péniche se rétrécissait vers ce qui avait dû être la poupe, se trouvait une minuscule cuisine avec une installation petite et moderne.

« C'est à vous ? demanda-t-elle à Wolff.

– Ça appartient à quelqu'un que je connais, dit-il. Asseyez-vous donc. »

Elene se sentait prise au piège. Où diable était William Vandam ? À plusieurs reprises au cours de la soirée, elle avait cru qu'il y avait une motocyclette derrière la voiture, mais elle n'avait pas pu bien regarder de crainte d'alerter Wolff. À chaque seconde, elle s'attendait à voir des soldats encercler la voiture, arrêter Wolff et être libérée ; et, à mesure que les secondes se transformaient en heures, elle avait commencé à se demander si tout cela n'était pas un rêve, si même William Vandam existait.

Wolff se dirigeait vers la glacière, y prenait une bouteille de champagne, trouvait deux coupes, déroulait le papier doré enveloppant le haut de la bouteille, desserrait le fil qui bloquait le bouchon et ôtait celui-ci avec un claquement sec, versant le champagne dans des coupes : où diable était William ?

Wolff la terrifiait. Elle avait eu de nombreuses liaisons, certaines très éphémères, mais elle avait toujours fait confiance à son partenaire, elle avait toujours su qu'il pourrait être gentil ou, à tout le moins, qu'il aurait des égards. C'était pour son corps qu'elle avait peur. Si elle laissait Wolff jouer avec son corps, quel genre de jeu irait-il inventer ? Sa peau était sensible, elle était douce à l'intérieur, si facile à blesser, si vulnérable quand elle était allongée sur le dos, les jambes écartées… Être comme ça avec quelqu'un qui l'aimait, quelqu'un qui prendrait autant soin qu'elle-même de son corps, ce serait une joie… mais avec Wolff qui ne voulait que se *servir* de son corps… Elle frissonna.

« Vous avez froid ? dit Wolff en lui tendant une coupe.

– Non, je ne frissonnais pas… »

Il leva son verre. «À votre santé.»

Elle avait la bouche sèche. Elle but une gorgée de vin bien froid, puis une autre. Elle se sentit un peu mieux.

Il s'assit auprès d'elle sur le divan et se retourna pour la regarder. «Quelle magnifique soirée, dit-il. J'aime tant votre compagnie. Vous êtes une enchanteresse.»

Nous y voilà, se dit-elle.

Il lui posa une main sur le genou.

Elle se figea.

«Vous êtes une véritable énigme, dit-il. Désirable, assez hautaine, très belle, parfois naïve et parfois si rusée… Voulez-vous me dire une chose?

– Pourquoi pas?» fit-elle sans le regarder.

Du bout de l'index, il suivit le profil de son visage : le front, le nez, les lèvres, le menton. «Pourquoi sortez-vous avec moi? demanda-t-il.

Que voulait-il dire? Se douterait-il par hasard de ce qu'elle faisait vraiment? Ou bien n'était-ce que son coup suivant dans la partie?

Elle le regarda et dit : «Vous êtes un homme très séduisant.

– Je suis heureux que vous le pensiez.» Il reposa une main sur son genou et se pencha en avant pour l'embrasser. Elle lui tendit la joue comme elle l'avait fait une fois déjà ce soir. Les lèvres de Wolff effleurèrent sa peau, puis il murmura : «Pourquoi avez-vous peur de moi?»

Il y eut un bruit sur le pont, des pas rapides et légers – puis le panneau s'ouvrit.

Elene pensa : William!

Une chaussure à talon haut et un pied de femme apparurent. La femme descendit, refermant le panneau d'écoutille au-dessus d'elle et s'avança sur le pont. Elene aperçut son visage et la reconnut : c'était Sonja, la danseuse du ventre.

Elle se dit : au nom du Ciel, qu'est-ce qui se passe?

«Parfait, sergent, dit Kemel au téléphone. Vous avez fait exactement ce qu'il fallait en me contactant. Je vais m'occuper de tout moi-même. D'ailleurs, vous pouvez disposer maintenant.

– Merci, monsieur le commissaire, dit le sergent. Bonne nuit.

– Bonne nuit. » Kemel raccrocha : c'était une catastrophe. L'Anglais avait suivi Alex Wolff jusqu'à la péniche et Vandam était en train d'essayer d'organiser une descente de police. Les conséquences seraient de deux ordres. D'abord, la perspective de voir les Officiers libres utiliser la radio allemande s'en irait en fumée, et il n'y aurait plus de possibilité de négocier avec le Reich avant que Rommel ait conquis l'Égypte. Deuxièmement, une fois que les Anglais auraient découvert que la péniche était un nid d'espions, ils comprendraient vite que Kemel avait dissimulé les faits et protégé les agents. Kemel regretta de ne pas avoir poussé Sonja plus loin, de ne pas l'avoir portée à arranger un rendez-vous dans quelques heures au lieu de quelques jours ; mais il était trop tard pour avoir des regrets. Qu'allait-il faire maintenant ?

Il revint dans la chambre et s'habilla en hâte. Du lit, sa femme murmura : « Qu'est-ce que c'est ?

– Du travail, chuchota-t-il.

– Oh ! non. » Et elle se retourna.

Il prit son pistolet dans le tiroir fermé à clef du bureau et le glissa dans la poche de sa veste, puis il embrassa sa femme et quitta la maison sans bruit. Il monta dans sa voiture et mit le moteur en marche. Il resta assis à réfléchir une minute. Il fallait consulter Sadat là-dessus, mais ça prendrait du temps. En attendant, Vandam risquait de s'impatienter à attendre auprès de la péniche et d'agir précipitamment. Il allait d'abord falloir s'occuper de Vandam, et vite ; ensuite, il pourrait aller chez Sadat.

Kemel démarra en direction de Zamalek. Il avait besoin de temps pour réfléchir, mais le temps, c'était ce qui lui manquait. Devait-il tuer Vandam ? Il n'avait jamais tué un homme et ne savait même pas s'il en serait capable. Cela faisait des années qu'il n'avait pas frappé quelqu'un. Et comment cacherait-il son rôle dans tout cela ? Il s'écoulerait peut-être des jours avant l'arrivée des Allemands au Caire ; il était d'ailleurs possible, même à ce stade, qu'ils fussent repoussés. Alors il y aurait une enquête sur ce qui s'était passé sur le chemin de halage ce soir-là, tôt ou tard, on en rendrait Kemel responsable. Il serait probablement fusillé.

«Courage», dit-il tout haut, se rappelant la façon dont l'avion volé par Imam avait éclaté en flammes en s'écrasant dans le désert.

Il se gara non loin du chemin de halage. Du coffre de la voiture il prit une corde. Il la fourra dans sa poche et prit son pistolet dans sa main droite.

Il le tenait par le canon, pour l'utiliser comme matraque. Depuis combien de temps ne s'en était-il pas servi ? Six ans, croyait-il, sans compter les exercices de tir de temps en temps.

Il arriva au bord du fleuve. Il regarda le Nil argenté, les silhouettes noires des péniches, le vague tracé du chemin de halage et les masses sombres des buissons. Vandam devait être quelque part dans les taillis. Kemel s'avança à pas feutrés.

Vandam regarda sa montre à la lueur de sa cigarette. 11 h 30. De toute évidence, quelque chose avait mal tourné. Ou bien le policier arabe avait mal transmis le message, ou bien le G. Q. G. n'avait pas réussi à joindre Jakes, ou bien Bogge avait trouvé moyen de tout faire rater. Vandam ne pouvait pas prendre le risque de laisser Wolff s'installer devant son émetteur avec les renseignements qu'il possédait maintenant. Il n'y avait rien d'autre à faire que de monter lui-même à bord de la péniche et de tout risquer.

Il éteignit sa cigarette, puis il entendit des pas quelque part dans les buissons. «Qui est là ? murmura-t-il. Jakes ?»

Une silhouette sombre apparut et murmura : «C'est moi.»

Vandam ne reconnaissait pas la voix étouffée, pas plus qu'il ne pouvait voir le visage. «Qui ça ?»

La silhouette approcha plus près et leva un bras. Vandam dit : «Qui… ?» puis il se rendit compte que le bras s'abattait pour le frapper. Il fit un bond et quelque chose lui heurta le côté de la tête et vint le frapper à l'épaule. Vandam poussa un cri de douleur, et son bras s'engourdit. L'homme levait de nouveau le bras. Vandam fit un pas en avant, cherchant à attraper son agresseur de la main gauche. La silhouette recula d'un pas et frappa de nouveau, et cette fois le coup atterrit en plein sur le crâne de Vandam. Il y eut un instant de douleur intense, puis Vandam perdit conscience.

Kemel remit le pistolet dans sa poche et s'agenouilla auprès du corps inerte de Vandam. Il porta tout d'abord la main à la poitrine de Vandam et fut soulagé de sentir un pouls régulier. Très vite, il ôta les sandales de Vandam, lui enleva ses chaussettes, les roula en boule et les fourra dans la bouche de l'homme inconscient. Voilà qui devrait l'empêcher de crier. Ensuite il fit rouler Vandam à plat ventre, lui croisa les poignets derrière le dos et les attacha ensemble avec la corde. Avec l'autre bout, il ligota les chevilles de Vandam. Pour finir il attacha la corde à un arbre.

Vandam reviendrait à lui dans quelques minutes, mais il ne pourrait pas bouger. Ni crier. Il resterait là jusqu'à ce que quelqu'un tombât sur lui. Dans combien de temps cela risquait-il d'arriver? Normalement, il aurait pu y avoir des gens dans ces taillis, des amoureux et des soldats en vadrouille, mais ce soir il y avait sûrement eu suffisamment d'allées et venues dans les parages pour les effrayer. Peut-être un couple attardé apercevrait-il Vandam ou l'entendrait-il gémir... Kemel devait prendre ce risque, inutile de rester là à s'inquiéter.

Il décida de jeter un rapide coup d'œil à la péniche. Il s'avança d'un pas léger vers le *Jihan*. Il y avait des lumières à l'intérieur, mais de petits rideaux étaient tirés sur les hublots. Il fut tenté de monter à bord, mais il voulait d'abord consulter Sadat, car il n'était pas sûr de ce qu'il fallait faire.

Il tourna les talons et revint vers sa voiture.

Sonja dit: «Alex m'a tout dit sur vous, Elene.» Elle sourit.

Elene lui rendit son sourire. Était-ce l'amie de Wolff qui était propriétaire de la péniche? Wolff habitait-il avec elle? Ne comptait-il pas la voir rentrer si tôt? Pourquoi ni l'un ni l'autre ne paraissait furieux, surpris ou gêné? Pour dire quelque chose Elene demanda: «Vous arrivez du Cha-Cha Club?

— Oui.

— Comment était-ce?

– Comme toujours… Épuisant, passionnant, brillant. »

Sonja, de toute évidence, ignorait l'humilité.

Wolff tendit à Sonja une coupe de champagne. Elle la prit sans le regarder et dit à Elene : « Alors vous travaillez à la boutique de Mikis ?

– Non, pas vraiment », dit Elene en songeant : ça vous intéresse vraiment ? « Je l'ai aidé quelques jours, voilà tout. Nous sommes parents.

– Ah ! vous êtes grecque ?

– Mais oui. » Ce bavardage donnait confiance à Elene. La peur se dissipait. Quoi qu'il arrivât, Wolff n'allait certainement pas la violer sous la menace d'un couteau devant une des femmes les plus célèbres d'Égypte. Sonja, au moins, lui donnait le temps de souffler. William était déterminé à capturer Wolff avant minuit…

Minuit !

Elle avait presque oublié. À minuit, Wolff devait contacter l'ennemi par radio et transmettre les détails de la ligne de défense anglaise. Et où était la radio ? Était-ce ici ? Sur la péniche ? Si c'était ailleurs, Wolff devrait partir bientôt. Si c'était ici, allait-il envoyer son message devant Elene et Sonja ? Qu'avait-il donc en tête ?

Il s'assit auprès d'Elene. Elle éprouvait une vague impression de menace, à se trouver ainsi entourée par eux deux. Wolff reprit : « Quel heureux homme je suis, d'être assis ici avec les deux plus belles femmes du Caire. »

Elene regarda droit devant elle, ne sachant que dire.

« N'est-ce pas qu'elle est belle, Sonja ? fit Wolff.

– Oh ! oui. » Sonja toucha le visage d'Elene, elle la prit par le menton et lui tourna la tête. « Vous me trouvez belle, Elene ?

– Bien sûr. » Elene se rembrunit. Ça devenait bizarre. On aurait presque dit…

« Tant mieux, dit Sonja, et elle posa sa main sur le genou d'Elene.

Alors Elene comprit.

Tout se mettait en place : la patience de Wolff, sa fausse courtoisie, la péniche, l'apparition inattendue de Sonja… Elene se rendit compte qu'elle n'était pas du tout en sûreté. Sa peur de Wolff lui revint, plus forte que jamais. Ils voulaient tous les deux se servir d'elle, elle n'aurait pas le choix, elle devrait rester allongée là, muette et consentante, pendant qu'ils feraient ce que bon leur semblerait. Wolff avec son poignard dans une main…

Assez.

Je ne veux pas avoir peur. Je peux supporter d'être malmenée par un couple de dépravés. Le véritable enjeu est d'une autre importance. Ne pense pas à ton précieux petit corps, pense à la radio et au moyen d'empêcher Wolff de l'utiliser.

Cette réunion à trois pourrait peut-être tourner à son avantage.

Elle jeta un coup d'œil furtif à sa montre. Minuit moins le quart. Trop tard maintenant pour compter sur William. Elle, Elene, était la seule qui pouvait arrêter Wolff.

Et elle croyait savoir comment.

Sonja et Wolff échangèrent un regard, comme un signal. Chacun avec une main sur les cuisses d'Elene, ils se penchèrent devant elle et s'embrassèrent sous ses yeux.

Elle les regarda. C'était un long baiser lascif. Elle se dit : qu'est-ce qu'ils attendent de moi ?

Ils se séparèrent.

Wolff embrassa Elene de la même façon. Elene ne résista pas. Puis elle sentit la main de Sonja sur son menton. Sonja tourna vers elle le visage d'Elene et l'embrassa sur les lèvres.

Elene ferma les yeux en pensant : ça ne me tuera pas, ça ne me tuera pas.

Ça ne la tuait pas, mais c'était bizarre d'être embrassée si tendrement par la bouche d'une femme.

Elene songea : il faut que j'arrive à prendre le contrôle des opérations.

Sonja ouvrit son corsage. Elle avait de gros seins bruns. Wolff pencha la tête et prit dans sa bouche un bouton de sein. Elene sentit Sonja qui poussait sa tête vers le bas. Elle comprit qu'elle était censée suivre l'exemple de Wolff. Elle obéit. Sonja se mit à gémir.

Tout cela était pour Sonja. De toute évidence, c'était son

phantasme, son truc; c'était elle qui haletait et qui geignait maintenant, pas Wolff. Elene craignait de voir maintenant d'un instant à l'autre Wolff s'éloigner pour s'installer à son émetteur. Tout en faisant machinalement les gestes de faire l'amour à Sonja, elle cherchait dans son esprit des moyens de faire perdre la tête à Wolff en l'affolant de désir.

Mais toute cette scène était si ridicule que tout ce qu'elle envisageait de faire lui paraissait simplement comique.

Il faut que j'empêche Wolff d'aller jusqu'à cette radio.

Quelle est la clef de tout ça? Qu'est-ce u'ils veulent vraiment?

Elle détourna la tête de Sonja pour embrasserWolff. Il tourna sa bouche vers celle de la jeune femme. Elle trouva la main de Wolff et la pressa entre ses cuisses. Il eut une profonde inspiration et Elene songea : en tout cas, ça l'intéresse.

Sonja essaya de les séparer.

Wolff regarda Sonja, puis la gifla à toute volée.

Elene eut un sursaut de surprise. Était-ce ça la clef? Ce doit être un jeu qu'ils jouent; ça doit être ça.

Wolff reporta son attention sur Elene. Sonja essaya de s'interposer.

Cette fois, ce fut Elene qui la gifla.

Sonja poussa un gémissement qui était presque un râle.

Elene se dit : ça y est, j'ai deviné le jeu, j'ai l'initiative des opérations.

Elle vit Wolff regarder sa montre.

Brusquement, elle se leva. Tous deux la regardèrent. Elle leva les bras, puis, avec lenteur, elle fit passer sa robe pardessus sa tête, la jeta de côté et resta plantée avec ses sousvêtements noirs et ses bas. Elle se caressa doucement, passant ses mains entre ses cuisses et ses seins. Elle vit le visage de Wolff changer : son air sûr de lui disparut et il la dévisagea, les yeux agrandis de désir. Il était tendu, fasciné. Il s'humecta les lèvres. Elene leva le pied gauche, posa un escarpin à talon haut entre les seins de Sonja et repoussa la danseuse en arrière. Puis elle saisit la tête de Wolff et la plaqua contre son ventre.

Sonja se mit à couvrir de baisers le pied d'Elene.

Wolff émit un son qui était quelque chose entre un

gémissement et un soupir et plongea son visage entre les cuisses d'Elene.

Elene regarda sa montre.

Il était minuit.

<h2 style="text-align:center">23</h2>

Elene était allongée sur le dos dans le lit, nue. Elle était parfaitement immobile, tendue, ses muscles crispés, elle fixait le plafond passé à la chaux. À sa droite, il y avait Sonja, à plat ventre, bras et jambes répandus sur les draps, qui dormait à poings fermés en ronflant. La main droite de Sonja reposait mollement sur la hanche d'Elene. Wolff était à la gauche d'Elene. Il était couché sur le côté, tourné vers elle et la caressait d'une main endormie.

Elene pensait : eh bien, ça ne m'a pas tuée.

Le jeu consistait à repousser et à accepter Sonja. Plus Elene et Wolff la repoussaient et l'injuriaient, plus elle devenait passionnée jusqu'à ce que, lors du dénouement, Wolff repousse Elene pour faire l'amour à Sonja. C'était un scénario que Wolff et Sonja, de toute évidence, connaissaient bien : ils avaient déjà joué cette pièce-là.

Cela n'avait donné que très peu de plaisir à Elene, mais elle n'était pas écœurée, humiliée ni dégoûtée. Le sentiment qu'elle avait, c'est qu'elle avait été trahie et trahie par elle-même. C'était comme mettre au clou un bijou donné par un amant, ou bien faire couper ses longs cheveux pour les vendre, ou bien envoyer un jeune enfant travailler dans une usine. Elle avait abusé d'elle-même. Et ce qui était le pire, c'était que ce qu'elle avait fait était l'aboutissement logique de l'existence qu'elle avait menée depuis huit ans qu'elle était partie de chez elle, elle était sur la pente glissante qui menait à la prostitution et elle avait maintenant l'impression d'en être arrivée là.

Les caresses s'arrêtèrent et elle jeta un coup d'œil furtif au visage de Wolff. Il avait les yeux fermés. Il s'endormait.

Elle se demanda ce qui était arrivé à Vandam.

Quelque chose s'était mal passé. Peut-être Vandam avait-il perdu de vue la voiture de Wolff dans les rues du Caire. Peut-être avait-il eu un accident ? Quelle qu'en fût la raison, Vandam ne veillait plus sur elle. Elle était livrée à elle-même.

Elle avait réussi à faire oublier à Wolff d'envoyer à minuit son message à Rommel – mais qu'est-ce qui allait l'empêcher maintenant d'envoyer le message un autre soir ? Elene allait devoir contacter le G. Q. G. pour dire à Jakes où l'on pouvait trouver Wolff. Elle allait devoir s'éclipser tout de suite, trouver Jakes, lui dire de réveiller son équipe…

Ça prendrait trop longtemps. Wolff risquait de s'éveiller, de constater qu'elle était partie et de disparaître.

Son émetteur était-il ici, sur la péniche, ou quelque part ailleurs ? Ça pourrait tout changer.

Elle se rappela quelque chose que Vandam lui avait dit la veille au soir… n'était-ce vraiment que quelques heures auparavant ? « Si je peux trouver la clef du code Rebecca, je peux l'imiter pour envoyer le message… Ça pourrait renverser complètement la situation… »

Elle se dit : peut-être que je peux trouver la clef.

Il avait dit que c'était une feuille de papier expliquant comment utiliser le livre pour chiffrer les messages.

Elene se rendit compte qu'elle avait maintenant une chance de dénicher l'émetteur et la clef du code.

Elle n'avait qu'à fouiller la péniche.

Elle ne bougea pas. De nouveau elle avait peur. Si Wolff la surprenait en train de fouiller… Elle se souvint de la théorie qu'il avait concernant la nature humaine : le monde était divisé en maîtres ou esclaves et la vie d'un esclave ne valait rien.

Non, songea-t-elle ; je vais partir d'ici au matin, très normalement, et ensuite je dirai aux Anglais où l'on peut trouver Wolff, ils feront une descente sur la péniche et… et si Wolff avait disparu alors ? Et si l'émetteur n'était pas ici ?

Alors tout cela aurait été pour rien.

Le souffle de Wolff était maintenant lent et régulier : il dormait à poings fermés. Elene se pencha, prit doucement la main inerte de Sonja et la reposa de sa cuisse sur le bras. Sonja ne broncha pas.

Aucun des deux, maintenant, ne touchait Elene. C'était un grand soulagement.

Lentement, elle s'assit.

Son mouvement sur le matelas dérangea les deux autres. Sonja poussa un petit gémissement, souleva la tête, la tourna de l'autre côté et se remit à ronfler. Wolff roula sur le dos sans ouvrir les yeux.

Se déplaçant avec lenteur, tressaillant à chaque mouvement du matelas, Elene se retourna de façon à se trouver à quatre pattes, tournée vers la tête du lit. Elle se mit avec difficulté à ramper vers l'arrière, genou droit, main gauche, genou gauche, main droite. Elle guettait les deux visages endormis. Le pied du lit semblait à des kilomètres. Le silence retentissait à ses oreilles comme le tonnerre. La péniche roulait d'un côté à l'autre dans le sillage d'un bateau qui passait et Elene quitta précipitamment le lit en profitant de ce mouvement. Elle resta là, figée sur place, à observer les deux autres, jusqu'au moment où la péniche se stabilisa. Ils dormaient toujours. Où allait-elle commencer ses recherches ? Elene décida d'être méthodique, de commencer par l'avant et de remonter par l'arrière. À la proue du bateau se trouvait la salle de bains. Elle se rendit compte brusquement que de toute façon c'était là qu'elle devait aller. Elle traversa la chambre à pas de loup et pénétra dans la minuscule salle de bains.

Assise sur le siège des toilettes, elle regarda autour d'elle. Où l'émetteur pouvait-il bien être caché ? Elle ne savait pas vraiment quelles dimensions il devait avoir : la taille d'une valise ? D'un porte-documents ? D'un sac à main ? Il y avait un lavabo, une petite baignoire et un placard aménagé dans le mur. Elle se leva et ouvrit le placard. Il contenait un rasoir et un blaireau, des comprimés et un petit rouleau de pansement.

La radio n'était pas dans la salle de bains.

Elle n'avait pas le courage de fouiller la chambre pendant

qu'ils dormaient, pas encore. Elle traversa la pièce et franchit les rideaux pour gagner la partie salon. Elle jeta un rapide coup d'œil autour d'elle. Elle sentait le besoin de se dépêcher et se força à être calme et attentive. Elle commença par le côté tribord. Là il y avait un divan. Elle en tapota doucement la base : elle semblait creuse. La radio pouvait être là-dessous. Elle essaya de le soulever, mais n'y parvint pas. En regardant le bord, elle vit qu'il était vissé au plancher. Et vissé solidement. La radio ne devait pas être là. À côté, se trouvait un grand placard. Elle l'ouvrit avec précaution. La porte grinça un peu, et Elene s'immobilisa. Elle entendit un grognement venant de la chambre. Elle s'attendait à voir Wolff bondir à travers les rideaux et la prendre la main dans le sac. Rien ne se passa.

Elle regarda dans le placard. Il y avait un balai, des chiffons, des produits d'entretien et une torche électrique. Pas de radio. Elle referma la porte qui grinça de nouveau.

Elle passa dans la partie cuisine. Elle dut ouvrir six placards plus petits. Ils contenaient de la vaisselle, des boîtes de conserve, des casseroles, des verres, des provisions de café, de riz et de thé, et des torchons. Sous l'évier, il y avait une poubelle pour les ordures. Elene regarda dans la glacière. Elle ne contenait qu'une bouteille de champagne. Il y avait aussi plusieurs tiroirs. L'émetteur était-il assez petit pour entrer dans un tiroir ? Elle en ouvrit un. Le tintement des couverts lui ébranla les nerfs. Pas de radio. Dans un autre, tout un choix d'épices en flacons et de condiments, de l'essence de vanille à la poudre de curry : quelqu'un, ici, aimait faire la cuisine. Dans un autre tiroir, des couteaux à découper.

Tout à côté de la cuisine, il y avait un petit secrétaire avec un panneau rabattable. En dessous, une petite valise. Elene prit la valise. Elle était lourde. Elle l'ouvrit. La radio était là.

Elle sentit son cœur se serrer.

C'était une valise banale, avec des serrures, une poignée de cuir, les coins renforcés. L'émetteur s'adaptait exactement, comme si ç'avait été conçu tel. Il y avait un petit creux entre le poste et le couvercle et là se trouvait un livre. On en avait arraché la couverture pour pouvoir le glisser dans l'étroit espace. Elene prit le livre et regarda l'intérieur. Elle lut : « La nuit dernière, j'ai rêvé que je retournais à Manderley. » C'était *Rebecca*.

Elle feuilleta les pages du livre. Au milieu, il y avait quelque chose entre les feuillets. Elle secoua le livre et une feuille de papier tomba sur le sol. Elle se pencha pour la ramasser. C'était une liste de chiffres et de dates, avec des mots en allemand. C'était certainement la clef du code.

Elle tenait entre ses mains ce dont Vandam avait besoin pour renverser le cours de la guerre.

Soudain, la responsabilité l'accabla.

Sans cela, se dit-elle, Wolff ne peut pas envoyer de message à Rommel – ou bien s'il envoie des messages en clair, les Allemands douteront de leur authenticité et s'inquiéteront aussi à l'idée que les Alliés aient pu les intercepter... Sans cela, Wolff est inutile. Avec cela, Vandam peut gagner la guerre.

Il fallait décamper tout de suite, en emportant avec elle la clef du code.

Elle se souvint qu'elle était nue. Elle sortit de la transe où elle était. Sa robe était sur le divan, chiffonnée et froissée. Elle traversa la péniche, reposa le livre et la clef du code, prit sa robe et la glissa par-dessus sa tête. Le lit craqua. De derrière les rideaux lui parvint le bruit reconnaissable de quelqu'un qui se levait, quelqu'un de lourd, ce devait être lui. Elene resta sur place, paralysée. Elle entendit Wolff s'approcher des rideaux, puis s'éloigner. Elle entendit la porte de la salle de bains.

Pas le temps de mettre sa culotte. Elle prit son sac, ses chaussures et le livre avec la clef dedans. Elle entendit Wolff sortir de la salle de bains. Elle se dirigea vers l'échelle et la grimpa en courant, tressaillant à chaque fois que ses pieds nus rencontraient l'arête des étroites marches de bois. En baissant les yeux, elle vit Wolff surgir entre les rideaux et la regarder avec surprise. Ses yeux allèrent à la valise ouverte sur le plancher. Elene cessa de le regarder pour tourner la tête vers le panneau. Il était fermé de l'intérieur avec deux verrous qu'elle fit glisser. Du coin de l'œil, elle vit Wolff se précipiter vers l'échelle. Elle repoussa le panneau et se glissa sur le pont. Comme elle arrivait là, elle vit Wolff qui grimpait l'échelle quatre à quatre. Elle se baissa aussitôt et souleva le lourd panneau de bois. Comme la main droite de Wolff agrippait le bord de l'ouverture, Elene rabattit le panneau sur ses doigts de toutes ses forces. Il y eut un hurlement de douleur. Elene traversa le pont en courant et se précipita sur la planche d'embarquement.

Ce n'était que cela : une planche, allant du pont à la berge. Elle se pencha, souleva l'extrémité de la planche et la jeta dans le fleuve.

Wolff apparut par le panneau d'écoutille, grimaçant de souffrance et de colère.

Elene s'affola en le voyant traverser le pont en courant. Elle se dit : il est nu, il ne peut pas me poursuivre ! Il bondit par-dessus le bastingage de la péniche.

Il ne peut pas y arriver !

Il atterrit tout au bord de la berge, agitant les bras pour retrouver son équilibre. Dans un soudain accès de courage, Elene courut vers lui et, alors qu'il n'avait pas encore retrouvé son équilibre, le poussa en arrière dans l'eau.

Puis elle se retourna et se mit à courir sur le chemin de halage.

Lorsqu'elle fut parvenue au bout du chemin qui menait à la rue, elle s'arrêta pour regarder derrière elle. Déjà son cœur battait à tout rompre et elle haletait. Elle eut la joie de voir Wolff ruisselant et nu sortir de l'eau sur la berge boueuse. Le jour se levait. Il ne pouvait pas la poursuivre longtemps dans cette tenue. Elle se tourna vers la rue, se remit à courir et entra en collision avec quelqu'un.

Des bras robustes la saisirent. Elle se débattit désespérément, se libéra et fut reprise. Elle retomba, accablée. Après tout cela, songea-t-elle ; après tout ça.

On lui fit faire demi-tour, on lui prit les bras, et on la poussa vers la péniche. Elle vit Wolff qui s'avançait vers elle. Elle se débattit de nouveau et l'homme qui la tenait lui passa un bras autour de la gorge. Elle ouvrit la bouche pour crier à l'aide, mais avant qu'elle ait pu émettre un son, l'homme lui avait enfoncé les doigts dans la gorge, la laissant secouée de nausées.

Wolff vint à leur rencontre et dit : «Qui êtes-vous ?

– Je suis Kemel. Vous devez être Wolff.

– Heureusement que vous étiez là.

– Vous êtes dans un joli pétrin, Wolff, dit le nommé Kemel. Vous feriez mieux de monter à bord… Oh! merde, elle a foutu la planche à l'eau.»

Wolff regarda le fleuve et vit la planche qui flottait auprès de la péniche. «Je ne peux me mouiller davantage», dit-il. Il se laissa glisser le long de la berge jusqu'à l'eau, s'empara de la planche, la remonta sur la rive et se hissa de nouveau sur la terre ferme. Il reprit la planche et la disposa entre la péniche et le chemin de halage.

«Par ici, dit-il.

Kemel fit franchir la planche à Elene, lui fit traverser le pont et descendre l'échelle.

«Mettez-la là», dit Wolff, en désignant le divan.

Kemel poussa Elene jusqu'au divan avec une certaine brutalité et la fit s'asseoir.

Wolff écarta les rideaux et revint un instant plus tard avec une grande serviette. Il entreprit alors de se frictionner, ne paraissant nullement gêné de sa nudité.

Elene fut surprise de voir que Kemel était un tout petit homme. À la façon dont il l'avait empoignée, elle l'avait imaginé de la taille de Wolff. C'était un Arabe plutôt beau, à la peau foncée. Gêné, il évitait le regard de Wolff.

Wolff enroula la serviette autour de sa taille et s'assit. Il examina sa main. «Elle a failli me casser les doigts», dit-il. Il regardait Elene avec un mélange de colère et d'amusement.

«Où est Sonja? fit Kemel.

– Au lit, dit Wolff en désignant les rideaux de la tête. Un tremblement de terre ne la réveillerait pas, surtout après une nuit de folies.»

Kemel n'aimait pas ce genre de conversation, observa Elene, et peut-être aussi était-il agacé par la légèreté de Wolff.

«Vous êtes dans un joli pétrin, répéta-t-il.

– Je sais, dit Wolff. J'imagine qu'elle travaille pour Vandam.

– Ça, je n'en sais rien. J'ai reçu au milieu de la nuit un coup de fil de l'homme que j'avais posté sur le chemin de halage. Vandam était venu et avait envoyé mon homme chercher de l'aide.»

Wolff parut secoué. «Nous l'avons échappé belle! dit-il. (Il semblait préoccupé.) Où est Vandam maintenant?

– Dehors, inconscient. Je l'ai assommé et ligoté.»

Elene sentit son cœur se glacer. Vandam était là-bas dans les buissons, blessé et impuissant – et personne d'autre ne savait où elle était. Tout cela avait été pour rien, après tout.

Wolff hochait la tête. «Vandam l'a suivie ici. Ça fait deux personnes qui connaissent cet endroit. Si je reste ici, il va falloir que je les tue tous les deux.»

Elene frissonna: il parlait si légèrement de tuer les gens. Les maîtres et les esclaves, se souvint-elle.

«Ça ne suffira pas, dit Kemel. Si vous tuez Vandam, c'est à moi qu'ils finiront par reprocher le meurtre. Vous pouvez vous en aller, mais moi, je dois vivre dans cette ville. (Il s'interrompit, observant Wolff en plissant les yeux.) Et si vous vouliez me tuer, il resterait encore l'homme qui m'a appelé cette nuit.

– Alors… (Wolff fronça les sourcils et fit un grognement de colère.) Je n'ai pas le choix. Il faut que je parte. La barbe!

Kemel acquiesça. «Si vous disparaissez, je crois que je peux dissimuler tout ça. Mais je veux quelque chose de vous. N'oubliez pas la raison pour laquelle nous vous avons aidé.

– Vous voulez parler à Rommel.

– Oui.

– Je vais envoyer un message demain soir… Je veux dire ce soir. Bon sang, j'ai à peine dormi. Expliquez-moi ce que vous voulez dire et je…

– Ça ne suffit pas, fit Kemel en l'interrompant. Nous voulons le faire nous-mêmes. Nous voulons votre émetteur.»

Wolff se rembrunit. Elene comprit que Kemel était un nationaliste rebelle, qui collaborait ou qui essayait de collaborer avec les Allemands.

Kemel reprit : «Nous pourrions envoyer votre message pour vous…

— Ça n'est pas nécessaire, dit Wolff. (Il semblait être parvenu à une décision.) J'ai un autre émetteur.

— Alors, c'est entendu.

— Voilà la radio. (Wolff désigna la valise ouverte, toujours sur le plancher, là où Elene l'avait laissée.) Elle est déjà réglée sur la longueur d'onde correcte. Tout ce que vous avez à faire, c'est émettre à minuit, n'importe quel soir»

Kemel s'approcha de l'émetteur et l'inspecta. Elene se demanda pourquoi Wolff n'avait rien dit du code Rebecca. Wolff se fichait pas mal de savoir si Kemel prendrait contact avec Rommel ou non, décida-t-elle ; et lui donner le code serait courir le risque que l'Égyptien le transmette à quelqu'un d'autre. Wolff, une fois de plus, prenait ses précautions.

«Où habite Vandam ?» demanda Wolff.

Kemel lui donna l'adresse.

Elene pensa : maintenant, où veut-il en venir ?

«Il est marié, je suppose, dit Wolff.

— Non.

— Un célibataire. La barbe !

— Pas un célibataire, dit Kemel regardant toujours l'émetteur radio. Un veuf. Sa femme a été tuée en Crète l'année dernière.

— Pas d'enfant.

— Si, dit Kemel. Un petit garçon du nom de Billy, m'a-t-on dit. Pourquoi ?»

Wolff haussa les épaules. «Je suis intéressé, un peu obsédé même, par l'homme qui a été si près de me prendre.»

Elène était sûre qu'il mentait.

Kemel referma la valise, apparemment satisfait. Wolff lui dit : «Gardez l'œil sur elle une minute, voulez-vous ?

— Bien sûr.»

Wolff tourna les talons puis revint sur ses pas. Il savait qu'Elene avait toujours *Rebecca* à la main. Il se pencha et lui reprit le livre. Puis il disparut derrière les rideaux.

Elene se dit : si je parle du code à Kemel, alors peut-être que celui-ci obligera Wolff à le lui donner, et peut-être alors que Vandam se le procurera… mais qu'adviendra-t-il de moi?

Kemel lui adressait la parole. «Qu'est-ce que…» Il s'arrêta brusquement comme Wolff revenait, avec ses vêtements et commençait à s'habiller.

«Vous avez un indicatif?

– Sphinx, dit Wolff.

– Un code?

– Pas de code.

– Qu'y avait-il dans ce livre?»

Wolff avait l'air en colère. «Un code, dit-il, mais vous ne pouvez pas l'avoir.

– Nous en avons besoin.

– Je ne peux pas vous le donner, dit Wolff. Il va falloir que vous preniez un risque, que vous émettiez en clair.»

Kemel acquiesça.

Soudain, un poignard apparut dans la main de Wolff. «Ne discutez pas, dit-il. Je sais que vous avez un pistolet dans votre poche. N'oubliez pas, si vous tirez, vous devrez expliquer la balle aux Anglais. Vous feriez mieux de partir maintenant.»

Kemel fit demi-tour sans un mot, remonta l'échelle et franchit le panneau. Elene entendit ses pas sur le pont. Wolff s'approcha du hublot et le regarda s'éloigner sur le chemin de halage.

Wolff rengaina son poignard et boutonna sa chemise par-dessus. Il enfila ses chaussures et les laça bien serré. Il prit le livre dans la pièce voisine, en retira la feuille de papier contenant la clef du code, la roula en boule, la laissa tomber dans un grand cendrier en verre, prit une boîte d'allumettes dans un tiroir de la cuisine et mit le feu au papier.

Il doit avoir une autre clef avec l'autre émetteur, songea Elene.

Wolff surveilla les flammes pour s'assurer que le papier était entièrement consumé. Il regarda le livre, comme s'il songeait à le brûler aussi, puis il ouvrit un hublot et le laissa tomber dans le fleuve.

Il prit une petite valise dans un placard et se mit à y empaqueter quelques affaires.

« Où allez-vous ? dit Elene.

– Vous allez le savoir… Vous venez aussi.

– Oh ! non. » Qu'allait-il faire d'elle ? Il l'avait surprise en train de le tromper : avait-il inventé quelque châtiment approprié ? Elle se sentait très lasse et très effrayée. Rien de ce qu'elle avait fait n'avait bien tourné. À un moment, elle avait craint seulement de devoir faire l'amour avec lui. Comme elle avait davantage à redouter maintenant ! Elle songea à faire une nouvelle tentative pour s'enfuir – elle y avait presque réussi la dernière fois – mais elle n'avait plus le moral.

Wolff continua à faire sa valise. Elene vit certaines de ses affaires à elle sur le plancher et se rappela qu'elle n'était pas complètement habillée. Il y avait là sa culotte, ses bas et son soutien-gorge. Elle décida de les passer. Elle se leva et fit passer sa robe au-dessus de sa tête. Elle se pencha pour ramasser ses sous-vêtements. Comme elle se redressait, Wolff la prit par la taille. Il lui plaqua sur les lèvres un baiser brutal, sans paraître se soucier de la sentir ne pas réagir du tout. Il plongea les mains entre ses jambes et enfonça un doigt en elle. Il retira son doigt pour le lui plonger dans l'anus. Elle se crispa. Il poussa son doigt plus profondément et elle étouffa un cri de douleur.

Il la regarda dans les yeux. « Tu sais, je crois que je t'emmènerais avec moi, même si je n'avais pas besoin de toi. » Elle ferma les yeux, humiliée. Il se détourna brusquement et revint à ses bagages.

Elle se rhabilla.

Lorsqu'il fut prêt, il jeta un dernier regard à la ronde et dit : « Allons-y. »

Elene le suivit sur le pont, en se demandant ce qu'il comptait faire pour Sonja.

Comme s'il devinait ce qu'elle pensait, il dit : « J'ai horreur de réveiller Sonja en plein sommeil. (Il sourit.) Allons-y. »

Ils suivirent le chemin de halage. Pourquoi laissait-il Sonja ? se demanda Elene. Elle n'arrivait pas à le comprendre, mais elle savait que c'était délibéré. Wolff était un homme totalement dénué de scrupules, se dit-elle ; et cette pensée la fit frissonner, car elle était en son pouvoir.

Elle se demanda si elle pourrait le tuer.

Il tenait sa valise de sa main gauche et lui serrait le bras de la droite. Ils s'engagèrent sur la rampe, gagnèrent la rue et se dirigèrent vers sa voiture. Il déverrouilla la portière du côté du chauffeur et lui fit prendre la place du passager en se glissant par-dessus le levier de vitesse. Il s'installa auprès d'elle et mit la voiture en marche.

C'était un miracle que la voiture fût encore entière après avoir passé toute la nuit dans la rue : normalement, tout ce qu'on pouvait démonter aurait dû être volé, y compris les roues. Il a toutes les chances, se dit Elene.

Ils partirent. Elene se demandait où ils allaient. Où que ce fût, c'était là où se trouvait le second émetteur de Wolff, avec un autre exemplaire de *Rebecca* et une autre clef du code. Quand nous arriverons là-bas, songea-t-elle avec lassitude, il va falloir que j'essaie encore. Tout dépendait d'elle maintenant. Wolff avait quitté la péniche, Vandam ne pouvait donc rien faire, même quand quelqu'un l'aurait débarrassé de ses liens. C'est Elene, toute seule, qui devait essayer d'empêcher Wolff de contacter Rommel et, si possible, voler la clef du code. L'idée était ridicule. Tout ce dont elle avait vraiment envie, c'était de fuir cet homme mauvais et dangereux, de rentrer chez elle, de ne plus penser aux espions, au code ni à la guerre, de retrouver un sentiment de sécurité.

Elle pensa à son père qui gagnait Jérusalem à pied, et elle sut qu'elle devait essayer.

Wolff arrêta la voiture. Elene vit où ils étaient. Elle dit : « Mais c'est la maison de Vandam !

— Oui. »

Elle regarda Wolff, essayant de lire une expression sur son visage. « Mais, dit-elle, Vandam n'est pas ici.

— Non, fit Wolff avec un petit sourire. Mais Billy est là. »

24

Anouar el-Sadat était ravi de l'émetteur.

«C'est un Allicrafter/Skychallenger, annonça-t-il à Kemel. C'est un appareil américain.» Il le brancha pour essayer et déclara qu'il était très puissant.

Kemel expliqua qu'il fallait émettre à minuit en utilisant la longueur d'onde sur laquelle le poste était réglé et que l'indicatif d'appel était Sphinx. Il dit que Wolff avait refusé de lui donner le code et qu'ils devraient prendre le risque d'émettre en clair.

Ils dissimulèrent la radio dans le four de la cuisine de la petite maison.

Kemel quitta le domicile de Sadat et revint de Kubri al-Kubbah à Zamalek. En chemin il songea à la façon dont il allait dissimuler le rôle qu'il avait joué dans les événements de la nuit.

Son histoire devrait coïncider avec celle du sergent que Vandam avait envoyé chercher de l'aide, aussi devrait-il reconnaître qu'il avait reçu ce coup de téléphone. Peut-être dirait-il qu'avant d'alerter les Anglais, il s'était rendu en personne à la péniche pour enquêter, au cas où «le major Vandam» aurait été un imposteur. Et alors? Il avait fouillé le chemin de halage et les taillis à la recherche de Vandam et puis lui aussi avait été assommé. L'ennui, c'était qu'il ne serait pas resté inconscient toutes ces heures. Il devrait donc dire qu'il avait été ligoté. C'est ça, il dirait qu'il avait été ligoté et qu'il venait tout juste de réussir à se libérer. Ensuite Vandam et lui monteraient à bord de la péniche – et la trouveraient vide.

Ça irait.

Il gara sa voiture et s'avança prudemment sur le chemin. En regardant dans les taillis, il retrouva à peu près l'endroit où il avait laissé Vandam. Il s'enfonça dans les broussailles à trente ou quarante mètres de cet endroit. Il s'allongea sur le sol et se roula par terre pour salir ses vêtements, puis il frotta sur son visage un peu de terre et se passa les doigts dans les cheveux. Puis, se frottant les poignets pour leur donner un aspect irrité, il se mit en quête de Vandam.

Il le trouva exactement là où il l'avait laissé. Les liens étaient encore serrés et le bâillon toujours en place. Vandam regarda Kemel avec de grands yeux.

Kemel dit : « Mon Dieu, ils vous ont eu aussi ! »

Il se pencha, lui enleva son bâillon et se mit à défaire les liens de Vandam. « Le sergent m'a contacté, expliqua-t-il. Je suis venu ici pour vous chercher et tout ce que je sais, c'est que je me suis réveillé ligoté, bâillonné et avec un violent mal de crâne. Il y a des heures de cela. Je viens de me libérer. »

Vandam ne dit rien.

Kemel jeta la corde. Vandam se redressa, tout engourdi. Kemel dit : « Comment vous sentez-vous ?

— Ça va.

— Montons à bord de la péniche et voyons ce que nous pouvons trouver », dit Kemel.

Il tourna les talons.

À peine Kemel eut-il tourné le dos que Vandam fit un pas en avant et le frappa de toutes ses forces à la nuque du tranchant de la main. Un coup qui aurait pu tuer Kemel, mais Vandam s'en moquait éperdument. Vandam était ligoté et bâillonné, et il n'avait pas pu voir ce qui se passait sur le chemin de halage ; mais il avait pu entendre : « Je suis Kemel. Vous devez être Wolff. »

C'était ainsi qu'il savait que Kemel l'avait trahi. De toute évidence, Kemel n'avait pas pensé à cette possibilité. Depuis qu'il avait surpris ces paroles, Vandam bouillait de colère, et toute sa rage contenue s'était libérée dans ce coup.

Kemel gisait sur le sol, assommé. Vandam le retourna sur le ventre, le fouilla et trouva le pistolet. Il se servit de la corde qui l'avait ligoté pour attacher les mains de Kemel derrière son dos. Puis il se mit à gifler Kemel jusqu'à ce que l'Égyptien eût retrouvé ses esprits.

« Debout », dit Vandam.

Kemel semblait abasourdi, puis la peur apparut dans son regard. « Qu'est-ce que vous faites ? »

Vandam lui donna un coup de pied. « Je vous donne un coup de pied, dit-il. Debout. »

Kemel se releva.

«Demi-tour.»

Kemel se retourna. Vandam saisit le col de Kemel dans sa main gauche, gardant le pistolet dans la main droite.

«Avancez.»

Ils se dirigèrent vers la péniche. Vandam poussa Kemel devant lui sur la planche et lui fit traverser le pont.

«Ouvrez le panneau.»

Kemel introduisit le bout de sa chaussure dans la poignée du panneau et le souleva.

«Descendez.»

Maladroitement, avec ses mains ligotées, Kemel descendit l'échelle. Vandam se pencha pour regarder à l'intérieur. Personne. Il descendit rapidement. Poussant Kemel de côté, il écarta les rideaux, pistolet au poing.

Il vit Sonja qui dormait dans le lit.

«Entrez là», dit-il à Kemel.

Kemel franchit les rideaux et s'arrêta à la tête du lit.

«Réveillez-la.»

Kemel toucha Sonja avec son pied. Elle se retourna en s'écartant sans ouvrir les yeux Vandam se rendit vaguement compte qu'elle était nue. Il se pencha et lui tordit le nez. Elle ouvrit les yeux et s'assit aussitôt, d'un air mécontent. Elle reconnut Kemel, puis aperçut Vandam avec le pistolet.

«Qu'est-ce qui se passe?» dit-elle.

Là-dessus, Vandam et elle dirent en même temps : «Où est Wolff?»

Vandam était tout à fait sûr qu'elle ne jouait pas la comédie. Il était certain maintenant que Kemel avait prévenu Wolff et que celui-ci s'était enfui sans réveiller Sonja. Sans doute avait-il emmené Elene avec lui – encore que Vandam ne parvînt pas à imaginer pourquoi.

Vandam appuya son arme contre la poitrine de Sonja, juste sous le sein gauche. Il s'adressa à Kemel. «Je vais vous poser une question. Si vous me donnez la mauvaise réponse, elle meurt. Compris?»

Kemel acquiesça de la tête, très crispé.

Vandam reprit : «Est-ce que Wolff a envoyé un message radio à minuit hier soir?

315

« — Non ! hurla Sonja. Non, il ne l'a pas fait, il ne l'a pas fait !

— Qu'est-ce qui s'est passé ici ? demanda Vandam redoutant la réponse.

— Nous nous sommes couchés.

— Qui nous ?

— Wolff, Elene et moi.

— Ensemble ?

— Oui. » C'était donc ça. Et Vandam avait cru qu'elle ne risquait rien parce qu'il y avait une autre femme là ! Voilà qui expliquait l'intérêt persistant de Wolff pour Elene : ils avaient besoin d'elle pour leurs ébats à trois. Vandam était écœuré, non de ce qu'ils avaient fait, mais parce que c'était à cause de lui qu'Elene avait été forcée d'y participer.

Il chassa cette pensée. Sonja disait-elle la vérité... Wolff avait-il omis d'envoyer un message à Rommel la nuit dernière ? Vandam ne voyait aucun moyen de le vérifier. Il ne pouvait qu'espérer que c'était vrai.

« Habillez-vous », dit-il à Sonja.

Elle se leva du lit et s'habilla en hâte. Les gardant tous deux sous la menace de son arme, Vandam se dirigea vers l'avant du bateau et regarda par la petite porte. Il aperçut une minuscule salle de bains avec deux petits hublots.

« Entrez là-dedans. »

Kemel et Sonja entrèrent dans la salle de bains. Vandam referma la porte sur eux et entreprit de fouiller la péniche. Il ouvrit tous les placards et les tiroirs, renversant leur contenu sur le plancher. Il ôta les draps du lit. Avec un couteau de cuisine, il lacéra le matelas et le capitonnage du divan. Il fouilla tous les papiers du secrétaire. Il trouva un grand cendrier en verre plein de papier brûlé et inspecta les cendres, mais il ne restait rien. Il vida la glacière. Il monta sur le pont et vida les coffres. Il vérifia, tout autour, l'extérieur de la coque, cherchant une corde pendant dans l'eau.

Au bout d'une demi-heure, il avait la certitude que la péniche ne contenait pas d'émetteur, pas d'exemplaire de *Rebecca* et pas de clef du code.

Il fit sortir les deux prisonniers de la salle de bains. Dans un des coffres du pont, il avait trouvé un bout de corde. Il lia les mains de Sonja, puis attacha Sonja et Kemel ensemble.

Il leur fit quitter le bateau, suivre le chemin de halage et remonter jusqu'à la rue. Ils allèrent jusqu'au pont et là il héla un taxi. Il y installa Sonja et Kemel à l'arrière, gardant son pistolet braqué sur eux, puis s'installa devant auprès du chauffeur arabe qui ouvrait de grands yeux affolés.

«Au grand quartier général», dit-il au chauffeur.

Il faudrait interroger les deux prisonniers, mais en fait il n'y avait que deux questions à poser :

Où était Wolff?

Et où était Elene?

Dans la voiture, Wolff prit Elene par le poignet. Elle essaya de se dégager, mais il la tenait solidement. Il dégaina son poignard et en promena doucement la lame sur le dos de sa main à elle. Le couteau était très aiguisé. Elene regarda sa main avec horreur.

Tout d'abord, il n'y eut qu'une ligne comme un trait de crayon. Et puis du sang s'amassa dans la coupure et elle ressentit une douleur aiguë. Elle tressaillit.

«Vous allez rester très près de moi, dit Wolff, et ne rien dire.»

Soudain, Elene le détesta. Elle le regarda dans les yeux. «Sinon, vous allez me couper en tranches? dit-elle avec tout le mépris qu'elle pouvait rassembler.

— Non, dit-il. Pas vous, Billy.»

Il lui lâcha le poignet et descendit de voiture. Elene resta immobile, désemparée. Que pouvait-elle faire contre cet homme robuste et sans pitié? Elle prit un petit mouchoir dans son sac et l'enroula autour de sa main qui saignait.

Avec impatience, Wolff fit le tour de la voiture et lui ouvrit la portière. Il la prit par le haut du bras et l'obligea à descendre. Puis, toujours sans la lâcher, il traversa la rue vers la maison de Vandam.

Ils remontèrent la petite allée et sonnèrent. Elene se souvenait de la dernière fois où elle s'était trouvée devant ce portique en attendant qu'on lui ouvrît la porte. Elle avait l'impression qu'il y avait des années de cela, et pourtant il n'y avait que quelques jours. Depuis lors elle avait appris que Vandam avait été marié et que sa femme était morte ; et elle avait fait l'amour avec Vandam ; et il n'avait pas pensé à lui envoyer des fleurs – comment avait-elle pu en faire une telle histoire ? – et ils avaient trouvé Wolff ; et...

La porte s'ouvrit. Elene reconnut Gaafar. Le domestique se souvint d'elle aussi et dit : «Bonjour, mademoiselle Fontana.

– Bonjour, Gaafar.

– Bonjour Gaafar, dit Wolff. Je suis le capitaine Alexander. Le major m'a demandé de passer. Faites-nous entrer, voulez-vous ?

– Bien sûr, monsieur.» Gaafar s'écarta. Wolff, serrant toujours le bras d'Elene, entra dans la maison. Gaafar referma la porte. Elene se rappelait le vestibule carrelé. «J'espère, reprit Gaafar, que le major va bien...

– Oh ! très bien, dit Wolff, mais il ne peut pas rentrer à la maison ce matin, alors il m'a demandé de passer, de vous dire qu'il allait bien et de conduire Billy à l'école.»

Elene était horrifiée. C'était affreux : Wolff allait enlever Billy. Elle aurait dû s'en douter dès que Wolff avait mentionné le nom de l'enfant – mais c'était impensable – elle ne devait pas laisser cela arriver ! Que pouvait-elle faire ? Elle aurait voulu crier : non Gaafar, il ment, prends Billy et emmène-le ; cours, cours ! Mais Wolff avait son poignard, Gaafar était vieux et de toute façon Wolff prendrait Billy.

Gaafar parut hésiter. «Allons, Gaafar, reprit Wolff ; vite, nous n'avons pas toute la journée.

– Oui, monsieur, dit Gaafar, réagissant avec le réflexe d'un serviteur égyptien auquel un Européen s'adresse d'un ton autoritaire. Billy est en train de terminer son petit déjeuner. Voudriez-vous attendre ici un moment ?» Il ouvrit la porte du salon.

Wolff poussa Elene dans la pièce et enfin lui lâcha le bras. Elene regarda les meubles, le papier peint, la cheminée de marbre et la photographie d'Angela Vandam dans le *Tatler* : ces choses avaient l'aspect irréel d'objets familiers retrouvés dans un cauchemar. Angela aurait su quoi faire, songea

Elene, consternée. « Ne soyez pas ridicule ! » aurait-elle dit ;
puis, levant un bras impérieux, elle aurait dit à Wolff de sortir de sa maison. Elene secoua la tête pour chasser ce phantasme : Angela aurait été aussi impuissante qu'elle.

Wolff s'assit au bureau. Il ouvrit un tiroir, prit un bloc et
un crayon et se mit à écrire.

Elene se demanda ce que Gaafar pouvait bien faire. Était-
il possible que par hasard il appelle le G. Q. G. pour vérifier
auprès du père de Billy ? Les Égyptiens répugnaient à téléphoner au G. Q. G. Elene le savait : Gaafar aurait du mal à
passer le barrage des standardistes et des secrétaires. Elle
regarda autour d'elle et vit que de toute façon le téléphone
était dans cette pièce, si bien qu'au cas où Gaafar essaierait,
Wolff s'en apercevrait et l'en empêcherait.

« Pourquoi m'avez-vous amenée ici ? » cria-t-elle. La peur
et ce sentiment d'impuissance donnaient à sa voix un ton per-
çant.

Wolff leva les yeux. « Pour faire tenir l'enfant tranquille.
Nous avons un long chemin à parcourir.

— Laissez Billy ici, supplia-t-elle. C'est un enfant.

— L'enfant de Vandam, dit Wolff avec un sourire.

— Nous n'avons pas besoin de lui.

— Vandam va peut-être deviner où je vais, dit Wolff. Je
veux m'assurer qu'il ne se lance pas à ma poursuite.

— Vous vous imaginez vraiment qu'il va rester assis chez
lui quand vous avez son fils ! »

Wolff parut envisager la question. « Je l'espère, dit-il
enfin. De toute façon, qu'est-ce que j'ai à perdre ? Si je
n'emmène pas l'enfant, il se lancera sûrement à ma poursuite. »

Elene lutta pour refouler ses larmes. « Vous n'avez donc
aucune pitié ?

— La pitié est une émotion décadente, dit Wolff avec une
lueur dans les yeux. Le scepticisme concernant la moralité,
voilà ce qui est décisif. La fin de l'interprétation morale du
monde qui ne connaît plus de sanction... » Il avait l'air de
faire une citation.

« Je ne crois pas que vous fassiez cela pour obliger Vandam
à rester chez lui, dit Elene. Je crois que vous le faites par

vengeance. Vous pensez à l'angoisse que vous allez provoquer chez lui et vous adorez ça. Vous êtes une brute perverse et méprisable.

– Vous avez peut-être raison.

– Vous êtes malade.

– Ça suffit ! » fit Wolff en rougissant légèrement. (Il parut se calmer au prix d'un effort.) « Taisez-vous pendant que j'écris. »

Elene se força à se concentrer. Ils partaient pour un long voyage. Wolff avait peur que Vandam ne les suive. Il avait dit à Kémel qu'il avait un autre émetteur radio. Vandam devinerait peut-être où ils allaient. Au terme du voyage, assurément, il y avait l'émetteur de secours, avec un exemplaire de *Rebecca* et la clef du code. D'une façon ou d'une autre, elle devait aider Vandam à les suivre, pour qu'il vienne à leur secours et s'empare de la clef du code. Si Vandam pouvait deviner leur destination, songea Elene, alors moi aussi. Où Wolff aurait-il caché un autre émetteur ? C'était un long voyage. Il aurait pu en cacher un quelque part avant d'arriver au Caire. Ce pouvait être quelque part dans le désert ou quelque part entre ici et Assiout. Peut-être…

Billy entra. « Bonjour, dit-il à Elene. Vous m'avez apporté ce livre ? »

Elle ne savait pas de quoi il parlait. « Quel livre ? » Elle le regarda, se disant qu'il était encore très enfant malgré ses airs d'adulte. Il portait un short de flanelle grise, une chemise blanche, et la peau lisse de ses bras nus était parfaitement imberbe. Il portait une serviette d'écolier et arborait la cravate de son école.

« Vous avez oublié, dit-il, l'air trahi. Vous deviez me prêter un roman policier de Simenon.

– C'est vrai que j'ai oublié. Je suis navrée.

– Vous me l'apporterez la prochaine fois que vous viendrez ?

– Bien sûr. »

Pendant tout ce temps, Wolff avait dévisagé Billy, comme un avare couve sa cassette des yeux. Il se leva. « Bonjour, Billy, dit-il avec un sourire. Je suis le capitaine Alexander. »

Billy lui serra la main et dit : « Enchanté de vous connaître, monsieur.

— Ton père m'a chargé de te dire qu'il était très occupé.

— Il rentre toujours pour le petit déjeuner, dit Billy.

— Pas aujourd'hui. Il a beaucoup de travail avec ce foutu Rommel, tu sais.

— Il y a eu une nouvelle bagarre ! »

Wolff hésita. « À vrai dire, oui, mais il va bien. Il a une bosse sur la tête. »

Billy semblait plus fier qu'inquiet, observa Elene.

Gaafar entra et s'adressa à Wolff. « Vous êtes sûr, monsieur, que le major a dit que vous deviez conduire le petit à l'école ? »

C'est vrai qu'il se méfie, se dit Elene.

« Bien sûr, répondit Wolff. Qu'est-ce qui ne va pas ?

— Rien, mais je suis responsable de Billy et, en fait, nous ne vous connaissons pas...

— Mais vous connaissez Mlle Fontana, dit Wolff. Elle était avec moi quand le major Vandam m'a parlé, n'est-ce pas, Elene ? »

Wolff la regarda tout en tâtant sous son aisselle gauche la gaine du poignard.

« Oui, dit Elene d'un ton piteux.

— Mais, reprit Wolff, vous avez tout à fait raison d'être prudent, Gaafar. Vous devriez peut-être appeler le G. Q. G. et parler vous-même au major. » Il désigna le téléphone.

Elene pensa : non surtout pas, Gaafar, il te tuera avant que tu aies fini de composer le numéro.

Gaafar hésita, puis dit : « Je suis certain que ce ne sera pas nécessaire, monsieur. Comme vous le dites, nous connaissons Mlle Fontana. »

Elene songa : tout ça est ma faute.

Gaafar sortit.

Wolff s'adressa rapidement à Elene en arabe. « Occupez l'enfant une minute. » Il continua à écrire.

Elene regarda la sacoche de Billy et l'idée lui vint. « Montre tes livres de classe », dit-elle.

Billy la regarda comme si elle était folle.

«Allons, fit-elle. (La serviette était ouverte et un atlas en dépassait. Elle le prit.) Qu'est-ce que tu étudies en géographie?

– Les fjords de Norvège.»

Elene vit Wolff terminer d'écrire et glisser la feuille de papier dans une enveloppe. Il en humecta le rabat, le cacheta et fourra l'enveloppe dans sa poche.

«Trouvons la Norvège», dit Elene. Elle feuilleta les pages de l'atlas.

Wolff décrocha le téléphone et composa un numéro. Il regarda Elene puis détourna les yeux, en direction de la fenêtre.

Elene trouva la carte de l'Égypte.

«Mais c'est…» fit Billy.

Aussitôt, Elene lui posa un doigt sur les lèvres. Il s'arrêta et la regarda le front barré d'un pli soucieux.

Elle pensait : je t'en prie, petit garçon, ne dis rien et laisse-moi faire.

Elle reprit : «La Scandinavie, oui, mais la Norvège est en Scandinavie, regarde.».

Elle ôta le mouchoir qui lui enveloppait la main. Billy, bouche bée, regarda la coupure. De l'ongle, Elene rouvrit la plaie pour la faire saigner. Billy devint tout pâle. Il semblait sur le point de parler, aussi Elene lui toucha-t-elle les lèvres en secouant la tête avec un regard suppliant.

Elene était certaine que Wolff se rendrait à Assiout. Cela semblait probable et Wolff n'avait-il pas dit que malheureusement Vandam devinerait sans doute leur destination. Au même instant elle entendit Wolff dire au téléphone : «Allô? Donnez-moi l'heure du train pour Assiout.»

J'avais raison! se dit-elle. Elle posa le doigt sur le sang qui coulait de sa main. En trois traits, elle traça une flèche sanglante sur la carte d'Égypte, dont la pointe était sur la ville d'Assiout, à cinq cents kilomètres au sud du Caire. Elle referma l'atlas. Elle se servit de son mouchoir pour essuyer le sang qui maculait la couverture, puis poussa le livre derrière elle.

«Oui… disait Wolff, et à quelle heure arrive-t-il?»

Elene reprit : «Mais pourquoi y a-t-il des fjords en Norvège et pas en Égypte?»

Billy semblait abasourdi. Il fixait la main d'Elene. Il fallait le tirer de sa contemplation avant que son étonnement ne la trahît. Elle poursuivit : «Écoute, n'as-tu jamais lu une nouvelle d'Agatha Christie qui s'appelle *La Tache de sang sur l'atlas* ?

— Non, il n'y a pas...

— C'est très astucieux, la façon dont l'inspecteur arrive à retrouver la piste à partir de cette tache, de ce seul indice.»

Il la regarda, les sourcils toujours froncés, mais au lieu d'un étonnement total, on lisait plutôt sur son visage l'expression de quelqu'un qui commence à comprendre quelque chose.

Wolff raccrocha l'appareil et se leva. «Allons-y, dit-il. Il ne faut pas que tu sois en retard à l'école, Billy.» Il se dirigea vers la porte et l'ouvrit.

Billy prit sa sacoche et sortit. Elene se leva, redoutant de voir Wolff repérer l'atlas.

«En route», fit Wolff avec impatience.

Elle franchit la porte et il la suivit. Billy était déjà sur le perron. Il y avait une petite pile de lettres sur une table rognon dans l'entrée. Elene vit Wolff poser son enveloppe sur la pile.

Ils sortirent dans la rue.

Wolff demanda à Elene : «Vous savez conduire ?

— Oui», répondit-elle, puis elle se maudit d'avoir les réflexes aussi lents : elle aurait dû dire non.

«Vous deux, montez devant», ordonna Wolff. Il s'installa à l'arrière.

Comme elle démarrait, Elene vit Wolff se pencher en avant. Il dit : «Tu vois ça ?»

Elle baissa les yeux. Il était en train de montrer le poignard à Billy.

«Oui, dit Billy d'une voix mal assurée.

— Si tu fais des histoires, reprit Wolff, je te couperai la tête.»

Billy éclata en sanglots.

25

«Garde à vous!» aboya Jakes de sa voix de sergent-major.

Kemel se mit au garde-à-vous. La pièce où se déroulait les interrogatoires n'avait pour tout meuble qu'une table. Vandam suivit Jakes, tenant une chaise dans une main et une tasse de thé dans l'autre. Il s'assit.

«Où est Alex Wolff? demanda Vandam.

– Je ne sais pas, dit Kemel en relâchant un peu son attitude.

– Garde à vous! cria Jakes. Tiens-toi droit, mon garçon!»

Kemel se remit au garde-à-vous.

Vandam but une gorgée de thé. Ça faisait partie du numéro, c'était une façon de faire comprendre qu'il avait tout le temps du monde et qu'il n'avait aucun souci, alors que le prisonnier, lui, était dans un vilain pétrin. C'était tout le contraire de la vérité.

«La nuit dernière, reprit-il, vous avez reçu un coup de téléphone du policier chargé de surveiller la péniche *Jihan*.

– Réponds au major! cria Jakes.

– Oui, dit Kemel.

– Que vous a-t-il dit?

– Il a dit que le major Vandam était venu sur le chemin de halage et l'avait envoyé chercher du secours.

– Mon commandant! dit Jakes. Chercher du secours, mon commandant!

– Chercher du secours, mon commandant.

– Et qu'avez-vous fait? dit Vandam.

– Je me suis rendu personnellement sur le chemin de halage pour enquêter, mon commandant.

– Et ensuite?

– J'ai été frappé sur la tête et assommé. Quand je suis revenu à moi, j'avais les mains et les pieds ligotés. Il m'a fallu plusieurs heures pour me libérer. J'ai détaché alors le major Vandam, sur quoi il m'a attaqué.»

Jakes s'approcha de Kemel. «Tu n'es qu'un sale petit menteur de bougnoule! (Kemel fit un pas en arrière.) Avance!

cria Jakes. Tu n'es qu'un petit menteur de bougnoule, tu entends ? »

Kemel ne dit rien. Vandam reprit : «Écoutez, Kemel. Au train où vont les choses, on va vous fusiller pour espionnage ; si vous nous dites tout ce que vous savez, vous vous en tirerez peut-être avec une peine de prison. Soyez raisonnable. Voyons, vous êtes venu jusqu'au chemin de halage et vous m'avez assommé, n'est-ce pas ?

– Non, mon commandant. »

Vandam soupira. Kemel avait sa version des faits et il s'y tenait. Même s'il savait, s'il pouvait deviner où Wolff s'en était allé, il ne le révélerait pas tant qu'il proclamerait son innocence.

«En quoi votre femme est-elle mêlée à tout cela ?» fit Vandam.

Kemel ne dit rien, mais il avait l'air effrayé.

«Si vous refusez de répondre à mes questions, dit Vandam, il va falloir que je le lui demande.»

Kemel avait les lèvres serrées.

Vandam se leva. «Très bien, Jakes, dit-il. Faites venir la femme puisqu'elle est suspectée d'espionnage.

– Je reconnais bien là la justice britannique», fit Kemel.

Vandam le regarda. «Où est Wolff ?

– Je ne sais pas. »

Vandam sortit. Il attendit Jakes dans le couloir. Quand le capitaine sortit, Vandam dit : «C'est un policier, il connaît les techniques. Il va craquer, mais pas aujourd'hui. » Et Vandam devait trouver Wolff aujourd'hui.

«Vous voulez que j'arrête sa femme ? demanda Jakes.

– Pas encore. Peut-être plus tard. » Et où était Elene ?

Ils firent quelques pas jusqu'à une autre cellule. Vandam demanda : «Tout est prêt ici ?

– Oui.

– Bon.» Il ouvrit la porte et entra. Cette pièce-là n'était pas si nue. Sonja était assise sur une chaise, vêtue d'une robe de prisonnière en grossier tissu gris. Près d'elle se tenait une auxiliaire de l'armée qui aurait fait peur à Vandam s'il avait été son prisonnier. Elle était petite et trapue, avec un visage masculin dur et des cheveux gris coupés court. Il y avait un lit dans un coin de la cellule et un lavabo avec un robinet d'eau froide dans l'autre.

Lorsque Vandam franchit le seuil, la femme lui dit : «Debout!»

Vandam et Jakes s'assirent. Vandam dit : «Asseyez-vous, Sonja.»

L'auxiliaire poussa Sonja sur la chaise.

Vandam examina Sonja une minute. Il l'avait déjà interrogée une fois, et elle s'était montrée plus forte que lui. Cette fois, ce serait différent : la sécurité d'Elene était en jeu et Vandam n'avait plus guère de scrupules.

«Où est Alex Wolff? dit-il.

– Je ne sais pas.

– Où est Elene Fontana?

– Je ne sais pas.

– Wolff est un espion allemand, et vous l'avez aidé.

– C'est ridicule.

– Vous êtes dans un sale pétrin.»

Sonja ne dit rien. Vandam observa son visage. Elle était fière, sûre d'elle, nullement effrayée. Vandam se demanda ce qui s'était passé exactement sur la péniche ce matin-là. Wolff était sûrement parti sans prévenir Sonja. Ne se sentait-elle pas trahie?

«Wolff vous a trahie, dit Vandam. Kemel, le policier, a prévenu Wolff du danger; mais Wolff vous a laissée dormir et il est parti avec une autre femme. Vous allez encore le protéger après ça?»

Elle ne répondit rien.

«Wolff avait son émetteur radio sur votre bateau. Il envoyait des messages à Rommel à minuit. Vous le saviez, vous étiez donc complice d'espionnage. On va vous fusiller comme espionne.

– Tout Le Caire sera en émeute! Vous n'oseriez pas!

– Vous croyez ça? Qu'est-ce que ça nous fait s'il y a des émeutes au Caire maintenant? Les Allemands sont aux portes : ils se chargeront de réprimer la rébellion.

– Ne vous avisez pas de me toucher.

« – Où Wolff est-il parti ?

– Je ne sais pas.

– Vous n'avez aucune idée ?

– Non.

– Vous n'êtes guère coopérative, Sonja. Ça n'arrange pas vos affaires.

– Je crois que je ferais mieux de vous prouver que si. » Vandam fit un signe de tête à l'auxiliaire de l'armée.

La femme immobilisa Sonja pendant que Jakes l'attachait à la chaise. Elle se débattit un moment, mais c'était sans espoir. Elle regarda Vandam, et pour la première fois il y eut dans ses yeux une lueur de peur. « Qu'est-ce que vous faites, espèce de salaud ? » dit-elle.

La femme prit une grande paire de ciseaux dans son sac. Elle souleva une mèche de la longue et épaisse chevelure de Sonja et la coupa.

« Vous ne pouvez pas faire ça ! » se mit à crier Sonja. À grands gestes rapides, la femme coupait les cheveux de Sonja. À mesure que les lourdes mèches tombaient, la femme les ramassait pour les jeter sur les genoux de Sonja. Celle-ci hurlait, injuriant Vandam, Jakes et l'auxiliaire dans des termes que Vandam n'avait jamais entendus dans la bouche d'une femme.

L'auxiliaire prit une paire de ciseaux plus petite et entreprit de couper ras les cheveux de Sonja.

Les hurlements de cette dernière cédèrent la place aux larmes. Lorsqu'il put se faire entendre, Vandam dit : « Vous voyez, nous ne nous soucions plus guère de la légalité ni de la justice, pas plus que nous ne nous soucions de l'opinion publique égyptienne. Nous avons le dos au mur. Nous serons peut-être tous tués bientôt. Nous sommes désespérés. » Pendant ce temps, la femme avait pris un savon et un blaireau ; elle se mit à barbouiller de mousse la tête de Sonja puis se mit à lui raser le crâne.

« Wolff, reprit Vandam, obtenait ses renseignements de quelqu'un du G. Q. G. Qui ?

– Vous êtes le diable », dit Sonja.

L'auxiliaire prit un miroir dans son sac et le brandit

devant le visage de Sonja. Tout d'abord, Sonja ne voulut pas regarder, mais au bout d'un moment elle céda. Elle eut un sursaut en voyant dans la glace le reflet de son crâne totalement rasé. «Non, dit-elle. Ça n'est pas moi.» Et elle éclata en sanglots.

Toute haine avait maintenant disparu; elle était complètement démoralisée. Vandam demanda doucement: «De qui Wolff tenait-il ses informations?

– Du major Smith», répondit Sonja.

Vandam poussa un soupir de soulagement. Dieu merci, elle avait craqué.

«Prénom? fit-il.

– Sandy Smith.»

Vandam jeta un coup d'œil à Jakes. C'était le nom du major du MI 6 qui avait disparu. C'était bien ce qu'ils redoutaient.

«Comment se procurait-il les renseignements?

– Sandy venait sur la péniche à l'heure du déjeuner pour me voir. Pendant que nous étions au lit, Alex fouillait son porte-documents.»

Ça n'est pas plus compliqué que ça, se dit Vandam. Seigneur, que je suis fatigué. Smith assurait la liaison entre le Secret Intelligence Service – désigné aussi sous le nom de MI 6 – et le G. Q. G., et à ce titre il était au courant de tous les plans stratégiques, car le MI 6 avait besoin de savoir ce que l'armée faisait afin de pouvoir dire à ses espions quels renseignements chercher. Smith se rendait tout droit des conférences matinales du G. Q. G. sur la péniche avec une serviette bourrée de secrets. Vandam avait déjà appris que Smith racontait aux gens du G. Q. G. qu'il déjeunait au bureau du MI 6 et qu'il disait à ses supérieurs qu'il déjeunait au G. Q. G., si bien que personne ne savait qu'il sautait une danseuse. Vandam avait tout d'abord supposé que Wolff payait ou faisait chanter quelqu'un: l'idée ne lui était jamais venue que Wolff pourrait se procurer ces renseignements sans que la personne qui les lui fournissait involontairement en sût rien.

«Où est Smith maintenant? fit Vandam.

– Il a surpris Alex en train de fouiller dans sa serviette. Alex l'a tué.

– Où est le corps?

– Dans le fleuve auprès de la péniche.»

Vandam fit un signe à Jakes qui sortit aussitôt.

«Parlez-moi de Kemel», dit Vandam à Sonja.

Elle était lancée maintenant, impatiente de lui dire tout ce qu'elle savait, n'offrant plus la moindre résistance; elle était prête à tout pour qu'on soit gentil avec elle. «Il est venu me dire que vous lui aviez demandé de faire surveiller le bateau. Il m'a promis de censurer ses rapports de surveillance si j'organisais une rencontre entre Alex et Sadat.

– Alex et qui?

– Anouar el-Sadat. C'est un capitaine de l'armée égyptienne.

– Pourquoi voulait-il rencontrer Wolff?

– Pour que les Officiers libres puissent envoyer un message à Rommel.»

Vandam se dit : il y a des éléments dans cette affaire auxquels je n'ai jamais pensé. Il reprit : «Où habite Sadat?

– À Qubri al-Qubah.

– L'adresse?

– Je ne sais pas.»

Vandam dit à l'auxiliaire : «Allez me trouver l'adresse exacte du capitaine Anouar el-Sadat.

– Bien, commandant.» Un sourire s'épanouit sur le visage de la femme, un sourire étonnamment charmant. Puis elle sortit.

Vandam reprit : «Wolff avait son émetteur sur votre péniche.

– Oui.

– Il utilisait un code pour ses messages.

– Oui, il avait un roman anglais dont il se servait pour coder.

– *Rebecca*.

– Oui.

– Et il avait une clef pour le code.

– Une clef?

– Un bout de papier lui disant quelles pages du livre utiliser.»

Elle acquiesça lentement. «Oui, je crois que oui.

– L'émetteur, le livre et la clef ont disparu. Savez-vous où ils sont?.

– Non, fit-elle. (Elle avait peur.) Franchement, non, je ne sais pas, je vous dis la vérité…

– C'est bien, je vous crois. Savez-vous où Wolff a pu aller?

– Il a une maison… la villa *Les Oliviers*.

– Bonne idée. Pas d'autre suggestion?

– Abdullah. Il est peut-être allé chez Abdullah.

– Oui. Rien d'autre?

– Ses cousins dans le désert.

– Et où les trouverait-on?

– Personne ne sait. Ce sont des nomades.

– Wolff pourrait-il être au courant de leurs déplacements?

– J'imagine que oui. »

Vandam resta assis à la regarder encore un moment. Ce n'était pas une comédienne : elle n'aurait pas pu feindre tout ça. Elle était complètement brisée, non seulement disposée à trahir ses amis, mais impatiente de le faire et de dire tous ses secrets. Elle disait la vérité.

« Je vous reverrai », dit Vandam, et il sortit.

L'auxiliaire lui tendit un bout de papier avec l'adresse de Sadat, puis rentra dans la cellule. Vandam regagna en hâte le bureau où Jakes l'attendait. « La marine nous prête une équipe de plongeurs, annonça Jakes. Ils seront ici dans quelques minutes.

– Bon. (Vandam alluma une cigarette.) Je veux que vous fassiez une descente chez Abdullah. Je vais arrêter ce nommé Sadat. Envoyez une petite équipe à la villa *Les Oliviers*, à tout hasard… Je ne pense pas qu'ils trouvent quoi que ce soit. Tout le monde a reçu ses instructions?

Jakes acquiesça. « Ils savent que nous recherchons un émetteur radio, un exemplaire de *Rebecca* et des instructions de codage. »

Vandam regarda autour de lui et remarqua pour la première fois qu'il y avait des policiers égyptiens dans la pièce. « Pourquoi avons-nous ces foutus Arabes dans l'équipe? demanda-t-il, furieux.

« – Le protocole, mon commandant, répondit Jakes d'un ton très officiel. L'idée du colonel Bogge. »

Vandam ravala la réponse qu'il avait sur les lèvres. « Quand vous aurez vu Abdullah, rejoignez-moi sur la péniche.

– Bien, mon commandant. »

Vandam éteignit sa cigarette. « Allons-y. »

Ils sortirent dans le soleil matinal. Une bonne douzaine de jeeps étaient alignées, leur moteur tournant au ralenti. Jakes donna des instructions au sergent chargé des différentes opérations, puis fit signe à Vandam. Les hommes montèrent à bord des jeeps et les voitures démarrèrent.

Sadat vivait dans une banlieue à cinq kilomètres du Caire dans la direction d'Héliopolis. Il habitait un petit pavillon banal avec un minuscule jardin. Quatre jeeps s'arrêtèrent dans un rugissement de moteur et les soldats cernèrent aussitôt la maison et se mirent à fouiller le jardin. Vandam frappa à la porte d'entrée. Un chien se mit à aboyer. Vandam frappa encore. On vint lui ouvrir.

« Capitaine Anouar el-Sadat ?

– Oui. »

Sadat était un jeune homme mince, à l'air grave et de taille moyenne. Ses cheveux bruns et bouclés commençaient déjà à dégarnir son front. Il était en tenue de capitaine et coiffé d'un fez comme s'il s'apprêtait à sortir.

« Vous êtes en état d'arrestation », dit Vandam en l'écartant pour entrer dans la maison. Un autre jeune homme apparut sur le seuil de la pièce.

« Qui est-ce ? interrogea Vandam.

– Mon frère, Tal'at », fit Sadat.

Vandam regarda Sadat. L'Arabe était calme et digne, mais il dissimulait une certaine tension. Il a peur, se dit Vandam ; mais ce n'est pas de moi qu'il a peur, ni d'aller en prison, c'est autre chose qu'il redoute.

Quel genre de marché Kemel avait-il passé avec Wolff ce matin ?

Les officiers rebelles avaient besoin de Wolff pour les aider à entrer en contact avec Rommel. Est-ce qu'ils cachaient Wolff quelque part ?

«Quelle est votre chambre, capitaine ? » demanda Vandam.

Sadat lui désigna une porte. Vandam entra dans la pièce. C'était une chambre simple, avec un matelas sur le sol et une galabiya pendue à une patère. Vandam fit signe à deux soldats britanniques et un policier égyptien et dit : «Bon, allez-y.» Ils se mirent à fouiller la pièce.

«Qu'est-ce que signifie tout cela ? demanda calmement Sadat.

— Vous connaissez Alex Wolff, dit Vandam.

— Non.

— Il se fait aussi appeler Achmed Rahmha, mais c'est un Européen.

— Je n'ai jamais entendu parler de lui.»

De toute évidence, Sadat était un coriace, pas le genre à craquer et à tout avouer simplement parce que quelques soldats bourrus se mettaient à tout flanquer en l'air chez lui. Vandam désigna l'autre côté du vestibule. «Qu'est-ce que c'est que cette pièce ?

— Mon bureau...»

Vandam s'approcha de la porte.

«Mais, intervint Sadat, les femmes de la famille sont là, il faut que vous me laissiez les prévenir...

— Elles savent que nous sommes ici. Ouvrez la porte.»

Vandam laissa Sadat entrer le premier dans la chambre. Il n'y avait pas de femmes à l'intérieur, mais une porte au fond était ouverte comme si quelqu'un venait de sortir. Ça n'avait pas d'importance : le jardin était plein de soldats, personne ne s'échapperait. Vandam vit sur le bureau un pistolet d'ordonnance qui maintenait en place des feuilles de papier couvertes d'une écriture arabe. Il se dirigea vers les rayonnages pour examiner les livres : pas de *Rebecca*.

Un cri lui parvint d'une autre partie de la maison : «Major Vandam !»

C'était de la cuisine qu'on l'appelait ; Vandam s'y rendit aussitôt. Un sergent de la police militaire était planté auprès du four, et le chien de la maison jappait à ses pieds. La porte du four était ouverte et le sergent en tira une radio dans une valise.

Vandam regarda Sadat, qui l'avait suivi dans la cuisine. Un pli amer et déçu plissait le visage de l'Arabe. C'était donc ça le marché qu'ils avaient conclu : ils prévenaient Wolff, et en échange ils avaient sa radio. Cela signifiait-il que Wolff en avait une autre ? Ou bien Wolff avait-il pris ses dispositions pour venir ici, chez Sadat, pour émettre ?

Vandam s'adressa à son sergent. « Au travail. Emmenez le capitaine Sadat au G. Q. G.

— Je proteste, dit Sadat. La loi stipule que les officiers de l'armée égyptienne ne peuvent être détenus qu'au mess des officiers et qu'ils doivent être gardés par un camarade officier. »

Le policier égyptien s'approcha. « C'est exact », dit-il.

Vandam, une fois de plus, maudit Bogge d'avoir mêlé les Égyptiens à tout cela. « La loi stipule aussi que les espions doivent être fusillés, déclara-t-il à Sadat. (Il se tourna vers le sergent.) Faites venir mon chauffeur. Terminez de perquisitionner la maison. Puis faites inculper Sadat d'espionnage. » Il se tourna de nouveau vers l'Égyptien. L'amertume et la déception avaient disparu de son visage pour être remplacées par un regard calculateur. Il est en train de calculer comment tirer le meilleur parti de tout cela, songea Vandam ; il se prépare à jouer les martyrs. Il est très adaptable… il devrait faire de la politique.

Vandam sortit de la maison et se dirigea vers la jeep. Quelques instants plus tard, son chauffeur arrivait en courant et sautait sur la banquette auprès de lui. Vandam dit : « À Zamalek.

— Bien, mon commandant. » Le chauffeur mit le moteur en marche et démarra.

Lorsque Vandam arriva à la péniche, les plongeurs avaient fait leur travail et, debout sur le chemin de halage, se débarrassaient de leur équipement. Deux soldats étaient en train de haler du Nil quelque chose d'extrêmement macabre. Les hommes-grenouilles avaient attaché des cordes au corps qu'ils avaient retrouvé au fond et après quoi ils s'étaient désintéressés de l'opération.

Jakes s'approcha de Vandam. « Regardez ça, mon

commandant. » Il lui tendit un livre trempé d'eau. La reliure avait été arrachée. Vandam examina le livre : C'était *Rebecca*.

L'émetteur était parti chez Sadat ; le livre qui servait de code était dans le fleuve. Vandam se souvint du cendrier plein de cendres de papier dans la péniche : Wolff avait-il brûlé la clef du code ?

Pourquoi s'était-il débarrassé de l'émetteur, du livre et de la clef alors qu'il avait un message vital à adresser à Rommel ? La conclusion était évidente : il avait un autre émetteur, un autre livre et une autre clef cachés quelque part.

Les soldats tirèrent le cadavre sur la berge, puis reculèrent comme s'ils ne voulaient plus s'en occuper. Vandam s'approcha. La gorge avait été tranchée et la tête était presque séparée du corps. Un porte-documents était attaché à la taille. Vandam se pencha et d'une main mal assurée ouvrit la mallette. Elle était pleine de bouteilles de champagne.

« Mon Dieu ! dit Jakes.

– Ça n'est pas joli, hein ? fit Vandam. La gorge coupée, puis on le jette à la rivière avec une caisse de champagne en guise de lest.

– Ce salaud n'a pas froid aux yeux.

– Il est fichtrement rapide avec ce couteau. » Vandam se tâta la joue : on lui avait retiré le pansement maintenant et une barbe de quelques jours masquait la plaie. Mais pas Elene. *Pas avec le poignard, oh ! non.* « Je présume que vous ne l'avez pas retrouvé.

– Je n'ai rien trouvé du tout. J'ai fait venir Abdullah, par principe, mais il n'y avait rien chez lui. Je me suis arrêté à la villa *Les Oliviers* en rentrant : même topo.

– Chez le capitaine Sadat. » Soudain, Vandam se sentit vidé de ses forces. Il avait l'impression que Wolff était toujours en avance d'un coup. L'idée lui vint qu'il n'était peut-être tout simplement pas assez malin pour attraper cet espion habile et qui lui glissait entre les doigts comme une anguille. « Peut-être que nous avons perdu », dit-il. Il se frictionna le visage. Il n'avait pas dormi depuis vingt-quatre heures. Il se demandait ce qu'il faisait ici, planté au-dessus du cadavre du major Sandy Smith. Il n'y avait plus rien à en tirer. « Je crois que je vais rentrer dormir une heure, dit-il. (Jakes eut l'air surpris.) Vandam ajouta : «Ça m'aidera peut-être à avoir les pensées plus claires. Cet après-midi nous interrogerons de nouveau tous les prisonniers.

– Très bien, mon commandant.»

Vandam regagna sa voiture. En traversant le pont qui menait de l'île de Zamalek au centre de la ville, il se rappela que Sonja avait évoqué une autre possibilité : les cousins nomades de Wolff. Il regarda les bateaux sur le fleuve large et lent. Le courant les entraînait vers le nord et le vent soufflait à contre-courant : une coïncidence d'une extrême importance pour l'Égypte. Les bateliers utilisaient toujours la voile unique et triangulaire, conçue voilà combien de temps ? Des milliers d'années, peut-être. Tant de choses dans ce pays se faisaient depuis des millénaires. Vandam ferma les yeux et imagina Wolff dans une felouque, remontant le fleuve, manœuvrant la voile triangulaire d'une main tandis que de l'autre il pianotait des messages à Rommel sur son émetteur. La voiture s'arrêta soudain et Vandam ouvrit les yeux, s'apercevant qu'il avait rêvé ou sommeillé. Pourquoi Wolff remonterait-il le fleuve ? Pour trouver ses cousins nomades ? Mais qui pouvait dire où ils étaient ? Wolff parviendrait peut-être à les trouver s'ils suivaient quelque itinéraire annuel dans leurs déambulations.

La jeep s'était arrêtée devant la maison de Vandam. Il descendit. «Je veux que vous m'attendiez, dit-il au chauffeur. Vous feriez mieux d'entrer. (Il le précéda dans la maison, puis désigna la cuisine au chauffeur.) Mon serviteur, Gaafar, vous donnera quelque chose à manger dès l'instant que vous ne le traitez pas comme un bicot.

– Merci beaucoup, mon commandant», dit le chauffeur.

Il y avait un petit tas de courrier sur la table du vestibule. L'enveloppe du dessus n'avait pas de timbre et l'adresse était d'une écriture que Vandam trouva vaguement familière. Il y avait la mention «Urgent» écrite dans le coin gauche. Vandam la prit.

Il devrait faire davantage, se dit-il. Wolff pouvait fort bien en ce moment même se diriger vers le sud. Il faudrait installer des barrages à toutes les principales villes. Il devrait y avoir quelqu'un à chaque arrêt de la ligne de chemin de fer, avec le signalement de Wolff. Et le fleuve aussi… Il devait y avoir un moyen de contrôler le trafic fluvial au cas où Wolff aurait vraiment pris un bateau, comme dans son rêve. Vandam avait du mal à se concentrer. Nous pourrions installer des barrages sur le fleuve en suivant le même principe que les barrages routiers, songea-t-il; pourquoi pas ? Rien de tout cela ne servirait à quoi que ce fût si Wolff s'était simplement terré au Caire. Et s'il se cachait dans les cimetières ? De nombreux musulmans enterraient leurs morts dans des maisons en miniature et il y avait des hectares de ces bâtiments vides dans la ville : il aurait fallu à Vandam un millier d'hommes pour les fouiller toutes. Je devrais peut-être le faire quand même, se dit-il. Mais Wolff avait pu aussi partir vers le nord, en direction d'Alexandrie; ou bien vers l'est ou vers l'ouest, dans le désert…

Il entra dans le salon, en quête d'un coupe-papier pour ouvrir la lettre. Il fallait trouver un moyen pour réduire le champ des recherches. Vandam n'avait pas des milliers d'hommes à sa disposition : ils étaient tous dans le désert, à se battre. À lui de décider quel était le meilleur parti à prendre. Il se rappelait où tout cela avait commencé : Assiout. Peut-être devrait-il contacter le capitaine Newman à Assiout. Ça semblait être par là que Wolff était arrivé du désert, alors peut-être repartirait-il par le même chemin. Peut-être ses cousins étaient-ils dans ces parages ? Vandam contemplait le téléphone d'un air indécis. Où était ce fichu coupe-papier ? Il s'approcha de la porte et cria : «Gaafar!» Il revint dans le salon et aperçut l'atlas de Billy sur une chaise. Il était tout taché. Le jeune garçon avait dû le faire tomber dans une flaque ou Dieu sait quoi. Il le ramassa. La couverture était poisseuse. Vandam s'aperçut qu'il y avait du sang dessus. Il eut l'impression de vivre un cauchemar. Que se passait-il ? Pas de coupe-papier, du sang sur l'atlas, des nomades à Assiout…

Gaafar entra. «Qu'est-ce que c'est que ce fatras?» demanda Vandam.

Gaafar regarda. «Je suis désolé, mon commandant, je ne

sais pas. Ils regardaient le livre pendant que le capitaine Alexander était ici...

— Qui ça : ils ? Qui est le capitaine Alexander ?

— L'officier que vous avez envoyé pour conduire Billy à l'école, mon commandant. Il a dit...

— Arrête.» En un instant, une peur terrible avait balayé l'esprit de Vandam, le laissant dans une redoutable lucidité. «Un capitaine de l'armée britannique est venu ici ce matin et a emmené Billy ?

— Oui, mon commandant, il l'a conduit à l'école. Il a dit que c'était vous qui l'aviez envoyé...

— Gaafar, *je n'ai envoyé personne.*»

Le visage brun du domestique vira au gris.

«Tu n'as pas vérifié s'il disait vrai ? fit Vandam.

— Mais, mon commandant, Mlle Fontana était avec lui, alors ça m'a paru normal.

— Oh ! mon Dieu.» Vandam regarda l'enveloppe qu'il tenait à la main. Il savait maintenant pourquoi l'écriture lui semblait familière : c'était la même que celle du billet que Wolff avait envoyé à Elene. Il ouvrit l'enveloppe. À l'intérieur se trouvait un message de la même écriture :

Cher Major Vandam,
Billy est avec moi. Elene s'occupe de lui. Il ne risque rien tant que je suis sain et sauf. Je vous conseille de rester où vous êtes et de ne rien faire. Nous ne faisons pas la guerre aux enfants, et je n'ai aucune envie de faire du mal à votre fils. Malgré tout, la vie d'un enfant n'est rien auprès de l'avenir de nos deux patries, l'Égypte et l'Allemagne. Soyez donc assuré que si mes projets l'exigent, je tuerai Billy.

Sincèrement vôtre,
Alex Wolff

C'était la lettre d'un fou : les formules de politesse, l'anglais impeccable, la ponctuation soignée, la tentative pour justifier l'enlèvement d'un enfant innocent... Vandam savait maintenant que, quelque part au tréfonds de son âme, Wolff était fou.

Et Billy était entre ses mains.

Vandam tendit le mot à Gaafar, qui chaussa ses lunettes d'une main tremblante. Wolff avait emmené Elene avec lui en quittant la péniche. Ce n'avait pas dû être difficile de la forcer à l'aider : il n'y avait qu'à menacer Billy, et elle était pieds et poings liés. Mais, en fait, à quoi bon cet enlèvement ? Et où étaient-ils allés ? Et pourquoi le sang ?

Gaafar était en larmes. Vandam demanda : «Qui a été blessé ? Qui saignait ?

– Il n'y a pas eu de violence, expliqua Gaafar. Je crois que Mlle Fontana s'était coupé la main.»

Et elle avait barbouillé du sang sur l'atlas de Billy qu'elle avait laissé sur la chaise. C'était un signe, une sorte de message.

Vandam prit le manuel entre ses mains et le laissa s'ouvrir tout seul. Il vit aussitôt la carte d'Égypte avec une flèche rouge grossièrement dessinée. Elle désignait Assiout.

Vandam décrocha son téléphone et appela le G. Q. G. Comme un opérateur lui répondait, il raccrocha. Il songea : si je signale ça, qu'est-ce qui va se passer ? Bogge va donner l'ordre à un peloton d'infanterie légère d'arrêter Wolff à Assiout. Il y aura une bataille. Wolff saura qu'il a perdu, il saura qu'il sera fusillé pour espionnage, sans même parler d'enlèvement et de meurtre... Et alors qu'est-ce qu'il fera ?

Il est fou, se dit Vandam ; il tuera mon fils.

Il se sentait paralysé par la peur. Bien sûr, c'était ce que voulait Wolff, c'était son but en enlevant Billy, paralyser Vandam. C'était la raison de l'enlèvement.

Si Vandam faisait intervenir l'armée, il y aurait un échange de coups de feu. Wolff pourrait très bien tuer Billy par pur dépit. Il n'y avait donc qu'une seule option.

Vandam devait se lancer seul à leur poursuite.

«Trouve-moi deux bouteilles d'eau», dit-il à Gaafar. Le serviteur s'en alla. Vandam passa dans le vestibule et chaussa ses lunettes de moto, puis trouva un foulard qu'il enroula autour de sa bouche et de son cou. Gaafar arrivait de la cuisine avec les bouteilles d'eau. Vandam sortit et se dirigea vers sa motocyclette. Il mit les bouteilles dans la sacoche et enfourcha sa machine. Il démarra et fit rugir le moteur. Le réservoir d'essence était plein. Gaafar était planté auprès de lui, toujours en larmes. Vandam posa une main sur l'épaule du vieil homme. «Je les ramènerai», promit-il. Il remonta la béquille de la moto, descendit jusqu'à la rue et tourna vers le sud.

26

Mon Dieu, quelle pagaille à la gare ! Je suppose que tout le monde veut quitter Le Caire au cas où la ville serait bombardée. Pas de place en première sur les trains en partance pour la Palestine… pas même de place debout. Les épouses et les enfants des Anglais fuient comme des rats. Heureusement les trains en direction du sud sont moins recherchés. À la location, on prétendait toujours qu'il n'y avait plus de place, mais ils disent toujours ça ; quelques piastres judicieusement distribuées permettent toujours d'avoir un billet, ou trois. J'avais peur de perdre Elene et l'enfant sur le quai, au milieu de ces centaines de paysans, pieds nus dans leurs galabiyas crasseuses, portant des cartons attachés avec des ficelles et des poules dans des caisses, assis là sur le quai à prendre leur petit déjeuner ; une mère aux formes opulentes drapée dans ses voiles noirs tendant à son mari, à ses fils, à ses cousins, à ses filles et à sa belle-famille des œufs durs, des galettes d'agave et de riz ; quelle bonne idée j'ai eue de tenir la main du petit : si je le garde à côté de moi, Elene suivra ; bonne idée, ah ! j'ai de bonnes idées, Dieu que je suis futé, plus futé que Vandam, crève donc, major Vandam, c'est moi qui ai ton fils. Quelqu'un tenait même une chèvre au bout d'une corde. Quelle idée d'emmener une chèvre dans un train. Jamais je n'ai eu à voyager en troisième avec des paysans et leurs chèvres. Quel boulot ça doit être de nettoyer le wagon de troisième classe au bout du trajet, je me demande qui fait ça, un pauvre fellah, d'une espèce différente, d'une race différente, des esclaves-nés, Dieu merci nous avons des billets de première, dans la vie je voyage en première, j'ai horreur de la saleté, mon Dieu que cette gare est sale. Des vendeurs sur le quai : des vendeurs de cigarettes, de journaux, un homme avec un grand panier de pain sur la tête. J'aime les femmes lorsqu'elles portent des paniers sur la tête, avec un air si gracieux et si fier, ça vous donne envie de les sauter comme ça, tout de suite, debout, j'aime bien les femmes quand ça leur plaît de faire l'amour, quand elles perdent l'esprit dans le plaisir, quand elles crient : *Geisengheit!* Regardez-moi Elene, assise là à côté du petit, elle a si peur, elle est si belle, j'ai envie de lui refaire l'amour, et tant pis pour Sonja, j'aimerais le faire avec Elene tout de suite, là, dans le train, devant tous ces gens, pour l'humilier, avec le fils de Vandam qui regarderait, terrifié, ah! Regardez-moi ces banlieues avec ces constructions en boue séchée, les maisons qui s'appuient les unes contre les autres pour ne pas s'écrouler, les vaches et les moutons dans les ruelles étroites et terreuses, je me suis toujours demandé ce qu'ils mangeaient, ces moutons des villes avec leurs grosses queues, où est-ce qu'ils vont paître ? Il n'y a pas l'eau courante dans ces petites maisons sombres le long de la voie ferrée. Sur le pas de la porte des femmes épluchent des légumes, assises en tailleur à même la terre. Il y a des chats aussi. Ils sont si gracieux, les chats. Les chats d'Europe sont différents, ils sont plus lents et beaucoup plus gros; pas étonnant que les chats soient sacrés dans ces villes, ils seraient si beaux, un chat ça porte bonheur. Les Anglais aiment les chiens. Des animaux répugnants, les chiens : sales, sans dignité, bavant, toujours en quête de caresses, à tout renifler. Un chat est supérieur. Ou bien on est un maître, ou bien un esclave. Je tiens ma tête haute comme un chat, j'évolue sans me soucier du *vulgum pecus*, concentré sur mes tâches mystérieuses, en me servant des gens comme un chat se sert de son maître, sans remercier ni accepter jamais d'affection, en prenant ce que les gens vous offrent comme un droit et pas comme un cadeau. Je suis un maître, un nazi allemand, un bédouin d'Égypte, un seigneur-né. Combien d'heures jusqu'à Assiout, huit, dix ? Il faut aller vite, trouver Ishmael. Il devrait être au puits, ou pas loin. Prendre la radio. Émettre à minuit ce soir. Tout le plan de défense britannique. Quel coup! On va me couvrir de décorations. Les Allemands maîtres du Caire. Oh! mes enfants, comme on va remettre cette ville en ordre. Quelle superbe combinaison, les Allemands et les Égyptiens, l'efficacité dans la journée et la sensualité la nuit; la technologie teutonne et la sauvagerie bédouine, Beethoven et le haschisch. Si je m'en tire, si j'arrive jusqu'à Assiout, si je contacte Rommel, il pourra alors franchir les derniers ponts, anéantir la dernière ligne de défense pour foncer sur Le Caire, écraser les Anglais, quelle victoire ce sera. Si je peux y arriver, quel triomphe! Quel triomphe! Quel triomphe!

Je ne veux pas être malade, je ne veux pas être malade, je ne veux pas être malade. Le train me le répète, en bringuebalant sur les rails. Je n'ai plus l'âge d'être malade en train, ça m'arrivait quand j'avais huit ans. Papa m'emmenait à Alexandrie, m'achetait des bonbons, des oranges et de la limonade, je mangeais trop, sans y penser, ça me donne mal au cœur de me rappeler tout ça. Papa disait que ça n'était pas ma faute, mais la sienne, mais je me sentais toujours malade, même si je ne mangeais pas; aujourd'hui Elene m'a acheté des chocolats, mais j'ai dit non, merci, je suis assez grand pour refuser des chocolats, ce sont les gosses qui ne disent jamais non quand on leur offre des chocolats, tiens, voilà les pyramides, une, deux, et avec la petite ça fait trois, ça doit être Iza. Où allons-nous? Il devait me conduire à l'école. Et puis il a sorti son couteau. Une lame toute courbe. Il va me couper la tête, où est papa? Je devrais être à l'école, la première classe aujourd'hui, c'est géographie, avec une interrogation sur les fjords de Norvège, j'ai appris tout cela hier soir, pas la peine de m'inquiéter, j'ai manqué l'interrogation. Ils ont déjà fini maintenant, M. Johnstone est en train de ramasser les copies, *vous appelez ça une carte, Higgins? On dirait plutôt un dessin de votre oreille, mon garçon!* Tout le monde se met à rire. *Smythe n'est pas capable d'épeler Moskenstraumen. Copiez-moi ce nom cinquante fois, mon vieux.* Tout le monde est content de ne pas être Smythe. Le vieux Johnstone ouvre le manuel. *Passons à la toundra arctique.* Je voudrais bien être à l'école. Je voudrais bien qu'Elene passe son bras autour de moi. Je voudrais que cet homme cesse de me regarder, de me dévisager comme ça avec l'air si content de lui, je crois qu'il est fou, où est papa? Si je ne pense pas au couteau, ce sera comme s'il n'existe pas. Il ne faut pas que je pense au couteau. Si je fais un effort pour ne pas penser au couteau, c'est la même chose que d'y penser. C'est impossible de se forcer à ne pas penser à quelque chose. Comment fait-on pour y arriver? Par hasard. Les pensées viennent par hasard. Toutes les pensées viennent par hasard. Tiens, pendant une seconde j'ai cessé de penser au couteau. Si je vois un policier, je me précipiterai vers lui en criant sauvez-moi, sauvez-moi! Je serai si rapide que lui n'arrivera pas à m'arrêter. Je peux courir comme le vent. Je vais vite. Peut-être que je verrai un officier. Peut-être que je verrai un général. Je crierai : Bonjour, mon général! Il me regardera d'un air surpris en disant : Eh bien, mon jeune garçon, vous m'avez l'air bien éveillé! Excusez-moi, mon général, je dirai, je suis le fils du major Vandam, et cet homme est en train de m'emmener, et mon père ne le sait pas, je suis désolé de vous déranger, mais j'ai besoin de secours. Qu'est-ce que c'est? dit le général. Écoutez, mon général, vous ne pouvez pas faire ça au fils d'un officier britannique! Ça n'est pas du jeu, vous savez! Dégagez vous entendez? Pour qui vous prenez-vous? Ce n'est pas la peine de brandir ce petit canif, j'ai un pistolet moi! Tu es un brave garçon, Billy. C'est vrai que je suis un brave garçon. Tous les jours des hommes se font tuer dans le désert. Là-bas, en Angleterre, les bombes tombent. Dans l'Atlantique, des bateaux se font couler par les sous-marins, des hommes tombent dans l'eau glacée et se noient. Les pilotes de la R. A. F. sont abattus au-dessus de la France. Tout le monde est brave. Pan! Foutue guerre. C'est ce qu'ils disent. Foutue guerre. Et puis ils montent dans leurs avions, décollent, foncent sur les dunes, lâchent des torpilles sur les sous-marins, écrivent des lettres chez eux. Autrefois, je croyais ça excitant. Maintenant je sais à quoi m'en tenir. Ça n'est pas excitant du tout. Ça vous rend malade.

Billy est si pâle. Il a l'air malade. Il essaie d'être brave. Il ne devrait pas, il devrait se conduire comme un enfant, il devrait crier, pleurer, piquer une colère, Wolff ne saurait pas quoi faire ; mais il ne le fera pas, bien sûr, car on lui a appris à être dur, à ravaler ses cris, ses larmes, à se dominer. Il sait comment agirait son père, et qu'est-ce qu'un petit garçon fait d'autre que d'imiter son père ? Regardez l'Égypte. Un canal le long de la voie de chemin de fer. Un bouquet de palmiers dattiers. Un homme accroupi dans un champ, sa galabiya remontée sur ses longs caleçons blancs, en train de faire quelque chose aux cultures, un âne en train de paître, tellement plus sain que les malheureux échantillons qu'on voit tirer des charrettes en ville. Trois femmes assises au bord du canal, à laver du linge, à frapper sur des pierres pour que les vêtements soient bien propres, un homme à cheval qui galope, ça doit être l'effendi local, il n'y a que les paysans les plus riches pour avoir des chevaux ; au loin, la campagne toute verte s'arrête brusquement au pied de collines brunes et poussiéreuses. L'Égypte n'a que cinquante kilomètres de large, en fait : le reste, c'est le désert. Qu'est-ce que je vais faire ? Ce frisson qui me traverse à chaque fois que je regarde Wolff. La façon dont il dévisage Billy. Cette lueur dans ses yeux. Sa nervosité : la façon dont il regarde par la vitre, puis autour de lui, puis quand il tourne les yeux vers Billy puis vers moi, puis de nouveau vers Billy, et toujours avec cette flamme dans le regard, cet air de triomphe. Je devrais réconforter Billy. Je voudrais connaître mieux les petits garçons, mais j'ai eu quatre sœurs. Quelle piètre belle-mère je ferais pour Billy. J'aimerais le toucher, le prendre dans mes bras, le serrer contre moi, ou même le bercer, mais je ne suis pas sûre que ce soit ça qu'il veuille, peut-être qu'il se sentirait encore plus mal. Peut-être que je devrais essayer de le distraire en jouant avec lui. Quelle idée ridicule. Voilà sa sacoche. Voilà un manuel. Il me regarde avec curiosité. À quel jeu jouer ? Le morpion. Quatre lignes pour la grille ; ma croix au milieu. La façon dont il me regarde prendre le crayon, je crois vraiment qu'il va faire ça pour me réconforter, moi ! Il a tracé un rond dans le coin. Wolff s'empare du manuel, le regarde, hausse les épaules et me le rend. Je trace une croix, Billy un rond, ça va se terminer par un match nul. Je devrais le laisser gagner la prochaine fois. Je peux jouer à ce jeu-là sans réfléchir. Wolff a un autre émetteur à Assiout. Peut-être que je devrais rester avec lui et l'empêcher de l'utiliser. Bel espoir ! Il faut que j'emmène Billy et que je contacte Vandam et que je lui dise où je suis. J'espère que Vandam a vu l'atlas. Peut-être que le domestique l'a vu et a appelé le G. Q. G. Peut-être qu'il va rester sur la chaise toute la journée sans que personne ne le remarque. Peut-être que Vandam ne rentrera pas aujourd'hui. Il faut que j'arrache Billy à Wolff. À ce poignard. Billy trace une croix au centre d'une nouvelle grille. Je fais un rond et puis je griffonne précipitamment : *Nous devons nous échapper… prépare-toi*. Billy trace un autre croix puis *O.K.* À moi de jouer. Billy fait une croix, puis *Quand ?* Je fais un rond puis *Au prochain arrêt*. Billy a placé trois croix en enfilade. Il me regarde avec un sourire de jubilation. Il a gagné. Le train ralentit.

Vandam savait que le train avait toujours de l'avance sur lui. Il s'était arrêté à la gare de Gizeh, non loin des pyramides, pour demander depuis combien de temps il était passé ; puis il s'était arrêté pour poser la même question aux trois arrêts suivants. Maintenant, après avoir roulé une heure, il n'avait plus besoin de s'arrêter pour demander, car la route et la voie ferrée suivaient un tracé parallèle, de part et d'autre d'un canal et il apercevrait le train lorsqu'il l'aurait rattrapé.

Chaque fois qu'il s'arrêtait, il avait bu une gorgée d'eau. Avec sa casquette d'uniforme, ses lunettes et le foulard enroulé autour de la bouche et de son cou, il était protégé du plus gros de la poussière ; mais le soleil était terriblement fort et Vandam avait tout le temps soif. Il finit par se rendre compte qu'il avait un peu de fièvre. Il se dit qu'il avait dû prendre froid, la nuit dernière, allongé sur le sol auprès du fleuve pendant des heures. Il pensait qu'il avait le souffle chaud et des courbatures dans le dos.

Il devait concentrer son attention sur la route. C'était la seule route à traverser l'Égypte sur toute sa longueur, du Caire à Assouan, et par conséquent elle était goudronnée sur la plus grande partie ; et ces derniers mois, l'armée avait fait quelques travaux : mais il devait quand même être à l'affût des bosses et des nids-de-poule. Heureusement, la route était droite comme une flèche, ce qui lui permettait de voir de loin les obstacles éventuels : bétail, chariots, caravanes de chameaux et troupeaux de moutons. Il roulait très vite, sauf quand il traversait les villages et les bourgades où à tout moment des gens risquaient de s'aventurer sur la route : il n'avait pas envie de tuer un enfant pour sauver un enfant, même si c'était le sien.

Jusqu'à maintenant il n'avait dépassé que deux voitures : une somptueuse Rolls Royce et une Ford délabrée. La Rolls était conduite par un chauffeur en livrée, et il y avait un couple d'Anglais d'un certain âge à l'arrière ; dans la vieille Ford, il y avait au moins une douzaine d'Arabes. Vandam était maintenant pratiquement sûr que Wolff voyageait par le train.

Soudain, il entendit un coup de sifflet dans le lointain. En regardant devant lui et sur la gauche il aperçut, à près de deux kilomètres, un panache de fumée blanche montant vers le ciel qui à n'en pas douter était celui d'une locomotive. Billy ! songea-t-il. Elene ! Il accéléra.

Par un étrange paradoxe, la fumée de la locomotive le fit penser à l'Angleterre, aux pentes douces, aux champs verdoyants et sans fin, un clocher carré dominant le faîte d'un bouquet de chênes et à une ligne de chemin de fer traversant la vallée avec une locomotive essoufflée qui disparaissait au loin. Un moment, il se retrouva dans cette vallée d'Angleterre, humant l'air frais du matin ; puis la vision se dissipa et il revit le ciel d'Afrique d'un bleu impitoyable, les rizières, les palmiers, les falaises brunes au loin.

Le train arrivait dans une agglomération. Vandam ne connaissait plus le nom des villes. Sa géographie n'était pas si brillante, et il avait perdu toute notion de la distance qu'il avait parcourue. C'était une petite bourgade. Il y aurait sans doute trois ou quatre bâtiments de brique et un marché.

Le train allait arriver là avant lui. Il avait ses plans, il savait ce qu'il allait faire ; mais il avait besoin de temps, il ne pouvait pas foncer dans la gare et sauter à bord du train sans quelques préparatifs. Ils atteignit le bourg et ralentit. La rue était bloquée par un petit troupeau de moutons. Sur le pas d'une porte, un vieil homme en train de fumer un hookah regarda Vandam : un Européen sur une motocyclette devait être un spectacle rare mais pas inédit. Un âne attaché à un arbre grogna en voyant la machine approcher. Un buffle qui buvait dans un seau ne leva même pas la tête. Deux enfants crasseux et en haillons se mirent à courir auprès de Vandam, en serrant les poignées d'un guidon imaginaire et en faisant «Vrrroum, Vrrroum». Vandam aperçut la gare. De la place il ne pouvait pas voir le quai, car il était masqué par un bâtiment long et bas, mais il pouvait observer les deux issues et voir tous ceux qui sortiraient. Il attendrait dehors jusqu'au départ du train, au cas où Wolff descendrait ; puis il repartirait et arriverait à l'arrêt suivant avec toute l'avance dont il aurait besoin. Il arrêta la motocyclette et coupa le contact.

Le train traversa lentement un passage à niveau. Elene aperçut les visages patients des gens massés derrière la barrière, attendant le passage du train pour pouvoir traverser la voie : un gros homme sur une mule, un tout petit garçon qui menait un chameau, une carriole traînée par un cheval, un groupe de vieilles femmes silencieuses. Le chameau se coucha, le petit garçon se mit à le battre sur le museau avec un bâton, puis la scène disparut. Dans un moment le train allait entrer en gare. Elene sentit son courage l'abandonner. Pas cette fois, se dit-elle. Je n'ai pas eu le temps de réfléchir à un plan. Au prochain arrêt. Je vais attendre le prochain arrêt. Mais elle avait dit à Billy qu'ils essaieraient de s'enfuir à cette gare-ci. Si elle ne faisait rien, il ne lui ferait plus confiance. Il fallait agir cette fois-ci.

Elle essaya de concevoir un plan. Quel était son premier objectif ? Arracher Billy à Wolff. C'était la seule chose qui comptait. Pour donner à Billy une occasion de partir en courant, puis d'essayer d'empêcher Wolff de le poursuivre. Soudain il lui revint des souvenirs vivaces d'une bagarre d'enfants dans un faubourg misérable d'Alexandrie : un grand garçon, une brute qui la frappait, et un autre garçon intervenant et se battant avec la brute, le plus petit des deux garçons lui criant : «Cours, cours !» pendant qu'elle restait à regarder le combat ; horrifiée mais fascinée. Elle n'arrivait pas à se souvenir comment cela s'était terminé.

Elle regarda autour d'elle. Réfléchis vite ! Ils étaient dans un wagon découvert, avec quinze ou vingt rangées de banquettes. Billy et elle étaient assis côte à côte, dans le sens de la marche. Wolff était en face d'eux. Auprès de lui une place vide. Derrière lui, la porte de sortie vers le quai. Les autres passagers étaient un mélange d'Européens et de riches Égyptiens, tous habillés à l'occidentale. Tout le monde avait chaud, tout le monde était fatigué et énervé. Il y avait des gens qui dormaient. Le chef de train servait du thé dans des verres à un groupe d'officiers de l'armée égyptienne tout au bout du wagon.

Par la vitre elle aperçut une petite mosquée, puis un palais de justice français, et puis la gare. Quelques arbres poussaient sur le sol poussiéreux auprès du quai bétonné. Un vieil homme, assis en tailleur au pied d'un arbre, fumait une cigarette. Six soldats arabes à l'air juvénile s'entassaient sur un unique banc. Une femme enceinte portait un bébé dans ses bras. Le train s'arrêta.

Pas encore, songea Elene ; pas encore. Il faudrait bouger quand le train serait sur le point de redémarrer : ça laisserait moins de temps à Wolff pour les rattraper. Elle resta assise, dans une immobilité fébrile. Il y avait une pendule sur le quai avec des chiffres romains. Elle était arrêtée à cinq heures moins cinq. Un homme s'approcha de la fenêtre, proposant des jus de fruit et Wolff l'éloigna d'un geste.

Un prêtre copte monta dans le train et vint s'asseoir auprès de Wolff en disant poliment : «*Vous permettez, monsieur* ?»

Wolff eut un sourire charmant et répondit : «*Je vous en prie.*»

Elene murmura à Billy : «Au coup de sifflet, cours vers la porte et saute du train.» Son cœur battait plus vite : maintenant elle s'était engagée.

Billy ne répondit rien. Wolff demanda : «Qu'est-ce qu'il y a ?» Elene détourna les yeux. Le coup de sifflet retentit.

Billy regarda Elene, en hésitant.

Wolff fronça les sourcils.

Elene se jeta sur Wolff, cherchant avec ses mains à lui atteindre le visage. Elle était brusquement prise d'une rage et d'une haine folles contre lui pour les humiliations, les angoisses et les souffrances qu'il lui avait infligées. Il leva les bras pour se protéger, mais cela n'arrêta pas son élan. Elle était stupéfaite de sa propre force. Elle lui laboura le visage de ses ongles et vit le sang jaillir.

Le prêtre poussa un cri de surprise.

Par-dessus le dossier du siège de Wolff, elle vit Billy courir vers la porte et s'efforcer de l'ouvrir.

Elle s'affala sur Wolff, lui frappant le visage avec son front. Elle se souleva pour essayer de lui griffer les yeux.

Il finit par retrouver sa voix et poussa un rugissement de colère. Il se leva de son siège, entraînant Elene en arrière. Elle se cramponna à lui et agrippa des deux mains le devant de sa chemise. Alors il la frappa. Son poing serré remonta de sous sa ceinture pour venir la frapper à la mâchoire. Elle ne savait pas qu'un coup pouvait faire si mal. L'espace d'un instant elle ne vit plus rien. Elle lâcha la chemise de Wolff et retomba sur sa banquette. Puis la vision lui revint et elle le vit se diriger vers la porte. Elle se leva.

Billy avait réussi à l'ouvrir. Elle le vit sauter sur le quai. Wolff bondit à sa poursuite. Elene se précipita vers la portière.

Billy courait sur le quai, filant comme le vent. Wolff fonçait derrière lui. Les quelques Égyptiens qui se trouvaient là regardaient, un peu surpris, mais sans rien faire. Elene descendit du train et se lança à la poursuite de Wolff. Le train s'ébranlait, sur le point de repartir. Wolff accéléra l'allure. Elene cria : « Cours, Billy, cours ! » Billy regarda par-dessus son épaule. Il était presque arrivé à la sortie. Un contrôleur en imperméable était planté là et regardait, bouche bée. Elene se dit : ils ne vont pas le laisser sortir, il n'a pas de billet. Peu importait, conclut-elle, car le train avançait maintenant et Wolff devrait remonter. Wolff regarda le train, mais sans ralentir le pas. Elene comprit que Wolff n'avait pas rattrapé Billy et elle pensa : on a réussi ! Et puis Billy tomba.

Il avait glissé sur quelque chose, du sable ou une feuille, il perdit totalement l'équilibre et partit en vol plané, entraîné par l'élan de sa course, pour retomber lourdement sur le sol. En un instant Wolff était sur lui, se penchant pour le relever. Elene les rattrapa et sauta sur le dos de Wolff. Wolff trébucha, lâchant Billy. Elene se cramponnait à lui. Le train avançait lentement mais régulièrement. Wolff saisit les bras d'Elene, se libéra de son emprise et secoua ses larges épaules, la faisant tomber.

Un moment, elle resta là, abasourdie. En levant les yeux, elle vit que Wolff avait jeté Billy sur son épaule. L'enfant criait et martelait le dos de Wolff, en vain. Wolff fit en courant quelques enjambées le long du train, puis sauta par une portière ouverte. Elene aurait voulu rester où elle était, ne plus jamais revoir Wolff, elle ne pouvait pas laisser Billy. Elle se remit debout.

Elle courut à son tour, en trébuchant, le long du train. Quelqu'un lui tendit une main. Elle la prit et sauta. Elle était à bord.

Elle avait lamentablement échoué. Elle se retrouvait à son point de départ. Elle se sentait accablée.

Elle suivit Wolff jusqu'à leurs places. Elle ne regardait pas les visages des gens en passant. Elle vit Wolff donner à Billy une sévère claque sur les fesses et le laisser tomber sur la banquette. Le jeune garçon pleurait en silence.

Wolff se tourna vers Elene. « Vous êtes une petite idiote », dit-il d'une voix forte, à l'intention des autres passagers. Il lui saisit le bras et la tira près de lui. Il la gifla du revers de la main, puis à toute volée, puis du revers de la main recommençant plusieurs fois. Ça faisait mal, mais Elene n'avait pas l'énergie de résister. Le prêtre finit par se lever, par poser une main sur l'épaule de Wolff en lui murmurant quelque chose.

Wolff la lâcha et se rassit. Elle regarda autour d'elle. Tout le monde la regardait. Personne ne viendrait à son secours, car elle n'était pas seulement une Égyptienne, elle était une femme, et les femmes, comme les chameaux, devaient être battues de temps en temps. Comme elle rencontrait le regard des autres voyageurs, ils détournèrent les yeux, embarrassés, et se plongèrent dans leurs journaux, dans leurs livres et dans le paysage qui défilait derrière les fenêtres. Personne ne lui adressa la parole.

Elle retomba sur son siège. Une rage vaine et impuissante bouillonnait en elle. Presque ! Ils s'étaient presque échappés.

Elle passa un bras autour des épaules de l'enfant et l'attira contre elle. Elle se mit à lui caresser les cheveux. Au bout d'un moment il s'endormit.

27

Vandam entendit le train lâcher un jet de vapeur, démarrer et cracher encore de la vapeur. Prenant de la vitesse, il quitta la gare. Vandam but une autre gorgée d'eau. La bouteille était vide. Il la remit dans sa sacoche. Il tira sur sa cigarette et jeta le mégot. Personne, sauf quelques paysans, n'était descendu du train. Vandam remit sa motocyclette en marche et repartit.

Quelques instants plus tard, il avait quitté la petite bourgade et retrouvé la route toute droite qui longeait le canal. Bientôt, il eut laissé le train derrière lui. Midi approchait : le soleil était si brûlant que sa chaleur semblait tangible. Vandam s'imagina que s'il tendait le bras, la chaleur allait ruisseler dessus comme un liquide visqueux. La route devant lui s'allongeait dans un infini scintillant. Vandam songea : si je piquais vers le canal, comme ce serait frais et rafraîchissant !

Quelque part sur la route, il avait pris une décision. Il avait quitté Le Caire sans penser à autre chose qu'à sauver Billy ; mais à un moment il s'était rendu compte que ce n'était pas son seul devoir. Il y avait toujours la guerre.

Vandam était à peu près certain que Wolff avait été trop occupé à minuit la veille pour utiliser sa radio. Ce matin il avait donné l'émetteur, jeté le livre à l'eau et brûlé la clef du code. Selon toute probabilité, il avait une autre radio, un autre exemplaire de *Rebecca* et une autre clef du code; et il était non moins probable que c'était à Assiout que tout cela était caché. Si Vandam voulait mettre à exécution son plan destiné à tromper Rommel, il lui faudrait l'émetteur et la clef – et cela voulait dire qu'il devait laisser Wolff aller jusqu'à Assiout pour récupérer son émetteur de secours.

Ç'aurait dû être une décision torturante, mais au fond Vandam l'avait prise sans trop de problème. Certes, il devait sauver Billy et Elene; mais *après* que Wolff serait allé à son second émetteur. C'était dur pour l'enfant, fichtrement dur, mais le pire – l'enlèvement – était déjà du passé; c'était irréversible, et vivre sous la botte nazie avec son père dans un camp de concentration ne serait pas moins dur.

Ayant ainsi fait son choix et endurci son cœur, Vandam avait besoin d'être certain que Wolff se trouvait bien dans ce train. Et en cherchant un moyen de s'en assurer, il avait trouvé une façon de rendre en même temps les choses un peu plus faciles pour Billy et pour Elene.

Lorsqu'il parvint à l'agglomération suivante, il estima qu'il avait au moins un quart d'heure d'avance sur le train. C'était le même genre de bourgade que la précédente : les mêmes animaux, les mêmes rues poussiéreuses, les mêmes gens qui déambulaient à pas lents, la même poignée de bâtiments de brique. Le poste de police était sur la grand-place, en face de la gare, entre une grande mosquée et une petite église. Vandam s'arrêta devant et donna une série de coups de klaxon péremptoires. Deux policiers arabes sortirent de l'immeuble : un homme grisonnant en uniforme blanc avec un pistolet à la ceinture et un garçon de dix-huit ou vingt ans sans arme. Le plus âgé était en train de boutonner sa chemise. Vandam descendit de moto et cria : «Garde à vous !» Les deux hommes se redressèrent et saluèrent. Vandam leur rendit leur salut, puis serra la main du plus âgé. «Je suis à la poursuite d'un dangereux criminel et j'ai besoin de votre aide», dit-il d'un ton théâtral. Les yeux de l'homme étincelèrent. «Entrons.»

Vandam passa le premier. Il sentait qu'il devait garder

solidement l'initiative. Il n'était pas du tout sûr de son statut ici, et si les policiers choisissaient de ne pas se montrer coopératifs, il ne pourrait pas y faire grand-chose. Il pénétra dans le bâtiment. Par une ouverture, il aperçut une table avec un téléphone. Il entra dans cette pièce-là et les policiers le suivirent.

S'adressant au plus vieux des deux hommes, Vandam dit : «Appelez le quartier général britannique au Caire. (Il lui donna le numéro et l'homme décrocha l'appareil. Vandam se tourna vers le plus jeune :) Vous avez vu la motocyclette ?

– Oui, oui, fit-il en hochant vigoureusement la tête.

– Vous pourriez la conduire ?»

Le jeune homme était ravi à cette idée. «Je conduis très bien.

– Allez l'essayer.»

L'adolescent jeta un coup d'œil hésitant à son supérieur qui vociférait au téléphone.

«Allez», fit Vandam.

Le jeune homme sortit.

Son chef tendit le combiné à Vandam. «C'est le G. Q. G.

– Passez-moi le capitaine Jakes, fit Vandam dans l'appareil. Vite.» Il attendit.

Au bout d'une minute ou deux, il entendit la voix de Jakes au bout du fil. «Allô, oui ?

– Ici Vandam. Je suis dans le Sud, je suis une piste.

– Il y a une vraie panique ici depuis que les huiles ont appris ce qui s'était passé la nuit dernière. Le général est dans tous ses états et Bogge tourne en rond comme un chien qui cherche à attraper sa queue… Où diable êtes-vous, mon commandant ?

– Peu importe où exactement, je ne serai pas ici bien longtemps et pour l'instant il faut que j'opère seul. Afin de m'assurer le support maximal des forces indigènes… (Il s'exprimait ainsi de façon que le policier ne parvînt pas à le comprendre…) Je veux que vous fassiez votre numéro de croquemitaine. Prêt ?

– Oui, mon commandant.» Vandam passa l'appareil au policier grisonnant et s'écarta. Il devinait sans mal ce que Jakes disait. Le policier, machinalement, se redressa tandis que Jakes lui ordonnait en termes sans ambiguïté de faire tout ce que Vandam voudrait et de le faire vite. «Oui, mon capitaine!» dit le policier à plusieurs reprises. Puis il dit : «Je vous en prie, monsieur mon capitaine, soyez sûr que nous ferons tout ce qui est en notre pouvoir...» Il s'arrêta court. Vandam se dit que Jakes avait dû raccrocher. Le policier jeta un coup d'œil à Vandam puis dit : «Au revoir» dans le vide.

Vandam s'approcha de la fenêtre et regarda dehors. Le jeune policier tournait en rond sur la place avec sa motocyclette, klaxonnant à tout va et emballant le moteur. Une petite foule s'était rassemblée pour l'observer et des enfants couraient derrière la moto. Le jeune homme était radieux. Ça ira, se dit Vandam.

«Écoutez, dit-il. Je vais monter à bord du train d'Assiout lorsqu'il va faire halte ici dans quelques minutes. Je descendrai à la station suivante. Je veux que votre subordonné conduise ma moto jusqu'au prochain arrêt et me retrouve là-bas, vous comprenez?

— Oui, mon commandant, dit l'homme. Alors le train va s'arrêter ici?

— En général il ne s'arrête pas?

— Généralement le train d'Assiout ne s'arrête pas ici.

— Alors allez à la gare leur dire de l'arrêter!

— Bien, mon commandant!» Il sortit en courant.

Vandam le regarda traverser la place. Il n'entendait pas encore le train. Il avait le temps de donner encore un coup de téléphone. Il décrocha l'appareil, attendit d'entendre la voix du standardiste, puis demanda la base militaire d'Assiout. Ce serait un miracle si le système téléphonique fonctionnait convenablement deux fois de suite. Le miracle se produisit. Assiout répondit et Vandam demanda le capitaine Newman. Il y eut une longue attente avant qu'on l'eût trouvé. Il arriva enfin au bout du fil.

«Ici Vandam. Je crois que je suis sur la piste de votre homme au poignard.

— Bien joué, mon commandant! dit Newman. Je peux faire quelque chose?

– Eh bien, écoutez. Il faut y aller très doucement. Pour toutes sortes de raisons que je vous expliquerai plus tard, j'opère entièrement seul et se lancer après Wolff avec toute une escouade d'hommes armés serait pire qu'inutile.

– Compris. En quoi puis-je vous être utile ?

– Je vais arriver à Assiout d'ici à deux heures. Il me faudra un taxi, une grande galabiya et un petit garçon. Voulez-vous me retrouver là-bas ?

– Bien sûr, pas de problème. Vous arrivez par la route ?

– Je vous retrouverai à l'entrée de la ville, ça va ?

– Parfait. (Vandam entendit au loin le peup… peup… du train.) Il faut que je m'en aille.

– Je vous attendrai. »

Vandam raccrocha. Il posa un billet de cinq livres sur la table auprès du téléphone : un petit bakchich ne faisait jamais de mal. Il sortit sur la place. Dans le lointain, au nord, il apercevait la fumée du train qui approchait. Le jeune policier s'arrêta auprès de lui, toujours chevauchant la moto. Vandam lui dit : « Je prends le train. Conduisez la motocyclette jusqu'à la gare suivante et retrouvez-moi là-bas, d'accord ?

– D'accord, d'accord ! » Il était aux anges.

Vandam prit un billet d'une livre et le déchira en deux. Les yeux du jeune policier s'ouvrirent tout grands. Vandam lui donna la moitié du billet. « Vous aurez l'autre moitié quand vous me retrouverez.

– D'accord ! »

Le train était presque en gare. Vandam traversa la place en courant. Le plus vieux des deux policiers lui annonça : « Le chef de gare arrête le train.

– Merci, fit Vandam en lui serrant la main. Quel est votre nom ?

– Sergent Nenbah.

– Je leur parlerai de vous au Caire. Au revoir. » Vandam se précipita dans la gare. Il courut jusqu'au bout du quai, de façon à pouvoir monter dans le train à l'avant sans qu'aucun des passagers le voie par les fenêtres. Le train arriva, dans un panache de fumée. Le chef de gare se planta sur le quai non loin de l'endroit où Vandam attendait. Lorsque le train se fut arrêté, le chef de gare s'adressa au mécanicien et au chauffeur. Vandam leur donna à tous les trois un bakchich et monta à bord du train.

Il se trouva en troisième classe. Wolff voyageait sûrement en première. Vandam se mit à parcourir le train, se frayant un chemin au milieu des gens assis sur le sol avec leur cartons, leurs caisses et leurs bêtes. Il remarqua que c'étaient surtout des femmes et des enfants qui étaient assis par terre : les banquettes en lattes de bois étaient occupées par des hommes avec leur bouteille de bière et leurs cigarettes. Dans les wagons, il régnait une chaleur intolérable et partout flottaient des odeurs fortes. Des femmes faisaient la cuisine sur des réchauds improvisés dans des conditions périlleuses. Vandam faillit marcher sur un minuscule bébé qui se traînait sur le plancher crasseux. Il eut l'impression que s'il n'avait pas évité l'enfant à la dernière seconde, il aurait été lynché.

Il traversa trois wagons de troisième, puis arriva à un wagon de première classe. Il trouva un garde juste à l'entrée, assis sur un petit tabouret de bois en train de boire du thé dans un verre. Le garde se leva. «Du thé, mon général ?

– Non, merci.» Vandam devait crier pour se faire entendre par-dessus le fracas des roues sous eux. «Il faut que je contrôle les papiers de tous les voyageurs de première classe.

– Tout est en ordre, tout va très bien, dit le garde, plein de bonne volonté.

– Combien y a-t-il de wagons de première ?

– Tout est en ordre…»

Vandam se pencha pour crier à l'oreille de l'homme : «Combien de wagons de première classe ?»

Le garde se leva deux doigts.

Vandam acquiesça et se redressa. Il regarda la porte. Tout d'un coup, il n'était plus sûr d'avoir le cran de se lancer dans cette aventure. Il croyait que Wolff ne l'avait jamais vraiment bien vu – ils s'étaient battus dans le noir – mais il ne pouvait pas en avoir la certitude absolue. La cicatrice qu'il avait sur la joue aurait pu le trahir, mais elle était presque complètement masquée maintenant par sa barbe ; malgré tout, il essaierait de ne pas montrer ce côté-là de son visage à Wolff. Le vrai problème, c'était Billy. Vandam devait trouver un moyen de prévenir son fils, de le faire se tenir tranquille tout en faisant semblant de ne pas reconnaître son père. Impossible de prévoir ça, c'était là l'ennui. Il fallait se jeter à l'eau et improviser.

Il prit une profonde inspiration et ouvrit la porte.

Tout en avançant, il jetait des coups d'œil rapides et nerveux aux quelques premières banquettes et ne reconnut personne. Pas trace de Billy.

Il s'adressa aux voyageurs les plus proches de lui. « Vos papiers, s'il vous plaît, messieurs.

– Qu'est-ce que c'est que cela, major ? dit un officier de l'armée égyptienne, un colonel.

– Vérification de routine, mon colonel », répondit Vandam.

Il avançait avec lenteur dans le couloir, en contrôlant les papiers des voyageurs. Lorsqu'il arriva au milieu du wagon, il avait examiné les passagers avec suffisamment d'attention pour être sûr que Wolff, Elene et Billy n'étaient pas là. Il sentait qu'il devait en finir avec la pantomime de contrôle des papiers avant de passer à la voiture suivante. Il commençait à se demander s'il n'avait pas mal deviné. Peut-être n'étaient-ils pas dans le train ; peut-être ne se dirigeaient-ils même pas vers Assiout ; peut-être l'indice sur l'atlas n'était-il qu'un subterfuge…

Il arriva au bout du wagon et ouvrit la porte pour gagner la voiture suivante. Si Wolff est dans le train, c'est maintenant que je vais le voir, se dit-il. Si Billy est ici… Si Billy est ici…

Il ouvrit la porte de la voiture suivante.

Aussitôt, il vit Billy. Il sentit un élancement d'angoisse comme une blessure. L'enfant était endormi sur son siège, ses pieds touchant tout juste le plancher, le corps affalé de côté, les cheveux lui pendant sur le front. Il avait la bouche entrouverte et ses mâchoires s'agitaient un peu. Vandam savait, car il avait déjà vu cela, que Billy grinçait des dents dans son sommeil.

La femme qui lui avait passé un bras autour des épaules

et sur le sein de qui reposait sa tête, c'était Elene. Vandam eut une étrange impression de déjà vu. Cela lui rappelait le soir où il était tombé sur Elene en train d'embrasser Billy pour lui souhaiter bonne nuit...

Elene leva la tête.

Elle surprit le regard de Vandam. Il vit son visage commencer à changer d'expression : ses yeux s'agrandissaient, sa bouche s'ouvrait pour un cri de surprise ; et, comme il s'attendait à ce genre de réaction, aussitôt il porta un doigt à ses lèvres pour la faire taire. Elle comprit tout de suite et baissa les yeux ; mais Wolff avait surpris son regard et il tourna la tête pour regarder ce qu'elle avait vu.

Ils étaient à la gauche de Vandam, et c'était sa joue gauche qui avait été atteinte par le poignard de Wolff. Vandam se retourna pour s'adresser aux voyageurs assis de l'autre côté du couloir par rapport à Wolff. « Vos papiers, s'il vous plaît. »

Il n'avait pas compté trouver Billy endormi.

Il s'apprêtait à faire au jeune garçon un signe rapide, comme il l'avait fait avec Elene, et il espérait que Billy serait assez subtil pour masquer aussitôt sa surprise, tout comme Elene l'avait fait. Mais la situation était différente. Si Billy venait à s'éveiller et voyait son père planté là, il allait sans doute se trahir avant d'avoir eu le temps de se remettre de son étonnement.

Vandam se tourna vers Wolff et dit : « Vos papiers, s'il vous plaît. »

C'était la première fois qu'il voyait son ennemi face à face. Il était bel homme, le salaud. Son grand visage avait des traits énergiques : un front large, un nez aquilin, des dents blanches et régulières, une mâchoire large. Ce n'était qu'autour des yeux et aux commissures des lèvres qu'on décelait un soupçon de faiblesse, de sybaritisme, de dépravation. Il tendit ses papiers à Vandam, puis regarda par la fenêtre, l'air ennuyé. Les papiers étaient au nom d'Alex Wolff, villa *Les Oliviers*, Garden City. Le gaillard avait un culot remarquable.

« Où allez-vous, monsieur ? demanda Vandam.

– À Assiout.

« – Pour affaires ?

– Pour voir des parents. » La voix était forte et grave et Vandam n'aurait pas remarqué l'accent s'il ne l'avait pas guetté.

« Vous êtes ensemble ? reprit Vandam.

– C'est mon fils et sa gouvernante », dit Wolff.

Vandam prit les papiers d'Elene et y jeta un coup d'œil. Il aurait voulu prendre Wolff par la gorge et le secouer jusqu'à lui ébranler les os. « *C'est mon fils et sa gouvernante.* » Salaud. Il rendit ses papiers à Elene. « Inutile de réveiller l'enfant », dit-il. Il regarda le prêtre assis auprès de Wolff et prit le portefeuille que celui-ci lui tendait.

« Qu'est-ce qui se passe, major ? » demanda Wolff.

Vandam le regarda de nouveau et remarqua qu'il avait une éraflure toute fraîche sur le menton, une longue balafre. Peut-être Elene avait-elle offert quelque résistance. « Sécurité, monsieur, répondit Vandam.

– Je vais à Assiout aussi, intervint le prêtre.

– Je vois, dit Vandam. Au couvent ?

– Oui. Vous en avez entendu parler ?

– C'est l'endroit où la Sainte Famille a séjourné après son voyage dans le désert.

– Exactement. Vous y êtes allé ?

– Pas encore… Peut-être irai-je cette fois.

– Je l'espère », dit le prêtre.

Vandam lui rendit ses papiers. « Je vous remercie. » Il recula vers le couloir pour passer à la rangée suivante et continua son examen des papiers. Lorsqu'il releva les yeux, il rencontra le regard de Wolff. Wolff l'observait d'un air impassible. Vandam se demanda s'il n'avait rien fait qui pût éveiller la méfiance de l'Allemand. Lorsqu'il releva la tête une nouvelle fois, Wolff, de nouveau, regardait par la fenêtre.

À quoi pensait Elene ? Elle doit se demander où je veux en venir, se dit Vandam. Peut-être devine-t-elle mes intentions. Quand même, ça doit être dur pour elle de rester là immobile et de me voir passer sans un mot. En tout cas, maintenant elle sait qu'elle n'est pas seule.

À quoi pensait Wolff ? Peut-être était-il impatient,

triomphant, effrayé… Non, il n'était rien de tout cela, se dit Vandam, il s'ennuyait.

Il arriva au bout de la voiture et examina les derniers papiers.

Il était en train de les rendre et il s'apprêtait à revenir sur ses pas lorsqu'il entendit un cri qui lui transperça le cœur : « C'EST MON PÈRE ! »

Il leva les yeux, Billy courait vers lui dans le couloir, trébuchant, oscillant d'un côté à l'autre, se heurtant aux banquettes, les bras tendus.

Oh ! Dieu.

Derrière Billy, Vandam put voir Wolff et Elene qui s'étaient levés pour regarder ; Wolff avec intensité, Elene avec crainte. Vandam ouvrit la porte derrière lui, en faisant semblant de ne pas remarquer Billy et sortit à reculons. Billy se précipita à sa suite. Vandam claqua la porte, il prit Billy dans ses bras.

« Là, dit Vandam, là, ça va bien. »

Wolff allait venir voir ce qui se passait.

« Ils m'ont emmené ! fit Billy. J'ai manqué mon cours de géographie et j'avais vraiment peur !

— Ça va bien maintenant. » Vandam sentait qu'il ne pouvait pas quitter Billy maintenant. Il allait devoir garder l'enfant avec lui et tuer Wolff, renoncer à son projet de tromper Rommel, à utiliser la radio, la clef, le code… mais non, il fallait le faire, il le fallait… Il lutta contre ses instincts. « Écoute, dit-il. Je suis ici et je te surveille, mais il faut que j'attrape cet homme, et je ne veux pas qu'il sache qui je suis, c'est l'espion allemand que je poursuis, tu comprends ?

— Oui, oui…

— Écoute, peux-tu faire semblant de t'être trompé, peux-tu faire comme si je n'étais pas ton père ? Peux-tu retourner auprès de lui ? »

Billy le dévisageait bouche bée. Mais toute son expression clamait *non, non, non !*

Vandam reprit : « C'est un vrai roman policier, Billy, et on est en plein dedans. Il faut que tu retournes auprès de cet homme et que tu fasses semblant de t'être trompé ; mais n'oublie pas, je ne serai pas loin et à nous deux nous attraperons l'espion. C'est d'accord ? C'est d'accord ? »

Billy ne disait toujours rien. La porte s'ouvrit et Wolff arriva.

« Qu'est-ce qui se passe ? » fit-il.

Vandam prit un air normal et se contraignit à sourire. « On dirait qu'il s'est réveillé au milieu d'un rêve et qu'il m'a pris pour son père. Nous avons la même taille, vous et moi… Vous m'avez bien dit que vous étiez son père ? »

Wolff regarda Billy. « Quelle idiotie ! fit-il avec brusquerie. Reviens à ta place tout de suite. »

Billy ne bougeait pas.

Vandam posa une main sur l'épaule de Billy. « Allons, jeune homme, dit-il, allons-nous-en gagner la guerre. »

La vieille rengaine fit l'effet attendu, Billy sourit courageusement. « Excusez-moi, monsieur, dit-il, j'ai dû rêver. »

Vandam crut que son cœur allait se briser.

Billy tourna les talons et regagna la voiture. Wolff lui emboîta le pas et Vandam les suivit. Comme ils suivaient le couloir, le train ralentit. Vandam se rendit compte qu'ils approchaient déjà de l'arrêt suivant où sa motocyclette attendait. Billy regagna son siège et se rassit. Elene regardait Vandam, sans comprendre. Billy lui toucha le bras et dit : « Ça va, je me suis trompé, je devais rêver. » Elle regarda Billy puis Vandam, et une étrange lueur s'alluma dans ses yeux : elle semblait sur le point d'éclater en sanglots.

Vandam ne voulait pas les laisser là. Il aurait voulu s'asseoir, parler, faire n'importe quoi pour prolonger les instants passés avec eux. Par les fenêtres du train, on voyait apparaître une autre petite bourgade poussiéreuse. Vandam céda à la tentation et s'arrêta sur la porte du wagon. « Bon voyage, dit-il à Billy.

– Merci, monsieur. »

Le train entra en gare et s'arrêta. Vandam descendit et fit quelques pas sur le quai. Il s'arrêta à l'ombre d'un auvent et attendit. Personne ne descendait, mais deux ou trois voyageurs montèrent dans les wagons de troisième. Il y eut un coup de sifflet et le train démarra. Vandam avait le regard fixé sur la fenêtre qui, il le savait, était à côté du siège de Billy. Lorsque la fenêtre passa à sa hauteur, il vit le visage de Billy. L'enfant leva sa main dans un petit salut. Vandam leva le bras à son tour et le visage disparut.

Puis Vandam se rendit compte qu'il tremblait de tous ses membres.

Il suivit des yeux le train qui s'éloignait. Lorsqu'il eut presque disparu à son regard, il quitta la gare. La motocyclette était là, avec le jeune policier de la ville voisine qui, à califourchon dessus, en expliquait les mystères à un petit groupe d'admirateurs. Vandam lui donna l'autre moitié du billet d'une livre, le jeune homme salua.

Vandam enfourcha sa motocyclette et la mit en marche. Il ne savait pas comment le policier allait rentrer chez lui et peu lui importait. Il quitta la ville par la route du sud. Le soleil n'était plus à son zénith, mais la chaleur était encore terrible.

Vandam ne tarda pas à dépasser le train. Il arriverait à Assiout trente ou quarante minutes avant lui, calcula-t-il. Le capitaine Newman serait là pour l'accueillir. Vandam savait en gros ce qu'il ferait ensuite, mais il faudrait improviser les détails au fur et à mesure.

Il dépassa le train qui emportait Billy et Elene, les seules personnes qu'il aimait. Il s'expliqua une fois de plus qu'il avait bien fait, que c'était le mieux pour tout le monde, le mieux pour Billy ; mais au fond de son esprit, une voix disait : cruel, cruel, cruel.

28

Le train arriva dans la gare et s'arrêta. Elene aperçut un panneau qui disait en arabe et en anglais : Assiout. Ce fut un choc pour elle de s'apercevoir qu'ils étaient arrivés.

Elle avait éprouvé un énorme soulagement à voir dans le train le visage soucieux de Vandam. Pendant un moment, elle avait nagé en pleine euphorie. Sûrement, s'était-elle dit, tout était fini. Elle l'avait regardé faire son numéro avec les papiers, s'attendant à le voir à tout moment dégainer un pistolet, révéler son identité et attaquer Wolff. Peu à peu elle s'était rendu compte que ce ne serait pas aussi simple. Elle avait été stupéfaite et assez horrifiée de voir le calme glacial avec lequel Vandam avait renvoyé son fils à Wolff; et le courage de Billy lui-même lui avait paru incroyable. Elle s'était sentie encore plus démoralisée en voyant Vandam sur le quai de la gare, saluant de la main le train qui partait. Quel jeu jouait-il?

Bien sûr, il pensait toujours au code *Rebecca*. Il devait avoir un plan pour les sauver, Billy et elle, et pour se procurer aussi la clef du code. Elle aurait bien voulu savoir comment. Billy, par bonheur, ne semblait pas troublé par de telles pensées : son père avait la situation bien en main et, selon toute apparence, l'enfant n'imaginait même pas que les plans de son père pussent échouer. Il s'était ranimé, s'intéressant au paysage que le train traversait, il avait même demandé à Wolff où il avait trouvé son poignard. Elene aurait bien voulu avoir une aussi grande confiance en William Vandam.

Wolff lui aussi était de bonne humeur. L'incident avec Billy lui avait fait peur, et il avait regardé Vandam avec hostilité et inquiétude, mais il parut rassuré en voyant Vandam descendre du train. Après cela, il avait oscillé entre l'ennui et l'excitation et, maintenant qu'ils étaient arrivés à Assiout, c'était l'excitation qui l'emportait. Un certain changement s'était opéré en Wolff au cours des dernières vingt-quatre heures, se dit-elle. Lorsqu'elle l'avait rencontré pour la première fois, c'était un homme plein d'assurance et d'aisance. Son visage exprimait rarement une émotion spontanée autre qu'une légère arrogance, ses traits étaient généralement un peu figés, ses mouvements presque alanguis. Tout cela maintenant avait disparu. Il était nerveux, il jetait des coups d'œil autour de lui et toutes les quelques secondes un tic lui tirait presque imperceptiblement le coin de la bouche, comme s'il allait sourire, ou peut-être grimacer. L'aisance qui semblait jadis faire partie de sa nature profonde se révélait maintenant n'être qu'une façade craquelée. Elle se doutait que c'était parce que sa lutte avec Vandam devenait acharnée. Ce qui avait commencé comme un jeu mortel avait tourné à un combat mortel. C'était curieux que Wolff, impitoyable, en arrivât au désespoir alors que Vandam était tout simplement plus calme.

Elene se dit : *dès l'instant qu'il n'est pas trop calme*. Wolff se leva et prit sa valise dans le filet. Elene et Billy le suivirent sur le quai. Cette ville était plus grande et plus animée que les autres qu'ils avaient traversées, et la gare était pleine de monde. Dès qu'ils furent descendus, ils se trouvèrent bousculés par des gens qui essayaient de monter. Wolff, la tête plus haute que la plupart des gens, cherchait des yeux la sortie, la repéra, et se mit à se frayer un chemin au milieu de la cohue. Soudain, un jeune garçon mal lavé, pieds nus et vêtu d'un pyjama à rayures vertes, s'empara de la valise de Wolff en criant : «Je trouve taxi! Je trouve taxi!» Wolff ne voulait pas lâcher la valise, mais le garçon non plus. Wolff haussa les épaules d'un air résigné, l'air un peu gêné, et laissa le garçon l'entraîner vers la sortie.

Ils montrèrent leurs billets et sortirent sur la place. C'était la fin de l'après-midi, mais ici dans le Sud, le soleil était encore très chaud. La place était bordée d'immeubles assez hauts, dont l'un s'appelait le Grand Hôtel. Devant la gare stationnaient des voitures à chevaux. Elene regarda autour d'elle, s'attendant un peu à voir un détachement de soldats venir arrêter Wolff. Pas de trace de Vandam. Wolff dit au jeune Arabe : «Taxi à moteur, je veux un taxi à moteur.» Il y avait une seule voiture, une vieille Morris garée à quelques mètres derrière les voitures à chevaux. Le garçon les y conduisit.

«Montez devant, dit Wolff à Elene. Il donna au jeune Arabe une pièce de monnaie et monta à l'arrière avec Billy. Le chauffeur portait des lunettes noires et un fez pour se protéger du soleil. «En direction du sud, vers le couvent, dit Wolff au chauffeur en arabe.

– D'accord», dit le chauffeur.

Elene crut que son cœur allait s'arrêter. Elle connaissait cette voix. Elle dévisagea le chauffeur. C'était Vandam.

Vandam quitta la gare en pensant : pour l'instant, ça va... sauf l'arabe. L'idée ne lui était pas venue que Wolff s'adresserait en arabe à un chauffeur de taxi. Vandam n'avait de la

363

langue arabe que des connaissances rudimentaires, mais il était capable de donner – et donc de comprendre – les directions. Il pourrait répondre par monosyllabes, par grognement, ou même en anglais, car ces Arabes qui parlaient un peu d'anglais étaient toujours ravis d'utiliser les trois mots qu'ils connaissaient, même lorsqu'un Européen s'adressait à eux en arabe. Ça irait dès l'instant que Wolff ne voudrait pas discuter du temps ou des récoltes.

Le capitaine Newman lui avait fourni tout ce que Vandam lui avait demandé, y compris une discrétion totale. Il avait même prêté à Vandam son revolver, un Nemfilt 380 à six coups qui se trouvait maintenant dans la poche du pantalon de Vandam, sous la galabiya qu'il avait empruntée. Tout en attendant le train, Vandam avait déplié la carte d'Assiout et des environs que lui avait donnée Newman, aussi savait-il à peu près comment trouver la sortie sud de la ville. Il traversa les souks, en klaxonnant de façon plus ou moins continue, à l'égyptienne, frôlant dangereusement les grandes roues de bois des charrettes, poussant les moutons avec ses pare-chocs. De chaque côté, étals, cafés et ateliers débordaient dans la rue. La route n'avait pour tout revêtement que de la poussière, des ordures et du crottin. En jetant un coup d'œil dans son rétroviseur, Vandam vit que quatre ou cinq enfants étaient juchés sur son pare-brise arrière.

Wolff dit quelque chose, et cette fois Vandam ne comprit pas. Il fit semblant de ne pas avoir entendu. Wolff répéta sa phrase. Vandam comprit le mot qui voulait dire essence en arabe. Wolff désignait un garage. Vandam tapa sur la jauge du tableau de bord, qui indiquait un réservoir plein. « Kifaya, dit-il. Assez. » Wolff parut se contenter de cette réponse.

Faisant semblant de régler son rétroviseur, Vandam jeta un coup d'œil furtif à Billy, se demandant s'il avait reconnu son père. Billy fixait la nuque de Vandam d'un air ravi. Vandam se dit : « Au nom du Ciel, ne me trahis pas ! »

Ils laissèrent la ville derrière eux et se dirigèrent vers le sud par la route qui filait droit à travers le désert. Sur leur gauche se trouvaient les champs irrigués et les bouquets d'arbres ; sur leur droite, la muraille des falaises granitiques, colorées en beige par une couche de poussière. Dans la voiture, l'atmosphère était bizarre. Vandam sentait la tension d'Elene, l'euphorie de Billy et l'impatience de Wolff. Lui-même était très nerveux. Wolff se rendait-il compte de quelque chose ? L'espion n'avait qu'à regarder attentivement le chauffeur de taxi pour s'apercevoir que c'était l'homme qui avait contrôlé leurs papiers dans le train. Vandam espérait que Wolff avait l'esprit tout occupé par la perspective de retrouver son émetteur.

«*Ruah Alyaminak*», dit Wolff.

Vandam savait que ça signifiait «tourne à droite». Devant lui, il vit un embranchement qui semblait mener droit à la falaise. Il ralentit pour s'y engager et vit que la route menait à un col entre les collines.

Vandam était surpris. Plus loin, sur la route du sud, d'après la carte de Newman, il y avait quelques villages et le fameux couvent; mais par-delà ces collines, il n'y avait rien que le désert occidental. Si Wolff avait enterré sa radio dans le sable, il ne la retrouverait jamais. Mais il était trop malin pour ça. Vandam l'espérait, car si les plans de Wolff échouaient, le sien connaîtrait le même sort.

La route commençait à monter et la vieille guimbarde peinait dans la pente. Vandam rétrograda, puis encore. La voiture arriva tout en haut en seconde. Vandam aperçut un désert apparemment sans fin. Il regrettait de ne pas avoir de jeep. Il se demandait jusqu'où Wolff devait aller. Ils feraient mieux d'être de retour à Assiout avant la tombée de la nuit. Mais il ne pouvait pas poser de question à Wolff de crainte de révéler son ignorance de l'arabe.

La route devint une piste. Vandam traversa le désert, roulant aussi vite qu'il l'osait, attendant des instructions de Wolff. Droit devant, le soleil descendait toujours. Au bout d'une heure, ils croisèrent un petit troupeau de moutons en train de paître les buissons malingres, gardés par un homme et un jeune garçon. Wolff se redressa sur son siège et se mit à regarder autour de lui. Peu après, la route coupa un oued. Vandam laissa la voiture descendre avec précaution la berge de la rivière asséchée.

«*Ruh ashshimalak*», dit Wolff.

Vandam prit à gauche. Ils roulaient bien. Il fut surpris de

voir dans l'oued des groupes de gens, des tentes et des bêtes. On aurait dit une petite communauté secrète. À moins de deux kilomètres de là, il comprit pourquoi : un puits.

Le bord du puits était marqué par un petit mur bas de brique séchée. Quatre troncs grossièrement taillés se penchaient au-dessus du trou, supportant un treuil rudimentaire. Quatre ou cinq hommes ne cessaient de puiser de l'eau, vidant les seaux dans quatre auges qui rayonnaient autour du puits. Des chameaux et des femmes se pressaient autour des auges.

Vandam roula jusqu'au bord du puits. «*Andak*», dit Wolff. Vandam arrêta la voiture. Les gens du désert étaient sans curiosité, et pourtant ce devait être rare pour eux de voir un véhicule à moteur. Peut-être, se dit Vandam, leur vie difficile ne leur laissait-elle pas le temps d'enquêter sur les phénomènes curieux de la vie. Wolff posait des questions à l'un des hommes dans un arabe rapide. Il y eut un bref échange. L'homme désigna un point devant lui. Wolff dit à Vandam : «*Dughri*». Vandam repartit.

Ils arrivèrent enfin à un grand campement où Wolff dit à Vandam de s'arrêter. Il y avait là plusieurs tentes, des moutons dans un enclos, quelques chameaux entravés et deux feux sur lesquels on faisait la cuisine. D'un geste soudain, Wolff se pencha vers l'avant, coupa le contact et prit la clef. Puis, sans un mot, il descendit.

Ishmael était assis auprès du feu, en train de faire du thé. Il leva la tête et dit : «La paix soit avec toi», aussi naturellement que si Wolff venait de sortir de la tente voisine.

«Et avec toi la santé, la miséricorde et la bénédiction de Dieu, répondit Wolff comme il convenait.

– Comment va ta santé ?

– Dieu te bénisse, je vais bien, Dieu merci» Wolff s'accroupit sur le sable.

Ishmael lui tendit une tasse «Prends.

– Que Dieu accroisse ta bonne fortune, dit Wolff.

– Et la tienne aussi.»

Wolff but le thé. Il était brûlant, sucré et très fort. Il se rappelait comment ce breuvage lui avait donné des forces durant sa longue traversée du désert... N'était-ce que deux mois plus tôt ?

Lorsque Wolff eut fini de boire, Ishmael porta la main à sa tête et dit : «Qu'il en soit pour ton bien, mon frère.

– Que Dieu t'accorde qu'il en soit pour ton bien.»

C'en était fini des formalités. Ishmael reprit : «Et tes amis?» De la tête, il désigna le taxi, garé au milieu de l'oued, incongru parmi les tentes et les chameaux.

«Ce ne sont pas des amis», fit Wolff.

Ishmael hocha la tête. Il était sans curiosité. Malgré toutes leurs questions polies sur la santé de leur interlocuteur, se dit Wolff, les nomades ne s'intéressaient pas vraiment à ce que faisaient les gens de la ville : leur vie était si différente qu'elle en devenait incompréhensible.

«Tu as toujours la malle?

– Oui.» Ishmael répondrait oui qu'il l'eût ou non, songea Wolff; c'était la façon arabe. Ishmael ne fit aucun geste pour aller chercher la valise. Il était incapable de se hâter. «Vite» signifiait «dans les jours à venir»; «Immédiatement» signifiait «demain».

«Il faut que je rentre en ville, aujourd'hui, dit Wolff.

– Tu dormiras dans ma tente.

– Hélas, non.

– Alors tu partageras notre repas.

– Deux fois hélas! Le soleil est déjà bas, et je dois regagner la ville avant la tombée de la nuit.»

Ishmael secoua tristement la tête, de l'air d'un homme confronté à un cas désespéré. «Tu es venu chercher ta valise.

– Oui. Veux-tu me la faire apporter, mon cousin.»

Ishmael s'adressa à un homme debout derrière lui, qui interpella un homme plus jeune, lequel dit à un enfant d'aller chercher la valise. Ishmael offrit une cigarette à Wolff. Wolff la prit par politesse. Ishmael alluma leurs cigarettes avec une brindille prise dans le feu. Wolff se demanda d'où venaient les cigarettes. L'enfant apporta la valise et la remit à Ishmael. Ce dernier désigna Wolff.

Wolff la prit et l'ouvrit. Un immense sentiment de soulagement l'envahit lorsque ses yeux se posèrent sur l'émetteur, le livre et la clef du code. Au cours du long et monotone voyage en train, son euphorie s'était dissipée, mais voilà qu'elle revenait, et il se sentait grisé par le sentiment de puissance et de victoire toutes proches. Une fois de plus il sut qu'il allait gagner la guerre. Il referma le couvercle de la valise. Ses mains tremblaient un peu.

Ishmael le regardait en plissant les yeux. «Très important pour toi, cette malle.

– C'est important pour le monde.

– Le soleil se lève, répondit Ishmael, et le soleil se couche, parfois il pleut. Nous vivons, puis nous mourrons.» Il haussa les épaules.

Il ne comprendrait jamais, se dit Wolff; mais d'autres comprendraient pour lui. Il se leva. «Je te remercie, mon cousin.

– Va en paix.

– Que Dieu te protège.» Wolff tourna les talons et se dirigea vers le taxi.

Elene vit Wolff s'éloigner du feu avec une valise à la main. «Il revient, dit-elle. Qu'est-ce qu'on fait?

– Il va vouloir retourner à Assiout, dit Vandam sans la regarder. Ces émetteurs ne sont pas à piles, ils fonctionnent sur le courant, il doit aller quelque part où il y a de l'électricité, et ça veut dire Assiout.

– Je peux venir devant? dit Billy.

– Non, répondit Vandam. Reste tranquille. Ça ne va plus être long.

– J'ai peur de lui.

– Moi aussi.»

Elene frissonna. Wolff remonta dans la voiture. «Assiout», dit-il. Vandam tendit la main paume ouverte, et Wolff y déposa la clef. Vandam fit démarrer la voiture et effectua un demi-tour.

Ils suivirent l'oued, passèrent devant le puits et remontèrent sur la route. Elene pensait à la valise que Wolff tenait sur ses genoux. Elle contenait l'émetteur, le livre et la clef du code Rebecca : c'était absurde de songer à quel point c'était important de savoir qu'il avait cette valise entre ses mains, de se dire qu'elle avait risqué sa vie pour ça et que Vandam avait mis en péril celle de son fils. Elle se sentait très lasse. Le soleil était bas derrière eux maintenant et les plus petits objets – rochers, buissons, touffes d'herbe – projetaient des ombres interminables. Les nuages du soir se rassemblaient au-dessus des collines devant eux.

«Plus vite, fit Wolff en arabe. Il commence à faire sombre.»

Vandam parut comprendre, car il accéléra. La voiture cahotait et bringuebalait sur la route non revêtue. Au bout de deux minutes, Billy dit : «J'ai mal au cœur.»

Elene se retourna pour le regarder. Il avait le visage pâle et crispé, et il était assis très droit. «Moins vite, dit-elle à Vandam, puis elle répéta la phrase en arabe, comme si elle venait de se rappeler qu'il ne parlait pas anglais.

Vandam ralentit un moment, mais Wolff : «Plus vite. (Il se tourna vers Elene en disant :) Ne vous occupez pas de l'enfant.»

Vandam accéléra.

Elene regarda de nouveau Billy. Il était blanc comme un linge et semblait au bord des larmes. «Espèce de salaud, dit-elle à Wolff.

– Arrêtez la voiture», fit Billy. Wolff ne réagit pas et Vandam dut faire semblant de ne pas comprendre l'anglais.

Il y avait de petites bosses sur la route. La bordant à toute allure, la voiture se souleva de quelques centimètres, retomba lourdement. Billy hurla : «Papa, arrête la voiture! Papa!»

Vandam freina à mort.

Elene se cramponna au tableau de bord et tourna la tête pour regarder Wolff.

Pendant une fraction de seconde, il parut abasourdi. Ses yeux se tournèrent vers Vandam, puis vers Billy, puis revinrent à Vandam; elle vit dans son expression d'abord l'incompréhension, puis la stupeur, puis la crainte. Elle savait qu'il se rappelait l'incident du train, le jeune Arabe à la gare et le keffieh qui masquait un peu le visage du chauffeur de taxi; et puis elle s'aperçut qu'il avait compris, qu'en un instant il venait de se rendre compte.

La voiture s'arrêtait en dérapant, projetant les passagers vers l'avant. Wolff retrouva son équilibre. D'un geste rapide, il passa le bras gauche autour de Billy et attira l'enfant vers lui. Elene vit sa main plonger sous sa chemise et dégainer le poignard.

La voiture s'immobilisa.

Vandam se retourna. Au même instant, Elene le vit plonger la main par la fente latérale de sa galabiya... puis s'immobiliser tandis qu'il regardait derrière lui. Elene se retourna aussi.

Wolff tenait la lame de son poignard à deux centimètres de la peau tendre de la gorge de Billy. L'enfant ouvrait de grands yeux terrifiés. Vandam semblait paralysé. Un sourire un peu fou retroussait les coins de la bouche de Wolff.

« Bon sang, dit Wolff vous avez failli m'avoir. »

Ils le dévisagèrent tous en silence.

« Otez cette coiffure ridicule », dit-il à Vandam.

Vandam se débarrassa de son keffieh.

« Laissez-moi deviner, fit Wolff. Major Vandam. (Il semblait savourer cet instant.) Comme j'ai bien fait d'emmener votre fils comme assurance.

– C'est terminé, Wolff, fit Vandam. Vous avez la moitié de l'armée britannique à vos trousses. Vous avez le choix entre me laisser vous prendre vivant ou les laisser vous tuer.

– Je ne vous crois pas, dit Wolff. Vous n'auriez pas lancé l'armée à la recherche de votre fils. Vous auriez trop peur que ces cow-boys se trompent de cible. Je ne pense pas que vos supérieurs sachent même où vous êtes. »

Elene avait la certitude que Wolff avait raison et elle se sentait en proie au désespoir. Elle n'avait aucune idée de ce que Wolff allait faire maintenant, mais elle était certaine que Vandam avait perdu la bataille. Elle le regarda et vit la défaite dans ses yeux.

« Sous cette galabiya, reprit Wolff, le major Vandam porte un pantalon kaki. Dans l'une des poches de son pantalon ou peut-être à la ceinture, vous trouverez un pistolet. Prenez-le. »

Elene passa la main par la fente de la galabiya de Vandam et trouva en effet l'arme dans sa poche. Elle se dit : comment Wolff savait-il ? Et puis : il a deviné. Elle prit le pistolet.

Elle regarda Wolff. Il ne pouvait pas lui prendre l'arme des mains sans lâcher Billy, et s'il lâchait Billy, même pour un instant, Vandam ferait quelque chose.

Mais Wolff avait pensé à cela. « Démontez l'arrière du pistolet de façon que le canon tombe en avant. Prenez garde de ne pas presser la détente par erreur. »

Elle s'affaira sur le pistolet.

«Vous allez sans doute trouver un cliquet au bout du cylindre.» Elle le trouva et ouvrit le pistolet.

«Otez les cartouches et faites-les tomber dehors.»

Elle obéit. «Posez le pistolet sur le plancher de la voiture.» Elle le posa. Une fois de plus, la seule arme maintenant était son poignard. Il s'adressa à Vandam. «Descendez de voiture.»

Vandam ne bougeait pas.

«Descendez», répéta Wolff. D'un geste soudain et précis, il effleura le lobe de l'oreille de Billy avec sa lame. Une goutte de sang perla.

Vandam descendit de voiture.

«Installez-vous au volant», ordonna Wolff à Elene.

Elle passa par-dessus le levier de vitesse.

Vandam avait laissé la portière ouverte. Wolff lui dit : «Fermez la portière.» Elene obéit. Vandam était auprès de la voiture et immobile.

«Démarrez», dit Wolff.

La voiture avait calé. Elene passa au point mort et tourna la clef de contact. Le moteur toussa et s'essouffla. Elle espérait qu'il n'allait pas démarrer. Elle tourna de nouveau la clef; nouvel échec.

«Appuyez sur la pédale d'accélérateur tout en tournant la clef», fit Wolff.

Elle suivit ses instructions. Le moteur démarra en rugissant.

«Roulez», dit Wolff.

Elle embraya.

«Plus vite.»

Elle changea de vitesse.

En regardant dans le rétroviseur, elle vit Wolff rengainer son poignard et libérer Billy. Derrière la voiture, à cinquante mètres déjà, Vandam était planté sur la route du désert, sa silhouette se découpant en noir sur le soleil couchant. Il était parfaitement immobile.

«Il n'a pas d'eau! fit Elene.

— C'est vrai», répondit Wolff.

Là-dessus, Billy eut une crise de nerfs.

Elene l'entendit hurler : «Vous ne pouvez pas le laisser là!» Elle se retourna, ne pensant plus à la route. Billy avait sauté sur Wolff comme un chat enragé, frappant et griffant et donnant des coups de pied, il poussait des vociférations, son visage était crispé par une rage enfantine, son corps secoué de convulsions comme s'il avait une crise d'épilepsie. Wolff s'était détendu, croyant la crise passée, et se trouva un instant incapable de résister. Dans l'espace restreint, avec Billy si près de lui, il ne parvenait pas à assener un coup susceptible d'assommer l'enfant, aussi ne pouvait-il que lever les bras pour se protéger et tenter de repousser les assauts.

Elene regarda de nouveau la route. Pendant qu'elle s'était retournée, la voiture s'était écartée du chemin et maintenant la roue avant gauche plongeait dans les broussailles poussiéreuses du bas-côté. Elle s'efforça de tourner le volant, mais la voiture semblait avoir sa volonté à elle. Elle écrasa la pédale de frein, et l'arrière de la voiture commença à déraper sur le côté. Elle aperçut trop tard une profonde ornière qui traversait la route juste devant eux. La voiture la heurta de plein fouet et il y eut un choc qui secoua Elene jusqu'aux os. La voiture parut bondir en l'air. Elene fut un instant projetée au-dessus de son siège et, lorsqu'elle retomba, elle appuya sans s'en rendre compte sur la pédale d'accélérateur. La voiture bondit en avant et se mit à déraper dans la direction opposée. Du coin de l'œil, elle s'aperçut que Wolff et Billy étaient bringuebalés dans tous les sens et se battaient toujours. La voiture sortit de la route pour tomber dans le sable mou. Elle ralentit brusquement et Elene vint se heurter le front contre le bord du volant. La voiture tout entière bascula de côté comme si elle s'envolait. Elle vit le désert tomber derrière elle et se rendit compte que c'était la voiture en fait qui roulait sur le côté. Elle crut que ça ne s'arrêterait jamais. Elle tomba sur le côté, cramponnée au volant et au levier de vitesses. La voiture ne retomba pas sur le toit, mais resta couchée sur le côté. Le levier de vitesses lui resta dans la main. Elle s'affala contre la portière, se cognant de nouveau la tête. La voiture s'immobilisa.

Elle se mit à quatre pattes, tenant toujours le levier de

vitesses brisé et regarda à l'arrière. Wolff et Billy étaient entassés avec Wolff sur le dessus. Au moment où elle regardait, Wolff remua.

Elle avait espéré qu'il était mort.

Elle avait un genou sur la portière de la voiture et l'autre sur la vitre. Sur sa droite, le toit se dressait à la verticale. Sur sa gauche, il y avait le siège. Elle regardait par l'espace entre le haut du siège et le toit.

Wolff se remit debout.

Billy semblait inconscient.

Elene se sentait désemparée, elle restait là, agenouillée sur la vitre.

Wolff, debout sur la portière arrière gauche, se jeta de tout son poids contre le plancher de la voiture. La voiture bascula légèrement. Il recommença; le mouvement de bascule s'accentua. À la troisième tentative, la voiture bascula complètement et retomba sur ses quatre roues avec fracas. Elene était tout étourdie. Elle vit Wolff ouvrir la portière et descendre. Il était dehors, les jambes fléchies et elle le vit dégainer son poignard. Elle vit aussi Vandam qui approchait.

Elle s'agenouilla sur la banquette pour regarder. Elle était incapable de faire un geste tant sa tête tournait. Elle vit Vandam s'accroupir un peu comme Wolff, prêt à bondir, les mains dressées devant lui pour se protéger. Il était rouge et haletant : il avait couru derrière la voiture. Les deux hommes tournaient en rond. Wolff boitait légèrement. Derrière eux le soleil était comme un énorme globe orange.

Vandam s'avança, et puis parut curieusement hésiter. Wolff lança un coup de poignard, mais il avait été surpris par l'hésitation de Vandam et ne rencontra que le vide. Le poing de Vandam se détendit. Wolff fit un pas en arrière et Elene vit qu'il avait le nez qui saignait.

Ils étaient de nouveau face à face, comme des boxeurs sur un ring.

Vandam fit un nouveau bond en avant. Cette fois Wolff esquiva : Vandam décocha un coup de pied, mais Wolff était hors de portée. Wolff plongea avec son poignard. Elene vit la lame traverser le pantalon de Vandam et du sang jaillir.

Wolff frappa encore, mais Vandam avait reculé. Une tache sombre apparut sur sa jambe de pantalon.

Elene regarda Billy. Le jeune garçon était étendu inerte, sur le plancher de la voiture, les yeux clos. Elene monta derrière et le déposa sur la banquette, elle était incapable de dire s'il était vivant ou mort. Elle lui toucha le visage. Il ne bougea pas. «Billy, fit-elle, oh! Billy.»

De nouveau, elle regarda dehors. Vandam avait un genou en terre, son bras pendait mollement, du même côté, il avait l'épaule couverte de sang. Il tenait son bras droit devant lui dans un geste de défense. Wolff approchait.

Elene sauta hors de la voiture. Elle tenait toujours à la main le levier de vitesses. Elle vit Wolff ramener son bras en arrière, prêt à poignarder une fois de plus Vandam. Elle se précipita derrière Wolff, trébuchant dans le sable. Wolff voulut frapper Vandam, mais celui-ci fit un saut de côté esquivant le coup. Elene leva bien haut le levier de vitesses et l'abattit de toutes ses forces sur la nuque de Wolff. Il parut s'immobiliser un instant.

«Oh! mon Dieu», fit Elene.

Puis elle le frappa de nouveau. Elle le frappa une troisième fois.

Il s'effondra. Elle frappa encore.

Puis elle lâcha le levier, s'agenouilla auprès de Vandam.

«Bien joué, dit-il faiblement.

– Tu peux te relever?»

Il posa une main sur son épaule et parvint à se remettre sur ses pieds. «Ça n'est pas aussi terrible que ça en a l'air, dit-il.

– Laisse-moi voir.

– Une minute. Aide-moi.» Se servant de son bras valide, il prit la jambe de Wolff et le tira vers la voiture. Elene saisit le bras de l'homme inanimé et tira aussi. Quand Wolff se trouva allongé auprès de la voiture, Vandam prit le bras inerte de Wolff et lui posa la main sur le marchepied, la paume à plat. Puis il leva le pied et l'abattit sur le bras de Wolff à la hauteur du coude, et le bras se brisa avec un claquement sec. Elene devint blême. Vandam expliqua : «Pour être sûr qu'il ne nous fera pas d'ennuis lorsqu'il reviendra à lui.»

Il se pencha à l'arrière de la voiture et posa une main

sur la poitrine de Billy. «Il est vivant, dit-il. Dieu soit loué.»

Billy ouvrait les yeux.

«C'est fini», dit Vandam.

Billy referma les yeux.

Vandam s'installa sur la banquette avant. «Où est le levier de vitesse? demanda-t-il.

— Il s'est cassé. C'est avec ça que je l'ai frappé.»

Vandam tourna la clef de contact, la voiture eut un soubresaut. «Bon… elle est toujours embrayée», dit-il. Il appuya sur le débrayage et tourna de nouveau la clef. Le moteur démarra. Il embraya avec douceur et la voiture avança. Il coupa le contact. «Nous avons un moyen de transport, dit-il. Quelle chance.

— Qu'est-ce qu'on va faire de Wolff?

— Le mettre dans le coffre.»

Vandam jeta un coup d'œil à Billy. L'enfant était conscient maintenant et ouvrait de grands yeux. «Comment ça va, fiston? fit Vandam.

— Je suis désolé, dit Billy, mais j'avais mal au cœur, ça a été plus fort que moi.»

Vandam regarda Elene «Il va falloir que tu prennes le volant», dit-il. Il avait les yeux pleins de larmes.

29

Il y eut le brusque et terrifiant rugissement d'avions qui approchaient. Rommel leva les yeux et vit les bombardiers britanniques qui débouchaient à faible altitude derrière la ligne de crêtes : ils arrivaient en formation serrée, comme pour une parade aérienne. «À l'abri!» cria Rommel. Il se précipita vers une tranchée et plongea.

Le fracas était si assourdissant que c'était presque comme le silence. Rommel était allongé, les yeux clos. Il avait une douleur à l'estomac. On lui avait envoyé un médecin d'Allemagne, mais Rommel savait que le seul remède dont il avait besoin, c'était la victoire. Il avait perdu beaucoup de poids : son uniforme pendait maintenant sur lui et ses cols de chemise paraissaient toujours trop larges. Il perdait ses cheveux et ceux qui restaient blanchissaient par touffes.

Aujourd'hui, on était le 1er septembre, et tout avait très mal tourné. Ce qui avait semblé être le point faible de la ligne de défense alliée ressemblait de plus en plus à une embuscade. Les champs de mines étaient serrés là où ils auraient dû être lâches, le sol était des sables mouvants là où on s'attendait à trouver un sol ferme et la crête d'Alam Alfa, qui aurait dû être prise sans mal, était puissamment défendue. La stratégie de Rommel était erronée ; ses renseignements étaient erronés ; son espion s'était trompé.

Les bombardiers passèrent au-dessus de leurs têtes. Rommel sortit de la tranchée. Ses aides de camp et ses officiers quittèrent leurs abris pour venir se rassembler autour de lui. Il prit ses jumelles de campagne et inspecta le désert. Des dizaines de véhicules étaient immobilisés dans le sable, nombre d'entre eux en feu. Si seulement l'ennemi voulait charger, songea Rommel, nous pourrions le combattre. Mais les Alliés ne bougeaient pas, bien retranchés, ils cueillaient les Panzers comme des poissons dans un tonneau.

Rien n'allait. Ses unités avancées étaient à vingt-cinq kilomètres d'Alexandrie, mais elles étaient immobilisées. Vingt-cinq kilomètres, se dit-il. Vingt-cinq kilomètres de plus, et l'Egypte aurait été à moi. Il regarda les officiers autour de lui. Comme toujours, leurs expressions reflétaient la sienne : il vit sur leurs visages ce que, eux, voyaient sur le sien.

La défaite.

Il savait que c'était un cauchemar, mais il n'arrivait pas à se réveiller.

La cellule avait deux mètres cinquante de long sur un mètre vingt de large, et la moitié en était occupée par un lit. Sous le lit, il y avait un pot de chambre. Les murs étaient en pierre grise et lisse. Une petite ampoule électrique pendait du plafond au bout d'un fil. À une extrémité de la cellule se trouvait une porte. À l'autre, une petite fenêtre carrée, juste au-dessus de la hauteur des yeux : par là il apercevait le ciel tout bleu.

Dans son rêve il pensait : je vais me réveiller bientôt, et tout ira. Je vais me réveiller, et il y aura une femme superbe allongé auprès de moi sur un drap de soie et je toucherai ses seins – et à cette pensée il sentait le désir monter en lui – et elle s'éveillera et m'embrassera, et nous boirons du champagne…

Mais il ne parvenait pas tout à fait à rêver cela, et le rêve de la cellule revenait. Quelque part, pas loin, quelqu'un frappait régulièrement sur une grosse caisse. Dehors des soldats marchaient à pas rythmé. C'était un bruit terrifiant, absolument terrifiant, boum-boum, boum-boum, brrrang-brrang, la grosse caisse, les soldats, les murs nus de la cellule, ce carré de ciel bleu lointain et fascinant, tout ça, c'en était trop, il avait si peur, il était si horrifié qu'il se contraignit à ouvrir les yeux et s'éveilla.

Il regarda autour de lui, sans comprendre. Il était éveillé, bien éveillé, le doute n'était pas permis, le rêve était terminé ; pourtant, il était toujours dans une cellule de prison. Elle avait deux mètres cinquante de long sur un mètre vingt de large, et un lit en occupait la moitié. Il se souleva du lit pour regarder dessous. Il y avait bien un pot de chambre.

Il se leva. Puis, tranquillement, calmement, il se mit à frapper sa tête contre le mur.

Jérusalem, 24 septembre 1942

Ma chère Elene,

Aujourd'hui nous sommes allés au Mur de l'Ouest, qu'on appelle Le Mur des lamentations. Je suis resté planté devant avec bien d'autres juifs, et j'ai prié. J'ai écrit un Kvitach que j'ai glissé dans une fente de la muraille. Puisse Dieu m'accorder ce que je demande.

Jérusalem, c'est la plus belle ville du monde. Bien sûr, je ne vis pas très bien. Je dors sur un matelas par terre dans une petite chambre avec cinq autres hommes. Parfois j'ai un peu de travail, je balaie dans un atelier où un de mes compagnons de chambre, un jeune homme, apporte du bois pour les menuisiers. Je suis très pauvre, comme toujours, mais maintenant je suis pauvre à Jérusalem, ce qui est mieux que d'être riche en Egypte.

J'ai traversé le désert dans un camion de l'armée

britannique. Ils m'ont demandé ce que j'aurais fait si on ne m'avait pas ramassé, et quand j'ai dit que j'aurais marché, je suis persuadé qu'ils m'ont cru fou. Mais c'est la chose la plus sensée que j'aie jamais faite de ma vie.

Il faut que je te dise que je suis mourant. Ma maladie est tout à fait incurable, même si je pouvais me payer des docteurs, et il ne me reste que quelques semaines, peut-être deux ou trois mois. Ne sois pas triste. Je n'ai jamais été aussi heureux de ma vie.

Il faut que je te dise ce que j'ai écrit dans mon Kvitach. *J'ai demandé à Dieu d'accorder le bonheur à ma fille Elene. Je crois qu'Il le fera. Adieu.*

Ton père.

Le jambon fumé était coupé en tranches minces comme du papier et roulé en petits cylindres bien réguliers. Les petits pains étaient cuits à la maison, sortis du four ce matin même. Il y avait un pot de salade de pommes de terre avec de la vraie mayonnaise et des oignons hachés bien craquants. Il y avait une bouteille de vin, une autre de limonade et un sac d'oranges. Et un paquet de cigarettes, de la marque qu'il aimait.

Elene se mit à entasser les provisions dans le panier à pique-nique.

Elle venait tout juste de refermer le couvercle lorsqu'elle entendit frapper à la porte. Elle ôta son tablier avant d'aller ouvrir.

Vandam entra, referma la porte derrière lui et l'embrassa. Il la prit dans ses bras et la serra contre lui si fort qu'elle en avait presque mal. Il faisait toujours ça, et ça faisait toujours mal, mais elle ne se plaignait jamais, car ils avaient bien failli se perdre, et maintenant, quand ils étaient ensemble, ils en étaient si heureux.

Ils passèrent dans la cuisine. Vandam souleva le panier de pique-nique et dit : «Seigneur, qu'est-ce que tu as là-dedans, les joyaux de la Couronne ?

– Quelles sont les nouvelles ?» demanda Elene.

Il savait qu'elle voulait dire les nouvelles de la guerre dans le désert. Il répondit : «Les forces de l'Axe sont en pleine retraite, voilà ce que dit le communiqué.» Elle songea à quel point il semblait détendu maintenant. Même sa façon de parler avait changé. Un peu de gris apparaissait dans ses cheveux et il riait souvent.

«Je crois que tu es un de ces hommes qui deviennent plus beaux en vieillissant, dit-elle.

— Attends que je perde mes dents.»

Ils sortirent. Le ciel était étrangement noir, et Elène dit : «Oh!» d'un air surpris en sortant dans la rue.

«Aujourd'hui, dit Vandam, c'est la fin du monde.

— Je n'ai jamais vu le ciel comme ça», dit Elene.

Ils enfourchèrent la motocyclette et se dirigèrent vers l'école de Billy. Le ciel devenait encore plus sombre. La pluie commença à tomber alors qu'ils passaient devant l'hôtel Shepheard's. Elene vit un Égyptien draper un mouchoir par-dessus son fez. Les gouttes de pluie étaient énormes ; chacune la trempait jusqu'à la peau à travers sa robe. Vandam fit faire demi-tour à la moto et vint se garer devant l'hôtel. Au moment où ils descendaient, les nuages gorgés d'eau crevèrent.

Installés sous l'auvent de l'hôtel, ils regardaient l'orage. La quantité d'eau qui tombait était incroyable. En quelques minutes, les caniveaux débordèrent et les trottoirs disparurent sous l'eau. En face de l'hôtel, les boutiquiers pataugeaient pour poser les volets devant leurs magasins. Les voitures étaient immobilisées.

«Il n'y a pas de système d'égouts dans cette ville, observa Vandam. L'eau n'a nulle part où aller que dans le Nil. Regarde.» La rue était devenue une rivière.

«Et la moto ? fit Elene.

— Le courant va l'emporter, dit Vandam. Il va falloir que je la mette à l'abri.» Il hésita, puis se précipita sur le trottoir, empoigna la moto par le guidon et la poussa dans l'eau jusqu'au pied du perron de l'hôtel. Lorsqu'il regagna l'abri de l'auvent, ses vêtements étaient à tordre et ses cheveux étaient collés sur sa tête comme un balai qui sort d'un seau d'eau. Elene éclata de rire en le regardant.

La pluie tomba un long moment. «Et Billy ? demanda Elene.

— Ils seront obligés de garder les enfants à l'école jusqu'à ce que la pluie cesse.»

Ils finirent par entrer dans l'hôtel pour prendre un verre. Vandam commanda du xérès : il avait fait le serment de renoncer au gin, et prétendait à qui voulait l'entendre que cela ne lui manquait pas.

L'orage finit par se calmer et ils ressortirent ; mais ils durent attendre encore un peu que la rue fût dégagée. Finalement, il ne resta plus que deux ou trois centimètres d'eau, et le soleil perça les nuages. Les automobilistes commençaient à essayer de faire démarrer leurs voitures. La moto n'était pas trop mouillée et elle partit du premier coup.

Sous les rayons du soleil, les routes commençaient à fumer tandis qu'ils roulaient vers l'école. Billy les attendait devant la porte. « Quel orage ! » fit-il tout excité. Il enfourcha la moto, s'installa entre Elene et Vandam.

Ils partirent vers le désert. Blottie contre Vandam, les yeux à demi fermés, Elene ne vit le miracle que lorsque Vandam arrêta sa moto. Ils descendirent tous les trois et regardèrent autour d'eux, muets de surprise.

Le désert était tapissé de fleurs.

« C'est sûrement la pluie, dit Vandam. Mais… »

Des millions d'insectes avaient eux aussi jailli de nulle part, des papillons et des abeilles se précipitaient d'une corolle à l'autre, pour profiter de cette soudaine moisson.

« Les graines devaient attendre dans le sable, dit Billy. Elles attendaient.

— Mais oui, dit Vandam. Les graines devaient être là depuis des années, elles n'attendaient que ça. »

Les fleurs étaient minuscules, comme des miniatures, mais de couleur très vive. Billy fit quelques pas sur le bas-côté et se pencha pour en examiner une. Vandam prit Elene dans ses bras et l'embrassa. Ça commença par un baiser sur la joue pour se terminer en une longue et tendre étreinte.

Elle finit par se dégager en riant. « Tu vas gêner Billy, dit-elle.

— Il va bien falloir qu'il s'y habitue », dit Vandam.

Le rire d'Elene s'arrêta. « Ah ! oui ? fit-elle. Vraiment ? »

Vandam sourit et se remit à l'embrasser.

Table

Cet ouvrage a été composé dans les ateliers
d'Infoprint à l'île Maurice.

IMPRIMÉ EN FRANCE PAR BRODARD ET TAUPIN
Usine de La Flèche (Sarthe).
LIBRAIRIE GÉNÉRALE FRANÇAISE - 43, quai de Grenelle - 75015 Paris.
ISBN : 2 - 253 - 03206 - 9